Uli Tobinsky

Die Versteckten

Uli Tobinsky

Die Versteckten

Klein & Blechinger

Die Deutsche Bibliothek - CIP-Einheitsaufnahme

Tobinsky, Uli:
Die Versteckten / Uli Tobinsky.
- Köln : Klein und Blechinger, 1993
ISBN 3-927658-23-5

Subbelrather Straße 451
D-50825 Köln
Telefon (0221) 550 68 78
Telefax (0221) 55 59 32
Umschlagillustration: Sabine Wilharm
Satz und Gestaltung: A. Houben, Briedel
Gesetzt aus der Palatino
Druck: Ebner Ulm
Printed in Germany
ISBN 3-927658-23-5

1

Ich erwachte mit einem spastischen Zucken. Es hatte vor höchstens einer Zehntelsekunde im Tiefstschlaf begonnen und mit einem kurzen, trockenen Knall zu tun, das wußte ich noch. Daß ich wach wurde, kam mir wie eine unglaubliche Rettung vor. Der Traum war gerade im Begriff gewesen, mich für immer festzuhalten und nur noch meinen nackten, schwitzenden Körper und mein spärliches Gepäck im Hotelzimmer 605 des Washington Square Hotel zurückzulassen. Ein Zimmermädchen würde den leblosen Zellhaufen finden, ein Arzt irgendeine belanglose Todesursache feststellen und ich mich in sicherer Entfernung krümmen vor Lachen, mit der bitteren Gewißheit, daß niemand mehr sich in mein Lachen verlieben wird. Scheußliche Vorstellung.

Das typisch amerikanische Weichbett schwang leicht nach, wie ein *Yellow Cab* mit defektem Stoßdämpfer. Ich hielt mich für einen harten Typen. Mystische Effekte konnten mich im allgemeinen nicht erschrecken. Ich glaubte, was ich sah. Und nur die Tatsache, daß ich mich eben selbst gesehen hatte, aus einiger Entfernung und keineswegs so tot, wie jeder Arzt diagnostizieren würde, erschreckte mich etwas – gerade soviel, um schlagartig hellwach zu sein. Dann erst setzte die Erinnerung ein an das, was in den letzten zwei Tagen geschehen war.

Ich peilte durch den dunklen Raum. Am Fenster angekommen, versuchte ich, am Horizont scharfe Konturen zu erkennen. Wenn es in New York ein typisches Juliwetter gibt, dann ist es dieser Mix, diese teuflisch feucht-warme Mischung aus Abgasen, Kotzgestank, schwebendem Dreck, der am ganzen Körper kleben bleibt, und unsichtbarer Watte, durch die man sich mit jeder Bewegung, und sei sie noch so geringfügig, hindurchwühlen muß, ohne daß man sie je hinter sich lassen könnte. Die Wolken hingen so tief, daß die von starken Halogenscheinwerfern angestrahlte Spitze des Empire State Building darin steckte wie ein Stachel und die Wolken im weiten Umkreis zum Glühen brachte.

Ich starrte durch das Schiebefenster, dessen untere Hälfte irgendwann durch eine klotzige Klimaanlage ersetzt worden war. Das Empire State Building war so weit weg wie der Mond, und ich wußte eines ganz genau: Ich würde ein toter Mann sein, sobald ich mich auf der Straße blicken ließ. Lisa hatte sich einfach verdrückt, sie saß im Flugzeug nach Deutschland und hatte mich in der Gefahr zurückgelassen: »Mrs. Lisa Steinberg hat sich heute nachmittag in den Lufthansa-Flug mit der Nummer 409 nach Düsseldorf eingecheckt«, hatte mir vor einigen Stunden eine ungeduldige Stimme aus dem Lufthansabüro New York durch den Telefonhörer ins Ohr gequäkt. Ich hing in einer Geschichte drin, die ich nicht durchschaute, eine Geschichte, die Opfer gefordert hatte und deswegen größere Ausmaße haben mußte, als ich mir ausmalen konnte: Elliott, der mir geholfen hatte, lag irgendwo in einer müllübersäten Straße der Lower East Side, von einem Verrückten brutal getötet. Und dieser Verrückte war jetzt hinter mir her.

Ich hob die rechte Hand und kratzte mich mit dem alten 45er Armeerevolver an der Stirn. Die Berührung mit dem kalten Metall änderte nichts an meinen hämmernden Kopfschmerzen, der Ätzgeruch der abgefeuerten Patrone, die noch in der Trommel steckte, erst recht nicht, und die Blutspritzer auf meiner Brust und dem Hemd machten es nur noch schlimmer.

Erinnerung. Ich hob die linke Hand und starrte auf das Polaroidfoto. Was auf dem Bild zu sehen war, machte mich rasend vor Wut und bedeutete gleichzeitig meine letzte Hoffnung, New York lebend zu verlassen. Ich überlegte hin und her, suchte nach Anhaltspunkten für sinnvolle Erklärungen. Vergeblich.

Diese Geschichte ist eine von denen, die nie gänzlich authentisch erzählt werden können, weil keiner der Beteiligten alles miterlebt hat. Ich zum Beispiel habe verdammt viele

Stationen mitgekriegt, aber den fehlenden Rest kann auch ich nur vermuten, mir zusammenreimen, rekonstruieren. Bei so vielen Unbekannten gibt es immer mehrere Versionen. Und am Ende jedes neuen Versuchs bleibt mir nicht mehr als zu sagen: So in etwa muß es gewesen sein, so oder so ähnlich, vielleicht. Dabei bin ich befangen, ich muß ständig um meinen Überblick, meine Umsicht, ja sogar um meine Aufrichtigkeit vor mir selbst fürchten, denn das Gefühl, daß ausgerechnet der Mensch, den ich am meisten liebte, mich in die Schwierigkeiten der letzten Tage gebracht hat, macht mich krank.

Also gut, ich muß hier raus, ich muß einen klaren Kopf behalten, ich werde versuchen, meine private Betroffenheit herauszuhalten, ich werde objektiv sein, fair, ehrlich, genau. Dachte ich.

Ich tat so, als hätte ich die Wahl, mitzuspielen oder gleich zu gehen. Tatsächlich blieb mir jedoch nichts anderes übrig, als mich weiterhin in die Geschichte einzugliedern wie ein Geiger in ein Orchester – nein, nicht der erste: irgendeine Position zwischen zwei und vier, allerdings nah genug am Dirigenten, um dessen Grimassen und Ausdünstungen gestochen scharf zu registrieren.

2

Lisa fuhr hoch. Der Barkeeper hinter der Theke drehte unbeirrt weiter mit dem dreckigen Geschirrhandtuch in seinen Espresso-Tassen und erweiterte für einige Sekunden sein professionelles Dauergrinsen zu einem freundlichen Lachen. Er hatte genau beobachtet, wie Lisa bei jeder neuen Dancefloor-Nummer, die aus den Boxen in die winzige Bar dröhnte, immer weiter in sich zusammengesunken war. Deshalb hatte er eine uralte, sehr sanfte, melodische Platte von den Pointer Sisters aus dem Haufen abgewetzter Singles gegriffen, auf den Plattenteller gelegt und den Cassettenrecorder gestoppt. »I wanna lover with an easy touch...«, sangen die drei Schwestern, und Lisa richtete sich erleichtert auf. Na bitte, im *Schnappschuß* kümmerte man sich eben um die Belange jedes einzelnen Gastes – was in diesem winzigen Raum allerdings nicht besonders viel Überblick verlangte.

Lisa tastete gedankenverloren nach ihrem dicken Haarpinsel, den sie mit einer riesigen Klammer auf ihrem Kopf zum Stehen gebracht hatte. Die Musik erinnerte sie an eine schmachtend-romantisch-fingerfertige Urlaubsliebe vor... vor einer Ewigkeit. Im Augenwinkel registrierte sie die Uhrzeit: Seit fast einer halben Stunde wartete sie schon auf ihr aktuelles Verhältnis. Dieses Verhältnis Liebe zu nennen, dazu war sie schon lange nicht mehr bereit. Das galt im übrigen für alle Partnerschaften in ihrem Leben. Sie hatte nie zu ergründen versucht, warum sie ein starkes, wildes Liebesgefühl immer nur bei kurzen und heftigen Affären empfand. Umso deutlicher war für sie die Tatsache geworden, daß jedes ihrer Verhältnisse desto weniger mit Liebe zu tun hatte, je länger es andauerte.

Liebe, sie schüttelte sich leicht, wer sagt eigentlich, daß es Liebe zwischen Mann und Frau überhaupt geben kann? Das könnte auch ein Trick sein, dachte sie, wobei unklar blieb, wer diesen Trick gegen wen anwendete.

Mehr als dreißig Minuten nach dem verabredeten Zeitpunkt war Robert noch immer nicht in Sicht. Sie begann, sich wirklich zu ärgern.

»Dieser Mann kommt nicht nur einfach mal zu spät, er muß immer zu spät kommen!« dachte sie und überlegte sich, wie sie Robert dafür mit irgend etwas anderem quälen könnte. Sie liebte solche Gedankenspiele. Es durfte nichts Simples sein, dafür kannten sie sich beide schon viel zu gut. Er würde es durchschauen und womöglich ebenfalls seinen Spaß haben. Im Geiste zeichnete sie ein zwanzig Zentimeter langes Rasiermesser, scharf wie Nato-Draht, das sie ihm vor die Augen halten, dann langsam aus seinem Gesichtsfeld heraus abwärts bewegen würde, ein Schnitt, genau an seiner alten

Blinddarmnarbe entlang, nicht tief, aber tief genug, um ihn danach mit einer groben Nadel und einem Wollfaden wieder zuzunähen. Er würde zetern, aber warum sollte sie seine Handfesseln lösen?

Sie starrte durch die gläserne Tür nach draußen auf den Hohenzollernring. Graues Wetter, kaum scharfe Konturen, leichter Nieselregen, Köpfe, hochgeschlagene Kragen, Plastiktüten. Eigentlich sollte Sommer sein, statt dessen wieder nur das typische, versiffte Kölner Standardwetter. So mies es war, paßte es dennoch nicht zu ihrer Stimmung, dafür war es viel zu indifferent. Ihre Wut war eindeutig.

Am besten wirkt immer noch ein wilder One-Night-Stand, dachte Lisa, eine erschöpfende Orgie mit einem Mann, der so toll aussieht, daß Robert sich für einige Tage nicht mehr traut, in den Spiegel zu gucken. Das ist für ihn zehnmal schlimmer als körperlicher Schmerz. Sie erinnerte sich an die Situation vor zwei Wochen, nachdem Robert wieder mal eine kleine kurzbeinige Erotikbombe für eine schnelle Nacht besucht hatte. Als er mit schwarzen Rändern unter den Augen wieder bei ihr auftauchte, hatte sie ihm die beste gute Laune vorgespielt, die ein Mensch nur haben kann. Robert war zwar mißtrauisch, aber letztlich froh, die Sache so klammheimlich im Sande verlaufen zu sehen, obwohl er genau wußte, daß sie nicht vergessen war.

»Jetzt bist du dran, heute verpaß ich dir Hörner«, flüsterte sie und fixierte den Mann, der gerade die Tür zur Bar aufdrückte. Weil sie nicht an Zufälle glaubte, brauchte sie nicht lange zu überlegen, ob er einen Versuch wert war. Den letzten Rest an moralischer Rechtfertigung holte sie sich mit einem schnellen Blick auf ihre Uhr: fünfunddreißig Minuten überfällig, das reichte.

Sie warf dem Mann einen gespielt atemlosen Blick zu, sah schnell zur Seite, fixierte ihn wieder mit großen dunklen Augen und vermied jeden noch so kleinen Anflug eines Lächelns. Er reagierte fast unmerklich. Als er sich, gespielt cool, aber doch erkennbar interessiert, auf den Barhocker neben ihr setzte, hoffte sie nur noch, daß Robert sich noch viel Zeit ließ.

»Einen Vecchia, Henk«, sagte der Mann in Richtung Barkeeper. »Is'n da draußen los?«

»Keine Ahnung«, antwortete Henk und stellte ein Cognacglas auf die Theke.

»Muß was Großes sein. Vielleicht ein Wasserrohrbruch?«

»Eher ein übergelaufener Gulli, vom ewigen Regen«, sagte Henk leicht verbittert.

Der Mann wandte sich Lisa zu. »Immer wenn man nach Köln zurückkommt, ist das Wetter dasselbe.«

Nicht sehr originell, dachte Lisa, aber passabel. »Von wo kommen Sie denn zurück?«

Der Mann lehnte sich langsam zurück, ließ seine Nasenflügel leicht beben: »Aus New York.«

Lisa grinste nachsichtig. Sympathischen Großkotzen muß man mit Toleranz begegnen. »Und? Sonne?«

»Nee, so wie hier.« Er lachte nervös. »Ich heiße Franco.«

»Lisa. Mit scharfem 'S'. Merk dir das gut. Ich bin empfindlich.«

Er lachte wieder, nervöser, weil er längst Feuer gefangen hatte. »Du scheinst klare Spielregeln zu haben, Lisa.«

Sie antwortete nicht, sah ihm nur direkt in die Augen, ohne verbindliche Freundlichkeit. Franco spürte wohl, daß sie ein Spiel spielte, das er nicht durchschaute.

»Was ist, wenn man gegen deine Spielregeln verstößt, Lisa?«

»Das wirst du sehen. Man kann mit mir keinen Abend verbringen, ohne nicht mindestens fünf Spielregeln verletzt zu haben.«

Franco lächelte, mechanisch, unsicher, überrumpelt. Er kannte diese Frau höchstens zwei Minuten, und schon deutete sie an, mit ihm den Abend zu verbringen? Irrsinn! Wieso...

»Du solltest darüber nicht nachdenken, Franco.«

»Hä?« Er starrte sie verwirrt an. »Woher willst du wissen, was...«

Sie unterbrach ihn mit einem glasklaren, angriffslustigen Lachen. »Männer kriegen sofort Gehirnpanik, wenn sie das Gefühl haben, die Situation nicht im Griff zu haben.«

»Was heißt im Griff?« Franco versuchte, seine aufblitzende Wut für eine selbstsichere Gegenwehr zu nutzen. Aber Lisa ballte ihre Rechte zu einer Faust, ließ sie langsam auf seine Brust zuwandern und drückte sie gegen sein Herz.

»Es ist nur Spiel, Franco. Hast du verlernt zu spielen?« Mit einem langen, tiefen Blick fixierte sie ihn, und Franco war sich sicher, daß er es sich niemals verzeihen würde, wenn er jetzt nicht mitspielte. Er spürte ihre Faust, sah ihr ebenfalls in die Augen und fragte sich, ob die vor zwei Minuten auch schon so schwarz gewesen waren.

»Ich hab nicht verlernt zu spielen. Aber ich spiele immer nur Spiele, die ich kenne.« Fehler. Er kippte den Cognac mit einer hastigen Bewegung hinunter.

»Wie langweilig.« Lisa grinste ihn spöttisch an. »Wahrscheinlich kennst du nur Mensch-ärgere-dich-nicht und Monopoly.«

»Mit der Fliegenklatsche bin ich auch ganz gut«, konterte er. Nicht originell.

»Das habe ich sofort gesehen, als du hier reingekommen bist, Baby«, flötete Lisa.

»Ich wußte, daß dir das gefällt. Was meinst du mit 'Baby'?« Franco lächelte freundlich und entspannte sich. Dieses Spiel begann ihm Spaß zu machen. Er wartete. Aber Lisa schwieg.

»Was machst du? Beruflich?« fragte er.

»Ich spiele.«

»Hm? Du meinst, du zockst?« Franco riß die Augen auf und ließ unwillkürlich seine Blicke über Lisas Körper streifen. Sie ließ ihm Zeit und antwortete nicht.

»Einen Capuccino... Henk«, sagte Lisa und deutete mit der leichten Verzögerung an, daß er sie ab jetzt bei ihrem Vornamen nennen durfte. Sie zog eine Zigarrette aus der Schachtel, die vor ihr auf der Theke lag, und ignorierte Francos vorschnellende Hand, in der er sein Feuerzeug hielt, dessen Flamme schon brannte.

»Hast du mit deiner Klatsche überhaupt je eine Fliege erlegt?« fragte sie.

»Ich bin Vize-Weltmeister.« Er betonte jede Silbe einzeln und ließ die Flamme seines Feuerzeugs genau in dem Moment erlöschen, als Lisa sich mit ihrer Zigarrette darüber beugte. Lächelnd lehnte sie sich langsam gegen die Stuhllehne zurück.

»Laß uns gehen«, sagte sie unvermittelt.

»Warte. Ich habe noch eine wichtige Verabredung, eine kurze Sache hier in der Nähe. Ich beeile mich.«

Lisa dachte daran, daß Robert irgendwann in jedem Fall auftauchen würde. »Ich komme mit zu deiner Verabredung«, sagte sie bestimmt und rutschte von dem Barhocker.

Franco runzelte besorgt die Stirn. »Okay«, sagte er gedehnt. »Henk, ich zahle morgen. Ciao.«

»Ciao, ihr beiden!« Henk grinste breit von einem zum anderen. Er glaubte fest an die Macht der richtigen Musikauswahl.

»Wohin?« fragte Lisa vor der Bar.

»Ich habe eine Verabredung mit einem Geschäftspartner... wir wollten uns da drüben treffen...« Franco zeigte auf die andere Seite des Hohenzollernrings schräg gegenüber.

»In der Bank für Gemeinwirtschaft?«

»Nein, daneben«, antwortete er unwillig. Daneben war ein Pornokino. Der Titel des aktuellen Films, *Injections For Girls*, prangte in großen Leuchtschriftlettern über dem Eingang. Francos Ohren fingen an zu glühen.

»Dann komm«, sagte Lisa aufmunternd, als sei das ganz normal, und hakte sich bei ihm ein. Sie warf noch schnell einen Blick in die Runde. Nirgends war Roberts dünn behaarter Kopf zu sehen.

Sie überquerten den Ring zwischen den stehenden Autos, der obligatorische Stau am Nachmittag, seit die Stadt Köln vor Jahren mit dem U-Bahnbau begonnen hatte. Mittlerweile waren die Arbeiten abgeschlossen, und der Ring hatte amerikanische Dimensionen angenommen, zwei Fahrspuren in jede Richtung, breite Bürgersteige und Fahrradwege. Doch offensichtlich lockten die vier Fahrspuren nur noch mehr Autofahrer an.

Passanten feixten hinter ihnen her, als Lisa und Franco zielstrebig auf die Kasse des Pornokinos zugingen.

»Damen in Begleitung eines Herrn haben freien Eintritt. Das macht fünfzehn Mark, das Überraschungsgeschenk eingeschlossen«, brabbelte die Kassiererin, ohne sie anzusehen. Franco schob ihr das Geld durch die schmale Öffnung im Panzerglas. Dafür bekam er zwei Tickets und eine runde Blechdose mit der Aufschrift »Indische Liebesbonbons«.

Injections For Girls war ein Non-stop-Programm, was nichts anderes bedeutete als zehnminütige Orgasmus-Frequenz, abgeschlossene Episoden mit ewig gleichen Höhepunkten.

Franco griff Lisas Hand. »Damit wir uns nicht verlieren«, flüsterte er und tastete sich langsam durch den dunklen Gang nach vorne. Er zählte die Stuhlreihen ab. In der siebenten peilte er in etwa die Mitte an und zog Lisa hinter sich her. Bevor er sich setzte, drehte er seinen Kopf hin und her, aber noch hatten sich seine Augen nicht an das Schummerlicht gewöhnt.

»Ist dein Geschäftspartner noch nicht da?« fragte Lisa, ohne ihren Blick von dem Mann und den beiden Frauen auf der Leinwand abzuwenden. Die drei gaben sich größte Mühe, es herrschte nur routinemäßige Langeweile.

»Nein, bis jetzt nicht.«

»Welche Geschäfte macht man denn so im Zuschauerraum eines Pornokinos, Franco?« fragte Lisa und warf ihm einen schnellen Blick zu. Die Handlung der neuen Episode auf der Leinwand war zu blöd, um sie ignorieren zu können: »...bestraf mich, jaa... ich habe gelogen... das tut weh und ist so schön...«

»Manche Leute kennen eben nur solche Kinos und ihren Kühlschrank, und im Kühlschrank wollte ich nicht«, anwortete Franco, während er ständig nach einer roten Baseballkappe, dem verabredeten Zeichen, Ausschau hielt.

Lisa stöhnte gequält auf, drehte ihm langsam den Kopf zu und begann darüber nachzudenken, ob dieser Mann nicht vielleicht doch etwas zu blöd war für einen ganzen Abend. Sie mochte keine Menschen, die umständliche Gags konstruierten. Damit hatte Franco schon gegen eine Spielregel verstoßen. Robert hatte früher ähnliche Dinger gebracht: »Ich mußte mal eine neue Kondom-Marke testen«, war sein Spruch gewesen, als er zum erstenmal völlig ausgepumpt nach einer anderwärts verbrachten Nacht zu ihr zurückkam. Sie hatte sich damals bemüht, keine Eifersucht zu zeigen. Sie hatte sich schon früh auf solch eine Situation vorbereitet und kannte Roberts Vorlieben für Frauen, die sie im Vergleich zu sich selbst keiner Aufregung wert fand: Sie war schlank, nicht klein, schätzte sich selbst als sehr attraktiv ein, ihr IQ lag bei mindestens 125, und sie war der Meinung, daß Roberts Betthasen davon nur träumen konnten. Das einzige, was sie wirklich geärgert hatte, war dieser dämliche Spruch. Sie hatte nicht mehr gehört, was Robert danach noch alles sagte, sondern lauschte nur dem Brodeln in ihrem Magen. Als die ersten Blasen platzten, spannte sie ihre Muskeln an. Als die letzte Blase platzte, war Roberts Stimme plötzlich verstummt, seine Augen aufgerissen. Er hielt ihr seinen linken Handrücken entgegen, in dem eine Kugelschreibermine steckte. Sie fand den Anblick amüsant und war der Ansicht, daß sie im Recht war.

Die Tür links neben der Leinwand, über der ein grünes Schild *Notausgang* leuchtete, öffnete sich langsam. Im schwachen Licht aus dem Gang dahinter zeichnete sich die Silhouette eines kleinen, kompakten Mannes im Türrahmen ab, der einen wuchtigen Mantel anhatte. Franco kniff kurz die Augen zusammen und beugte sich angespannt nach vorne.

Der kurze Kompakte tastete sich den linken, äußeren Gang entlang. Auf der Höhe der achten Reihe blieb er stehen, griff in seinen Mantel, zog eine Baseballkappe hervor, pflanzte sie sich mit einer schnellen Bewegung auf seinen Quadratschädel und begann sich durch die menschenleere Reihe zu schieben. Links vor Franco setzte er sich.

Lisa beobachtete den Kompakten aus den Augenwinkeln. Sie war neugierig. Auch eine Art Spiel, dachte sie und fand Gefallen an der Umgebung und der Ungewißheit. Als der Kompakte sich langsam Franco zuwendete, nahm sie sich vor, auf keinen Fall hinzusehen, aber in jedem Fall gut zuzuhören.

Der Kompakte hielt Franco etwas hin. Sie spürte, wie dieser zurückzuckte.

»Was willst du?« fragte er, seine Stimme klang, als wäre er vor wenigen Sekunden in den Stimmbruch gekommen. Lisa drehte überrascht den Kopf und sah, wie der Kompakte mit einem riesigen Revolver auf Francos Bauch zielte. Sie erschrak nicht einmal, so unwirklich erschien ihr die Situation.

»Wo hast du das New Yorker Paket, Freund? Zehn Sekunden.«

»W.. was für'n Paket?« kratzte Francos neue Stimme.

Der Kompakte antwortete nicht. Man sah, wie er zählte.

»Was soll der Scheiß?« fragte Lisa gereizt dazwischen. Auch ihre Stimme war nicht mehr die gewohnte. Der Revolver wanderte auf ihren Bauch zu.

»Maul halten!« grunzte der Kompakte. Sein Gesicht war vor der hellen Leinwand nicht zu erkennen, nur die Kuppe der Baseballkappe leuchtete im Licht wie ein Fliegenpilz.

Franco nutzte die winzige Unachtsamkeit. Er ließ sich zurückfallen, griff mit beiden Händen die Lehne des Sitzes links neben sich, flankte mit einem kurzen Schwung in den schmalen Gang der sechsten Stuhlreihe und flitzte tief nach unten gebeugt los.

»Hey, wo...« - weiter kam Lisa nicht. Die Explosion eines

Schusses nahm ihr die Luft, gleichzeitig sah sie das grellweiße Mündungsfeuer. Sie begann, die vermeintlich letzten Sekunden ihres achtundzwanzigjährigen Lebens zu zählen. Sie zählte immer noch, als der zweite, dann der dritte Schuß knallte. Dann erst folgte sie dem Reflex, sich zwischen die Sitze fallen zu lassen. Sie war unverletzt. Im Fallen sah sie in gespenstischer Größe und Schärfe das Gesicht des kurzen Kompakten, der flink über die Rückenlehnen der achten und dann der siebenten Stuhlreihe hechtete: rund, platte Nase, Schlitzaugen, »wie Mao Zedong«, dachte Lisa und machte sich so flach wie möglich. Noch einmal donnerte der riesige Revolver in seiner Hand. Kurz darauf hörte sie die schnellen Schritte eines Mannes, der mindestens neunzig Kilo wog, und gleichzeitig ein lautes Stöhnen.

3

Das Schloß klemmte. Rudy versuchte, gelassen zu bleiben. Du mußt ruhig bleiben, beschwor er sich flüsternd, du mußt ruhig bleiben. Das Sprühöl würde noch etwas Zeit brauchen, bis es wirkte. Das kreisrunde, verchromte Vorhängeschloß sicherte das Rollgitter am Boden, noch unterhalb der letzten Treppenstufe zum Souterrain. Eine zusätzliche Sicherung, denn in der schmalen Vertiefung, in der das Gitter auflag, ließen sich weder ein Brecheisen noch ein Meißel ansetzen. Zwar würde ohnehin niemand, der auch nur ein Gramm Hirnmasse besaß, in seine Galerie einbrechen – in ganz Manhattan Downtown mutmaßte man, wer seine schützende Hand darüber hielt –, aber es gibt eben gerade hier eine ganze Menge Selbstmörder, Leichtsinnige oder tatsächlich Hirnlose. Und die sollten nicht durch offene Türen schlendern können.

Nachts hatte es geregnet, nicht lange, dafür sehr kräftig. Rudy war davon wach geworden und hatte gleich gewußt, was das bedeutete: Das Regenwasser sammelte sich in der

Rinne, umspülte das Schloß und schwemmte den Ölfilm heraus. Am nächsten Morgen würde das Ding wieder klemmen. Rudy war sich darüber im klaren, wie unbedeutend diese Kleinigkeit für andere Menschen wäre. Er hätte auch niemandem erklären können, warum er vor Wut anfing zu toben, wenn der Schlüssel sich nicht drehen ließ. Niemand fragte ihn allerdings.

»Shit, shit, shity-shit«, fluchte er und rüttelte an dem Schlüssel. Fast neugierig beobachtete er sich selbst bei diesem Ausbruch aus seinem Korsett aus Disziplin und sachlicher Zielplanung. Er hatte über die Jahre eine Denktechnik entwickelt, sich ausschließlich auf eine Sache zu konzentrieren. Seine Gedankenkontrolle war nahezu perfekt. Früher, als er noch versucht hatte, Freunde und Gegenliebe zu finden, plagten ihn immer wieder blitzartig angreifende Bilder: Er sah lange Trecks Flüchtender, sah die wie Grablichter tief in den Höhlen glimmenden Augen der Soldaten, die alle Brutalitäten gesehen hatten, die einem Menschen mitleidlos das Bajonett im Bauch drehen konnten; er sah seine Mutter mit geöffneten Schenkeln unter grunzenden russischen Soldaten liegen, ganz still, nur von den schneller werdenden Stößen bewegt, betend, den hoffentlich irgendwann befriedigten Besatzer unverletzt, wenn schon nicht unversehrt, wieder verschwinden zu sehen. Rudy war diesen Bildern hilflos ausgeliefert. Sie waren ihm in den Schädel gemeißelt worden, in einer Zeit, an die er sich sonst nur sehr verschwommen erinnerte. Sie hatten ihn beherrscht und gejagt – immer dann, wenn er sich in schönen Momenten entspannte, wenn er singen wollte, weil er festen Boden unter den Füßen spürte.

Rudy hatte nicht mehr machtlos sein wollen. Er hatte alles zurückgewinnen wollen, wovon er glaubte, daß es ihm früher einmal weggenommen worden war, gnadenlos. Deshalb fand er Ventile, durch die er seine Erinnerungen schleusen und die er die meiste Zeit verschlossen halten konnte. Er fokussierte sich und seine Energie, lebte mit verbissener Konsequenz seine minimalistische Philosophie; nur selten kam er von seinem Weg ab. Das machte ihn zum Mr. Big One, zu einer lebenden Waffe, zur effektivsten Kampfmaschine, die man sich vorstellen konnte: Einem Deutsch-Amerikaner, Besiegter und Sieger in einem, kontaminiert und befreit, heimatlos. Für seine Auftraggeber war er die stärkste Waffe, über die sie verfügten.

Seine Auftraggeber, der G-Fond, übten keinen Druck auf ihn aus, hatten ihm lediglich unmißverständlich klargemacht, daß eines der wesentlichen Merkmale seiner Arbeit für den G-Fond darin bestand, zwar ausgeflippt, aber ansonsten unspektakulär zu leben. Rudy war das im Prinzip scheißegal, auch wenn er sich danach richtete. Er fühlte sich unabhängig. Er hatte keine Angst. Er war in seinem Metier unbestritten der Beste. Und wenn der G-Fond ihn jemals abservieren wollte, müßte er jemanden schicken, der besser war als er. Wer sollte das sein? *Er* war die Nummer eins, the big one.

Rudy versuchte es noch einmal. Endlich ließ sich der Schlüssel drehen. Er entfernte das Schloß, schob das Rollgitter nach oben und schloß die Eingangstür auf. Die *Waverly Asian Art Gallery* war geöffnet. Rudy mußte grinsen: Er fand die Bilder von Ling Psi, die er zur Zeit ausstellte, genauso bescheuert wie die von Dongh Dsai davor oder Dsao Mang davor. Den Mist würde er sich nie kaufen und seiner Meinung nach auch sonst niemand, der einigermaßen bei Verstand war, schon gar nicht zu den astronomischen Preisen, die er auf kleinen Zettelchen unter die Goldrahmen gepinnt hatte. Aber das war ja gerade der Trick, der ihm das Leben mit angenehmen Dollars versüßte und der seine eigentliche Tätigkeit so gut tarnte, daß kein Bulle dieser Stadt je dahinter gestiegen ist – zumindest konnte ihm keiner etwas nachweisen.

4

Lisa hob ihren Kopf langsam über die Kante der Rückenlehne. Franco lag dumpf stöhnend am Ende der sechsten Reihe auf dem Rücken. Der Kompakte hockte vor ihm, in der Linken den Revolver, mit der Rechten wühlte er unsanft in Francos Jackentaschen, pulte die Brieftasche und einen Schlüsselbund hervor, steckte beides ein, wühlte weiter. Dabei fluchte er in einer Sprache, die eigentlich nur Chinesisch sein konnte. Seine Finger flitzten weiter in die Hosentaschen, die Hosenbeine entlang, fanden aber nichts. Er richtete sich langsam auf und hob den Revolver, hielt ihn entspannt wie einen Regenschirm, beiläufig wie ein Accessoire, das nützlich und wichtig, aber nicht sensationell ist, zielte auf Franco. Seine Augen glitzerten diabolisch, Mundwinkel und Nasenflügel zuckten im Gegentakt. Der Lauf zeigte auf Francos Kopf. Langsam senkte er sich, wanderte auf dessen Bauch zu und zielte auf die Magengegend unterhalb des Solarplexus. Die Hand des Kompakten begann leicht zu zittern, so als brauche er viel Kraft, um den Abzughebel durchzuziehen; dabei war er gespannt, und es bedurfte nur eines leichten Tippens, um den Hahn auf die Patrone schnellen zu lassen.

Lisa starrte auf die Revolvermündung, paralysiert von der Vorstellung, gleich das Mündungsfeuer daraus hervorblitzen zu sehen. Trotzdem blieb sie klar genug, nicht zu schreien. Sie gab nicht den kleinsten Laut von sich, weil sie wußte, wohin die Revolvermündung dann als nächstes zeigen würde.

Widerwillig ließ der Chinese plötzlich den Revolver sinken und sagte, mehr zu sich selbst als zu dem Stöhnenden: »Erst mußt du mir noch was geben, Freund.« Er sah sich im Kino um. Als er einige neugierige Köpfe entdeckte, die aus ihren Verstecken zwischen den Sitzreihen hervorlugten, schoß er die letzten zwei Kugeln in die Decke und rannte in die Richtung zurück, aus der er gekommen war.

Jemand schrie. Dann war es still. Als Lisa hörte, wie die

Tür des Notausgangs neben der Leinwand zuschlug, sprang sie hoch. Francos Stöhnen war leiser geworden, er wälzte sich unkontrolliert hin und her. Lisa sah im Augenwinkel auf der Kinoleinwand nackte Körper, die ekstatisch hin und her zuckten, hörte das brunstige Gestöhne der Pornodarsteller. Eine unwirkliche Situation, sie würde wahrscheinlich nicht einmal erschrecken, wenn Franco in dem Moment, wenn sie sich über ihn beugte, mit einem Lachen unverletzt aufspringen würde, begeistert von seinem ungeheuer gelungenen Scherz, perfekt einen Sterbenden gemimt zu haben.

Sie legte ihm eine Hand auf seine nasse Stirn, die so glühte, daß selbst ihre hektische Furcht kühlend wirkte. Franco wälzte sich halb ohnmächtig vor Schmerz, nur von vegetativen Impulsen gesteuert. Lisa klemmte seinen Körper zwischen sich und der Stuhlreihe ein, damit er sich nicht mehr bewegen konnte. Mit jeder Bewegung quoll mehr Blut aus einer Wunde in seinem Brustkorb.

»Sie wollen das Geld... der Schlitz... sie wollen den Schlüssel... die Diskette... das Geld... «, murmelte er monoton.

Lisa kapierte gar nichts. Sie nahm ihre Hand von seiner Stirn und legte sie auf seine Faust, die er krampfhaft gegen die Brust drückte. Die zwei Stränge einer Goldkette spannten sich zwischen den Fingern, offensichtlich umfaßte Franco etwas, was sonst an der Kette baumelte. Als er Lisas Hand auf seiner spürte, riß er entsetzt die Augen auf und verkrampfte die Faust noch stärker. Lisa zuckte zurück. Francos Augen begannen zu vibrieren und fielen wie in Zeitlupe wieder zu. Dann entspannte sich sein Körper vollkommen. Sein flacher Atem zeigte Lisa, daß Franco noch lebte und nur ohnmächtig geworden war.

Vorsichtig öffnete sie seine schlaff gewordene Faust. Ein merkwürdig geformter Schlüssel und ein ungewöhnlich breites Goldkreuz lugten daraus hervor. Sie suchte mit zittrigen Fingern den Verschluß der Kette. Als sie keinen fand, riß sie Kreuz und Schlüssel mit einem kurzem Ruck von Francos Hals und stopfte beides schnell in ihre Hosentasche – gerade schnell genug. Zwei Polizisten in Uniform, die Pistolen gegen die Decke gerichtet, stürmten in dieser Sekunde in den Zuschauerraum. Das grelle Saallicht flammte auf und spiegelte sich vor Lisa in einer großen, dunklen Blutlache. So sieht Blut also aus, dachte sie sachlich und wunderte sich über ihre Ruhe.

»Stehen Sie langsam auf! Hände hoch, Beine auseinander!« schrie sie einer der Bullen an. Er drehte seinen Kopf hektisch hin und her, suchte die Waffe, mit der der Verletzte umgenietet worden war.

»Der Mann mit dem Revolver ist da hinten raus«, sagte Lisa und deutete mit einer Kopfbewegung hinter sich.

»Hat jemand den Täter gesehen?« brüllte der Bulle in den Raum. Die wenigen im Saal verstreuten Kinogäste schrien alle durcheinander, aber er konnte immerhin soviel heraushören, daß er mit Lisa offensichtlich nicht den Täter erwischt hatte.

»Wie lange ist der schon weg?« fragte er, jetzt wieder an Lisa gewandt.

»Vielleicht 'ne Minute.«

»Na, dann macht eine Verfolgung ja wenig Sinn«, sagte der Hektische, und ein Hauch von Erleichterung erschien auf seinem Gesicht.

»Hebbi, ruf' ne Ambulanz, hier ist ein Verletzter!« rief er seinem Kollegen zu. Der drehte sich um und verschwand durch den Eingang.

»Soll ich weiter Gymnastik machen, Wachtmeister?« fragte Lisa matt.

»Sie können die Arme runternehmen, aber bleiben Sie, wo sie sind.«

Lisa ließ die Arme langsam sinken. In ihrem Kopf herrschte Aufruhr, trotzdem begann sie sich darüber Gedanken zu machen, welche Geschichte sich wohl hinter Francos gestammelten Worten verbarg. Schlüssel, Diskette, Geld... Den Schlüssel hatte sie, wenn es der war, der jetzt in ihrer Tasche steckte. So wie sich Franco daran verkrallt hatte, mußte er zumindest sehr wichtig sein. Francos Adresse, sie mußte unbedingt an Francos Adresse kommen. Ihr Gefühl sagte ihr, daß bei dieser Geschichte irgend etwas für sie drin war, und wenn sie nur ein bißchen Dramatik und Abwechslung mit sich brachte. Das wäre immerhin mehr, als der normale tägliche Trott ihr zu bieten hatte, mal abgesehen von dem Beziehungs-Chaos mit Robert.

»Sie kennen also den Verletzten nicht näher, nur seinen Vornamen und der ist Franco?« fragte Hauptkommissar Angemann skeptisch.

»Also jetzt hören Sie doch endlich mal genau zu!« schrie Lisa unbeherrscht. »Ich habe es schon zweimal erzählt: Ich habe diesen Mann erst heute in der Straßenbahn kennengelernt.«

»Und dann sind Sie direkt ins Pornokino, richtig?«

»Also noch mal: Ja, und das geht Sie absolut nichts an!«

»Aber, aber, Frau Steinberg, wir fragen ja nur. Immerhin waren Sie am nächsten dran, als geschossen wurde«, sagte Angemann geduldig. »Was machen Sie beruflich?«

»Krankengymnastin«, antwortete sie knapp.

»Selbständig?« fragte Angemann ebenso knapp.

»Nein, angestellt.« Sie nannte ihm den Namen ihrer Chefin und die Adresse der Praxis.

Angemann schickte einen Beamten los, die Angaben zu überprüfen, wandte sich wieder Lisa zu und sah sie fragend an.

»Ich kann Ihnen nicht helfen, sorry«, antwortete sie genervt. »Es gibt nicht viel zu erzählen. Dieser Franco und ich sind am Rudolfplatz aus der Bahn gestiegen, den Ring bis hierher spaziert und hier in dieses Kino gegangen.« Lisa machte sich keine Gedanken um polizeiliche Recherchen, auch nicht über die Möglichkeit, daß der Kommissar die Kneipiers der Umgebung nach Franco befragen könnte und sie unweigerlich als Lügnerin entlarven würde.

»Der Mann, der auf Franco geschossen hat, saß plötzlich

vor uns, ich habe ihn nicht kommen sehen im Dunkeln, und dann knallte es auch schon. Ich versteckte mich zwischen den Sitzen. Als ich mich wieder vortraute, war der Kerl schon weg. Ich sah nur noch da hinten die Tür zufallen«, sie deutete auf den Notausgang.

Der Kommissar sah ihr gerade in die Augen. Lisa hielt, ohne zu zucken, seinem Blick stand, solange er wollte.

»Gut.« Angemann schob sich ein verbindliches Berufslächeln aufs Gesicht. »Wir haben ja Ihre Personalien. Sobald der Kollege Ihre Angaben bestätigt, können Sie gehen. Aber halten Sie sich bereit. Wir müssen jetzt erst mal die Identität des Verletzten klären. Dann kommen wir wieder auf Sie zurück. Guten Tag.« Er drehte sich zackig um und wandte sich einem Kollegen zu, mit dem er leise redete.

Lisa hatte keine Ahnung von Polizeiarbeit. Trotzdem war sie hundertprozentig sicher, ab jetzt einen zweiten Schatten zu haben – auch im Dunkeln.

5

Ich hatte, bevor ich eingeschlafen war, das New Yorker Lufthansa-Büro angerufen. Lisa Steinberg wird ihren Rückflug nach Deutschland mit der Nachmittagsmaschine antreten, hatte es am anderen Ende der Leitung geheißen. Sind Sie sicher, hatte ich fassungslos zurückgefragt. Yes, Sir, war die ungeduldige Antwort gewesen.

Mir wurde schlecht. Seit wir unsere Koffer im Hotel abgestellt und uns in das kleine Café in der MacDougal Street gesetzt hatten, Lanterna heißt es, war sie verschwunden, einfach weg. Ich muß mal eben auf die Toilette, hatte sie gesagt. Danach war sie nicht mehr aufgetaucht. Das war gestern gewesen. Und jetzt hieß es, sie habe den Rückflug umgebucht und fliege heute zurück. Was, zur Hölle, hatte sie gemacht in der Zwischenzeit? Warum hatte sie mich einfach sitzenlassen, ohne auch nur ein erklärendes Wort zu sagen, ohne eine Nachricht zu hinterlassen? Ich kochte vor Wut. Alles deutete darauf hin, daß sie mich reingelegt hatte, regelrecht verarscht. Und zwar wohlüberlegt.

Größer als meine Wut war lediglich meine Angst. Die Stunden seit Lisas Verschwinden waren für mich das Schlimmste, was ich bisher erlebt hatte. Wie eine Geschichte aus dem Kino. Nur daß ich nicht zuschaute, ich war mitten auf der Leinwand. Robert, sagte ich mir und versuchte mich aufzumuntern, etwa in der Art, wie man sich selbst an den Haaren aus dem Sumpf zieht. Spiel nicht den Helden, versuch es gar nicht erst, spiel eine Nebenrolle, nach Möglichkeit die kleinste, versuch hier wegzukommen und vergiß dann schnellstens die ganze Geschichte. Ein Versuch. Ein vergeblicher.

6

Lisa verließ das Kino. Sie tat unentschlossen, so als müsse sie sich erst überlegen, was sie tun sollte. Dann überquerte sie den Hohenzollernring, ging erst am *Schnappschuß* vorbei, kehrte wieder um und zog die Tür auf. In der Bar waren nur Henk und ein Gast. Beide reckten die Köpfe und begafften interessiert die Polizeiwagen auf der Straße und das Durcheinander, das immer auftritt, wenn zu viele Polizisten auf einem Haufen sind.

»Einen Vecchia Romagna, Henk.«

»Is'n da drüben los?« fragte Henk und stellte ein Cognacglas auf die Theke. Offensichtlich hatte er sie nicht aus dem Kino herauskommen gesehen.

»Keine Ahnung.«

»Muß was Großes sein.«

»Hm.«

»Wo ist Franco?«

»Der wollte sich mit jemandem treffen, der nicht kam. Dann verschwand er, um nach ihm zu suchen.« Lisa vermied es, Henk in die Augen zu gucken. »Ich treff ihn gleich bei sich zu Hause.«

»Ts, der Franco, das is'n ganz Praktischer.«

»Wieso?«

»Brauchst du wenigstens nicht weit zu gehen.«

Lisa tat erstaunt. »Verdammt, der hat mir gar nicht gesagt, wo. Immer nur 'bei mir zu Hause'.«

»Ganz einfach.« Henk beugte sich weit zu ihr über die Theke und deutete schräg nach links durch das Glas der Eingangstür. »Da oben wohnt er, Penthouse.«

»Nummer 88?« fragte Lisa, nachdem sie die Zahlen neben dem Eingang entziffert hatte.

»E-ja«, antwortete Henk militärisch kurz.

»Stammkunde, was?«

Henk grinste sie breit an. »Ja. Franco ist Gold wert.«

Lisa sah ihn fragend an. Henk zauberte sich das Dreißiger-Jahre-Charmeur-Lächeln ins Gesicht, das alle guten Barkeeper draufhaben, und hob nur eine Hand. Finde es selbst raus, sollte das wohl heißen. Lisa ließ ein paar Münzen auf die Theke fallen und ging.

7

Rudy wippte mit dem Oberkörper, kurze zackige Bewegungen, sein Kopf ruckte im Viervierteltakt hin und her, aggressiv, hart. Rudy war ein Bedröhnter, der keine Drogen brauchte. Nur wenige Leute kannten seinen eigentlichen Beruf, sein Hobby, seine Neigung, seine Sucht, und die bekamen Angst, wenn er in Sicht kam: Waren sie gemeint? Wollte er zu ihnen? Welchen Auftrag hatte er heute? Es gab nur zwei Menschen, die immer genau wußten, wann Rudy es auf jemanden abgesehen hatte und auf wen. Die beiden wiederum brachte niemand mit Rudy in Zusammenhang. Und Rudy selbst würde den Teufel tun und seine Geschäftsbeziehungen irgend jemandem offenlegen, schließlich lebte er von ihnen, nicht schlecht wohlgemerkt, im Gegenteil, eher so wie viele New Yorker gerne leben würden: große Loftwohnung im Village, Auto mit je einem Abstellplatz zu Hause in der Christopherstreet und in der 52nd Street, falls er einmal wichtige Besorgungen in Midtown machen mußte. Er hatte mehr Geld, als er ausgeben konnte, denn er brauchte nicht viel: diverse Vitamin-, Mineral- und Eiweißpräparate, Rohkost, Obst, Nudeln, Hüttenkäse, Joghurt. Fertig. Neuerdings auch Kondome. Ihm war so ziemlich alles scheißegal: Wer das Land regierte, wer geboren wurde, wer abkratzte, wie hoch die Steuern waren. Nur AIDS nicht, AIDS war seine einzige wirkliche Sorge. Die Vorstellung, langsam mit klarem Kopf zu krepieren, von der Hilfe anderer abhängig zu sein, vor die Notwendigkeit gestellt zu werden, sich selbst zu killen oder elend zu verrecken, machte ihn krank. Er hatte sich schon oft ausgemalt, was er täte, wenn der Virus ihn erwischte. Anfangs würde er sich wohl einen Spaß daraus machen, andere zu infizieren; bis auch das keinen Thrill mehr brächte. Finito.

Alles in allem ein preiswertes Leben also, immer in den Startlöchern, mit seltenen Höhepunkten und einer ganzen Reihe von Vergünstigungen. Rudy konnte warten. Litt manchmal unter dem Alleinsein. Hatte manchmal Lust auf eine andere Wärme, als seine schwarzen Lederklamotten ihm geben konnten. Das waren gefährliche Momente. Diese Lust machte ihn wild. Zwängte ihn in seinen schwarzen Trans Am. Ließ ihn durch die Straßen vom Village bis hinauf zur 42nd Street irren, selten Nebenstraßen, meistens Broadway, Eighth oder Seventh Avenue, oder von einem belebten Platz zum nächsten. Er sah jeden Arsch, jedes Bein, jede Locke. Spürte sofort, wann er anhalten konnte und keine Angst haben mußte, abgewiesen zu werden.

Die Gesichter waren ihm fremd, er sah sie, vergaß sie sofort wieder. Hatte keine Angst, etwas Schönes zu zerstören. Weil es Schönes für ihn nicht in reiner Form gab. Dunkel glühende Augen waren wie Bomben, hell glänzende wie

Granaten, strahlendblaue wie Giftgas, intensivgrüne wie schwärende Wunden – Wahrnehmung und Erinnerungen, die immer gleichzeitig auftauchten und sich erbarmungslos in sein Denken bohrten, die er haßte, machtlos haßte, weil er sie nicht besiegen konnte. Die Grenze seiner Selbstdisziplin. Wenn die Erinnerungen kamen, kotzten sie ihm auf die Klamotten, ins Gesicht, auf die Hände, drückten ihm ätzende Luft in die Lungenflügel. Er kannte und fürchtete seine Machtlosigkeit. Deshalb sah er nie intensiv hin, starrte durch Augen hindurch und konzentrierte sich auf die graue Gehirnmasse dahinter, die er genau kannte: Im Tod sahen sie alle gleich aus, hatten keine Augen mehr, waren grau oder blutrot.

Wenn er bis an das Endziel vorgedrungen war – was selten passierte und nur, weil die vielen Verlockungen zu mächtig geworden waren – mußte er grinsen, jedesmal: Er hatte das eingeschweißte Minenfeld überwunden, war galant mit souveränem Schwung darüber hinweggeschwebt, gelandet und aktiv, Herr der Lage, der Kopf, die Legislative, der Vollstrecker. Er liebte nichts mehr als die Idee, die Dinge im Griff zu haben.

Meistens allerdings genügte ihm die Gewißheit, das Ruder keine Sekunde aus der Hand gegeben zu haben. Und das war sein Glück – wenn seine Existenz überhaupt etwas mit Glück zu tun hatte. Er wollte gar nicht glücklich sein, weil ihm die Symbole für Glück nicht gefielen, wie zum Beispiel und an erster Stelle: Familie. Familie bedeutete in seiner Erinnerung ein ewiges, nie völlig gestilltes Hungergefühl; nach Nahrung, um satt zu werden, zu viele Mäuler, die mitfraßen; nach entspannter Zuneigung, zuviel Geschrei und Verzweiflung; nach einem Fleckchen ausschließlicher Privatheit, zu viele Körper auf siebzig Quadratmetern; nach angstlosem Selbstbewußtsein, zu viele Demütigungen; nach Hoffnung, zuwenig Möglichkeiten, die Mauern rund um die Familie und rund um jeden einzelnen zu durchbrechen; nach persönlichem Eigentum, zuviel geteiltes Kaumteilbares, zu viel Rücksichtnehmen. Mit fünfzehn fing er an wegzulaufen; doch auch mit zwanzig hatte er noch nicht einmal den Ansatz einer Lösung gefunden.

Und dann entdeckte er plötzlich einen Knackpunkt, die Sollbruchstelle, wie er später glaubte: Er mußte aufhören, Rücksicht zu nehmen, mußte Ziele ausmachen und kompromißlos darauf zusteuern. Die Ziele mußten eindeutig sein, egal ob er sie auswählte oder andere sie für ihn auswählten.

Diese Erkenntnis konnte er zu Hause nicht umsetzen. Ganz Deutschland war zu klein, zu vertraut, zu sehr Familie. Mit zwanzig, 1968, als seine Altersgenossen wild und laut für eine bessere Gesellschaft auf die Straße gingen, wanderte er nach Amerika aus, nach New York, nach Manhattan. Hier wollte er nicht mehr weglaufen und versuchen, irgendwie klarzukommen. Hier wollte er mit den Impulsen und Reflexen brechen, die seine Kindheit, seine Jugend, sein Leben bis dahin bestimmt und zum quälenden Kreislauf rund um einen Nachkriegs-Trümmerhaufen gemacht hatten. Hier wollte er neu anfangen, frei sein, nicht untergeordnet leben. Das waren neue Begriffe für ihn, deren wirkliche Bedeutungen sich ihm nicht erschlossen, die jedoch soviel andeuteten, daß sie ihm wie lohnende Ziele erschienen, die es rücksichtslos und kompromißlos anzusteuern galt.

Sein Wille und sein Selbstwertgefühl waren ihm Hunderte Male zerbrochen worden, aber dieses eine Mal war er der Sieger. In der großen harten Stadt lernte er schnell und fand eine seiner Stärken, vielleicht die eigentliche Stärke heraus: sich in die Psyche anderer hineinzuversetzen, ihre Ängste und Reaktionen zu erahnen, einfühlsam zu sein, im voraus agieren zu können. Dies alles tat er mit dem für einen Jäger wichtigsten Vorteil: Er konnte hart und gnadenlos sein, konnte sachlich das tun, wozu andere Affekt, Aggression, Angst benötigten. Rudy wurde ein Jäger. Als Hobby und von Berufs wegen.

Privat brauchte er die Beute nicht als vorzeigbare Trophäe. Sonst wären längst alle Detectives von Manhattan-

Downtown auf seiner Spur. Die Gewißheit zu lenken erlaubte es ihm, großzügig zu sein. Also begnügte er sich in neunzehn von zwanzig Fällen mit der Attacke, mit dem Spiel mit der Angst, mit der Jagd, mit den Visionen und Erinnerungen, die auf seltenen, aber wahren Erfahrungen beruhten. Diese Bilder vom seltenen vollkommenen Vollzug gaben ihm die Kraft, im entscheidenden Moment die Augen zu schließen, tief durch die weit geöffneten Nasenlöcher Luft einzuziehen, soviel wie möglich – und mit einem entschlossenen Stoß die Verlockung von sich wegzustoßen.

Sie rannten, krochen, sprangen, rutschten alle jedesmal panisch vibrierend von ihm weg, Frauen schneller als Männer, weil jene immer noch einen Rest an Gewißheit empfanden, wehrhafter zu sein. Rudy spürte das genau. Das waren gefährliche Momente, weil sie auf schmalem Grat balancierten und ihn provozierend angrinsten: Sein Verlangen, seine gierigen Glieder auf das Ziel zu beschleunigen und die Herrschaftsverhältnisse geradezurücken, war dann kaum noch zu bändigen...

Er nahm den Fuß vom Gaspedal, bog vom Broadway in die 8th Street ein, rollte auf Schleichfahrt an den vielen Snacks, Schuhgeschäften, In- und Out-Klamottenläden entlang, sortierte im Geiste Touristen von »Echten«, genoß die cool taxierenden und verstehenden Blicke der Großstadt-Profis, ignorierte die Vorstädter, Hicks und New-Jersey-Gaffer. Nicht sein Revier. Er lebte hier. Weil er es sich leisten konnte. Hier hatten die Consigliori, das obere Management der Italo-Mafia, und die Town-Mafia ihre Familien. Wer hier allzu eigenwillige Dinger abzog, hatte es sofort mit der Crème der New Yorker Syndikate zu tun. Im günstigsten Fall ließen sie die Ignoranten des persönlichen Familienfriedens stark lädiert den Staub im Hafen von New Jersey fressen, mit dem Rat, sich eine neue Heimat zu suchen; im ungünstigsten Fall war die Frage nach Heimat ein für allemal geklärt. Das zumindest wußte so ziemlich jeder, der hier spazierte. Deshalb herrschte im Village gefahrlose Ruhe, und dazu gehörte auch der rege Drogenhandel am Washington Square Park. Die Dealer hier waren zweite Garnitur und selber dumpfe Drogenköpfe, Selbstversorger, die sich durch Weiterverkauf ein paar Dollars dazuverdienten.

Rudy hielt sich an die allgemeine Regel, die Gegend von Gewalt sauber zu halten. Der G-Fond setzte ihn auch nie gegen die anderen Syndikate ein, um nicht einmal den Hauch eines Mißverständnisses aufkommen zu lassen. Seine Arbeit richtete sich gegen schwere Fälle, die ein Problem ausschließlich für den Fond oder für den Fond und die Syndikate waren.

Rudy war im Village, zweieinhalb Kilometer von Chinatown entfernt, sicher und lebte unauffällig.

8

Lisa drehte den Schlüssel in den Fingern, den sie Franco vom Hals gerissen hatte. Ein komisches Ding, eigentlich viel zu klein für bundesdeutsche Türen, dachte sie, sieht ausländisch aus. 'Wo hast du das New Yorker Paket?' Die Frage des Chinesen, der Franco erschossen hatte, rotierte in ihrem Kopf. New York, Geld, Schlüssel, Diskette. Sie überquerte den Ring ein paar Meter hinter dem Menschenauflauf vor der Absperrung zum Pornokino. Die Kölner sind okay, aber wenn es was zu gaffen gibt, dann stehen sie sofort auf der Matte, auch wenn die Szenerie hier nur noch aus drei Polizeiwagen, einer Menge herumrennender Bullen und erstaunlich unscheinbaren Kriminalpolizisten bestand. Im Vorbeigehen hörte sie die wildesten Spekulationen, was denn da drin passiert sei, Chicago und St. Pauli in Köln.

Lisa spazierte betont langsam, blieb einige Male an Schaufenstern stehen, um sich nach ihrem vermeintlichen polizeilichen Schatten umzusehen. Obwohl sie absolut sicher war, einen auf den Fersen zu haben, konnte sie nicht herausfinden, wer es war. Bis zum Eingang mit der Hausnummer 88 waren es nur gut 250 Meter, zuwenig um sich Gewißheit zu verschaffen. Das gefiel ihr nicht, andererseits hatte sie das zwingende Gefühl, sich beeilen zu müssen, was Francos Wohnung betraf: So wie sie die Lage beurteilte, würden sich noch andere dafür interessieren, nämlich irgendwann die Polizei und auch der Chinese. Sie mußte es jetzt riskieren. Irgend etwas würde sie der Polizei später schon erzählen, falls man sie dabei beobachtete.

Die kupfernen Ziffern der Hausnummer 88 klebten unscheinbar über dem Türportal aus weißem Marmor, das sich zu einem zehn Meter langen Gang öffnete. Links einige Briefkästen, dann der hölzerne Treppenaufgang zu den Wohnungen, am Ende des Ganges eine mit weißem Kunstleder beschlagene Tür, auf der ein Metallschild *Studio 54* sagte, mehr nicht. Dahinter verbarg sich, wie Lisa vom Hörensagen wußte, eine Bar und Kölns Zockertreff mit den höchsten Einsätzen. Sie stieg ohne zu zögern die Treppe zu den Wohnungen hinauf, Penthouse hatte der Barkeeper gesagt. Auf jeder Etage blieb sie kurz stehen, um nach unten zu lauschen. Keine Schritte. Die letzten Stufen zum Penthouse nahm sie im Doppelpack – und blieb mit einem Ruck stehen: Für diese Tür brauchte sie keinen Schlüssel mehr.

Vorsichtig steckte sie den Kopf durch den Spalt zwischen der zersplitterten Türkante und dem Rahmen. Keine Geräusche, keine Bewegung. Nur ihr Puls erhöhte kontinuierlich seine Schlagfrequenz und drängte sich in ihre Gehörkanäle. Langsam schob sie die Tür auf, mit dem Ellbogen, um keine Fingerabdrücke zu hinterlassen.

Wer immer diese Wohnung auseinandergenommen hatte, mußte es in höllischer Wut getan haben. Hier hatte jemand nicht nur gesucht, sondern heillos gewühlt und zerfetzt. Lisa schlich vorsichtig ins Wohnzimmer und ließ das Chaos auf sich wirken. Offensichtlich lag nichts da, wo es hingehörte, eine Gipsstatue in tausend Scherben vor ihrem weißen Holzsockel, Bilderrahmen von der Wand gerissen, sogar der Teppichboden war an den Rändern hochgewölbt worden, um darunter nach versteckten Gegenständen zu forschen. Wonach eigentlich, überlegte sie und wiederholte im Geiste Francos gestammelte Worte: Diskette, Schlüssel, Geld.

Plötzlich war da etwas, was sie irritierte, irgend etwas. Bewegungslos verharrte sie in der Mitte des Raumes, ließ ihre Augen kreisen, schnupperte vorsichtig wie eine Katze, als gäbe es olfaktorische Gründe für ihre Irritation. Es roch nach zu-geizig-für-eine-Putzfrau und zu-faul-zum-selberputzen. Und nach frischem Schweiß. Alarmsirenen heulten plötzlich in Lisas Gehirn und drängten sie zum Ausgang. Sie beherrschte sich. Es gab zwei Möglichkeiten: Entweder der Einbrecher war noch da – sie war sicher, daß es der kompakte Chinese aus dem Kino war – oder er ist, kurz bevor sie kam, gerade eben verschwunden. Nein, nein, er ist weg, sagte sie sich und bemühte sich, daran zu glauben. Bleib dran, beschwor sie sich, wenn es das ist, wonach es aussieht, dann hast du ausgesorgt, Geld, wer weiß wieviel!

Sie war sich sicher, einer großen Sache auf der Spur zu sein, einer Geschichte, die ihr langweiliges Leben als angestellte Krankengymnastin in andere Dimensionen katapultieren würde, weg von all den schwabbelärschigen Bandscheibenkranken. Du mußt es riskieren, beschwor sie sich, das ist deine Chance, ganz sicher!

Entschlossen setzte sie sich in Bewegung, warf in jeden Raum einen kurzen Blick. Keine Menschenseele. Sie beruhigte sich etwas. Sie wollen das Geld, den Schlüssel, die Diskette. Das waren Francos Worte, bevor er ohnmächtig wurde. Den Schlüssel hatte sie – wenn es der richtige war. Wofür eigentlich? Lisa ging noch mal in den Arbeitsraum. Auch hier hatte der Einbrecher akribische Zerstörungsarbeit geleistet. Lisa brauchte nicht zu wissen, wie es vorher einmal ausgesehen hatte, um sicher zu sein, daß hier jeder Gegenstand mindestens einmal von allen Seiten untersucht worden war. Sie empfand leichte Bewunderung für den kaltblütigen Kompakten, der die Wohnung so gründlich durchsucht hatte, obwohl er kaum annehmen konnte, daß ihn keiner gesehen hatte, und er daher jede Sekunde mit der Polizei rechnen mußte.

Ein klobiger Computermonitor stand auf einem kleinen Schreibtisch vor dem Fenster, in einem Regal links daneben ein Drucker, darüber eine leere, umgedrehte Diskettenbox. Offensichtlich hatte der Chinese die Box leergeräumt und alle Disketten mitgehen lassen.

»Verdammter Scheiß!« grummelte Lisa unwillig. Sie dachte angestrengt über den Schlüssel nach und besah ihn sich noch einmal genauer. Der englische Name Friley und ein nicht deutlich zu entzifferndes rundes Emblem waren darin eingraviert. Ziemlich aussichtslos.

»Schlüssel und Diskette...«, flüsterte Lisa. Sie warf einen Blick auf den Computer, der unterhalb des Druckers in einem Extrafach eingesetzt war. Die Sicherungshebel beider Laufwerke waren geöffnet. Lisa sah genauer hin. Im unteren Laufwerk steckte eine Diskette, wahrscheinlich die einzige, die in dieser Wohnung überhaupt noch zu finden war.

9

Rudy war es völlig gleichgültig, ob eine Frau von ihm schwanger wurde oder nicht. Die allermeisten schützten sich sowieso von sich aus, erledigt. Es gab aber hin und wieder eine, die seinen Samen nicht wollte, die demzufolge schutzlos war. Ihm war es egal, ob er ein solches Opfer schwängerte. Nicht egal war ihm der Gedanke, damit eine eindeutige genetische Spur zu hinterlassen, einen Beweis für seine Täterschaft. Das raubte ihm den Genuß, der sonst so herrlich lange nachschwang und oft viel schöner war als alles was vorher kam.

Kondom, Unterbrechung, alles störte, unterbrach seinen Fluß, stellte sich ihm in den Weg, hatte mit Überwindung, mit Disziplin zu tun und war ihm somit verhaßt. Er liebte Disziplin, solange sie sich nicht gegen ihn richtete. Das paßte nicht in sein amerikanisches Leben. Er wollte sich von niemandem einschränken lassen. Eigentlich tat das auch niemand, dennoch hatte ausgerechnet er selbst die Einschränkung erkannt, analysiert, und fürchtete von da an die Folgen. Daraus entwickelte sich nach und nach die logische Konsequenz, den weiteren Ausstoß fruchtbarer Spermien zu unterbinden.

Schließlich fand sich Rudy auf einer Operationsliege wieder, aseptisch abgedeckt, oben normal gekleidet, unten nackt, bis auf die dünnen schwarzen Socken an seinen Füßen. Zuvor hatte er eine gute Dosis Beruhigungspillen geschluckt. Nicht weil ihm die bevorstehende Operation Angst einjagte. Vielmehr wollte er so sicher wie möglich seinen Reflex unterdrücken, aus dieser wehrlosen Lage in der Horizontalen, den weißen Mann mit dem Skalpell über sich, über seinen Unterleib gebeugt, aufzuspringen und die Machtverhältnisse zurechtzurücken. Er haßte Spritzen, Operationen, Verbände, Schmerzen und Betäubungen, wenn all das sich gegen ihn richtete.

Trotzdem ließ er die Sterilisation über sich ergehen, nahm den dumpfen Schmerz in Kauf, der ihn ständig vergeblich auf die Toilette schickte, wichste monatelang alle drei Wochen im ärztlichen Auftrag Rotz in ein Röhrchen, um die Anzahl der frei wuselnden kleinen Schwängerer feststellen zu lassen.

Es wurden weniger, und als die Diagnose endlich »unfruchtbar« lautete, erwachte mit einem eruptiven Schlag seine schlummernde Lust. Das erste und auch das letzte Mal suchte er unvorsichtig, kurzsichtig, leichtsinnig nach einem Opfer, bis sich seine künstlich gestaute Lust mit gewaltigen Stößen in die Möse einer Frau entlud, der er nicht einmal genug Zeit ließ, richtig feucht zu werden. Rudys Vision, wie eine Maschine Löcher zu stanzen, ohne wirklich eine Spur zu hinterlassen, kitzelte seine Lust. Als seine Erschöpfung endlich überhand nahm, erhob er sich, vor Glück auflachend, packte liebevoll seinen Stempel ein, der keine Spuren hinterließ, und ging, ohne ein Bild von dem nackten Körper mitzunehmen, den er zerstört hatte. Die AIDS-Gefahr hatte die Sterilisation überflüssig gemacht. Er trauerte der gummilosen Zeit nicht nach, aber er haßte alle, die ihm gefährlich werden konnten und die ihm die letztlich unnütze Operation aufgezwungen hatten. Und gefährlich waren sie alle.

10

Der Kompakte wußte, daß er einiges verpatzt hatte. Seine Auftraggeber wollten nicht Francos Tod, sondern ihr Geld zurück. Sechs Millionen US-Dollar, in abgegriffenen, leicht schmuddeligen Scheinen. Jetzt hatte der Kompakte den einzigen, der ihm sagen konnte, wo das Geld war, umgenietet. Inständig betete er zu Buddha und anderen Göttern, daß Franco noch leben möge. Irgendwie würde er dann schon an ihn herankommen. Oder er mußte das Geld so finden. Er *mußte.* Von seinem Fensterplatz in der Ascot-Hotelbar hatte er gesehen, wie Lisa in den Eingang zu Francos Wohnung schlüpfte. Sollte sie ruhig seine Suchaktion in Francos Wohnung fortsetzen, was immer sie fände, er würde es ihr wieder abjagen. Er zwirbelte geistesabwesend in seiner dunkelblonden Perücke. Auch wenn er nicht viel Zeit gehabt hatte, sich auf diese Akltion vorzubereiten, so hatte er doch seine Grundausstattung bei sich: eben diese Perücke, einen Nasenbart zum Ankleben, eine weitausladende Baskenmütze, den Wendemantel, dessen hellere Seite jetzt nach außen zeigte.

Der G-Fond würde ihn letztlich zur Rechenschaft ziehen. Das war sicher. Todsicher. Auch wenn er in dem kleinen Kaff Opladen, fünfzehn Kilometer von Köln entfernt, sehr weit weg war vom Schuß, kannte er die weltweit bis in den letzten Winkel operierende Akribie des G-Fond. Der G-Fond betrieb ein hartes Geschäft, und da war es egal, ob man in Opladen oder Boston oder Hongkong lebte. Außerdem war er nicht irgend jemand. Er stand auf der Gehaltsliste. Auch wenn er seinen Lebensunterhalt unabhängig und selbständig verdienen mußte. Das war nur Tarnung für seine eigentliche Funktion: Als Verteiler hatte er dafür zu sorgen, daß das über Frankfurt eingeschmuggelte Kokain über die sogenannte Kölsch-Connection nach New York gelangte. Sobald er das Koks auf den Weg brachte, hatte er schon ein Drittel seines Gewinns verdient. Kam die Ware unentdeckt an, waren die restlichen zwei Drittel fällig. Die Kohle überwies man ihm dann, ganz regulär und legal, per internationaler Überweisung.

Der Kompakte hatte unablässig nach Zivilpolizisten gepeilt, aber keinen entdecken können. Was er nicht so recht verstand. Die Frau, mit der Franco im Kino gesessen hatte, mußte doch für die Polizei eine Hauptverdächtige sein oder zumindest eine wichtige Zeugin. Und die Tatsache, daß sie und nicht die Bullen in Francos Wohnung geschlichen war, bewies ihm, daß sie den Grünen nicht alles erzählt hatte, was sie wußte. Und noch etwas: Die Dame wollte offensichtlich mitmischen bei dem Spiel, auch wenn ihm die Rolle, die sie spielte, noch unklar war. Waren die Bullen etwa so blöd, sie unbeschattet gehen zu lassen?

»Die lernen das Geschäft nie«, flüsterte er und grinste sich tiefe Falten in sein ansonsten glattes China-Gesicht. Als er Lisa aus dem Hauseingang auf die Straße treten sah, verwandelte sich das Grinsen in ein hartes, rundes Gelbgesicht mit vorgerecktem Kinn. Er warf einen Geldschein auf den Tisch und ging zur Tür. Den Kragen seines Staubmantels schlug er hoch und zog die Baskenmütze tief in die Stirn. Obwohl er so nicht leicht zu identifizieren war, wußte er genau um das Risiko, von der Polizei erkannt zu werden, falls sie eine verläßliche Zeugenaussage hatte. Ein Chinese in Köln, ob blond oder nicht, ist wie eine Sumpfdotterblume auf einem Schuttabladeplatz. Der Kompakte war sich allerdings sicher, daß ihn die Frau, die gerade auf der anderen Straßenseite in Richtung Christophstraße ging, beschreiben konnte. Und die hatte offensichtlich andere Pläne.

Lisa tat so, als wäre es ganz normal, unmittelbar nach einer Schießerei, die sie hautnah miterlebt hatte, die Wohnung des Angeschossenen zu durchsuchen, eine Diskette mitgehen zu lassen und ohne Umwege entspannt nach Hause zu schlendern. Sie drehte sich nicht einmal um, weil sie durch nichts zu erkennen geben wollte, daß sie glaubte, von der Polizei beschattet zu werden. Bei Möbel Pesch blieb sie nur kurz vor dem Schaufenster stehen und linste die Straße zurück. Den Kompakten erkannte sie nicht wieder, weil er aus dieser Entfernung nicht wie ein blonder Chinese, sondern lediglich wie irgendein Mann in einem hellen Mantel aussah.

Sie tänzelte locker die Treppe des U-Bahneingangs Christophstraße hinunter, nahm die erstbeste Linie, die den Ring in Richtung Südstadt entlangfuhr, und war fünfzehn Minuten später in der Hardefuststraße 17, einer verträumten kleinen Straße am Volksgarten. Als Lisa, atemlos vom hastigen Treppensteigen, die Tür zu ihrer Dachwohnung im dritten Stock öffnete und in die Diele stürzte, rannte sie ihren Freund Robert fast um.

Robert war ein merkwürdiger Typ: Er hatte von allem etwas, aber nichts war vollständig. Er war groß, aber nicht sehr, hatte schönes lockiges Haar, aber oben etwas dünn, war schlank, hatte aber einzelne versteckte Fettpölsterchen, machte einen selbstbewußten Eindruck, war aber gleichzeitig immer etwas unsicher, wirkte athletisch, war aber zu oft abgeschlafft, neigte zu Brutalität, hatte aber letztendlich immer zuviel Mitleid.

Lisa mochte seinen Körper wie ihren eigenen: Robert hatte Mängel, und ihre Beziehung litt unter einem für sie unerklärlichen Verschleiß, aber sie war wie mit ihm verschweißt. Sie haßte dieses Gefühl von Abhängigkeit, hatte schon unzählige Anläufe genommen, ihn endgültig zum Teufel zu jagen. Vergeblich. Entweder kam er zurück, oder sie suchte ihn. Immer wieder, seit Jahren. Sie hatte sich schon oft den Kopf darüber zerbrochen, wieso diese Beziehung so ein Chaos war. Zumal sie nie Schwierigkeiten hatte, Männer zu kriegen: schöne, ehrgeizige, leidenschaftliche, intellektuelle, sportliche, unterhaltsame, dumme, heiratswillige. Sie hatte alles ausprobiert bis auf das Heiraten, und doch endete jede Reise wieder bei Robert. Und nicht etwa resigniert, nein, wie ein Schulmädchen glaubte sie, sich aufs neue in ihn verliebt zu haben, balancierte auf wackeligen Beinen und surfte auf Hitzewellen.

Am Anfang ihrer Beziehung wäre sie am liebsten zum Gehirnchirurgen gegangen, um die für diese Misere verantwortlichen Nervenleitungen durchtrennen zu lassen. Sie haßte sich für das Gefühl, das sie zu Robert hinzog. Bis sie merkte, daß es Robert ganz genauso ging wie ihr. Diese Erkenntnis nahm ihr augenblicklich die elenden Schuldgefühle. Und von da an wurden die Grabenkämpfe zwischen Lisa und Robert rücksichtsloser. Wie zwei ineinander verbissene Ratten kämpften sie oft weiter, auch wenn der Verlierer längst feststand und der Sieg immer teurer wurde. Lisa spürte dann, wie ihre Augen dunkler und schwärzer wurden, sah Roberts sich ebenfalls verwandeln, stieß ihre Fingernägel in seine Haut, schmeckte ihr eigenes Blut, hörte sein und ihr eigenes Stöhnen, das sich nicht selten in lustvolles Schreien verwandelte. Viele solcher gewalttätigen Auseinandersetzungen endeten in orgasmischen Umklammerungen, sie klebten aneinander und explodierten wie in atomarer Kettenreaktion.

Für beide war es anfangs schwer, mit solchen »Entgleisungen« fertig zu werden. Sie schämten sich und pflegten danach längere Zeit betont bürgerliche Umgangsformen, bemühten sich um Höflichkeit und Entgegenkommen. Diese Phasen wurden allerdings kürzer und kürzer und waren heute längst vergessen.

»Auch schon da?« fragte er und starrte sie sichtlich bewölkt an. Lisa zuckte zurück und brauchte einige Sekunden, um ihre Schlagfertigkeit wiederzufinden.

»Nach fast einer Stunde hatte ich keine Lust mehr, auf dich zu warten. Komisch, ne?« antwortete sie und ging einfach an ihm vorbei. Robert folgte ihr im Abstand von wenigen Zentimetern.

»Ich stand im Stau. Es ging nicht schneller!«

»Im Stau!« Lisa blieb abrupt stehen und ließ Robert auflaufen. »Wie hieß denn der Stau?«

»Hey, Lisa«, grinste er sie an. »Ich bin derjenige, der Grund hat, sauer zu sein. Wir waren verabredet, und wie mir der Barkeeper im *Schnappschuß* sagte, bist du mit einem Mann losgezogen, der Franco heißt und den du erst eine Minute vorher kennengelernt hast!«

»Aber nur, um mir seine Briefmarkensammlung anzusehen, Robert, ehrlich«, antwortete sie mit unüberhörbarem Zynismus. Für einen Moment standen sie mit vorgereckten Köpfen einander gegenüber, dann legte sie ihm mit einer betont langsamen Bewegung ihre flache Hand auf die Wange und sah ihm ruhig in die Augen. »Der Barkeeper ist ein Idiot. Natürlich kenn ich den Franco schon länger«, log sie, »schon ewig. Er hatte 'ne Verabredung in einer anderen Kneipe und ich bin mitgegangen, um ein bißchen über früher zu reden.« Sie lächelte ihn entschuldigend an. Sie konnte jetzt keinen Streit gebrauchen.

»Okay«, sagte Robert gedehnt. Er spürte, daß die Geschichte noch nicht zu Ende erzählt war, wollte aber nicht weiter drängeln, um seine eigene für sich behalten zu können. »Lad mich ein in deine Badewanne, Lisa, mir ist kalt.« Robert legte seinen Arm um ihre Hüfte und schob sie auf die Badezimmertür zu. Lisa lachte hell und ließ alles fallen, was sie im Moment nicht brauchte.

11

Daran wollte ich nicht denken. Mit Lisa zu schlafen, war in den meisten Fällen etwas Besonderes, vor allem wenn wir uns kurz zuvor bis aufs Blut gefetzt hatten. Oft sehe ich in meiner Erinnerung, wie sich ihr Gesicht innerhalb einer

Sekunde verzerrt, wie sich ihr Hals versteift, ihre wie Krallen geschärften langen Fingernägel nach mir schlagen und fast jedesmal irgend etwas aufreißen. Sie ist kreativ: Ich weiß zwar, wann der Moment kommt, in dem sie zuschlägt, ich weiß aber nie, wo sie mich trifft. Wahrscheinlich ist es die tiefsitzende, anerzogene Scheu, gegen ein weibliches Wesen Gewalt anzuwenden, die meine Gegenwehr in der ersten Reaktion oft schwächt. Nur wenn ihr erster Schlag sehr schmerzhaft war, lagen die Dinge anders. Letztlich aber kann passieren, was will – wir streiten uns, wir brüllen uns an, schlagen uns – irgendwann enden wir im Bett, meistens aus der Situation heraus, manchmal erst nach ein, zwei Tagen, in denen wir kein Wort miteinander gewechselt haben. Wie in einem Spiel.

Allerdings spürte sie genau, wenn *ich* es darauf anlegte, mit *ihr* auf diese Art zu spielen. Dann konnte ich sicher sein, daß sie nicht mitspielte; dann reagierte sie nicht, tat genervt und behandelte mich pädagogisch, wie einen kleinen Spinner, dem sie grenzenlos überlegen war. Das dämpfte schnell meine Lust am Spiel und machte mich wütend, ohnmächtig wütend, denn aus einer solchen Situation heraus war keine Auseinandersetzung auf gleicher Ebene mehr möglich, und sie endete auch garantiert nicht im Bett, sondern mit Liebesentzug. Meine Antwort darauf war regelmäßig dieselbe: Ich packte meine Gummis ein und ging auf die Piste. Das waren die Abenteuer, die meinen Ruf in gewissen Kreisen begründeten, den Ruf des animalischen Liebhabers, der immer noch einen drauflegen konnte. Mir war natürlich klar, daß die Frauen, die mich da feierten, keinem Vergleich mit Lisa standhalten konnten - Lisa mit scharfem 's', wie ungeheuer wichtig das immer war! -, aber sie hatten wenigstens schöne Körper und stöhnten laut, das reichte mir. Ich tobte mich aus und genoß die Sehnsucht dieser Frauen, einen wie mich halten zu können.

Doch das alles sind nur unter dem Gesichtspunkt »erotische Abenteuer« schöne Erinnerungen. Auch was an dem Abend in New York passierte, als Lisa verschwand. Danach schlug eine Wirklichkeit auf mich ein, wie ich sie so brutal noch nie erlebt hatte. Und als ich am Tag darauf, den 45er in der Rechten, das Foto in der Linken, in meinem Zimmer im Washington Square Hotel auf dem Bett lag, erschien mir mein Liebesleben, mit Lisa und all den anderen, als eine reichlich kindische, unreife Methode, mein Leben in den Griff zu bekommen. Ich nahm mir vor, meine Verhältnisse zu ordnen, falls ich lebend wieder nach Hause kommen würde. Nicht allerdings mit Lisa: Ich konnte mir keinen Grund vorstellen, der gut genug gewesen wäre, sie zu veranlassen, mich ohne auch nur ein erklärendes Wort in New York zurückzulassen, von den Attacken eines Psychopathen bedroht, dessen Motive mir völlig unklar waren. Nur eines war mir klar: Die Attacken hatten irgend etwas mit Lisa zu tun.

12

Der Kompakte studierte bedächtig die sechs Namen auf den Schildchen neben den Klingelknöpfen. Auf fünf las er männliche Vornamen, vor "Steinberg" stand ein weiblicher, Lisa. Sein Gefühl sagte ihm, daß die Frau aus dem Kino weder bei ihren Eltern wohnte noch verheiratet war. Also war Lisa S. sein Ziel.

Der Anordnung der Briefkästen und Klingeln nach zu urteilen, wohnte Lisa in der Dachwohnung rechts. Der Chinese prüfte die Fassade. Die Sache sah schlecht aus: keine Vorsprünge, die Regenrinne viel zu weit von den Fenstern entfernt. Er sah auf seine Uhr, 19 Uhr 30, überlegte kurz und griff prüfend nach seiner Pistole. Dann klingelte er bei "Wilhelm". Das war der Name links neben Lisa Steinberg. Nach einer halben Minute ertönte der Summer. Der Kompakte schlüpfte durch die Tür und flitzte die Stufen hinauf. Beim Laufen nahm er die Baskenmütze ab, streifte sich einen dünnen Nylonstrumpf über, setzte die Mütze wieder auf und zog sie tief ins Gesicht.

Für Opa Wilhelm, der die andere Dachwohnung bewohnte, sah der Kompakte von oben aus wie ein breitschultriger Franzose, der ihm wahrscheinlich ein Wein-Abo würde aufschwatzen wollen. Um einer Diskussion aus dem Weg zugehen, schlurfte er vom Treppengeländer in seine Wohnung zurück. Aber noch bevor er die Tür wieder erreicht hatte, spürte er einen harten Gegenstand im Rücken, eine Hand auf seinem Mund und hörte eine zischelnde Stimme: »Kein Wort. Reingehen. Schnell!«

Ihm wurde schwindelig, als er mit rücksichtsloser Wucht nach vorn gestoßen wurde, und als der Kompakte die Haustür hinter ihm mit dem Fuß zudonnerte, sank er ohnmächtig zu Boden.

Der Chinese sah erstaunt zu, wie der alte Mann zusammensackte. Dann grinste er höhnisch: So einfach hatte er sich das nicht vorgestellt. Er schleppte den schlaffen Körper in den von der Eingangstür am weitesten entfernten Raum, zog aus seiner Manteltasche eine Rolle Isolierband, verklebte den Alten zu einem festen Paket und ließ ihn auf dem Boden liegen. Während er nach dem Telefon suchte, lauschte er mit einem fiesen Grinsen um den Mund den panischen Atemzügen von Opa Wilhelm, der nur mit Mühe genügend Luft durch die Nase einsaugen konnte.

Der Kompakte rief seine Leute an und bestellte sie für zwei Uhr nachts mit einem fensterlosen Kombi in die Hardefuststraße, um Lisa, falls sie sich als nicht kooperativ erweisen sollte, abtransportieren zu können, oder um sie, falls er nicht in ihre Wohnung eindringen könnte, von ihnen beschatten zu lassen. Der G-Fond erwartete in dieser Angelegenheit täglich lückenlose Berichte. Er warf den Hörer auf die Gabel, ging in die Küche und suchte in den Schränken nach Tee und einer Kanne. Dann richtete er sich auf eine lange Wartezeit ein.

Um zwei Uhr nachts riß der elektronische Piepser seiner Armbanduhr den Chinesen aus dem Schlaf. Er war sofort hellwach. Schon bevor er eingenickt war, hatte er sich einen einfachen Plan zurechtgelegt, der davon ausging, daß die Dachfenster bei Lisa Steinberg die gleichen waren wie bei Opa Wilhelm. Leise öffnete er das Fenster und hievte sich auf das Dach. Es fiel nicht sehr stark ab und bildete, fast um es ihm so einfach wie möglich zu machen, zur Dachrinne hin einen nahezu waagerechten Absatz. Gebückt bewegte sich der Chinese vorwärts und versuchte den unangenehmen Gedanken zu verdrängen, daß ein Fehltritt ihm zehn Meter freien Fall bescheren würde.

Das nächste Fenster mußte schon das richtige sein. Er legte sich flach auf den Bauch, tastete Lisas Schlafzimmerfenster ab und grinste zufrieden über soviel Glück: Das Fenster war einen Spalt breit geöffnet. Vorsichtig schob er seinen Kopf um die Kante des Rahmens. Nicht einmal eine Gardine würde ihn behindern. Ein leichter Druck genügte, um das Fenster vollständig zu öffnen. Er drehte sich seitwärts und suchte innen mit einem Fuß nach irgend etwas, auf dem er stehen konnte. Als er sicheren Tritt auf den Rippen eines Heizkörpers fand, zog er das andere Bein nach. Langsam, ganz vorsichtig rutschte er in die Hocke und spähte in Lisas Schlafzimmer. Ihr riesiges Bett leuchtete weiß, undeutlich konnte er ihren Kopf erkennen, umrahmt von einer Welle brauner Haare. Nach kurzem Zögern griff er den Revolver und schob seine 92 Kilo von der schmalen Fensterbank in den Raum.

13

Rudy nahm den Eingang zur U-Bahn an der 8th Street. Es war kurz nach vier Uhr nachmittags. Menschenmassen quollen ihm entgegen. Er durchschritt die Sperre, ging bis vorne an den Bahnsteig, noch hinter die von Millionen Füßen mattgescheuerte weiße Linie, die als letzte Warnung vor der Bahnsteigkante gemeint war: Gleich danach ging es einen Meter hinunter, direkt auf die Gleise, die zusammen mit der Stromleiterschiene an der Seite tödliche Gefahr bedeuteten.

Rudy wartete regungslos, ließ den A-Train passieren, nahm den Shuttle bis zur 34th Street, stieg um in den N-Train. Als er diesen Zug am Times Square verließ, war er mittendrin in der Rushhour.

Mehr wollte er nicht. Eng gepreßte Körper auf dem Bahnsteig. Wenn man sich nicht wehrt, wird man mitgezogen, irgendwohin, zur nächsten Etage, zum Ausgang. Rudy hatte seine dunkelste Sonnenbrille auf. Er interessierte sich für die Gesichter der Menschen, die er berührte, die ihn berühren mußten. Aggressivität flackerte in allen und Fluchtbedürfnis. Aber es gab keine Möglichkeit zu fliehen außer als mitgerissener Bestandteil des schnell fließenden Menschenstroms, eingekesselt, berührt.

Rudy registrierte einen Mann neben sich, der angestrengt geradeaus starrte: nur keine größere Nähe provozieren, niemanden wahrnehmen. Rudy grinste. Der Mann sah es genau, wurde unsicherer und versuchte augenblicklich, Raum zwischen sich und ihm zu schaffen. Rudy tat so, als drückte ihn der Strom wieder näher an ihn heran. Er hörte schrille Alarmglocken im Gehirn des Unbekannten klingeln. Als Rudy seinen Arm leicht ausstreckte und den Mann an der Hüfte berührte, zuckte dieser zurück, das Großstadtgesetz: Was immer dieser Typ mit der Sonnenbrille tun, wie sehr auch immer ihm persönlich das nicht gefallen würde, er würde es alleine mit ihm auszutragen haben, keiner würde sich einmischen, viel zu gefährlich, wer weiß schon, warum zwei Menschen aneinandergeraten.

Der Mann versuchte zu entkommen, preßte sich nach rechts weg zwischen die anderen Körper, versuchte seinen Schritt in der undurchdringlichen Menschenherde zu beschleunigen. Rudy folgte unbeirrt, grinsend, mit wiegendem Körper, scheinbar entspannt. Der Mann konnte ihn nicht abschütteln. Immer wieder kam es zu Berührungen und mit jeder stieg seine Panik. Er hastete durch die Gittertür, die den U-Bahnbereich von der frei zugänglichen, unterirdischen Laden- und Fast-Food-Zone trennte. Unmittelbar hinter dem Gitter spritzte der Menschenstrom auseinander wie Wasser aus einem zu engen Schlauch, der endlich platzte. Der Mann rannte los, Menschenslalom, rempelte andere an, wurde angeschrien, wütend begafft. Er bemühte sich, das alles nicht zu sehen und konzentrierte sich auf die schmalen Lücken in der Menschenmasse, die sich erst Sekunden, bevor er sie nutzen konnte, öffneten. Am Treppenaufgang zum Times Square sprang er mit einem Satz auf die dritte Stufe und mußte stehenbleiben, Stau, zuwenig Platz für den wütenden Andrang der Rushhour-Zombies. Der Mann schwitzte, atmete hektisch. Gehetzt drehte er sich um und suchte seinen Verfolger.

Rudy stand fünfzig Meter entfernt am Rande der drängelnden Massen. Er winkte ihm zu und lachte laut. Er hatte seinen Spaß gehabt. Langsam drehte er sich um und pflügte quer durch die Masse, die nach draußen drängte, bis er sich im Gegenstrom befand, der nach unten zu den Bahnen quoll. Er ließ sich mitziehen und analysierte unauffällig unter der Sonnenbrille hervor die Gesichter in seiner Nähe.

14

Der Kompakte landete in der Hocke, schnellte hoch – und bemerkte erstaunt, wie seine Kinnlade seitwärts von ihm wegdriftete, begleitet von einem scharfen Schmerz und einem fiesen Knacken. Bevor er überhaupt an Gegenwehr denken konnte, donnerte noch ein Schlag auf sein Kinn, diesmal allerdings von der anderen Seite. Dann ging ihm die Luft aus, und er landete auf dem Boden. Zwei entschlossen zupackende Hände drehten ihn auf den Bauch und fesselten ihn mit einem weichen Stoff an den Händen.

»So, Freundchen, wen haben wir denn hier?« sagte Robert mit zittriger Stimme und drehte den Kompakten mit Mühe wieder auf den Rücken. »Mach mal das Licht an, Lisa.«

Umständlich zog Robert den Strumpf vom Kopf des

Gefesselten. Als die asiatischen Gesichtszüge zum Vorschein kamen, kickste Lisa entsetzt auf.

»Was ist? Kennst du den Kerl?« fragte Robert.

»Nein, nie gesehen«, antwortete sie.

»Was liegt an, Schlitz? Was wolltest du hier?« Robert wollte sehr cool klingen, konnte jedoch seine Angst nicht verbergen.

Der Chinese verzog keine Miene und starrte ins Leere.

»Lisa, bist du sicher, daß du den hier nicht kennst?« fragte er noch einmal und sah seine Freundin eindringlich an.

»Wirklich nicht. An diesen Fresskopp würde ich mich doch erinnern!« antwortete Lisa etwas zu laut.

Robert glaubte ihr nicht so richtig und nahm sich vor, bei Gelegenheit weiterzufragen. »Ruf die Polizei an. Sollen die sich mit ihm rumschlagen«, sagte er und schielte nervös nach dem schweren Revolver, den der Einbrecher bei dem kurzen Kampf verloren hatte, und überprüfte genau die provisorischen Fesseln, die er ihm angelegt hatte.

Nachdem die Polizei wieder fort war, fiel Robert in einen tiefen, ohnmächtigen Schlaf. Lisa nicht. Diverse Gedanken torkelten gleichzeitig durch ihr überreiztes Gehirn. Die Bullen hatten Opa Wilhelm befreit und eine Menge Fragen gestellt. Heute Nachmittag sollten Robert und sie aufs Präsidium Am Waidmarkt kommen, um auf detailliertere Fragen zu antworten. Zum Glück ging es bei dieser Geschichte nur um einen bewaffneten Überfall und nicht um Mord, so daß eine andere Abteilung der Kriminalpolizei zuständig war und sich eine Verbindung zwischen dem Kino-Blutbad und dieser Geschichte nur um einige Ecken herum ergeben könnte. Vielleicht über den Revolver, den der Chinese bei dem Einbruch bei sich hatte, wenn der mit der Tatwaffe im Kino identisch war.

Jedenfalls, dachte sie, sobald die Bescheid wissen, werden sie hier auf der Matte stehen, um wirklich unangenehme

Fragen zu stellen. Es gab nur einen Weg: Lisa kam, egal welche Möglichkeiten sie durchdachte, immer zu demselben Schluß: Sie mußte schnellstens die Diskette entschlüsseln, und, wenn sich dadurch etwas ergab, sofort handeln. Später dann ließe sich die Sache mit den Bullen immer noch geradebiegen, was sollte ihr schon passieren, schließlich war nicht sie es gewesen, die Franco umgenietet hatte. Und ihre Falschaussage am Tatort könnte sie leicht mit »Schock und Entsetzen« erklären.

Vorsichtig, um Robert nicht zu wecken, schälte sie sich unter der Bettdecke hervor. Die Leuchtziffern auf dem Wecker zeigten drei Uhr. Mit der Linken griff sie ihre Klamotten, die sie vor einer Stunde einfach vor dem Bett auf den Boden hatte fallen lassen, schlich aus dem Zimmer, zog sich hastig in der Diele an, warf sich die Lederjacke über, fühlte schnell nach der Diskette und flitzte los. Die Wohnungstür ließ sie offen stehen, um Robert nicht durch das Schließgeräusch zu wecken. Jeweils zwei Stufen nahm sie gleichzeitig, draußen sprang sie in ihren Golf Diesel. Vorglühen. Hoffentlich ist Toni zu Hause, dachte sie. Er würde sicher noch nicht schlafen, und er war bestimmt in der Lage, diese Diskette zu entschlüsseln. Wer sonst, wenn nicht er? Sie fuhr los, viel zu tief in Gedanken versunken, um den alten Opel Rekord Kombi mit den zugeklebten Heckscheiben zu bemerken, der ihr mit einigem Abstand folgte.

»Da isses!« Toni tippte aufgeregt auf den Bildschirm. »Das Ding ist mit Wordstar geschrieben.«

»Heißt das, ich kann jetzt lesen, was da drauf ist?« fragte Lisa und hatte Mühe, ihre Nervosität zu verbergen.

»Klar, dürfte nicht viel Arbeit sein. Hier ist nur eine Datei«, er zeigte auf die Buchstaben *NY-K*, die unterhalb der Überschrift *Inhaltsverzeichnis von B:* abgebildet waren. »Ich wähle die Datei jetzt an.«

Toni tippte einige Befehle. »Dann können wir ...«

»Toni, tu mir einen Gefallen«, unterbrach Lisa ihn und packte seinen Unterarm. »Laß mich den Text alleine lesen. Das ist eine ganz persönliche Geschichte.«

Toni starrte sie einige Sekunden abschätzend an. Lisa war immerhin die schönste Frau, die er kannte, und er würde sonstwas tun, um sich ihre Freundschaft zu erhalten. Es gab für ihn kaum etwas Größeres, als mit ihr in seiner Stammkneipe aufzutauchen und die neugierigen Blicke der frustrierten Säufer knapp an sich vorbei auf diese Engelserscheinung blitzen zu sehen. Andererseits haßte er Computerdateien, die sich seinen Blicken verschlossen, zumal hier die Angelegenheit so einfach war.

»Na gut«, antwortete er gedehnt und zwang ein falsches Lächeln auf sein Gesicht. »Ich drucke dir den Text aus, dann kannst du ihn mitnehmen.«

Lisa sah ihm ernst in die Augen. »Danke, Toni.«

Er gab dem Computer einen Befehl, und der Drucker begann zu zirpen.

»Wie läuft's eigentlich mit Robert?« fragte er beiläufig.

Lisa zuckte nur mit den Schultern.

»Ein Freund erzählte mir, ihr beide hättet vorige Woche eine Schlägerei im *La Strada* gehabt.«

»Wir?« Sie sah ihn belustigt an. »Das war etwas anders. Der Robert hat mir eine geknallt, ich fing an zu heulen...«

»Du schlägst doch normalerweise zurück!«

»Ja ja...« Lisa grinste. »Du kennst das *La Strada*, achtzig Prozent der Gäste sind Italiener. Als die sahen, wie der starke Mann die arme schwache Frau schlug, haben die sich über Robert hergemacht. Ich brauchte keinen Finger zu rühren.« Sie lachte laut und konnte sich nicht mehr beruhigen. Toni schluckte zweimal und schüttelte den Kopf.

»Das hast du doch garantiert genau kalkuliert, oder?«

Lisa lachte weiter und sagte nichts.

»Worum ging's?«

»Robert war wieder mal der Meinung, ich sei statusgeil.«

»Statusgeil?« Toni sah Lisa fragend an. »Du meinst, er

störte sich daran, daß du einen Porschefahrer für einen besseren Menschen hältst als einen Golffahrer?«

»Hey! Was ist denn mit dir los?« Lisa schüttelte gespielt fassungslos den Kopf. »Hast du dich mit Robert abgesprochen?«

»Quatsch. Ich kenn dich ja auch ein bißchen.«

»Toni, du willst mir doch wohl nicht im Ernst sagen, daß du mich für so ein dämliches Mäuschen hältst, das sich die Männer nach ihrer Einkommensteuererklärung aussucht!«

»Quatsch, ich kenn dich ja ganz gut...«

»Was denn jetzt: gut oder ein bißchen?«

»Na ja, gut genug, um zu wissen, daß du den Hang dazu hast, einen Mann...«

»Laß es lieber sein«, drohte Lisa. »Oder willst du mir gleich sagen, daß ich mit Robert nur wegen irgendeiner irgendwann zu erwartenden lächerlichen Erbschaft zusammen bin? Hä?« Sie streckte ihren Kopf angriffslustig vor. Toni ahnte, was passieren würde, wenn er nicht schnellstens einen Rückzieher machte.

»Quatsch! So'n Blödsinn. Is mir eigentlich sowieso egal.«

Lisa grinste ihn unverschämt an, weil sie genau wußte, warum er nicht weiterkämpfte. »Du mußt deinen Sprachschatz erweitern.«

»Quatsch«, sagte Toni und grinste nervös.

Lisa streichelte exaltiert seine Wange und lachte ihn spöttisch an. »Du schaffst das schon.«

»Mit dir möchte ich nicht verheiratet sein.« Toni wurde sehr ernst und versuchte vergeblich, gegen die aufsteigende Gesichtsröte anzukämpfen.

»Sei froh, Baby. Du bist viel zu lieb, bei dir müßte ich ja ein schlechtes Gewissen kriegen.«

»Und bei Robert kriegst du keins?«

»Bei Robert und mir steht es letztlich immer unentschieden.«

»Sieht der das genauso?«

»Wenn du ihn im richtigen Moment fragst, ja.«

Toni schüttelte den immer noch pulsierenden Kopf. »Bescheuert...«, murmelte er.

Der Drucker hatte schon nach einer eng beschriebenen Seite gestoppt. Toni riß das Blatt von dem Endlospapierstreifen ab. »Hier, dein Geheimnis.« Lisa griff hastig danach und stopfte es, ohne zu lesen, in ihre Jackentasche.

»Die Diskette brauch ich auch noch, Toni.«

»Scheint ja sehr geheim zu sein«, brummte Toni unwillig und ließ sie aus dem Laufwerk springen.

»Das war wirklich nett von dir, Toni, es *ist* wichtig! Ich hoffe, ich kann dir auch mal einen Gefallen tun. Ciao, Toni.«

»Mach's gut, Lisa. Grüß den Robert von mir.«

Er wartete ungeduldig. Als er hörte, wie die Tür zuschlug, gab er dem Computer erneut einen Druckbefehl. Die Diskette hatte Lisa zwar mitgenommen, aber ohne daß sie etwas davon bemerkt hatte, hatte er den Text in den Arbeitsspeicher kopiert. Er würde also ihr Geheimnis in wenigen Sekunden fein säuberlich ausgedruckt vor sich liegen haben.

»Was zum Teufel soll das heißen: *222 E 12, 6c*?« Toni schaukelte auf seinem Schreibtischstuhl. Die Feder der Relaxmechanik knarrte leicht und war die passende akustische Ergänzung zu seinen nachdenklichen Stirnfalten. Er griff noch einmal zu dem Blatt Papier, das der Drucker ausgespuckt hatte. Mit kaum geöffnetem Mund flüsternd las er den Text herunter.

»$$ im alten Braukessel im Museumsteil der Manhattan Brewery Inc. gefunden; von Besitzer Chong dort deponiert: Habe ihn mit chinesischem Pappkoffer in dem Lagerraum für historisches Brauinventar verschwinden sehen; kam ohne Koffer wieder raus, machte einen sehr vorsichtigen Eindruck, hat mich nicht gesehen: der Vorraum zur Lagerhalle ist immer verschlossen, ich habe einen Zugang durch den Keller entdeckt, ziehe mich immer hierhin zurück, wenn ich meine Ruhe haben will, die Chance, daß jemand zu der Zeit, als wir die Brauerei installiert haben, in die Lagerhalle mußte, war sehr gering; Vorraum war mit Büromöbeln vollge-

stopft, habe mich in einem Stahlspind versteckt und durch die Belüftungsschlitze den Chinesen beobachten können;

Chong kam ohne Koffer wieder aus der Lagerhalle heraus; habe die Halle abgesucht und an den Spuren im Staub am Boden rekonstruieren können, daß er an dem mittelalterlichen deutschen Braukessel gewesen war; den Koffer hat er einfach in den Bottich gestellt; WOW! voller gebrauchter Dollarscheine!!

Umgepackt in 4 große Papiereinkaufstüten und Koffer zurückgestellt; Unter Vorwand während des restlichen Arbeitstages rausgeschmuggelt;

6 Millionen! Was für ein lächerlich kleiner Haufen! = 222 E 12, 6c; Abfluß-Kammer;

<WOFÜR DIE KOHLE??>

Toni wippte noch eine Weile hin und her. Dann schnellte er entschlossen nach vorne, knallte den Zettel auf seinen Schreibtisch und erhob sich.

»Noch'n Spinner, der Schriftsteller werden will«, sagte er und fingerte an seinem oberen Hemdknopf, bis er endlich zugeknöpft war. Er mochte es, wie ein Intellektueller auszusehen.

Lisa drückte vorsichtig die Eingangstür zu ihrer Wohnung auf. Sie hoffte, Robert schliefe noch, obwohl sie sich das kaum vorstellen konnte. Sie selbst würde nicht weiterschlafen können, wenn der Körper, neben dem sie eingeschlafen war, plötzlich fort war.

Sie wollte sich gerade umdrehen, um die Tür leise ins Schloß zu drücken, als sie aus den Augenwinkeln eine schnelle Bewegung registrierte. Die Tür donnerte, von Roberts gestrecktem Bein beschleunigt, in die Zarge, um sechs Uhr morgens ein gewaltiges akustisches Ereignis.

»Bist du bescheuert, Robert?« überschlug sich Lisas Stimme.

»Ich wollte nur testen, ob du vielleicht schlafwandelst«, antwortete Robert ruhig. Lisa kannte diese Ruhe genau und bereitete sich drauf vor, schnell reagieren zu müssen.

»Kannst du mir sagen, was du eigentlich willst?« stieß sie angriffslustig hervor. »Ich konnte nicht schlafen. Ich bin ein bißchen draußen rumgelaufen.«

»Mit dem Auto?«

»Herrgott noch mal! Ja, mit dem Auto! Was geht dich das eigentlich an?«

»Ooch, nichts, Lisa, nichts. Und? Jetzt geht's?«

»Was soll gehen?«

»Jetzt kannst du schlafen?«

Lisa starrte Robert an. »Wahrscheinlich...« Sie versuchte zu erraten, was er vorhatte.

»Dann komm.«

Lisa rührte sich keinen Millimeter. »Willst du mich in den Schlaf diskutieren?«

»Wie wär's denn hiermit?« Roberts Hände schnellten vor, packten die Revers ihrer Lederjacke und rissen Lisas Körper zu sich hin.

»Toll, wirklich! Und was soll das sein?«

»Vielleicht kommt noch mehr.« Robert zerrte sie hin und her.

Lisa ließ sich schwer in der Jacke hängen und grinste ihn betont süßlich an. »Schön, das ist soo schön!«

Ohne Vorwarnung ließ Robert plötzlich los, Lisa taumelte und stürzte zu Boden.

»Du Scheißkerl!« brüllte sie los und versuchte, ihm die Beine wegzutreten. »Du verdammter Scheißkerl!«

Robert lachte. Um nicht von ihren Tritten zu Fall gebracht zu werden, stellte er sich breitbeinig vor sie. Als sie merkte, daß sie ihn nicht umnieten konnte, kniete sie sich hin und tat so, als wollte sie aufstehen. Robert besah sie sich von oben herab wie ein kleines kriechendes Insekt. Da packte Lisa ihm mit einem schnellen Griff zwischen die Beine und drückte zu. Er wurde zuerst blaß, dann lief er rot an, brüllte los. Lisa preßte noch einmal die Finger zusammen und sprang dann eilig auf, um sich im Wohnzimmer in Sicherheit zu bringen. Hastig knallte sie die Tür zu und verschloß sie mit zwei

Schlüsselumdrehungen. Sie ließ sich auf das Sofa fallen und schon in der nächsten Sekunden verließen ihre Gedanken den Streit mit Robert. Ungeduldig zerrte sie den bedruckten Zettel aus ihrer Jackentasche. Den gegen die Tür schlagenden und vor Wut und Schmerz heulenden Robert nahm sie gar nicht mehr wahr. Atemlos las sie Francos Aufzeichnungen. Als sie durch war, ließ sie den Zettel zu Boden flattern.

»Ich hab gewußt, daß da mehr dahinter steckt«, flüsterte sie. »Sechs Millionen Dollar...

Wie steht der Dollar? Einsachtzig? Einssechzig? Also neun, zehn Millionen Mark!« Sie schloß die Augen und versuchte ihre fliegenden Gedanken zu ordnen: Da war ein Haufen Geld und sie weit und breit der einzige Mensch in dessen Nähe.

15

Wie vertrackt und überdreht die Situation inzwischen geworden war, merkte ich an der Angst, die mich ansprang, als ich den alten Armeerevolver kurz ins Waschbecken legte, um pinkeln zu gehen. Ich habe mir, wie jeder andere auch, über die Jahre einen Haufen von Krimifilmen reingezogen, in denen selbst der vorsichtigste und mit allem rechnende Mensch von seinem Killer überrascht wird, als der einfach durch die Hoteltür fetzt und, noch bevor er wieder sicher auf seinen Füßen steht, wild und treffsicher um sich schießt. Ich wußte, meine Angst rührte vor allem daher, daß ich nicht abschätzen zu konnte, wie groß die Bedrohung tatsächlich war. Würde dieser Verrückte, der mich fast getötet hatte, wirklich so dreist sein, hier in dieses vollbelegte Hotel zu kommen und herumzuballern? War es aus seiner Sicht nicht viel sinnvoller, mich in diesem Hotelzimmer schmoren zu lassen, bis ich völlig fickerig war und Fehler machte? Auch wenn ich genau diese Möglichkeit für die wahrscheinlichere hielt, mich also darauf einstellen konnte, spürte ich, wie ich langsam aber sicher Opfer dieser Taktik wurde. Dieser Psychopath hatte zweifellos die besseren Karten. Er konnte warten, so lange er wollte, er kannte New York gut, ich war zum erstenmal hier, er hatte, nach den Erfahrungen der letzten Tage war ich sicher, nichts anderes zu tun, als mich zu jagen. Er schien mir ein geübter Kämpfer zu sein, dem ich nichts entgegenzusetzen hatte – außer dem Glück, was ich bisher gehabt hatte, und das konnte nach allen Gesetzen der Wahrscheinlichkeit nicht anhalten. Im Gegenteil, Murphy's Law will schließlich auch irgendwann zum Zuge kommen. Wahrscheinlich passiert Wahrscheinliches.

Ich begann mir darüber Gedanken zu machen, das Hotel möglichst bald zu verlassen. Vor allem überlegte ich, auf welche Weise ich es verlassen konnte, denn ich war sicher, vor dem Eingang erwartet zu werden. Aber ich hatte ja versprochen, die Geschichte bis hierhin erst einmal zu erzählen, ohne mich selbst besonders wichtig zu nehmen. Und ich will noch einmal betonen: Ich weiß nicht, was wirklich wahr ist. Wahr war für mich in dem Moment dieses Hotelzimmer, war die Angst, die sich in dem Problem manifestierte, nicht entspannt pinkeln zu können.

16

Diese Galerie ist immer dann geöffnet, wenn ich da bin, stand auf dem Schild unter der fettgedruckten Überschrift *Öffnungszeiten.* Rudy fand das nach wie vor witzig, weil es soviel bedeutete wie: Diese Galerie hat es nicht nötig, um Käufer zu buhlen, diese Galerie ist so gut, daß die Leute selbst sehen müssen, wie sie an die Kunst kommen. Die wenigsten derer, die das Schild lasen, ahnten natürlich, wie unwichtig für die *Waverly Asian Art Gallery* die üblichen Käufer waren. Sie hielten die Zeile für einen Ausdruck robusten Selbstvertrauens, mehr noch, wer solche Geschäftsgebaren hat, dachten sie, muß wirklich begehrte Ware verkaufen. Das wiederum hatte zur Folge, daß die kunstbeflissenen, aber ansonsten reichlich dilettantischen Kunst-Afficinados aus Greenwich Village es sich zum Sport machten, Rudy während seiner seltenen Anwesenheit abzupassen und, ohne über die Preise zu verhandeln, sich mit den Gemälden von Lin Psiao und anderen völlig unbekannten und ebenso unbedeutenden exilchinesischen Malern einzudecken.

Diese Hipness seiner Galerie wurde für Rudy zum echten Problem, schließlich hatte er kein Interesse daran, seine Deckexistenz und notwendige Tarnung zu wirklicher Arbeit werden zu lassen. Also erhöhte er Zug um Zug so lange und drastisch die Preise, bis es in Greenwich Village hip wurde zu sagen: Der Rudy ist einmal ein guter Galerist gewesen, jetzt will er uns nur noch über den Tisch ziehen! Plötzlich kaufte niemand mehr, außer den Beauftragten des G-Fond, und die sich betrogen fühlenden Kunstkäufer warteten lediglich noch ungeduldig darauf, die *Waverly Asian Art Gallery* eines Tages klammheimlich aus dem Village verschwinden zu sehen.

Um so mehr ärgerten sie sich, wenn sie von Zeit zu Zeit einen unscheinbaren Mietwagen vor der Galerie halten sahen, dem ein sehr ernster Fahrer entstieg, um Minuten später mit einem dicken Paket asiatischer Gemälde wieder einzusteigen. Vielen ließ das keine Ruhe. Sie vermuteten, daß hinter dieser Geschichte einer aus ihren Reihen steckte, der sich nach außen hin mit dem Galerie-Boykott solidarisch zeigte, heimlich aber den Kauf von Bildern über einen Mittelsmann organisierte, weil diese Kunstwerke eben doch von exemplarischem Wert waren. Das wiederum machte sie sehr unruhig, schließlich gab es nichts, was einen besseren Ruf hatte als eine clevere Geldanlage in gewinnbringende Kunstwerke.

Also beauftragten sie ihrerseits private Taxiunternehmen, asiatische Gemälde für sie inkognito zu erwerben. Rudy sah sich deswegen bald wieder in denselben Schwierigkeiten; mit dem Unterschied, daß er wußte, Preiserhöhungen alleine würden nichts mehr nutzen. Also gab er vor, nur eine sehr begrenzte Stückzahl an Gemälden zur Verfügung zu haben, und schickte die meisten Interessenten, ausgenommen natürlich den Abgesandten des G-Fond, mit leeren Händen wieder weg. Einige wenige Exemplare verkaufte er allerdings tatsächlich an normale Kunden, weil das die Glaubwürdigkeit seiner Deckexistenz erhöhte.

Im Endeffekt jedenfalls nahm Rudy im Monat leicht einige zehntausend Dollar ein, einen Teil davon versteuerte er ordnungsgemäß, einen anderen behielt er netto und in bar, sorgte so für ständig größer werdende Rücklagen und wäre mit Sicherheit bald schon in der Lage gewesen, luxuriös nur von seinem Gesparten zu leben. Aber damit hatte er nichts im Sinn. Seine Arbeit, seine wirkliche Arbeit machte im zuviel Spaß, war definitiv überlebensnotwendig. Deshalb sah er in dieser Hinsicht keinen Anlaß für grundlegende Änderungen.

17

Lisa hatte sich einen Plan zurechtzulegen. Praktische Entscheidungen traf sie schnell. Sie war frei von jedem Gehirnballast, frei von der Lust an intellektuellen Modell-Denkspielen, von der Umständlichkeit des Alles-bedenkenwollens. Sie war stringent, gut organisiert, gradlinig, stark, zumindest wirkte sie auf die meisten Menschen so, hatte, wenn auch sonst nicht gerade vielfältig begabt, das unbezweifelbare Talent, für sich selbst nützliche Situationen schnell erkennen und, wenn nötig, rücksichtslos ausnutzen zu können. Robert war für sie wie ein offenes Buch. Sie wußte, worauf es ankam, wenn sie ihn in ihrem Sinn beeinflussen wollte. Aus diesem Grund wußte sie, wann Eifersucht, wann Wut, wann Hilflosigkeit angebracht waren, und deswegen rollten jetzt keine reuevollen Tränen aus ihren Augen, eine Methode, die Roberts Wut nur steigern würde.

»Verdammter Kack! Das ist einfach zu blöd!« Während sie laut mit sich selbst sprach, ging sie mit polternden Schritten im Zimmer hin und her.

»Energieverschwendung!« Mit einem Ruck drehte sie den Schlüssel im Schloß.

»Mach, was du willst, Robert, ich hab keine Lust mehr auf diesen dämlichen Streit!« Sie wußte genau, daß er noch nicht schlief und jedes Wort hörte, daß er nervös herumsaß und darauf wartete, das angestaute Adrenalin zwischen ihren Beinen abzulassen. Lisa ließ sich Zeit. Zuviel Entgegenkommen würde zwar ihre Versöhnung beschleunigen, Robert aber den Eindruck vermitteln, im Recht gewesen zu sein. Nein, er mußte Lisas Friedensangebot als überlegene Nachgiebigkeit und sein Verhalten als kleingeistigen Starrsinn empfinden. Lisa brauchte sein Schuldgefühl.

»Hey.« Roberts Kopf lugte nach einigen Minuten herein. Er grinste verlegen und versuchte gleichzeitig, männlich beherrscht zu wirken. Lisa blieb stehen, in Höhe des Sofas, und sah ihm ruhig in die Augen. Er hielt ihrem Blick eine Weile stand, sein Grinsen wurde immer schiefer, dann ging er langsam auf sie zu. Lisa wartete. Als er bei ihr war, sie sanft berührte, reagierte sie nicht. Erst als seine Verlegenheit sich verflüchtigte und erste Anzeichen von wiederkehrender Wut über sein Gesicht blitzten, hob sie ihre Hand und packte ihm zwischen die Beine. Robert zuckte zurück, entspannte sich aber, als er ihren fordernden Blick sah und spürte, daß dieser Griff ein anderer war als der vor drei Stunden. Er drückte seine Hüften leicht gegen ihre Hand und griff unsanft nach ihren Brüsten. Ihre Brustwarzen versteiften sich fast augenblicklich, eine Reaktion, die Lisa nicht steuerte, im Gegensatz zu ihrem Stöhnen, das um einige Grade leidenschaftlicher ausfiel als sie tatsächlich empfand. Robert zerrte roh an ihren Nippeln, kanalisierte seine vorherige Wut in eine rohe Bearbeitungslust. Lisa hinderte ihn nicht: Zum einen wollte sie etwas von ihm und zum anderen empfand sie von Sekunde zu Sekunde mehr Lust an dem rauhen Spiel.

Sie begann mitzuspielen, griff ihrerseits fester zu, hielt nur soviel Bewußtsein wach, nicht zu hyperventilieren, um ihren eben frischgefaßten Plan nicht zu gefährden.

Robert merkte von ihren Gedanken nichts, war ein Opfer der in solchen Momenten typischen männlichen Unsensibilität, konzentrierte sich auf die äußerlichen Zeichen ihrer Lust. Er liebte ihren Körper. Er hatte, wie fast jeder, ein Schönheitsideal, eine innere Attributensammlung, die er ständig mit dem verglich, was er um sich herum wahrnahm. Und er hatte Ideen von erotischen Merkmalen, die sich nicht unbedingt mit seinem Schönheitsbegriff deckten. Lisa war die erste Frau in seinem Leben, die für ihn beides verkörperte. Ihre erste Begegnung war für ihn wie der Zusammenstoß mit einem Sattelschlepper gewesen. Zu spät, um zur Seite zu springen, zu spät zur Flucht, zu gigantisch, um sich selbst *abwarten!* zu verordnen. Er sah, wie sie sich bewegte, sah ihre Blicke und bemerkte kaum, wie sich sein Blickfeld zu einem Kanal verengte. Er starrte nur in das Ende der Röhre, wo Lisa stand, spöttisch lächelte und seine Gefühle ins Kalte drehte, für eine erregende Schrecksekunde. Sadistische Lust knallte ihm entgegen, ein Machtbewußtsein, das ihn wild darauf machte, sie auf der Stelle zu ficken, rücksichtslos und begehrend. Gleichzeitig sah er Schönheit, den engelhaften Hauch von Reinheit, der ihm wie eine Lichtreklame zublinkte: *Mich kannst du lieben, kannst du lieben, kannst du lieben.* Er glaubte beides nicht so richtig, weder die Lust noch die Liebe, und doch wollte er von beidem soviel wie möglich haben. *Kampf!* signalisierte sein Unterbewußtsein. Das stimulierte ihn noch stärker: Alle seine vorigen Beziehungen hatten ein trauriges Ende genommen, weil er seine Lust, andere beherrschen zu wollen, nicht in den Griff bekam; selten gab es Gegenwehr und wenn, dann war sie zu schwach. Er wollte siegen, aber auch besiegt werden, schon allein damit es weitergehen konnte. Eine restlos besiegte Partnerin konnte er nur noch verachten.

Lisa war die erste, von der er wußte, daß sie ihm gewachsen war. Es war wie ein Kokain-Flash, er taumelte, soff seine eigene Euphorie, fühlte sich gewaltig, stark, einzigartig, groß, schön, optimiert, geil. Er merkte nicht, wie Lisa seine Reaktionen und Gedanken genau entzifferte und las, wie er ihr damit Trümpfe in die Hand gab, die sie für immer gegen ihn ausspielen konnte. Ein Mensch, der mit jeder Faser seines Körpers, mit jedem Gedanken jemanden so begehrt, ist bis kurz vor dem Zerreißen quälbar, ist fast bis zur völligen Resignation schikanierbar. Wahrscheinlich spürte Robert all diese Bedrohungen auf der tiefsten Etage seines Unterbewußtseins, ignorierte sie aber trotzdem, weil er an die Macht der Liebe glaubte: Lisa würde sich langfristig seiner Liebe nicht versperren können und ihn ihrerseits lieben lernen. Robert war sehr zuversichtlich und marschierte ohne Deckung auf das Ende des Tunnels zu.

»Baby, wir müssen das in Ordnung bringen«, flötete Lisa in Roberts rechtes Ohr. Robert nickte nur mit geschlossenen Augen. Es war kurz vor sechs Uhr morgens, er hatte sich abgestrampelt und keine Lust mehr auf Probleme.

»Wir zerfetzen uns, wir lieben uns, wir zerfetzen uns – warum lieben wir uns nicht einfach nur?« Lisas Nerven vibrierten leise vor sich hin, sie war hellwach, ertastete Roberts Reaktionen.

»Was sollen wir tun?« nuschelte Robert leise. Lisa kraulte ihn sanft auf der Brust und drückte ihren Körper an seinen. Sie lag hinter ihm, sein Po an ihren Oberschenkeln, ihre Nasenspitze in seinem Nacken.

»Wir müssen mal hier raus, weg, andere Umgebung.«

»Jaa...« Robert räkelte sich. »Weißt du noch, in Cabris, in diesem Landgasthaus?« Er drehte ihr den Kopf zu. »Ich habe dich am Fenster gefickt, von hinten, und dabei den Bauern bei ihrer Arbeit zugesehen.«

»Hey!« Lisa schlug ihm symbolisch mit der flachen Hand auf die Brust. »Du sollst nicht anderen beim Arbeiten zusehen, wenn du mit mir schläfst!« Er lachte und drückte sich an sie. Für einen Moment ließ ihre Konzentration nach.

»Nein, laß uns was machen, was wir noch nie gemacht haben.«

»Du kannst mich ja in Cabris am Fenster von hinten...«

»Robert!« unterbrach sie ihn. »Ich mein das ernst!«

»Hm.« Lisa ließ Zeit verstreichen, hörte aber mit ihren Zärtlichkeiten nicht auf.

»Was hältst du davon, wenn wir nach New York fliegen? Gleich morgen?«

»New York?« Falten legten sich auf seine Stirn.

»Ja!« Lisa mimte Euphorie und richtete sich unvermittelt auf. »Laß uns das machen, Robert, wir fliegen nach New York und lassen den ganzen Scheiß hier zurück!«

»New York«, sinnierte Robert. »Wär nicht schlecht... Aber wieso gerade New York?«

»Weil das 'ne tolle Stadt ist. Ich war doch vor zwei Jahren mal eine Woche da, das war super!«

»Ich weiß, du hast dich die ganze Zeit mit irgendwelchen Punks rumgetrieben und wolltest mir danach klarmachen, wie *straight* und *cool* die sind.«

»Na und? Straight und cool, so wie du, Robert.«

»Willst du mich verarschen?« Er verdrehte seinen Kopf, um ihren Gesichtsausdruck analysieren zu können. Sie drängte sich näher an seinen Körper.

»Nein, wirklich nicht«, antwortete sie. »Komm, Baby, raff dich auf, sag ja, ich organisiere alles, du mußt nur ja sagen.« Lisa schüttelte ihn, und als er sich das grinsend gefallen ließ, wußte sie, daß sie gewonnen hatte.

»Okay, sweetheart, we're going to New York!«

»Yeaaah«, sagte sie, drehte ihn auf den Rücken und legte sich ohne Umstände auf ihn. Sie stützte sich auf ihre Ellbogen und griff mit beiden Händen seine Ohren.

»Wir fahren morgen«, flüsterte sie beschwörend und bewegte sich geschickt. Robert begann, sich auf New York zu freuen.

Als Robert am nächsten Morgen gegen zehn Uhr aufwachte, stand Lisa schon fertig gedresst vor ihm.

»Robert-Baby, der Kaffee ist fertig, der Tisch gedeckt. Laß dir Zeit mit dem Frühstück. Ich mach den Flug jetzt klar. Okay?«

»Hä? Ja... ja ja, okay«, stammelte Robert. »Okay.«

»Bis gleich!« Lisa gab ihm einen flüchtigen Kuß auf die Lippen und zischte los. Sie registrierte nicht, wie ein junger Chinese aus einem Opel Kombi heraus eine Minolta mit riesigem Teleobjektiv auf sie anlegte und eine Serie von Fotos machte.

Robert verschränkte die Arme hinter seinem Nacken und legte sich ins Kopfkissen zurück. Was ist mit Lisa los, wunderte er sich. So zuvorkommend hatte er sie schon sehr lange nicht mehr erlebt, gerade in den letzten Monaten war ihre normale tägliche Stimmung schlechte Laune und mehr oder weniger grundlose Gereiztheit gewesen. Ein schlechtes Gewissen?

Weiß der Teufel, was sie mit diesem Franco angestellt hat, dachte er, ich muß unbedingt noch mal den Barkeeper aus dem *Schnappschuß* fragen, was da vorgegangen ist, und zwar etwas detaillierter. Er sah auf die Uhr. Die werden ja wohl um zehn aufmachen. Wenn ich mich beeile, kann ich mit dem Mann reden und wieder hier sein, bis Lisa zurück ist. Er schleuderte die Bettdecke weg und sprang in seine Klamotten.

Der alte 240D sprang nur widerwillig an. Robert stellte die Automatik auf *drive* und rollte mit der dem Diesel eigenen Gemütlichkeit los. Auch er hatte kein Auge für den chinesischen Amateurfotografen, der mittels Motorwinder zwei Bilder pro Sekunde machte, verschiedene Portraits, von vorne, von der Seite, von hinten. Roberts Gehirnzellen arbeiteten angestrengt im Rotbereich, er wurde das Gefühl nicht los, daß Lisa ihn zum Narren machte. Er fragte sich, warum sie sich zuerst mit einem Typ herumtrieb, dann sauer wurde, als er nachfragte, und plötzlich zu einem zahmen Schmusekätzchen wurde, einfach so und mit Sicherheit nicht, weil sie sich für ein paar Stunden alleine in einen Raum zurückgezogen und ein schlechtes Gewissen bekommen hatte. Da mußte irgendeine Schweinerei dahinter stecken. Schweinerei! Er schüttelte unwillig den Kopf: Warum denke ich eigentlich immer gleich an die übelsten Dinge, vielleicht will sie ja tatsächlich mit mir ins Reine kommen?

Robert blieb skeptisch. Es hatte in ihrer Beziehung schon mehrere solcher Versuche gegeben, trotzdem war es wohl eine Tatsache, daß sie immer weniger miteinander klarkamen, sich immer häufiger stritten, aggressiver, brutaler. Da war diese Lust an der Härte. Sie gab ihnen das Gefühl, eine besondere Beziehung zu haben, weiter zu gehen als andere, intensiver zu leben, ehrlicher, nicht in bürgerlichen Normen erstarrt, geiler. Lisa liebte es sehr, anderen gegenüber diese S&M-Masche durchklingen zu lassen. Sie genoß die ungläubigen Blicke, die atemlose Neugier, wenn sie nur kleine Andeutungen machte, die erkennbaren Sehnsüchte derer, die nur in ihren Fantasien in diese Bereiche vorstießen. Bei ihm war das nicht anders. Er dosierte aber seine Andeutungen zumindest Frauen gegenüber vorsichtiger, weil die meistens rücksichtslos männliches Macho-Verhalten dahinter vermuteten. In verschiedenen Gesprächen hatte er schlechte Erfahrungen gemacht: Typisch männlich, machtsüchtig; Lisa sei nur ein Opfer dieser typischen Männerfantasien, und die volle Perversion jahrtausendelanger männlicher Unterdrückung zeige sich darin, daß Lisa ihrerseits, angeblich, Gefallen an diesen Gewaltspielen finde, was natürlich nicht stimme, weil sie, um einen Eindruck von Stärke zu vermitteln, lediglich männliches Verhalten adaptiere.

Mit solchen Argumenten konnte Robert nichts anfangen, im Gegenteil, er fand sie geradezu lächerlich. Lisa war immer schon härter drauf gewesen als er, er hatte von ihr gelernt, was er sich übrigens nicht gerne eingestand, und sie konnte ihre eigenen Gefühle rigoros ignorieren. Wenn sie etwas wollte, richtig wollte, handelte sie gnadenlos dagegen, wertete sie zur Gefühlsduselei ab. Er hatte das von Anfang an durchschaut, aber genau das hatte ihn fasziniert, und er versuchte, genauso zu handeln. Letztlich vergeblich, weil sie in dieser Beziehung den längeren Atem hatte.

»Hallo, wie geht's?« sagte Robert, vielleicht etwas zu fröhlich. Henk, der Barkeeper, warf ihm einen sehr verdrießlichen Blick zu. »Mmh...« war alles, was er rauskriegte.

»Gibst du mir bitte einen Cappuccino?«

Henk drehte sich wortlos um und begann, an der Espressomaschine herumzufummeln. Die Bewegungen waren zu gut einstudiert, als daß er sie hätte so langsam machen können, wie es eigentlich zu seiner Morgenmuffeligkeit gepaßt hätte.

»Erinnerst du dich noch an Lisa?« fragte Robert direkt. »Die hat gestern Franco hier getroffen.« Er bemerkte mit Erstaunen, wie Henk zusammenzuckte und ihm über die Schulter einen sehr scharfen Blick entgegenschleuderte.

»Und?« fragte Henk und wirkte plötzlich hellwach.

»Sie bat mich, dich nach Francos Telefonnummer zu fragen, sie hat sie verloren«, log Robert einfach drauflos.

»Die wird sie nicht mehr brauchen«, antwortete Henk und genoß die Pause, die entstand, als er weiter an der Espressomaschine werkelte.

Robert wartete eine Weile und fragte: »Wieso?«, als es ihm zu lang wurde.

Henk spritzte aus der Sahnesprühflasche einen dicken weißen Sahneklecks auf den Kaffee und schob ihn über die Theke.

»Hat sie dir nicht erzählt, was passiert ist?« fragte Henk zurück. Roberts Blutkreislauf bekam einen Schub Adrenalin mit auf den Weg. Also doch, dachte er fiebrig, sie hat ihn also doch flachgelegt! »Äh...ich weiß nicht, was du meinst...«

Henk sah ihn für einen Moment prüfend an. Dann entspannte er sich. »Ach ja, stimmt ja, sie kam hier rein und wußte selbst nicht, was los war. Offensichtlich hat sie sich schon vorher von Franco getrennt... ja klar, sie fragte mich noch nach seiner Adresse.«

»Ich komme nicht mit«, sagte Robert und schüttelte, während er die Sahne abschlürfte, zwischendurch den Kopf. Henk ließ genüßlich eine Kunstpause sich im Raum ausbreiten.

»Franco wurde gestern in dem Kino da drüben mit ein paar Schüssen umgenietet«, sagte er und zelebrierte seine Worte wie die Einleitung zu einer wichtigen Rede vor wichtigen Leuten.

»Echt?«

»Ja. Echt.«

»Und was hat Lisa damit zu tun?«

Henk sah ihn mißbilligend an und schüttelte den Kopf. »Ich denke, sie ist deine Freundin.«

»Na und? Sie weiß wohl nichts davon.«

»Na ja, klar, sie war eben nur ein paar Minuten mit ihm zusammen. Jedenfalls liegt Franco jetzt in der Uniklinik. Keiner weiß, ob er durchkommt.«

Robert holte tief Luft. »Mein lieber Mann, das ist ja 'n Hammer. Ob ich ihr das überhaupt sage?«

»Ich würde vorsichtig sein, Mann«, sagte Henk und wischte gelangweilt auf der Theke herum. »Die beiden machten einen sehr innigen Eindruck.« Seine Stimme triefte vor Spott und Häme.

»Ja, die beiden kennen sich gut von früher«, trällerte Robert verkrampft und knallte zwei Münzen auf die Theke.

»Meinste?« fragte Henk scheinheilig und wußte, daß die Botschaft ankam.

»Alles klar. Bis dann.« Robert beeilte sich, auf die Straße zu kommen. Irgend etwas war da faul, er wußte nur nicht was.

Zu Hause warf er zwei Brötchen, nachdem er sie so aufgeschnitten hatte, daß sich die Krümmel auf dem Tisch verteilten, zusammen mit etwas Käse und viel Wurst in den Abfalleimer und wühlte mit einem Messer in der Butter. Dann würgte er schnell zwei große Löffel mit Blaubeermarmelade herunter und spülte mit viel Kaffee nach. Für Lisa dürfte das nach einem ganz normalen Frühstück aussehen.

Als sie kam, war er mit seinen Überlegungen kein Stück weiter.

»Robert! Alles erledigt!« tönte sie lautstark von der Eingangstür her. »Wir können morgen mittag fliegen.«

»Gut. Ich freue mich.«

»Bist du fertig? Laß uns noch was einkaufen gehen.«

»Wir können gehen.« Robert erhob sich und vermied es, sie anzusehen. »Weißt du eigentlich, wohin in New York?«

»Kein Problem. Ins Washington Square Hotel, liegt in Greenwich Village, schön am Park. Ich hab da schon angerufen und ein Zimmer bestellt.«

»Ich habe dich noch nie derart agil gesehen, Lisa. Das ist ja schon fast verdächtig«, sagte Robert und beobachtete genau ihre Reaktion.

»Verdächtig?« fragte Lisa vorsichtig. »Wie meinst du das?«

Robert wollte sich nicht die Chance nehmen, das irgendwann herauszubekommen, deshalb lachte er nur laut, tat sehr verbindlich, um Lisa nicht zu verärgern, und nahm sie zärtlich in die Arme.

»War nicht ernst gemeint. Wir können los.« Robert streifte sich gerade die Jacke über, als das Telefon klingelte. Er hob ab. »Hier Robert... Hallo, Toni, wie geht's?« Er stand mit dem Rücken zu Lisa und bemerkte deswegen nicht, wie sie zusammenzuckte. »Ich spiel viermal die Woche Squash, Toni, da ist immer Platz für ein Spiel mit dir.« Robert lauschte und zwirbelte an dem Spiralkabel.

»Kein Problem. Nur die nächsten Tage nicht. Lisa und ich fliegen nach New York.«

»Ne, ne«, Robert lachte trocken, »Lisas Idee, und verdammt kurzfristig. Gestern gehabt, morgen fliegen wir.«

»Ja, danke... werd ich ihr sagen... okay, bis bald.« Robert wühlte den beim schnellen Anziehen nach innen gewurstelten Kragen seiner Jacke hervor.

»Schöne Grüße von Toni.« Robert zögerte. »Ich glaube, Toni geht nur mit mir Squash spielen, weil er dich liebt, Lisa.«

Lisa riß, statt zu antworten, unwillig die Wohnungstür auf und rannte los.

»Dann ist es nämlich unverdächtig, wenn er sich in deiner Nähe aufhält«, rief er ihr nach und trottete mit Falten auf der Stirn hinterher. Gewissenhaft verschloß er die Tür und überlegte, wann er und seine Freundin das letzte Mal gemeinsam Squash gespielt hatten. Mindestens dreihundert Mark legte er pro Monat dafür auf den Tisch, viermal die Woche rannte er sich in dem Beton-Glaskasten die Turnschuhe heiß, mit wechselnden Partnern, aber insgesamt in den zwei Jahren ihrer Beziehung vielleicht fünf- oder sechsmal mit Lisa. Sie harmonierten einfach nicht im Court: Lisa spielte mit lang gestrecktem Arm, was in dem engen Squashkäfig zu harten Karambolagen führte. Außerdem zielte sie mit dem kleinen, harten Ball gerne nach seinem Körper, traf ihn auch immer wieder, was kreisrunde, sehr schmerzhafte blaue Flecken verursachte. Und sie hatte wenig Spaß daran, nach Punkten zu spielen, das ärgerte Robert am meisten, weil er so keinen Nährstoff für seinen Ehrgeiz bekam. Für ihn war Squash nicht nur ein Spiel. Die meiste freie Zeit hing er in dem Center herum. Davon hatte er genug, denn seit eine 315.000-Mark-Erbschaft vor zwei Jahren sein Konto aufgefüllt hatte, lebte er von den Zinsen, genau 2.010 Mark im Monat. Das war nicht viel. Weil er aber hauptsächlich bei Lisa aß, brauchte er kaum Lebensmittel, und wenn wirklich einmal Bares fehlte, jobbte er bei einem Bekannten als Getränkefahrer. Lisa hatte er vorgelogen, von einer Waisenrente zu leben. Da er zu seinen Eltern, die in einer anderen Stadt wohnten, keine Beziehung mehr pflegte, flog die Lüge nie auf.

Squash war eine Art Angelpunkt in seinem Leben. Im Center lernte er Leute kennen, er war überzeugt davon, daß ihm, wenn es drauf ankam, alle Türen der Welt offenstanden, weil er für jede Situation den passenden Bekannten hatte. Vieles funktionierte tatsächlich einfach: Einmal suchte einer für seine Privatjacht im Mittelmeer jemanden, der kochen konnte, Robert sagte: Ich kann! und schon hatte er einen kostenlosen Urlaub mit leichter Nebentätigkeit und mittlerem Verdienst. Manches funktionierte aber einfach gar nicht. Zum Beispiel glaubte er, daß seine täglichen Betätigungen alle irgendwann in einer großen Profession münden würden, ein Glaube, der bisher durch nichts Bestätigung gefunden hatte und dessen Erfüllung er keinen Schritt näher gekommen war. Robert träumte und glaubte, goß seine Blumen zu Hause immer erst dann, wenn sie die Blätter hängen ließen, dachte positiv, spielte Squash und zog seine tägliche Show ab. Das war eine Menge Arbeit und dafür brauchte es viele kleine Talente. Nur der große Wurf, die Bündelung seiner Fähigkeiten, gelang ihm nie. Er ließ seine Talente um die Vorherrschaft kämpfen und sah sich das Spiel gelassen an. Das hielt ihn in Trab und beunruhigte ihn überhaupt nicht.

18

Toni hätte am Telefon fast einen Schrei losgelassen. Natürlich! Er schlug sich vor die Stirn, *222 E 12,* das ist eine Adresse in New York! Er wühlte noch einmal den Zettel hervor, den der Drucker ausgespuckt hatte und las den vorletzten Satz: *6 Millionen! Was für ein lächerlich kleiner Haufen! = 222 E 12, 6c;*

»Na klar doch, das isses: Hausnummer 222 in der 12. Straße, East« flüsterte er mit glühenden Augen. »Und 6c ist die Nummer der Wohnung.« Toni war immer schon ein großer Fan von Raymond Chandler und Ross McDonald gewesen, daher kannte er die amerikanische Art, eine Adresse durch Koordinaten wie auf einem Schachbrett zu beschreiben, zumindest in den großen Städten, die so viele Straßen hatten, daß niemand sich die Mühe machen wollte, genügend Namen aufzutreiben. Er hatte es die ganze Zeit gewußt, nur war es ihm nicht eingefallen. Ein Gedächtnisphänomen, unter dem er ständig zu leiden hatte.

»Wenn Lisa nach New York jettet, kaum daß sie den Text

gelesen hat«, flüsterte er erregt, »dann muß an dieser Geschichte mit dem Chinesen und seinem Pappkoffer in der Brauerei tatsächlich etwas dran sein. Sechs Millionen Dollar!« Er pfiff laut durch eine seiner zahlreichen Zahnlücken und lehnte sich in seinen Arbeitsstuhl zurück, um sich die ganze Sache in Ruhe durch den Kopf gehen zu lassen.

Derjenige, der den Text geschrieben hat, muß derjenige gewesen sein, der sich die sechs Millionen aus der Brauerei gekrallt hat, dachte er, = *222 E 12, 6c* kann nur bedeuten: Er hat die Kohle da versteckt.

Toni sah auf seine Uhr. 11 Uhr 03. Er war an sich kein Mensch, der überstürzte Entscheidungen mochte. Aber hier lagen die Dinge anders. Er spürte plötzlich ein merkwürdiges Ziehen, die Sehnsucht nach einem Haufen Geld, den sich offensichtlich eine hübsche junge Dame aneignen wollte, die, wie es schien, genauso wie der jetzige Besitzer kein legales Anrecht darauf hatte.

Wieso soll ich denn nicht die Kohle holen, dachte er und kämpfte mit einer beklemmenden Atemlosigkeit, die seinen Körper überfallen hatte. Überlegungen solcher Art waren untypisch für ihn, und er hätte sich normalerweise dafür geschämt, wenn es nicht um sechs Millionen Dollar gegangen wäre, zehn Millionen Mark. Mit Staunen registrierte er Gedanken in seinem Kopf, die ihre eigenen Wege gingen, sich nicht um die Spuren gefestigter Bahnen scherten, die mühelos über bislang unantastbare Barrieren hüpften.

Toni raffte entschlossen ein paar Sachen zusammen, griff alle Euroschecks, die er zu Hause hatte, seinen Reisepaß und flitzte los. Toni wußte, daß er nur eine Chance hatte, an das Geld zu gelangen: Wenn er vor Lisa und Robert in New York in der 12th Street die Hausnummer 222 und das Apartment 6c erreichte; und die beiden flogen schon morgen...

19

Innerhalb von fünf Minuten bogen zwei überlange 89er Cadillacs von der Canal Street in die Elizabeth Street ein. Beide dunkelblau, beide durch fast schwarzgetönte Fenster gegen Einblicke geschützt, lediglich die Chauffeure hatten freie Sicht. Sie rollten gemächlich an der *Li Xing Jewelry* vorbei, deren Schmuckauslagen unter dem prallen Licht von Halogenscheinwerfern brillantenen Wert vorgaukelten. Die Fassade aus Glas und Marmor täuschte seriöse Gediegenheit vor. Dieser Eindruck reichte noch zehn Meter weiter bis zur *Aquarius Jewellers Exchange Corp.* Aber schon die nächste Fassade, die Einfahrt zur Tiefgarage, näherte sich dem eigentlichen Charakter dieser Gegend. Der ehemals weiße Anstrich bröckelte auf den Bürgersteig, über die Jahre flüchtig an einigen Stellen ausgebessert und dann doch der Erosion durch die aggressive Großstadtluft überlassen.

Der Übergang zum nächsten Gebäude war wie eine brutale Narbe und verband etwas, was nicht zusammengehörte, wie das Bein einer Fünfzigjährigen am Torso eines Achtzigjährigen. Dunkle, dreckverklebte Ziegelsteinwände, fünfstöckige Häuserblocks, früher einmal mit dem Geld reicher New Yorker Geschäftsleute gebaut, dann aber mehr und mehr von chinesischen Einwanderern übernommen und der schleichenden Verrottung preisgegeben. Ein kleiner Laden neben einem noch kleineren hatte sich dort vor Ewigkeiten, gemessen an der wilden, umwälzenden Energie dieser Stadt, etabliert: *Perfect Holidays International*, ein Reisebüro, daneben ein seit Jahren geschlossener Keks- und Schokoladenshop, mehrere vergitterte Schaufenster, bis oben hin mit Pappkartons und Stoffen zugestellt; über einem hell erleuchteten Laden ein altes Schild mit der Aufschrift *Chinatown Seafood Co.*, halb überklebt mit dem neuen: *Chinatown Seafood Emporium Inc.* Dessen Geschäftsräume starrten vor Dreck, obwohl hier die Fische und Krabben für die Restaurants der Umgebung getötet und ausgenommen wurden. Die New

Yorker Gesundheitsbehörden hatten es längst aufgegeben, solche Läden aufzuspüren und wenigstens auf der Einhaltung hygienischer Grundanforderungen zu bestehen. Es gab zu viele, sie änderten ständig ihre Namen, ihre Adressen oder waren auf mysteriöse Art gewarnt, wenn tatsächlich einmal Kontrollen stattfanden.

Das nächste Schaufenster war dunkel, alle schweren Eisengitter heruntergelassen, und nur ein weit hinten glimmendes Licht und dunkle, herumflitzende Schatten deuteten darauf hin, daß in *Ko Fond's Ladies & Gents Custom Made* wohl doch noch Kleidung für Herren und Damen genäht wurde – oder vielleicht auch nicht, vielleicht war *Ko Fond's* Laden nur eine Adresse, nur ein Ort, nur eine Möglichkeit, Geschäfte abzuwickeln, für die man offiziell keine Räume bekommt. Daneben eine chinesische Wäscherei, in der ein alter Mann hockte, der mit der gleichen Staubschicht bedeckt zu sein schien wie der ganze Laden und deshalb nur an dem Weißen seiner Augen zu erkennen war, die immer dann ängstlich aufblitzten, wenn jemand in seinen Laden hineinstarrte, den er nicht kannte. Alle in der Elizabeth Street lebten in der Furcht, daß als nächstes ihr Haus dran war, von reichen Spekulanten aufgekauft zu werden, die genug Geld, genug Geduld hatten zu warten, bis die Bodenpreise astronomische Gewinne bringen würden, und die jedes dritte Haus völlig renovierten, um die Grundlage für steigende Preise zu schaffen. Hinter der Wäscherei kreuzte die Elizabeth Street die Hester Street, und an der Ecke lag das *Ho Won Coffee House.*

Die beiden Cadillacs bogen in die Parkhauseinfahrt ein. Normalerweise durften Parkplatzsuchende ihr Auto nicht selbst in die Tiefgarage fahren. Dafür standen ständig einige Bedienstete in häßlichen blau-goldenen Uniformen bereit. Weil das Parkhaus sehr teuer war und wirklich Betuchte nicht in diese Gegend zum Einkaufen kamen, hatten sie wenig zu tun, standen in der Gegend herum und strahlten eine merkwürdige Mischung aus buddhistischer Ausgeglichenheit und typisch amerikanischer Langeweile infolge von Überdruß aus.

Die beiden Cadillacs ließen sie ungehindert passieren. Als sie eingestellt worden waren, hatten sie die lapidare Anweisung erhalten: Nicht um diese beiden Autos und noch einige wenige andere kümmern. Wer neugierige Fragen stellt, fliegt sofort. Keiner wollte seinen Job verlieren, schon gar nicht nach dem Arbeitsmarktgewitter, das der Börsencrash vor einiger Zeit verursacht hatte und das immer noch nachdonnerte. Außerdem wurden sie besser bezahlt, als es im Schnitt üblich war. Also achteten sie peinlichst darauf, die überlangen Autos nicht zu beachten, und sonnten sich in dem Gefühl, in nächster Nähe zu sein, wenn extrem wichtige VIPs in ihrer Garage ein- und ausfuhren.

Die Chauffeure lenkten die Cadillacs bis zur tiefsten Sohle und öffneten durch einen Funkbefehl ein stählernes Rollgitter. Sobald sie die Lichtschranke kurz dahinter passierten, schloß es sich wieder selbsttätig. Als die Autos endgültig standen, zogen sie beide ihre Chauffeurskappen, an denen ringsherum kunstvoll Haare befestigt waren, von ihren Vollglatzen, warfen sie zusammen mit den Pilotensonnenbrillen durch die geöffnete Fahrertür auf den Sitz, zogen einen Aktenkoffer dahinter hervor und gingen mit selbstbewußten, würdevollen Schritten auf die Schiebetüren eines Aufzuges zu. Die Parkwächter draußen und eigentlich alle, die es von Berufs wegen brennend interessieren würde, ahnten nichts: Diese "Chauffeure" haben noch nie jemand anderen gefahren als sich selbst; sie waren Chinesen und nicht, wie es von außen betrachtet erschien, stiernackige Amerikaner mit untypisch langen Haaren; sie waren so wichtig, daß sie niemandem trauten; der eine hieß Long Wu, der andere wurde Kwan Ti genannt, eigentlich der Name einer wilden, schielenden chinesischen Kriegsgottheit. Beide verfügten über sehr unterschiedliche Fähigkeiten, hatten aber auf der Grundlage ihrer taoistischen Erziehung, die ihnen gebot, im nicht aufbegehrenden Einklang mit anderen Menschen und der Welt zu leben, schnell gelernt, miteinander auszukommen. Ihre fast selbstverständliche und merkwürdig reibungslose Zusammenarbeit hatte an dem Tag begonnen, als sie feststellten, daß sie nur gemeinsam in der Lage waren, eine Macht zu bilden, die solide und vorausschauend genug war, um sich gegen die starke italienische Konkurrenz des an Chinatown angrenzenden Little Italy durchzusetzen. Long Wu und Kwan Ti verkörperten gemeinsam den Kopf des Generous Fond, von Eingeweihten kurz G-Fond genannt, auf der Straße allgemein als China-Mafia bezeichnet.

Der Aufzug endete in einem Büro, das sehr bunt ausgestattet und muffig wie ein buddhistischer Hinterzimmertempel war. Zwei Schreibtische standen darin, die Ecken berührten sich, die langen Seiten bildeten einen Winkel von neunzig Grad. Long Wu und Kwan Ti hatten zur Zeit verschiedene Probleme zu bewältigen. Mehr oder weniger Routine. Was sie aber wirklich erregte und ihre besondere Sorgfalt verlangte, waren die aus der Manhattan Brewery Inc. von einem deutschen Schwarzarbeiter mit dem italienischen Namen Franco Emetrola entwendeten sechs Millionen Dollar, nicht etwa, weil der finanzielle Verlust so sehr ins Gewicht fiel, nein: Diese Geschichte schadete dem Image. Es war schwerwiegend, den G-Fond in der Meinung einiger wichtiger Menschen zu einer unbedeutenden Organisation tölpelhafter Gelbgesichter zu degradieren und den allerorten eindringlich verkündeten Machtanspruch des Fonds als lächerliches Marktgeschrei erscheinen zu lassen.

Das aktuelle Problem Nummer eins lag jedenfalls ganz oben auf dem Schreibtisch in Form von großformatigen Bildern, Portraits, Ganzkörperfotos, Profilen von drei Deutschen: Lisa Steinberg, Robert Mack und Toni Baeck. Die erläuternden Notizen dazu besagten, daß Toni Baeck unterwegs war und die beiden anderen allem Anschein nach auch in den nächsten Tagen am New Yorker Kennedy Airport zu erwarten waren.

Konzentriert lasen die beiden Chinesen die Papiere. Dann griffen Long Wu und Kwan Ti wortlos zu ihren Telefonhörern und setzten eine ganze Batterie von Beschattern, Spitzeln und Schnüffelexperten in Bewegung, damit keiner dieser drei unbemerkt in New York ankommen, untertauchen und mit dem Geld entkommen konnte. Sie ließen niemanden darüber in Zweifel, daß es sich bei diesem Einsatz um eine Ehrenangelegenheit handelte und er demzufolge sehr harten Regeln unterworfen war. Der G-Fond reckte seinen mächtigen Drachenflügel und ging auf Nahrungssuche, um noch größer und mächtiger zu werden.

20

Toni saß in der ersten Klasse, ein normales Ticket hatte er nicht mehr bekommen, und haderte mit seinem Bedürfnis, sich eine Ohrfeige nach der anderen zu geben. Er hatte in Frankfurt zwölf Schecks à 400 Mark eingelöst, um das Ticket und Dollars zu kaufen. Damit war sein Konto um genau 4.560 Mark überzogen. Wenn sich diese Geschichte als Windei erwies, konnte er die nächsten Monate von Knäckebrot und Margarine leben.

Er hatte versucht zu schlafen. Jemand hatte ihm mal gesagt, daß man dem Jetlag entgegenwirken könnte, indem man sich im Flugzeug sofort auf die neue Zeit einstellte. New York hinkt sechs Stunden hinter Europa her, also würde er nach der Ankunft noch verdammt lange wach bleiben müssen. Aber er konnte sich drehen und wenden, wie er wollte, die Kopfhörer aufsetzen oder nicht, so sehr er sich auch mühte, er fand keinen Schlaf. Der Gedanke, so viel Geld auf der Spur zu sein, wälzte sich ständig in seinem Kopf hin und her.

Jeder dritte Gedanke fing an mit: Aber was ist, wenn... Und als das Flugzeug endlich zur Landung ansetzte, war er hypernervös und hoffnungslos von Selbstzweifeln zerfressen. Wie kannst du nur so blöd sein, auf so eine Story reinzufallen? Konntest du nicht in Köln bleiben und dich den reellen Dingen des Lebens widmen?

Als das Flugzeug angedockt war, griff er seine Tasche

und ließ sich mit der Welle der anderen Fluggäste durch die Gänge des New Yorker Kennedy Airports treiben. Schilder zeigten, wo es langging. Trotzdem verwirrten ihn die verwinkelten Gänge. Nervös tastete er nach seinem Reisepaß, dann nach dem Geld. New York, Stadt der Taschendiebe... Die Hälfte der Scheine fingerte er beim Gehen umständlich aus seiner Brieftasche hervor und verteilte sie in den verschiedenen Hosentaschen. Gab es hier nicht eine Unmenge von Straßenräubern, die einen sogar auf offener Straße überfielen? Toni kam sich sehr schlau vor: Wenn sie ihn überfielen, würde er ihnen alles aus *einer* Tasche geben. Bestimmt würden sie sich damit begnügen. Er schaute sich verstohlen um. Niemand kümmerte sich um ihn. Die meisten waren Touristen, aufgeregte, laut schnatternde Urlauber, die wollten jetzt erst einmal echte Schwarze sehen, »Bimbos«, wie sie ständig wiederholten. Der Rest der Fluggäste waren Geschäftsleute und amerikanische Soldaten. Toni schüttelte unwillig den Kopf, Scheiß Paranoia, sagte er sich, Taschendiebe werden ja wohl keine Überseeflüge machen, um dann auf dem Flughafen ein paar Hosentaschen zu leeren.

Am Schalter der Einwanderungsbehörde beäugte ihn die fette Beamtin mißtrauisch.

»Was ist der Grund Ihres Besuches?«

»Ein paar Tage Urlaub.«

»Wie lange genau?«

»Sieben«, log Toni.

»Wo werden Sie wohnen?«

»Ich muß mir noch ein Hotel suchen.«

»Wieviel Geld haben Sie mit?«

Toni zögerte. »Tausendfünfhundert Dollar«, log er ein zweites Mal und versuchte, es so klingen zu lassen, als müßte er zuerst rechnen. Die Beamtin hatte aber schon das Interesse an ihm verloren. Ohne auf die Antwort näher einzugehen, stempelte sie seinen Reisepaß und wünschte ihm einen angenehmen Aufenthalt. Toni schwankte leicht benommen durch die Gepäckkontrolle und durch das Spalier ungeduldiger New Yorker, die draußen auf Weiß-der-Teufel-wen warteten. Er versuchte sich zurechtzufinden. Lange Reihen öffentlicher Telefonapparate, Banken, Schalter von Autovermietern, Snacks, Hotel Service, Menschen, ein Gewimmel von Menschen aller Rassen, viele Schwarze.

Als er zum Schalter des Hotel Service ging, war er viel zu sehr damit beschäftigt, den auf ihn einstürmenden Gesamteindruck zu verarbeiten, als daß er die beiden jungen Chinesen bemerkt hätte, die unauffällig sein Gesicht mit einigen Fotos verglichen, die sie aus ihren Jackentaschen gefingert hatten, und dann dicht hinter ihm blieben. Er fragte in ungeübtem Englisch nach einem Hotel. Einer der beiden stand nah genug hinter ihm, um die Adresse mitzubekommen.

»*Times Square Motor Hotel*, 43rd Street Ecke Broadway, am besten nehmen sie die Subway, den JFK-Express, der hält genau da«, sagte die Frau hinter dem Schalter und starrte knapp an ihm vorbei ins Leere. Toni bedankte sich, und sie sagte: »Kann ich Ihnen helfen?« und meinte damit den nächsten Hotelsuchenden.

Irgendwie sind die hier anders, dachte Toni und wühlte sich durch die quirlige Menschenmasse nach draußen. Fast unmittelbar vor dem Ausgang drängten sich zwanzig, dreißig Reisende an der Haltestelle des Zubringerbusses für den JFK-Express. Toni stolperte benommen eine Sitzbank an und bemühte sich, das Gefühl, körperlich nicht anwesend zu sein, vor den Menschen um ihn herum zu verbergen. Aber keiner kümmerte sich um ihn, jeder war mit sich selbst beschäftigt und hinter irgendeiner Sache her, die in weiter Ferne lag und unbedingt heute noch erreicht werden mußte.

An dem Hinweisschild *JFK Express Carrier* stand eine Frau, vielleicht 25 Jahre alt, mit einer Schirmmütze auf dem Kopf, die sie als Angestellte der Metropolitan Transit Authority auswies. Toni erhob sich wieder, um sie zu fragen, was die Fahrt kostete, wie lange sie dauerte, überhaupt um einige Worte in der für ihn ungewohnten Sprache zu reden. Toni war Kölner und als solcher immer an einem »Verzällchen«

interessiert. Als er jedoch ihre Augen sah, bekam er augenblicklich Zweifel und wurde unsicher, ob seine Englischkenntnisse für ein Gespräch überhaupt ausreichten: grau, energisch, fast bösartig fixierten sie ihn, als wäre er eine Kakerlake, deren Größe genau festgestellt werden mußte, um das geeignete Schlagwerkzeug zu greifen, mit dem man sie plattschlagen konnte. Er zuckte zurück, weil ihm aus diesem Blick gleichzeitig eine unverhohlene Geilheit entgegenknallte, die sich nicht auf ihn richtete, sondern einfach nur da war, ein verschwenderisches Dauersignal, abwartend, fordernd. Er empfand das als bedrohlich und zu direkt und fragte sich unwillkürlich, wie ein Mann beschaffen sein mußte, um mit einer Frau wie dieser klarzukommen. Mit einemmal kam er sich wie ein Provinzler aus dem letzten Kuhdorf vor, plump, unförmig, unmännlich, unerfahren, der kleine Junge aus Klein-Deutschland mit Pickeln im Gesicht, krummen Zähnen und ohne die Berechtigung, in einer Stadt wie New York mit der Platzanweiserin der städtischen Transportgesellschaft auch nur ein Wort zu wechseln. Ängstlich zog er sich einige Meter zurück und beobachtete die Frau genau. Sie war nicht schön, wirklich nicht, nicht gut aussehend, nicht häßlich, nur unendlich intensiv. Konzentriere dich auf das Wesentliche, beschwor er sich selbst und vermied es, sie noch einmal anzusehen.

Die Fahrt nach Manhattan dauerte siebzig Minuten. Vorbei an schmuddeligen kleinen Seen, Schlammlöchern und müllüberladenen schilfbewachsenen Sümpfen, an teilweise trostlos verrotteten, teilweise schnuckeligen Häuserreihen, an Haltestellen, an denen der JFK-Express nicht hielt und sich Menschen mit erhobenen Fäusten über den »fucking train« erregten, der einfach vorbeirauschte, als gäbe es ihn erst seit gestern.

Der JFK-Express ist, im Gegensatz zu den meisten anderen Subwayzügen, eine gepflegte Angelegenheit, sauber, nicht von Graffiti übersprüht, gut schallisoliert und perfekt auf zwanzig Grad klimatisiert. Toni genoß diese rollende

Abgeschiedenheit nach der für sein Empfinden psychogewalttätigen Konfrontation an der Haltestelle und ärgerte sich, als eine Lautsprecherstimme die Station Times Square ankündigte.

Times Square war nicht einfach nur eine Haltestelle. Toni merkte das spätestens, als er sich in den zahllosen Gängen auf drei unterirdischen Etagen hoffnungslos verlaufen hatte. Die Beschilderung war lückenhaft und fast beliebig. Zeigte an einer Kreuzung ein *Exit*-Schild, wo es hinausging, fehlte es an der nächsten. Mehrmals wollte er jemanden nach dem Weg fragen, aber die verschlossenen, abweisenden, oft sogar feindseligen Gesichter nahmen dem übermüdeten, überreizten Kölner den Mut.

Sobald er eine Treppe erspähte, die durch Tageslicht erleuchtet wurde, legte er einen Schritt zu und stürmte der Sonne entgegen. Der Subway-Eingang spuckte ihn in eine Geräuschkulisse aus, die ihm vertraut war, obwohl er sie nie zuvor unmittelbar gehört hatte: ein hohles Grundrauschen, sehr präsent, sehr klar, mit einem Großraumhall ummantelt und dadurch verstärkt, ein Hall, wie ihn nur Straßenschluchten wie diese zwischen riesigen Stahl-, Glas- und Betonfassaden schaffen können. Gedeckt blökende Autohupen reagieren wie zornige Wespen aufeinander, wer zweimal hupt, bekommt dreimal Antwort, die Sirenen von Polizeiautos heulen von irgendwoher, über allem wabert eine akustische Brandung – alles zusammen stereo in Tonis Kopf abgemischt war so typisch, daß er in diesem Klang den Originalton unzähliger amerikanischer Großstadtfilme wiedererkannte. Zum erstenmal in seinem Leben spürte Toni, daß eine Stadt nicht nur einen Anblick hat, sondern auch einen Klang, einen Ton, der in diesem Fall so eindeutig war wie ein Bilder der Manhattan Skyline.

Toni fand sich nicht zurecht und fischte den Stadtplan aus seiner Tasche, den er in Frankfurt noch schnell gekauft hatte. Er war einen Block vom Broadway entfernt, zwei Blocks von der 43. Straße. Als er den Faltplan zusammenlegte, beschlich ihn das ungute Gefühl, einen Fehler gemacht zu haben. Er registrierte neugierige, geringschätzige Blicke von vorbeihastenden Menschen. Diese plötzliche Beachtung nach der Anonymität, die sonst von allen ausging, trieb ihm das Blut ins Gesicht, mit unangenehm pulsierender Schamröte beeilte er sich weiterzukommen.

Von Zeit zu Zeit sah er sich nach Verfolgern um, die ihn an der nächsten Ecke womöglich in einen Hauseingang zerrten und seiner Dollars beraubten. Großstadtparanoia, sagte der rationale Teil seines Gehirns, du benimmst dich lächerlich. Wenn nur die Hälfte stimmt von dem, was man über New York erzählt, dann mußt du verdammt vorsichtig sein, wisperte der Teil, der die Angstreflexe koordinierte, und veranlaßte das Nebennierenmark, den Blutkreislauf mittels eines Adrenalinschubs zu beschleunigen.

Kurz nach sieben Uhr schob Toni sich durch die schwere, messinggerahmte Drehtür des *Times Square Motor Hotel*. Ein muffiges Hotel, ein alter, gediegener Plüschkasten, der in einer Zeit eingerichtet wurde, als es noch kein Plastik gab, der aber seitdem nicht mehr renoviert worden war. Daraus ergab sich ein Kontrast von qualitätvoller Schwere und abbröckelnder, verblichener Eleganz. Nur der großzügig verwendete Marmor und die Messingkandelaber an den Wänden hatten die Zeit unverändert überstanden und retteten den Gesamteindruck soweit, daß die offiziellen Hotelprospekte das *Times Square Motor Hotel* noch als Mittelklassehotel anpreisen konnten. Sie verschwiegen jedoch, daß viele Sozialhilfeempfänger hier wegen der für die schlechten Zimmer niedrigen Wochenraten wohnten.

Touristen wie Toni bekamen eins von den besseren. Er warf sich sofort auf das Bett, um seinen heißen Füßen etwas Ruhe zu geben, und noch während er darüber nachdachte, wie er weiter vorgehen sollte, drückte ihn betonschwere Müdigkeit in einen tiefen Schlaf.

Als er wieder aufwachte, war es 23 Uhr 40. Er fühlte sich wie nach einem Sportfest in praller Sonne, hatte Orientierungsprobleme und war wütend, denn jetzt war es zu spät, um sich noch auf den Weg zur 12th Street zu machen. Zumindest kam er zu dem Schluß, als er sich die von Polizeisirenen durchsetzte Geräuschkulisse draußen vergegenwärtigte. Er überlegte, ob er ein wenig auf dem Broadway spazierengehen sollte, aber, er gestand es sich nicht gerne ein, er hatte Angst. Angst vor den Straßen des nächtlichen New York, die er vor allem aus Kinofilmen und Fernsehkrimis kannte. Und in Filmen mußte diese Stadt meistens als Synonym für einen Ort hart am Rande der Zivilisation herhalten, bevölkert von unvorstellbar fiesen, gefühl- und gnadenlosen, psychopathischen Killern und Zombies. Also schaltete er den Fernseher ein und zappte zwischen den dreizehn Programmen hin und her, die der Apparat bot. Erst sehr spät fand er wieder Schlaf.

Die beiden Chinesen, die Toni bis zum Hotel gefolgt waren, wurden abgelöst. Der G-Fond gab den neuen Bewachern eine klare Order mit: Sobald Toni das Hotel verließ, Rückruf und Verfolgung, über Walkie-Talkie ständige Positionsangaben, Rudy würde dann so schnell wie möglich zu ihnen stoßen und die Fäden in die Hand nehmen.

Toni schlief zu lange und wurde erst gegen zehn Uhr wach. Er duschte schnell, packte seine Sachen, vergewisserte sich, ob sein Rückflugticket, das auf denselben Tag abends um 21 Uhr 20 terminiert war, und sein Paß noch da waren. Dann prägte er sich noch einmal die Stationen des Weges ein, den er bis zu seinem Ziel zu Fuß zurücklegen wollte. Seiner Einschätzung nach dürfte es ein netter Spaziergang sein vom Times Square zur 12th Street. An der Hotelrezeption zahlte er bar.

Als er zwanzig Minuten später erst das Empire State Building in der 34th Street passierte, wußte er, daß er sich verschätzt hatte. Das hat auch was Gutes, sagte er sich, ich kann mich vergewissern, ob mir jemand folgt.

Rudy konnte die ganze Nacht in Ruhe schlafen. Erst um elf Uhr morgens kam der Anruf, daß Toni Baeck sein Hotel verlassen hatte. Rudy machte sich mit seinem schwarzen Trans Am auf den Weg in Richtung Midtown und orientierte sich an den ständig durchgegebenen Positionsmeldungen der beiden Beschatter.

Toni hielt, je näher er seinem Ziel kam, öfter an, studierte Schaufensterdekorationen und peilte nach Verfolgern. Lange bemerkte er nichts. Bis er frontal einem Chinesen ins Gesicht starrte, der in dem Moment in ein Funkgerät sprach, halb verdeckt, und ihn dabei aufmerksam beobachtete. Toni gelang es, so zu tun, als sehe er darüber hinweg. Sie wissen, wer ich bin, sie wissen, was ich will, dachte er aufgeregt.

Zu seinem wegen der hohen New Yorker Juli-Luftfeuchtigkeit ohnehin schon in Strömen fließenden Schweiß gesellte sich scharf riechender Angstschweiß. Wahrscheinlich hatte das gar nichts zu bedeuten, wahrscheinlich werde ich gar nicht verfolgt, versuchte er sich zu beruhigen. Er ging weiter. Aber schon nach wenigen Blocks, kurz vor dem Union Square, gab es für ihn keinen Zweifel mehr: Dieser und noch ein anderer Chinese tauchten immer wieder auf. Panik kroch seine Waden hoch, krallte nach seinen Eiern und wühlte sich den Sympathicus hoch. Sein Gesichtsfeld verengte sich immer mehr, bald sah er nur noch Chinesen, Funkgeräte, Pistolen, aufgeschnittene Kehlen. Als wenige Meter vor ihm ein Yellow Cab hielt und einen Fahrgast entließ, stürzte er wie von unsichtbaren Fäden gezerrt zu dem gelben Taxi und warf sich auf den Rücksitz. Sechs Millionen Dollar in kleinen Scheinen wirbelten vor seinen Augen hin und her, einige fielen zu Boden und bedeckten eine blut-überströmte Leiche, die ihm verdammt ähnlich sah. Nein, das nicht, flüsterte er, blaß und atemlos.

»Wohin?« fragte der Taxifahrer ungeduldig.

»Times Square«, antwortete Toni und suchte die Straße nach den beiden Chinesen ab. Er sah weder den einen noch den anderen. Das Taxi rollte los, und Toni fragte sich wieder, ob er Halluzinationen hatte oder tatsächlich beschattet wurde. Er kam im Moment überhaupt nicht klar mit seinen Reflexen, genau genommen seit gestern. Symptome wie bei einem Manisch-Depressiven, dachte er und ärgerte sich. Erst mal zurück ins Hotel, dann bin ich die Chinesen mit ihren Funkgeräten los, dachte er und beugte sich zu dem Fahrer vor, um ihm die genaue Adresse zu sagen. Als er sich wieder zurücklehnte, sah er aus den Augenwinkeln, wie ein schwarzer Trans Am ein gewagtes Überholmanöver versuchte. Der Fahrer, ein dunkelhaariger Mann mit Sonnenbrille, warf einen kurzen Blick herüber, als er auf gleicher Höhe war. Dann ließ er seinen Wagen wieder zurückfallen und ordnete sich hinter dem gelben Taxi ein.

»Idiot, fucking idiot!« schimpfte der Taxifahrer. Das erinnerte Toni an Köln, und er grinste verkrampft.

Am Hotel angekommen, stieg er aus und kam sich ungeheuer clever vor, weil er glaubte, jeden Verfolger, und sei er noch so schlau, abgehängt zu haben. Blieb nur die Frage, wie er jetzt in die 12th Street gelangen sollte.

»Zimmer 1510«, sagte Toni zu dem Mann an der Rezeption, auf dessen Namensschild am Revers *Joseph* zu lesen war.

»Tut mir leid, Sir, aber 1510 ist noch nicht wiederhergestellt«, bedauerte *Joseph* und starrte Toni mit glühenden Augen an.

»Das ist okay, ich weiß, daß ich schon ausgecheckt habe heute morgen. Aber ich kann doch einfach wieder rein, ich meine, ich hab ja selbst drin gewohnt«, antwortete Toni. »Meine eigenen gebrauchten Handtücher stören mich wirklich nicht.«

»Sie mißverstehen mich, Sir.« *Joseph* beugte sich weit nach vorne und blinzelte Toni verschwörerisch an. »Ihr Zimmer wurde heute morgen von irgendeinem Verrückten völlig verwüstet«, flüsterte er und nickte heftig mit dem Kopf, um seine Worte gewichtig zu untermalen. Als Toni zusammenzuckte und plötzlich kalkweiß wurde, hob *Joseph* beschwichtigend beide Hände.

»Nein, keine Sorge, wir wissen, daß nicht Sie das Zimmer verwüstet haben. Wir haben es natürlich kontrolliert, als Sie auscheckten, und da war noch alles in Ordnung. Als dann aber die Putzfrau reinwollte«, er kniff seinen Mund zusammen und nickte wieder sehr gewichtig, »da sah sie schon vom Gang aus, was passiert war.«

Er ließ seine Worte wirken und beobachtete Toni, wie man einen Marienkäfer auf seiner Handfläche beobachtet, wenn man sich noch nicht darüber im klaren ist, ob man ihn fliegen läßt oder mit einem schnellen Schlag zu Brei püriert.

»Und«, stieß Toni hervor, »was war denn passiert?«

Joseph wischte mit einer großen Armbewegung durch die Luft.

»Alles auseinandergenommen, alles zerbröselt, irgendwer hat wohl die Kronjuwelen gesucht!« Er lachte betont laut. »Haben Sie vielleicht Feinde?«

»Unsinn!« stieß Toni hervor und bemühte sich, nicht zu stottern. »Ich bin doch gestern erst aus Deutschland angekommen.«

»Na und? Wollen Sie die Geschichte von Emilio hören? Der war Italiener ...*war* wohlgemerkt! Der checkte hier ein, und keine halbe Stunde später hörten wir Schüsse von oben und als wir hochrannten, da...« *Joseph* hörte abrupt auf zu sprechen. Die schwere Hand eines rothaarigen Mannes, auf dessen Namensschild *Vernon* und *Reception* zu lesen war, lag plötzlich auf seiner linken Schulter.

»Du kannst nach hinten gehen, Joseph, ich bin wieder zurück.«

Joseph wand sich wie ein Karnickel unter dem Griff und huschte schnell durch eine Glastür hinter der Theke, die Augen starr auf den Boden gerichtet.

»Ich hoffe, Sir, Joseph hat Sie nicht belästigt.«

»Nein, nein«, antwortete Toni geistesabwesend.

»Wir haben ihn im Rahmen eines Sozialplanes eingestellt, den wir und andere Hotels mittragen. Er würde sonst in irgendeinem Heim für leichte Fälle... «, *Vernon* bemühte sich, durch Gesten deutlich zu machen, was er mit 'leichte Fälle' meinte, » ...sinnlos vor sich hin vegetieren. Aber weil er harmlos ist, verrichtet er bei uns leichte Arbeiten. Ich mußte gerade mal nach hinten, deshalb hat er mich kurzfristig vertreten.«

Tonis Gedanken wirbelten durcheinander. Er glaubte jedes Wort, was Joseph gesagt hatte.

»Nein, nein«, log er, »ich habe mir schon gedacht, daß der mir nur eine Geschichte erzählen wollte.« Toni lachte, und *Vernon* stimmte ein, veränderte allerdings seinen analytischen Blick auf Toni um keinen Deut.

»Was wünschen Sie also?« fragte er schließlich.

»Oh... eigentlich nichts. Ich habe mich einfach geirrt. Ich dachte, ich hätte für zwei Tage gemietet«, antwortete Toni und wußte, daß das nicht überzeugend klang.

»Na, dann ist ja alles klar.« *Vernon* grinste ihn freundlich an. »Ich hoffe, es hat Ihnen hier gefallen.«

Toni spürte, daß *Vernon* ihn loswerden wollte, aber er wollte jetzt nicht auf die Straße.

»Ich bleibe noch etwas in der Lobby sitzen. Das geht doch, oder?« fragte er.

»Sicher, Sir, sicher«, antwortete *Vernon* unterkühlt und musterte ihn unfreundlich. »Bleiben Sie, solange Sie wollen. Guten Tag.« Er wandte sich demonstrativ seinen Papieren zu, und Toni schlenderte zu der taubenblauen Sitzgruppe. Seine Uhr zeigte 14 Uhr 20.

Rudys Pulsschlag hatte sich keine Sekunde um mehr als fünf Schläge erhöht. Leider hatte der Deutsche die Chinesen entdeckt, die ihn verfolgten. Er selbst erreichte den Ort erst, als Toni in das Taxi stieg und das Weite suchte. Rudy folgte dem Taxi. Als Toni in das Hotel hineinging, parkte er am Straßenrand und wartete. Er wußte, daß zur Sicherheit ein Chinese im hoteleigenen Coffeeshop geblieben war und nach dem Deutschen Ausschau hielt. Er würde also durch keinen Hinterausgang entschlüpfen können. Noch bereitete Rudy diese Angelegenheit kein besonderes Vergnügen, zu einfach die Verfolgung, zu ängstlich und vorsichtig sein Opfer, nicht einmal Zeitdruck, der die Jagd forcierte. Er versuchte, Tonis Gedankenströme nachzuvollziehen: Falls er wirklich das Versteck des Geldes kannte und es an sich bringen wollte, dann würde er bestimmt noch einmal versuchen, dorthin zu gelangen und seine Verfolger mit dilettantischen Versuchen irrezuleiten. Er mußte jetzt schon darüber grinsen, dieses deutsche Würstchen, diese noch nicht einmal halbe Portion ahnte bestimmt nicht, mit *wem* er es zu tun hatte! Rudy mochte Toni nicht. Toni war ein Deutscher, und Deutsche waren ihm zuwider. Er haßte die Deutschen, weil sie den Krieg verloren hatten, er haßte sie, weil sie ihn begonnen hatten. Rudy redete selten über seinen Haß. Krieg führen muß man mit Spezialisten, sagte er, wenn er darüber sprach. Und ein Spezialist sieht seine Arbeit immer ganz sachlich, er kalkuliert emotionslos seine Chance, bewertet sie und schlägt erst dann zu, wenn sie groß genug ist. Natürlich konnte Rudy seine eigene Arbeit nicht als positives Beispiel anbringen, schließlich wußten nur zwei Menschen Bescheid, und das sollte auch so bleiben. Trotzdem verspürte er große Lust, seine vollständige Lebensphilosophie mitzuteilen: nämlich daß er seine Arbeit gradlinig verrichtete, unbeeinflußbar, gut durchstrukturiert, daß er sachlich blieb, bis der Erfolg sicher war, und erst, wenn alle Weichen gestellt waren und nichts mehr mißlingen konnte, dann erst gönnte er sich sein persönliches Vergnügen, dann ließ er sich viel Zeit, genoß jede Regung, jeden Schmerz, jeden Schrei. Rudy hielt sich selbst für einen Ästheten, er liebte funktionierende Systeme, reibungsfreie Abläufe, gerade Linien. Wenn er einen Auftrag bekam, ließ er sich jedesmal genau über die Hintergründe informieren. Es gab immer Gründe, die das Ziel seines jeweiligen Auftrages, sein Opfer, zu einem Stolperstein machten, zu einem Störenfried, die dessen Eliminierung geradezu nötig machten. Rudy, der Ästhet, haßte Beulen in einer herrlichen Geraden, Beulen, die den erhabenen Gesamteindruck einer Geraden in den Dreck alltäglicher Normalität zwangen.

Rudy wollte nicht von Endlösung reden. Weil er der Meinung war, daß das zuviel Arbeit machte, nicht effektiv erledigt werden konnte und in jedem Fall zu viele Beulen übrig ließ. Er wollte eigentlich nur die Welt, die seine Auftraggeber für ihn definierten, eindeutig strukturiert aufrechterhalten. Und wenn die sagten, dies ist in Ordnung, dann war es in Ordnung. Und wenn sie sagten: »Rudy, würdest du bitte diese Unregelmäßigkeit beseitigen«, dann gab er sich größte Mühe. Das war alles kein Problem, und seine Erfolge erfüllten ihn mit Befriedigung.

Unerträglich wurde es für ihn nur, sobald Deutsche mitmischten. Ein Deutscher an sich war für Rudy wie eine Beule mit unheilbarem Inhalt, wie ein malignes Melanom, das schnellstens zu operieren war, weil es sonst innerhalb kurzer Frist das gesamte System zerfraß und zerstörte. Manchmal prallte diese Wut auf die Erinnerung, daß seine Mutter und sein Vater auch Deutsche waren. Aber sie waren früh unter mysteriösen Umständen gestorben, was Rudy heute als Beweis galt, nicht der einzige Ästhet zu sein. Ich liebe dich, Mutter, stammelte er heulend in sein Kopfkissen, wenn er seine Mutter im Traum unter russischen Soldaten liegen sah. Manchmal war es aber auch sein Vater, der seine Mutter vergewaltigte. Dafür hatte Rudy keine Tränen. Dieser Traum trieb ihn nachts auf die Straße, machte ihn geil und wütend, ließ ihn das Gaspedal durchtreten und wild nach Frauen spähen, die er an der nächsten Straßenecke im Auto ficken und gleich danach wortlos zur Tür hinausschmeißen konnte.

Um 16 Uhr 05 verließ Toni das Hotel. Er hatte sich im Coffee Shop einen dünnen amerikanischen Kaffee nach dem anderen runtergekippt, das machte zusammen eine Koffeinmenge aus, wie sie in zwei Tassen starkem Kaffee enthalten sind, und das genügte in seiner jetzigen Verfassung, sein Gesicht mit roten Flecken zu übersäen und seinen Puls auf 105 zu treiben. Bis zu seinem Rückflug hatte er noch gut fünf Stunden Zeit. Sein Plan war, die Umhängetasche mit seinem

Gepäck mitzunehmen und das Stück zu 12. Straße noch einmal zu Fuß zu gehen. Ganz gleich, ob er das Geld dort fand oder nicht, würde er sofort mit einem Taxi zum Flughafen flitzen. Ihm war schlecht vor Angst und hoffnungsvoller Erwartung, sechs Millionen Dollar...

Rushhour, der erste Schwall von Büromenschen, die Feierabend hatten, strömte auf die Straßen. Toni kannte die Bezeichnung »nine to five job« für normale Arbeitnehmer, die sich bemühten, spätestens fünf Minuten nach fünf auf dem Heimweg zu sein. Das galt für die Sekretärinnen, die Büroangestellten, die Boten, die Pförtner, die öffentlich Bediensteten der Stadtverwaltung, also für die meisten Menschen, die sich täglich durch Manhattan wühlten. Und das bedeutete, daß die Menschenflut kurz nach fünf Uhr nachmittags ihren Höchststand erreichen würde.

Er ging wieder geradewegs den Broadway hinunter, am Empire State Building vorbei, über den Madison Square, eine halbe Runde um den Union Square, immer durch die dichtesten Menschentrauben hindurch und möglichst schneller als der Rest. Wenn ihn wieder jemand verfolgte, müßte er sich ebenso beeilen, und das würde er bemerken.

Rudy war es gewohnt, zur Rushhour in der Menschenmenge zu baden. Er folgte Toni vorsichtig, ließ aber seine Sonnenbrille auf, das war ein Fehler. Toni hatte, auch wenn er sich immer sicherer wähnte, nicht aufgehört, nach Verfolgern zu spähen, hatte sich jedoch auf asiatische Gesichtszüge konzentriert. So dauerte es lange, bis er Rudy das erste Mal bewußt registrierte. Er hatte nur das undeutliche Gefühl, diesen Mann schon einmal gesehen zu haben. Beim zweiten Blickkontakt erinnerte er sich plötzlich: der Mann aus dem schwarzen Auto, das Überholmanöver! Das war gar kein Versuch zu überholen, blitzt es durch Tonis Gehirn, der wollte nur sehen, wie ich aussehe, na klar!

Toni zittert innerlich und riecht seinen eigenen Schweiß, der aus den Hautporen in seine Klamotten dringt. – Feuchtigkeit breitet sich sekundenschnell aus und kühlt seine Haut schlagartig ab. Toni friert. Wie durch einen kräftigen Windstoß verweht, sieht er plötzlich mit glasklarer Gewißheit die sechs Millionen Dollar davonfliegen. Angst packt ihn, stärker als vor wenigen Stunden. Seine Nerven sind mittlerweile dünn wie Seidenfäden. Panik kriecht seinen Körper hinauf und hinterläßt ein taubes Gefühl in den Gliedern. Weg hier! ist sein einziger Gedanke. Er sieht sich hektisch um. Wo wird er wohl schneller ein Taxi bekommen? Die 12. Straße geradeaus weiter? Die sieht sehr nach ruhiger Wohngegend aus. Zurück? Nein, da wartet die Sonnenbrille. Links? Ja, genau, dieser große Platz, Union Square, muß ganz in der Nähe sein, da sind Menschen und bestimmt auch Taxen! Er biegt bei der nächsten Gelegenheit links ab und rennt los, sobald er um die Hausecke herum ist.

Rudy allerdings hat schon Sekunden vorher gespürt, daß er entdeckt ist. Er wartet gar nicht erst, bis Toni in die Straße einbiegt. Sein durchtrainierter Körper beschleunigt spielend, mit großen, federnden Schritten fliegt er um die Kurve. Toni ist noch nicht besonders weit gekommen, als Rudy ihn nach wenigen Metern erreicht, ihm seine Faust in seinen Rücken krallt und ihn mit einem harten Ruck zurückreißt. Die wenigen Passanten in diesem Sträßchen beeilen sich, möglichst schnell von den beiden wegzukommen, keiner dreht sich um, keiner will Zeuge sein. Rudy drückt Toni einen kurzen 38er Revolver in den Rücken.

»Ganz ruhig«, sagt er nahe an Tonis Ohr, »ganz ruhig.«

Toni versucht, seinen hechelnden Atem zu beruhigen.

»Du wirst jetzt so tun, als lägest du entspannt auf einem Liegestuhl unter Palmen.« Rudy spricht fehlerfreies Deutsch mit leichtem Akzent. »Okay?«

Toni nickt nur heftig.

»Dann los. Wieder zurück.« Er dreht sich, ohne den Körperkontakt mit Toni zu verlieren. Auf der belebteren 12th Street rückt er etwas von ihm ab.

»Mach keine Dummheiten«, sagt er und grinst Toni

freundlich an. »Wenn du nur einen Schritt gehst, der mir nicht gefällt, mußt du ein ganz schön großes Loch in deinem Hemd flicken lassen.« Er nickt ihm aufmunternd zu. »Wenn du dann noch dazu in der Lage bist.«

»Ich mach keine Schwierigkeiten«, antwortet Toni ängstlich, »ich mach bestimmt keine Schwierigkeiten.« Er hat noch nie einen Revolver an seinem Körper gespürt, und er würde gerne jetzt und für immer auf diese Erfahrung verzichten.

Sie gehen die 12th Street entlang bis zum Broadway. An der Ecke hält Rudy ein Taxi an. Er läßt Toni keine Sekunde aus den Augen, als er die hintere rechte Tür öffnet.

»Rutsch durch.« Er tippt Toni kurz mit dem Revolverlauf an und setzt sich gelassen neben ihn.

»Times Square, Ecke Broadway.« Der Fahrer sieht ihn kurz prüfend an, verhält sich aber wie alle New Yorker Taxifahrer: Er kümmert sich um nichts. Rudy fixiert dessen Gesicht im Rückspiegel und sagt in deutsch: »Du verdammtes Fahrer-Arschloch, soll ich dir die Fresse polieren?« Als der Taximann nicht reagiert, nicht einmal mit der Wimper zuckt, ist er sicher, daß er kein Deutsch versteht, und wendet er sich breit grinsend Toni zu.

»Mach keine Dummheiten, Toni«, sagt er, freundlich und charmant. »Hier ist keiner, der dir helfen könnte.«

»Wo...Woher wissen Sie meinen Namen?« stottert Toni.

Rudy lacht kurz auf. »Ich weiß noch mehr: Toni Baeck aus Köln, Made in Germany, zu Besuch in New York, um einige grüne Scheine an sich zu nehmen, die ihm leider nicht gehören.«

»Hä?« Toni versucht, grenzenlos verwundert zu klingen. »Ich wollte mir nur die Stadt mal ansehen, das ist alles.«

»Hm, wenn das alles wäre, hätte ich mich ja sehr getäuscht.«

»Ja, wirklich, das ist alles.«

Rudy lehnt sich entspannt zurück. »Mal sehen, Toni, mal sehen.«

Am Times Square steigen sie in Rudys schwarzen Trans

Am um. Rudy klemmt sich hinter das Steuer und nimmt den Revolver in die Linke.

»Ich mag kein Blut in meinem Auto. Also sei vorsichtig!«

Die Fahrt nach Chinatown dauert fast eine Stunde. Viele Lastwagen waren unterwegs, Baustellen überall, der alltägliche Verkehr, der irgendwann so groß sein wird, daß sich gar nichts mehr bewegt.

Rudy fuhr sehr defensiv, benutzte kein einziges Mal die Hupe, ließ sich Zeit. Er wußte, daß jede Sekunde den Kölner neben ihm nervöser machen würde, nervöser und ängstlicher. Das war gut. Der G-Fond wollte ihn in seinen Räumen sehen, man hoffte, mit Toni eine Schlüsselfigur zu haben, mit deren Hilfe die gesamten Hintergründe des Dollar-Diebstahls aufgeklärt werden konnten. Man wollte auf Nummer Sicher gehen: Es konnte die Tat eines einzelnen gewesen, aber auch die sichtbare Spitze einer umfassenden gegen den G-Fond gerichteten Strategie sein. Franco Emetrola war italienischer Abstammung, vielleicht ein Hinweis auf den großen Konkurrenten des G-Fond, der Italo-Mafia.

Rudy sollte ihn nur abliefern und sich dann bereithalten. Sobald der G-Fond wußte, wo das Geld versteckt war, würde man ihn benachrichtigen, damit er es holen konnte. Rudy fand das sehr unbefriedigend, er wußte, daß er die Adresse allein sehr viel schneller aus Toni herausgequetscht hätte. Aber er hielt sich strikt an die Order. Letztlich war ihm diese Geschichte mit den sechs Millionen egal, es war schließlich nicht sein Geld. Aber um den Spaß, den er mit Toni haben könnte, tat es ihm leid. Aber vielleicht wollte der G-Fond ja den Deutschen nach der Prozedur endgültig loswerden, dann würde er doch noch zu seinem Vergnügen kommen.

Er bog vom Broadway in die Houston Street ein und fuhr sie bis zum East River Park. An einer einsamen Stelle dirigierte er Toni mit kurzen Revolverbewegungen hinter das Auto.

»Da rein.« Rudy deutete auf den Kofferraum. »Und keinen Ton, ich kann leicht von vorne einfach durchschießen.«

Um kurz nach sechs Uhr abends erreichte er das Parkhaus in der Elizabeth Street. Die Parkwächter ließen ihn ohne Aufenthalt durchfahren. Unten in der tiefsten Etage wurde er von zwei älteren Chinesen erwartet, die Toni, ohne ein Wort zu sagen, durch die Rollgittertür führten. Für Rudy gab es jetzt nichts anderes mehr zu tun, als zu warten. Er hoffte, daß der Auftrag, die sechs Millionen Dollar abzuholen, nicht sein einziger bleiben würde. Der G-Fond konnte den Deutschen doch nicht einfach wieder laufen lassen.

21

Warum bin ich bei den ersten deutlichen Anzeichen wirklicher Gefahr nicht umgekehrt? Normalerweise hätte ich genau das gemacht. Normalerweise! Aber nichts war mehr normal: Meine Frau... ich will die Begriffe nicht durcheinanderbringen, meine Freundin Lisa mußte durchgedreht sein, ich hatte keinen Schimmer, welcher Teufel sie geritten hat... ein schönes Bild, bislang hielt ich mich für den einzigen wirklichen Teufel, der sie ritt; sie mußte einen Grund gehabt haben, mich nach New York mitzunehmen, der rein gar nichts mit mir zu tun hatte. Ich wußte nicht, in welche Richtung ich denken sollte.

Elliott! Wie gerne hätte ich mir dieses Bild erspart. Unwillkürlich hob ich die Hand mit dem Polaroid vor meine Augen. Es war nicht schön, es immer wieder anstarren zu müssen. Viel schlimmer aber waren die Bilder in meinem Kopf. Das Foto war *ein* Bild, in meinem Kopf jedoch war der ganze Film und spulte fortlaufend von vorne ab, wie eine Endlosspule. Ich wüßte gerne, warum Elliott nicht das Weite gesucht hatte, als der Trichter enger und enger wurde. Dieser verdammte Kerl. Ich war froh gewesen über seine Hilfe, noch nie bisher hatte ich mich so unerfahren und naiv gefühlt wie in New York. Alles hier war härter, größer, gnadenloser, kompromißloser. Ich hätte mich rechtzeitig verziehen und die Finger von Maria lassen sollen!

Aber was war statt dessen? Irgendein Relais muß in mir geklickt haben, muß sich verstellt haben, und als ich es bemerkte, war es zu spät. Da rollten die Kugeln schon. Elliott hatte viel größeren Durchblick. Deshalb bin ich sogar fast davon überzeugt, daß er die Gefahr nicht nur sehr genau einschätzen konnte, sondern sie regelrecht suchte, sie erschnüffelte wie ein neugieriger Köter, letztlich sogar die Konfrontation mit dieser Bestie. Warum, zur Hölle, hatte ich nicht den Mut gehabt, Elliot zu helfen? Warum habe ich ein beschissenes Foto gemacht, statt irgendein Rohr oder einen Stein zu greifen und den Killer fertig zu machen? Ich meine, darf ich mich mal vorstellen? Ich bin 1.85 Meter groß, wiege 79 Kilo, durchtrainiert von Squash, Joggen und Krafttraining, ich habe Kondition, ich laufe jederzeit zehn Kilometer aus dem Stand. Fuck. Ich habe zugesehen, habe das erste Mal einen Menschen sterben sehen, habe gezittert vor Angst – und ein Foto gemacht!

Gut, ich war sicher, daß Elliott eh keine Zukunft hatte, er hatte nur zu viele Filme gesehen und eine Illusion zurückbehalten, zumindest erklärte ich mir das so, denn wenn er agierte, hatte er verteufelte Ähnlichkeit mit Leinwandgrößen wie Clint Eastwood oder Arnold Schwarzenegger. Gleichzeitig wußte ich, daß ich mich selber belog. Welchen Durchblick hatte ich denn, daß ich hätte beurteilen können, ob einer wie Elliott eine Zukunft hat oder nicht? Was ich mir nicht erklären konnte, war, warum er sich so bedingungslos meiner Probleme angenommen hatte. Irgendwie hätte er sich schon da rauslavieren können. Was hatte er von mir erwartet? Ich war wirklich nicht so cool wie seine Vorbilder und kein bißchen *street wise*, wie er einmal sagte, was soviel hieß wie: »Wenn man dich alleine nachts durch die Lower East Side laufen läßt, wirst du dreimal ausgeraubt: Vom Vater, vom Sohn und von der Tochter.«

Vielleicht lag darin der Grund für meinen Leichtsinn, vielleicht wollte ich, wenigstens nachdem er tot war, beweisen, daß ich bestehen konnte, daß ich mich nicht so leicht unterkriegen ließ. Vielleicht wollte ich eine Rechnung begleichen, die Elliott zusammengestellt hatte und die er nicht bezahlen konnte, weil er nicht mehr lebte?

Ich war plötzlich nicht mehr der alte, ich registrierte soldatische Züge, ich, der Pazifist und Kriegsdienstverweigerer, ich, der sich in seinem ganzen Leben nur zweimal geprügelt hatte. Elliotts Tod hatte in mir eine Schleuse geöffnet, die ich einerseits liebend gerne wieder verschlossen hätte. Aber vor der Trockenheit gab es andererseits eine Linie, eine Grenze, jenseits derer die Gefahr *mich* tyrannisierte, und diesseits davon mußte ich mein Schuldgefühl besänftigen, oder, um es mit anderen Worten zu sagen: Ich balancierte auf einem Grat und hatte höllische Angst, heruntergestürzt zu werden. Und ich spürte, daß ich meine Passivität aufgeben und angreifen mußte. Meine Wut und mein Entsetzen halfen mir dabei, so war jedenfalls mein Gefühl, als ich mit dem alten Armeerevolver in der einen, dem Polaroid in der anderen Hand auf dem Hotelbett lag. Ich redete mir monoton und wie in Trance Größe ein: weil ich Angst hatte, mit dem ersten Schritt auf die Straße zum Lemming zu werden, zum Kriecher, zum hilflosen Opfer.

22

Robert war überwältigt von der Geräuschkulisse, der Hektik, der Atemlosigkeit am John F. Kennedy Airport. Lisa bemerkte das gleich und tat deshalb besonders welterfahren, schließlich war sie schon einmal hier gewesen und kannte die wichtigsten Spielregeln.

»Wir nehmen den JFK-Express, Robert. Stell dich da vorne an.« Sie deutete auf die Menschenschlange vor der Haltestelle.

»Was ist mit Taxifahren?« fragte Robert. Er haßte Menschenschlangen.

»Wenn du dreißig Dollar zuviel hast, gerne.«

»Dreißig? Und was kostet der Zug?«

»Sechs.«

»Sechs?«

»Ja, sechs, verdammt noch mal!« fuhr Lisa ihn an.

»Hey, beruhige dich. Ich denke, wir sind hier zur Versöhnung«, bellte Robert eingeschnappt zurück.

Lisa atmete einmal tief durch. Sie war hypernervös. Robert sollte das auf keinen Fall zu spüren bekommen, er sollte sich wohlfühlen.

»Roberto, Baby«, flötete sie und strahlte ihn verliebt an. »Ich bin total müde. Außerdem«, sie griff ihm, ohne viele Umstände zu machen, zwischen die Beine, »du hast mich die ganze Zeit so scharf gemacht, ich stehe kurz vor einer Explosion.« Sie meinte ihre gemeinsamen Spielchen unter der braunen, viel zu kleinen Lufthansa-Acryldecke, mit denen sie sich während des Fluges die Zeit vertrieben hatten.

Roberts Gesichtszüge entspannten sich. Er sah sich mit zwei schnellen Kopfbewegungen um und zog vorsichtig aber bestimmt ihre Hand weg.

»Wenn die Stewardeß nicht so neugierig gewesen wäre...«, er ließ das Ende offen und grinste Lisa herausfordernd an.

»Wir hätten es geschafft, Robert«, antwortete sie und sah ihm direkt und tief in die Augen. Ihre Rechte wanderte langsam seinen Körper hoch, berührte ihn zart an verschiedenen Stellen und vereinigte sich in seinem Nacken mit ihrer Linken. Sie zog ihn an sich und drückte ihre Hüften gegen seine. Robert durchzuckte ein Blitzgewitter.

»Lisa«, flüsterte er und schloß seine Augen. »Meine Lisa.«

Er sah nicht, wie sie ihn kurz prüfend fixierte, und als er die Augen wieder öffnete, begegnete er demselben erotisierenden, fordernden Blick wie lange Sekunden zuvor.

»Komm«, sagte Lisa und ging auf die Haltestelle zu.

Robert nahm das Gepäck und schlenderte verliebt hinter ihr her. Seine Blicke wanderten von ihrem runden, weichen Po die Jeans hinunter zu den schwarzen Nylons in halbhohen Schuhen und wieder hinauf. Er genoß ihre durch Schaumgummipolster verbreiterten Schultern, die Stärke suggerierten. Ihr Haar fiel in dicken Wellen, schwebte wie braune Watte, und er fragte sich wieder einmal, warum er überhaupt noch andere Frauen ansah, geschweige denn auf seine Eroberungsliste setzte.

Robert stellte das Gepäck ab und streifte dabei den Blick der jungen Angestellten der Metropolitan Transport Authority, die bei Tonis Ankunft einen Tag zuvor an der gleichen Stelle Dienst getan hatte.

Sie gab sich keine Mühe, ihr Interesse an ihm zu verstecken. Und Robert projizierte auf sie von einer Sekunde auf die andere die Gefühle, die er gerade noch für Lisa empfunden hatte. Das ging so schnell und einfach vonstatten, wie wenn man einen Schalter umlegt. Plötzlich erschien ihm diese extrem coole New Yorkerin mit den feuchten, wasserhellen Augen so begehrenswert wie noch nie jemand zuvor.

Versteckt zwinkerte er ihr zu, sah ihre Reaktion und überlegte sofort, wie er den Kontakt zu ihr ausbauen könnte. Lisa war mit ihren Gedanken weit weg und achtete nicht auf ihn, also wühlte er vorsichtig in seiner Brieftasche nach einer seiner gelben Visitenkarten, drehte sich mit dem Rücken zu Lisa und schrieb schnell die Adresse seines Hotels darauf. Die New Yorkerin beobachtete ihn genau, spürte ganz genau die mühsam aufrechterhaltene Luftbrücke zwischen Robert und Lisa – und drehte sich weg. Verwirrt und leicht beleidigt stand Robert mit seiner Visitenkarte in der Hand einen Meter hinter ihr und versuchte, die Versprechungen ihrer Blicke mit ihrem abweisenden Verhalten in Einklang zu bringen. Plötzlich drehte sie sich um und stopfte ihm, ohne ihn anzusehen, mit einer schnellen, harten Bewegung einen Zettel in die Brusttasche seines Hemdes. Robert wollte ihr einen vertraulichen Blick abjagen. Sie aber sah ihn mit derselben geilen

Gleichgültigkeit an. Robert kam sich wie ein Schuljunge vor, spürte Wut und gleichzeitig Verlangen nach dieser Frau.

Warum macht die diesen dämlichen Job, dachte er, die hat bestimmt viel mehr drauf. Er beobachtete, wie ungeheuer lässig sie sich längs des Bordsteins bewegte, ihre Hüften rollten trotz ihrer Robustheit wie weich aufgehängte Präzisionskugellager. Daß er sie beobachtete, mußte ihr klar sein. Und trotzdem ließ sie keine Unruhe erkennen, zierte sich nicht, blieb selbstsicher, cool. Robert vibrierte. Die Spiele, die er mit Lisa unter der Decke getrieben hatte, wollten jetzt zu Ende gespielt werden, aber nicht mit Lisa. Er schüttelte sich. Und riß sich los. Er stellte sich neben Lisa. Beide starrten sie gedankenverloren vor sich hin, beide tummelten sich auf unsichtbaren Spielwiesen, die eine zwischen grünen Dollarscheinen, der andere zwischen kräftigen Schenkeln, die ihm die Luft nahmen und unnachgiebig verhärteten.

Als der Zubringerbus zum JFK-Express kam und Robert und Lisa einstiegen, kümmerte sich die Frau von der Metropolitan Transit Authority nicht um sie. Robert zitterte vor Aufregung, was hat sie wohl auf den Zettel geschrieben, ihre Adresse oder *Piss off*? Als er an ihr vorbei in den Bus stieg, berührte er mit der freien Hand ihre Oberschenkel und suchte Blickkontakt.

»Bitte rücken Sie auf«, sagte sie und drückte sich kurz gegen seinen Körper.

In einem unbeobachteten Moment, während der Bus sich in umständlichen Schleifen von einer Flughafenhaltestelle zu nächsten hangelte, zog Robert den Zettel hervor. 192, Elridge Street, Maria Schreiber, las er darauf. Mal sehen, dachte er und prägte sich die Adresse genau ein. Dann stopfte er das Papier in den Aschenbecher an der Seite seines Bussitzes und lehnte sich langsam zurück. Lisas Bild, ihr weicher Po, ihre schwebenden Locken, ihre breiten Schultern waren verflogen. Statt dessen sahen ihn ununterbrochen wasserhelle Augen an, Augen, die er deutlicher wahrnahm als die draußen an den Fenstern vorbeigleitenden Konstruktionen des JFK-Airports.

Der Zug hielt selten. Robert wunderte sich über den Unterschied zwischen dem, was er auf dieser Fahrt sah und den Klischees, mit denen New York oft beschrieben wird. Hohe Schilfpflanzen in sumpfigen Schlammlöchern wechselten mit widerstandsfähigen mediterranen Hartlaubgewächsen, Abfall auf den schönsten Wiesen, viele provisorische Gebäude, die noch keine Bekanntschaft mit der Bauaufsichtsbehörde gemacht hatten. Eigentlich hatte er das Gegenteil erwartet, nämlich von der ersten Sekunde an in einem Hochhäusermeer zu ertrinken, von aggressivem Verkehr gejagt. Als er durch die getönten Scheiben aus dem klimatisierten Waggon heraus die kleinen Einfamilienhäuser, Gärten und Straßen von Queens vorbeiziehen sah, war er sogar etwas enttäuscht von der friedlichen Ruhe, die über allem lag. Dann aber mehrten sich müllüberladene, heruntergekommene Straßenzüge, zischte die Bahn an verkommenen, im Stich gelassenen Gebäuden vorbei, Menschen in zerfledderten Klamotten lungerten auf der Straße herum, er sah für kurze Momente die Manhattan Skyline am Horizont, von einer riesigen Dunstwolke durchzogen, die nicht hoch genug war, um alles zuzudecken, aber bedrohlich dunkel, weil die Sonne dahinter langsam unterging und die Hochhäuser nur als lange Schatten zeichnete. Er wußte, was man über Manhattan weiß: viele Verbrechen, Drogen, viel Geld, machtlose Polizisten, harte Straßengangs, vergnügungsgeile Yuppies, Buppies und Dinks, Macht. Er genoß den Lupeneffekt, sich durch weiträumige Vorstadtviertel langsam wie durch die Linse eines Makrozooms auf den eigentlichen Kern, die konzentrierte Zone zuzubewegen. Entgegen der leichten Angst, die er im Flugzeug noch verspürt hatte, als er an die *tough city* dachte, fühlte er sich jetzt viel stärker, als er es für möglich gehalten hätte: Was sollte dieser kleine, stachelige Fleck am Horizont ihm schon anhaben?

Die Euphorie dieses Machtgefühls und die erotische Lust, die seinen Körper in Wellen durchflutete, machte ihn cool, genau in dem Sinn des Wortes, den es in dieser Stadt hat:

cool, überlegen, wichtig, wichtiger als alles, was geschehen kann. Ab und an warf er Lisa einen Blick zu. Aber sie war mit ihren Gedanken woanders, nicht hier, nicht bei ihm. Normalerweise würde er sich darüber aufregen. Heute nicht. Er war froh, nicht reden zu müssen, sich nicht auf jemand anderen konzentrieren zu müssen. Er sah, was vor dem Fenster der Bahn zu sehen war, horchte mit leicht geneigtem Kopf seiner inneren Stimme, die so nah an seinem Ohr wisperte, daß es ihn kitzelte.

Ein Kokaingefühl, dachte er verträumt; und erst, als der JFK-Express in den Tunnel einfuhr, der Brooklyn mit Manhattan verbindet, und zur Subway wurde, verwischte seine Euphorie zu ganz profanen Eindrücken und Gefühlen, zum Beispiel der einfachen Frage: Wie schaffe ich diese Reisetaschen durch die Menschenmassen, die da draußen an jedem Bahnsteig stehen und warten? Der alltägliche Großstadtwahnsinn, den er außerhalb der isolierten Bahn wahrnahm, verdrängte langsam sein Gefühl von selbstbewußter Einzigartigkeit. Robert wurde nervös und hoffte, daß Lisa die bald notwendig werdenden Abläufe in die Hand nehmen würde: Wohin, Hotel, Trinkgeld, Englisch reden. Erst ab und an, dann immer häufiger peilte er nach ihr und registrierte mit Bedauern, wie sich sein Bedürfnis, Maria Schreiber so schnell wie möglich zu ficken, in Luft auflöste und dem Wunsch nach Geborgenheit in einer vertrauten Umgebung wich. Die einzige vertraute Umgebung hier war Lisa. Robert spürte, wie seine Zuneigung zu ihr wieder wuchs.

In der U-Bahnstation Washington Square verließen sie den JFK-Express. Viele Studenten waren unterwegs, die meisten auf dem Weg nach Hause, einige auf dem Weg zur Universität, deren Gebäude in der weiteren Umgebung des Parks verstreut lagen. Robert schleppte die beiden Softbags, Lisa begnügte sich mit einem Beutel, in dem sie Utensilien, aber kein Reisegepäck trug. Zwei Ebenen mußten sie hinter sich lassen, bis sie an der Ecke Eigth Avenue/Waverly Place die unterirdische Haltestelle verlassen konnten.

Oben sah es aus wie zu Hippie-Zeiten: Straßenhändler verkauften Räucherstäbchen und durchdringliche Duftöle wie Moschus, Patschouli, Sandelholz, andere boten uralte Bücher an, hauptsächlich Yoga-Anleitungen, viele Obdachlose und Bettler hofften auf das schlechte Gewissen der Passanten, standen einfach rum und hielten allen Vorbeieilenden McDonald's-Styroporbecher hin.

Mit großen Augen starrte Robert drei Schwarze an, einer hatte einen riesigen Gettoblaster auf der Schulter, der Hip-Hop-Musik in die Luft brüllte. Niemand störte sich daran. Vielleicht traute sich auch niemand, sich daran zu stören.

Sie bogen in Waverly Place ein, eine ruhige, kleine Straße, die auf den Washington Square Park mündet. Die Häuser hier sind nicht sehr hoch, alle bis auf wenige Ausnahmen ohne Zwischenräume miteinander verschweißt, allerdings ohne auf eine DIN-Norm Rücksicht zu nehmen, gebaut nach Lust und Laune des jeweiligen Besitzers. Bei den meisten führten kleine Treppen mit schmiedeeisernen Geländern hinauf zum Parterre und hinunter ins Souterrain, verwinkelte Zugänge, die das bißchen Platz zwischen Bürgersteig und Hauswand so effektiv wie möglich nutzen. Robert war wieder irritiert: das Klischee der lärmenden Wolkenkratzerstadt paßte überhaupt nicht zu dieser friedlichen Stadtallee, die eher an Bilder aus alten englischen Filmen erinnerte.

Vor allem das Bild allgegenwärtiger Bedrohung durch Straßenkriminalität erschien ihm plötzlich absurd. Was er nicht wußte, war, daß diese Gegend nicht nur von reichen Anwälten, Verlegern, Künstlern und Professoren bewohnt wird, sondern auch von der Creme der Italo-Mafia und anderer Syndikate. Sie haben ihre Familien hier, ihre Kinder sitzen im Park und ihre Frauen in den Cafés der Umgebung. Um sie zu schützen, herrscht hier das ungeschriebene Gesetz der verbrechensfreien Zone. Wer sich hier nicht daran hält, muß sich weniger mit der Polizei auseinandersetzen als mit den Beauftragten der Syndikate. Und die kennen keine Gnade. Geduldet ist lediglich das "sanfte" Verbrechen Drogenhandel, das hauptsächlich im Park abgewickelt wird, hemmungslos unter den Augen der Polizisten, die auf Pferden und im Auto ständig patroullieren. Allerdings müssen die Dealer aufpassen, wem sie welchen Stoff verkaufen: Heroin oder Crack an die Kinder der Bosse kommt einem Todesurteil gleich. Und weil es schwer auseinanderzuhalten ist, wer wessen Sohn oder Tochter ist, tauchen diese Drogen hier nur selten auf. Die wenigen, die das Gesetz nicht kennen oder leichtfertig darüber hinwegdealen, verschwinden alle ausnahmslos früher oder später. Die Bosse lassen dann sorgsam Einzelheiten über deren Abgang verbreiten, unter der Hand kursieren diese Geschichten täglich von einem Ende des Parks zum anderen und sorgen für einen gleichbleibenden Furchtpegel, der die Verhältnisse stabilisiert.

23

Rudys Erinnerungsvermögen war ziemlich schlecht, um nicht zu sagen miserabel. Es war ähnlich strukturiert wie ein Nagelbrett mit extrem langen Nägeln: gemessen an der gesamten Fläche wenige herausragende Spitzen und dazwischen tiefe Abgründe. Was zum Beispiel seine Kleinkindzeit betraf, erinnerte er sich nicht, daß er viele Tage in einer zum Bett umfunktionierten Zinkwanne, später in einem Laufgitter auf dem Balkon zugebracht hatte, wenn das Wetter es zuließ, und das hieß nicht nur bei Sonnenschein; die Familie bestand aus sechs Kindern, Eltern und der Oma, alle zusammengepfercht auf 74 Quadratmetern, zu eng, um den Jüngsten ertragen zu können, der von Zeit zu Zeit durch Geplärre auf sich aufmerksam machte. Seine Geschwister hatten es ihm später erzählt, deshalb wußte er davon.

Das einzige, was er wirklich umfassend, genau und sehr bildlich erinnerte, waren die endlosen, fast täglichen Erzählungen seiner Mutter über den Krieg, den Zweiten Weltkrieg. Sie war erst spät aus Königsberg mit ihren beiden Töchtern, eine zwei Jahre, die andere ein Jahr alt, geflohen. Voller Naivität, aber auch aus Angst, ihre Heimat vielleicht für immer verlassen zu müssen, hatte sie so lange an den Endsieg geglaubt, bis die Russen schon fast vor ihrer Haustür standen. Vor der russischen Armee her geisterten Gerüchte durch das damalige Ostpreußen, drastische Geschichten über den häßlichen, barbarischen Feind, der sich nicht an die Spielregeln des Krieges hielt und nicht nur deutsche Soldaten tötete, sondern nahezu alle Zivilpersonen, Kinder, Frauen, Alte, umbrachte oder mißhandelte und vergewaltigte. Manches Gerücht hatte eine Art Fußnote: Kein Wunder, daß sie brutal sind, hieß es hinter vorgehaltener Hand, schließlich haben die deutschen Soldaten zuerst russische millionenfach niedergemetzelt. Aber man mußte vorsichtig sein mit solchen Anmerkungen, und Rudys Mutter wußte noch nicht einmal, daß es überhaupt so viele Russen gab.

Vieles wiederholte sich, was sie über die Flucht erzählte, einiges paßte nicht so recht zusammen, manches änderte sich im Laufe der Jahre, weil die Erinnerung der Mutter Lücken bekam, immerhin war der Krieg damals schon seit einiger Zeit beendet. Aber die Bilder, die seine Phantasie ihm aufgrund ihrer Worte zeichnete, blieben scharf und wirkungsvoll. Nachts, wenn er schlief, hörte er Bomber, sah, wie sie im Tiefflug über seine fliehende Mutter hinwegdonnerten, versuchten, sie mit Maschinengewehrsalven zu erwischen, obwohl oder gerade weil sie zwei kleine Kinder bei sich hatte. In seiner Vorstellung saß er mit seinen Schwestern im Luftschutzkeller, an den Körper seiner Mutter gepreßt. Zu Beginn der Flucht hatte sie noch vor Angst gezittert, wenn der dumpfe unregelmäßige Rhythmus der Bomben lauter und intensiver wurde. Später, als ihr Körper gerade noch funktionierte, nicht einmal mehr fror, sehnte sie apathisch den Tod durch eine gewaltige Explosion herbei. Rudy war begeistert von ihrer Gleichgültigkeit. Keine Spannung, keine Angst, nur ein glatter Sinuston.

Zwei Jahre war seine Mutter unterwegs gewesen, aus

ihrer Heimat in Ostpreußen vertrieben, immer knapp vor der nachrückenden russischen Armee, manchmal ruhte sie in einem schon fast völlig von Russen besetzten Dorf aus und schleppte sich dann doch noch bei Nacht und Nebel weiter, bevor es endgültig zu spät war, von einem unerklärlichen Instinkt getrieben. Sie nannte ihn später den demokratischen Instinkt. Sie habe gespürt, sagte sie, wo nach dem Krieg die Russen und die Unfreiheit und die Barbarei, und wo die Engländer, die Amerikaner und die Freiheit zu Hause sein würden.

Rudy vertiefte sich in die Situation, in eine unbekannte Stadt zu kommen zwischen anderen hungrigen Menschen, Frauen, die auch Kinder ernähren mußten, Männer, die nicht an der Front waren und statt dessen den Zugang zu den Luftschutzkellern organisierten oder Essensrationen verteilten. Er schlüpfte in die Rolle seiner Mutter, verkroch sich mitunter tagelang darin, und es gelang ihm sogar, die realen Zeitabläufe wie in Echtzeit nachzuempfinden. Er sah sich um verrottete Essensreste kämpfen, sah die panisch-hungrigen Augen zweier Kinder, die nicht verstanden, warum es wieder nichts zu essen geben sollte. Er wurde wütend, stellte sich böse Männer vor, die auf den Essensrationen saßen, fett und höhnisch lachend, denen er mit einer Offizierspistole das Gehirn wegknallte; aus Notwehr, denn wer ist wohl der Angreifer und wer der Verteidiger, wenn zwei unschuldige kleine Kinder dem Hungertod nahe sind und sie, die fetten Männer, auf der Nahrung saßen und ihre Fürze hineindrückten?

Seine Mutter modellierte er sich zu einer kämpfenden Löwin, zur trotz aller Not starken Siegerin. Das ergab für ihn immer wieder Konflikte. Denn wenn *sie* erzählte, dann sprach sie auch von den Momenten menschlicher Anteilnahme, die ihr und der Kinder Überleben überhaupt erst möglich machten, und andererseits von vielen schlechten Menschen, denen sie machtlos ausgeliefert war, von Männern, die ihr irgend etwas angetan haben müssen. Rudy verstand das damals nicht und klammerte es einfach aus seiner Phantasiewelt aus.

Eine Geschichte bereitete ihm besonderen Spaß. Seine Mutter war einige Tage in einer Stadt, in der die Russen auf die Amerikaner trafen und diese noch gegen den gemeinsamen Feind geeint waren. Sie erzählte, wie sie sich in einem Zimmer im ersten Stock eines Hauses versteckt hielt und dann, aus unerklärlicher Neugierde heraus, die ihr heute noch leid tue, sich kurz aus dem Fenster beugte, um zu sehen, ob Russen in der Nähe waren. Zwei sahen sie in dem Moment und kamen sofort lüstern näher, so erzählte sie, lehnten eine Leiter an die Hauswand und stiegen zu ihr hoch.

»Ich hab die Leiter gepackt«, hatte sie gesagt, »und sie mitsamt den Russen wieder hinunter befördert.« Als sie diese Geschichte zum erstenmal erzählte, daran konnte er sich noch genau erinnern, war er ungeheuer stolz auf seine Mutter, sie hatte es diesen fiesen, schmutzigen Russen gegeben! Später kamen ihm Zweifel, und er fragte nach. Ließen die sich denn so einfach abwimmeln, die brauchten doch die Leiter nur wieder aufzurichten. Nein, sie gingen weg, antwortete seine Mutter, und er spürte, daß sie log. Er fragte weiter, und sie verkrampfte sich, wurde unvermittelt wütend, hatte sogar Entsetzen in den Augen. Er verstand das nicht und durchdachte verschiedene Möglichkeiten, was denn die Soldaten getan haben könnten. Seine Mutter lebte noch, also konnte doch nichts so Schlimmes passiert sein. Er klärte diese Frage nicht. Weil sie ihm darauf nicht antwortete. Nur ihre Wut sagte ihm, daß sie etwas verbergen wollte; ihre andere Reaktion, die der tapferen, einsamen Märtyrerin, diese Reaktion deutete das an, was wirklich passiert war.

Erst später, als er fünfzehn Jahre alt war und ihn wieder einmal die Bilder des Krieges, den er gar nicht miterlebt hatte, nachts quälten, träumte er den Fortgang der Geschichte. Die Russen purzelten von der Leiter. Sie waren furchtbar wütend und überlegten kurz. Dann brach der eine die Eingangstür auf, verschwand im Haus und rannte mit gezogener Pistole die Treppe hinauf. Der andere wartete, bis er Rudys Mutter mit Panik in den Augen am Fenster sah, dann stellte er die Leiter wieder an die Mauer und kletterte, sich genüßlich an den Schreien der Frau weidend, die Sprossen hoch, langsam, sehr langsam. Noch während er sich nach oben hangelte, stürzte sich der andere Soldat auf sie. Er öffnete seine Hose, stellte sich hinter sie, drückte der Frau seine Pistole an die Schläfe, riß ihr mit einer brutalen Bewegung die Unterhose unter dem Rock weg und verging sich laut grunzend an ihr. Der andere hüpfte über die Fensterbank hinein, beobachtete seinen Freund geifernd. Er begann am ganzen Körper zu zittern und wartete, bis dieser fertig war. Dann warf er sich mit ungebremster Brutalität ebenfalls auf die Frau – seine Mutter! – stieß minutenlang wie eine Maschine zu, brüllte dabei...

An dieser Stelle wurde Rudy jedesmal wach, von seinem eigenen Schrei aus dem Schlaf gerissen. Sein Körper zuckte wild, und er schlug sich mit den Händen an den Kopf, um so die Traumbilder zu vertreiben. Aber sie zerrten auch noch in den ersten Minuten nach seinem Erwachen an ihm. Er schämte sich, weil sein Glied hart war, und schwor sich in einem Atemzug mit seiner Scham, jeden Menschen, der seiner Mutter jemals zu nahe kommen würde, zu töten.

Als sie starb, war er achtzehn. Er konnte niemandem erklären, was ihr Tod bei ihm auslöste. Sein Vater war ihm gleichgültig, und als er, zwei Tage nach ihrer Beerdigung, einfach wegging, strich er ihn einfach aus seinem Gedächtnis und sie ebenfalls. Nur die Bilder vom Krieg behielt er, weil sie sich nicht streichen ließen.

Einige Monate jobbte er wahllos, führte ein unauffälliges Leben, so lange, bis er genug Geld hatte, um nach New York zu fliegen. Es war für ihn nie eine Frage gewesen, wohin er wollte: Amerika war nicht einmal ein Traum, sondern selbstverständlich, irgend etwas zog ihn dorthin, das genügte ihm, er wollte nicht wissen, was es war. In New York schlug er sich durch. Wieder Gelegenheitsjobs. Meist dreckige Arbeit.

Das machte ihm nichts aus. Weil seine Ansprüche gering waren. Sie gingen kaum über das hinaus, was er zum schieren Überleben brauchte. Er hatte Glück und bekam eine unbefristete Aufenthaltsgenehmigung. Heute würde ihm das nicht mehr so leicht gelingen.

Auch in New York lebte er sehr unauffällig. Wie eine Kakerlake mied er helle Ereignisse und aalte sich im Halbdunkeln. Nachts trieb er sich in der Lower East Side herum, in der Bowery, in Soho, Little Italy, in Chinatown, alles Stadtteile, die Mitte der sechziger Jahre nicht zu den feinen Adressen gehörten. Wie viele Schießereien er allein im italienischen Sektor mitbekommen hatte, konnte er heute gar nicht mehr genau sagen. Instinktiv folgte er damals in New York einem Ziel: Er versuchte, sich so nah wie möglich dem Zentrum der Gewalt zu nähern und trotzdem nicht miteinbezogen zu werden, eine Gratwanderung, die ihm prickelndes Vergnügen bereitete. Er betrachtete sich als Lehrling. Sein Ziel war es, reale Gewalt kennenzulernen, ihre Erscheinungsformen und Folgen zu studieren. Wie ein Lehrling holte er Kaffee und Bier, ließ Abfälle verschwinden, war zur Hand, wenn er gebraucht wurde. So baute er seine Kontakte aus, ohne allerdings auch nur einen einzigen Freund zu gewinnen.

Das änderte sich auch nicht, als er Kontakt zum G-Fond bekam und sich somit sein Marktwert und seine Liquidität innerhalb weniger Tage immens erhöhten. Man hielt ihn für zuverlässig, loyal und unbestechlich, und das ließ sich der G-Fond einiges kosten. Das Geld nahm er natürlich, aber eigentlich brauchte er kaum etwas. Es blieb viel übrig, und alles Geld, das er nicht verbrauchte, sammelte er. Was sollte er sonst damit machen? Eigentlich war er reich, und das empfand er, wenn er darüber nachdachte, als ein angenehmes, aber durchaus nicht aufregendes Gefühl.

Viel wichtiger war ihm seine Arbeit. Sie gab ihm das, wonach er in seinen Träumen gesucht hatte. Deshalb war er im großen ganzen sehr zufrieden, solange es genügend Aufträge für ihn gab. Andernfalls wurde er sehr empfindlich und reizbar, dann machte ihn die geringfügigste Bagatelle rasend.

24

»Robert, wir können unser Gepäck doch später auspacken.« Lisa sah ihn bittend an, als er den Reißverschluß seiner Softbag aufzog. »Ich kenne hier ein italienisches Café. Ist nicht weit. Hast du Lust?«

»Hey, ich denk, wir sind in New York! Wieso kein amerikanisches Café?«

»Viel zu ungemütlich, viel zu hell, viel zu unpersönlich.«

»Okay, dann italienisch«, antwortete Robert und sah sie prüfend an: Wollte sie etwa sofort mit dem Beziehungsgesülze anfangen, das sie ihm in Köln angedroht hatte? Für seine Begriffe gab es in ihrer Beziehung wichtigere Dinge als Reden. Andererseits gefiel ihm das Hotelzimmer nicht besonders, er vertrug einiges, war selber nicht gerade feinfühlig, was Ordnung und Sauberkeit betraf, aber dieser Raum roch verdammt nach Kakerlaken und Mäusedreck. Also gefiel ihm die Idee nicht schlecht, hier nicht länger als nötig zu bleiben und erst einmal New Yorker Luft zu schnuppern. Er hastete Lisa hinterher, die schon durch die Tür war.

»Lisa, ich möchte mal wissen, was mit dir los ist. Irgendwie hast du es verdammt eilig, schon seit gestern.«

»Mensch, Robert! Ich freue mich, das ist alles.«

»Ehrlich?«

»Ja!« sagte sie ungeduldig. »Kommst du jetzt?«

»Ja, ja.«

Lisa gab an der Rezeption den Zimmerschlüssel ab. »Wie ist das eigentlich«, fragte sie den Portier, »haben Sie hier einen Hotelsafe?«

»Selbstverständlich, Lady.«

»Wofür brauchen wir denn einen Safe?« fragte Robert, als sie auf der Straße waren.

»Wir!« antwortete sie verächtlich. »Vielleicht brauche ich einen.«

»Also gut«, lenkte er ein. »Wofür brauchst du einen Safe?«

Lisa drehte sich schnell weg, deshalb sah er ihr Lächeln nicht. »Ich hab nur so gefragt, wegen unserer Pässe, den Flugtickets, dem Geld. Es heißt ja immer, daß in den New Yorker Hotels geklaut wird.«

Robert packte sie am Arm. »Das stimmt. Am besten geben wir sie sofort ab.«

»Na ja, so eilig ist es doch auch wieder nicht.«

»Trotzdem, ich mach's eben. Wenn die Tickets weg sind, müssen wir neue kaufen, die ersetzt uns keiner.«

Lisa überlegte kurz, ob sie sich mit Robert deswegen anlegen sollte. Aber sie wollte keinen Streit, nicht jetzt. »Okay. Hol du die Tickets, ich klär das hier unten ab.«

Sie gingen noch einmal zurück.

Zehn Minuten später überquerten sie Waverly Place und bogen in die MacDougal Street ein. Viele Jogger waren unterwegs, einige mit schleppenden, manche mit schleifenden Schritten, wenige wirklich gute Läufer.

»Guck dir das an, Lisa. Mitten im Verkehr, auf Asphalt, und was für Leute.«

»Hm.« Lisa hatte gar nicht zugehört.

»Fit, die Amerikaner.« Robert nickte anerkennend und nahm sich vor, morgen früh auch eine Runde zu drehen. »Wie weit ist es noch?«

»Da vorne, die übernächste Ecke.«

Sie passierten das *Provincetown P-House Theater*, in dem seit sechs Jahren dasselbe Stück läuft, eine Satire mit dem Hardcore-Titel *Vampire Lesbians of Sodom*. Ein paar Meter weiter dann das *Lanterna*, ein dunkles Café, wie es baugleich in jeder mittleren Kleinstadt in Italien zu finden ist. Sein Besitzer war vor Jahrzehnten aus Genua eingewandert und hatte als Erinnerung an sein früheres Zuhause sein Café nach dem Wahrzeichen dieser norditalienischen Hafenstadt benannt: Lanterna, der älteste noch erhaltene Leuchtturm am westlichen Teil des alten Hafens Porto Vecchio, zierte seine Visitenkarten und die Servietten des Cafés.

»Robert, was hältst du von noch einem Cognac?«

»Ja, laß laufen.« Die anderen beiden und der Sambuca hatten schon einen leichten Nebel auf sein Bewußtsein gelegt, aber er genoß die wattierte Geräuschkulisse, die vermeintliche Zeitlupe, die sanfte Ruhe, die der Alkohol und die Müdigkeit nach dem Flug hervorgerufen hatten.

»Was ist mit dir, Lisa? Willst du von Kaffee besoffen werden?«

»Warum sollte ich besoffen werden?«

»Weil ich es gleich bin.«

»Na und?«

»Ooch, nichts, ich dachte nur, wir finden vielleicht leichter zueinander, wenn wir uns beide etwas entspannen.« Robert lachte und mimte den lüsternen Ehemann.

Lisa starrte ihn für einen Moment böse an, beherrschte sich aber. »Okay, ich trinke einen mit«, preßte sie hervor.

Im Normalzustand hätte Robert als nächstes gefragt: Was ist denn mit dir los? So aber grinste er nur schräg und zwinkerte ihr zu. Mit der Rechten griff er nach ihrem Unterarm, zog sie zu sich heran und drückte ihr einen Kuß auf die Lippen. Leichter Ekel kroch ihr über den Körper, als sie seinen muffigen Atem roch.

»Warte, Robert. Ich muß mal dringend.« Sie entwand sich seinem Griff. »Ich habe das Gefühl, daß es etwas länger dauern wird. Aber ich beeile mich.« Mit nervösen Schritten trippelte sie durch den dunklen Raum in den hinteren Bereich.

Dort führte eine sehr enge Wendeltreppe nach unten. Vier Türen sah sie, ihre Erinnerung war also richtig gewesen, und die, auf der *Privat* stand... war offen. Ein Teil ihrer Nervosität verflog. Wenn alles andere auch klappte, konnte sie unbemerkt verschwinden.

Sie stand jetzt in einem spärlich möblierten Vorzimmer, eine Stimme aus dem Nebenraum redete mit langen Pausen zwischen den Sätzen, offensichtlich ein Telefongespräch. Die Tür an der anderen Seite des Raumes stand offen. Vorsichtig tastete sie sich durch den Raum und schlüpfte hinaus. Eine kurze Treppe führte in den Hintergarten, der an der Hintertür des gegenüberliegenden Häuserblocks endete. Lisa durchquerte ihn und erreichte durch den Hausflur die winzige Minetta Street. Sie hatte keinen Blick für das filmreife Outfit dieses Sträßchens, für die zarten Bäumchen, die geschmiedeten Laternen, die täuschend echt antik gestylten Holztüren. Mit schnellen Schritten flitzte sie zur Ecke Eighth Avenue und winkte ein Taxi herbei.

»222 East 12th Street«, sagte sie und knallte die Wagentür zu. Der Fahrer, auf den ersten Blick eine Mischung aus Grieche und Ire, brummte etwas Unverständliches und fuhr los. Lisa zitterte vor Aufregung. Der Schlüssel, den sie Franco im Kino vom Hals gerissen hatte, lag in der Faust ihrer Linken. Wenn der nicht paßt, dachte sie monoton, wenn der nicht paßt... wo überhaupt... wenn da gar kein Geld ist... kein Geld... Falls tatsächlich keins da war, würde sie die nächsten Monate auf Sparflamme leben müssen. Vielleicht war dieser Franco nur ein Dichter, ein Spinner, der sich etwas zurechtgelegt hatte, der Material für einen Krimi zusammenfantasiert hatte... Aber der Anschlag im Kino, nein, der war ja wohl echt gewesen! Die Kohle mußte da sein.

Das Yellow Cab polterte die Eighth Avenue hoch, eine durchgehend vierspurige Einbahnstraße, breit und voller Schlaglöcher, die am nahen Horizont zwischen Hochhäusern und der graugelben Großstadtluft verschwand, ohne eine einzige Kurve genommen zu haben. Schon nach knapp einem Kilometer bog das Auto in die 12th Street ein. Bis zur Hausnummer 222 waren es keine zwei Kilometer.

Robert... Lisa stellte sich vor, wie er in dem Café langsam unruhig wurde, immer häufiger zur Treppe starrte, sich überlegte, ob er in der Damentoilette nachsehen sollte, wo sie blieb. Robert... sie schüttelte den Kopf. Wenn sie ganz ehrlich zu sich selbst war, hatte sie nie denselben Spaß an ihren gemeinsamen Orgien gefunden, wie Robert ihn zu haben schien, und das bezog sie nicht nur auf ihre sexuellen Abenteuer. Jeder gemeinsame Auftritt war wie eine Show. Was ihr gefiel, waren die Reaktion ihrer Umwelt, ihrer Bekannten, ihrer Arbeitskolleginnen. Es gab wohl keinen unter ihnen, der Lisa und Robert nicht für ein leidenschaftliches Traumpaar hielt, für den Inbegriff von partnerschaftlicher Erotik, für ein Ideal von Mann und Frau...

»Fünf Dollar zwanzig.«

Lisa gab dem Taxifahrer sechs Dollar. Sie hatte ihn an der Ecke Third Avenue halten lassen, an einem mit hohen Drahtzäunen umgrenzten Basketballplatz. Das Haus mit der Nummer 222 war das erste auf der linken Seite. Diese Wohngegend war weder gut noch schlecht, früher auf jeden Fall preiswert, aber auch hier stiegen die Mieten unaufhörlich, obwohl die überall grassierende Renovierungs- und Aufkaufsucht reicher Versicherungen und Spekulanten dieses Viertel noch nicht erreicht hatte.

Das Klingelbrett war mit Knöpfen übersät, was auf viele sehr kleine Wohnungen hindeutete, denn das Haus war nicht besonders groß. Lisa nahm mit spitzen Fingern den Schlüssel in die Rechte und versuchte, ihn in das Loch zu stecken. Er paßte nicht. Kalter Schreck senkte ihren Blutdruck schlagartig. Langsam ließ sie ihren Arm sinken. Vielleicht paßte er nur auf die Eingangstür zur Wohnung. Mit schnellen Bewegungen drückte sie einige der oben angebrachten Klingeln, die, so hoffte sie, auch zu den oberen Wohnungen gehörten. Irgend jemand drückte den Türsummer, Lisa schlüpfte hinein, schloß die Tür hinter sich und lauschte angestrengt in das Treppenhaus. Oben wurde eine Tür geöffnet, sie hörte Stimmen, einige laute Flüche, dann donnerte der Widerhall einer ins Schloß geworfenen Tür durch das Treppenhaus. Sie tastete sich vorsichtig durch das Halbdunkel.

Gleich die erste Tür rechts war die richtige: Appartement 6c, kein Name. Ein kurzes Zögern. Ihre Rechte zuckte zum

Schloß, steckte den Schlüssel hinein, drehte ihn. Nach dem Bruchteil einer Umdrehung stieß sie auf Widerstand. Links herum? Tatsächlich. Die Amis spinnen, dachte sie. Sie spürte ihren Herzschlag bis in den Schläfen. Zwei Umdrehungen, dann ließ sich die Tür öffnen. Erst jetzt wurde ihr bewußt, daß sie davon ausgegangen war, die Wohnung leer vorzufinden. Erst jetzt kam ihr der Gedanke, daß jemand zu Hause sein konnte. Aber wer schloß schon zweimal von innen ab? Immerhin, hier war New York, hier war es gefährlich, hier schloß jeder von innen ab. Vorsichtig drückte sie die Wohnungstür hinter sich ins Schloß. Das Risiko mußte sie eingehen.

Vor ihr ein winziger Raum. Ganz links eine Matratze auf dem Boden, gegenüber eine Spüle mit einem Berg Geschirr, unmittelbar vor Lisa ein Haufen Audiocassetten, vielleicht hundert, zweihundert Stück, jedenfalls unglaublich viele und garantiert ungeordnet.

Zwischen den Cassetten und der Spüle standen ein Vibrafon, ein kleines Schlagzeug und ein *Fender Rhodes* Piano. Ein Musiker wohnt hier also, dachte Lisa erleichtert und wunderte sich gleichzeitig über ihre Erleichterung. Auch ein Musiker würde sich nicht freuen, wenn sie hier wie ein Einbrecher eindrang.

Rechts neben dem Cassettenhaufen vor dem Fenster stand ein schäbiger, zerkratzter Glastisch, auf dem eine dicke Staubschicht ruhte. Offenbar war diese Wohnung zur Zeit unbewohnt. Trotzdem schlich sie sehr vorsichtig zu der einzigen Tür, die von diesem Raum abging. Sie stieß sie auf und starrte angewidert auf die vielen weghuschenden Kakerlaken, die den Boden rund um das Klo bedeckt hatten. Hastig zog Lisa die Tür wieder zu.

Obwohl sie den Text schon auswendig herunterbeten konnte, zog sie den Computerausdruck aus ihrer Hosentasche. *Abfluß-Kammer* war da zu lesen. »Doch nicht etwa in der Toilette«, flüsterte sie verzweifelt. Sie beschloß, sich zuerst die Spüle vorzunehmen. Angeekelt bückte sie sich und öffnete die rechte Schiebetür. Das Abflußrohr verschwand, nachdem es einen Schnörkel vollführte, in der Wand.

»Abfluß-Kammer... was soll das bloß sein?« Lisa suchte mit den Augen die Wand rund um das Rohr ab. Da, eine Schraube. Beim genaueren Hinsehen bemerkte sie vier Kacheln, die offensichtlich eine Platte bildeten, die wiederum durch diese Schraube an der Wand befestigt war. Der Schlitz der Schraube war so breit, daß eine Münze hineinpaßte. Lisa kramte ein 25-Cent Stück hervor. Die Schraube ließ sich ohne Mühe drehen. Linksrum oder rechtsrum, dachte sie für einen Moment, aber die Schraube wuchs schon aus der Wand hervor. Plötzlich hatte sie das sichere Gefühl, an der richtigen Stelle zu sein. Ruhe und Euphorie breiteten sich gleichzeitig in ihrem Körper aus. Sekunden später schnellte ihr die Platte entgegen, als wäre dahinter eine Feder eingebaut.

Sie schrie erschreckt auf. Was den Druck verursachte, war keine Feder, sondern eine prallgefüllte Nylontasche, die nur von der Platte in dem Hohlraum hinter den Kacheln festgehalten worden war. Mit zittrigen Fingern suchte Lisa die Öse des Reißverschlusses und riß ihn auf. Unzählige, kleine, abgepackte Dollarpakete quollen ihr entgegen.

25

Die beiden Chinesen, die auf der anderen Straßenseite gegenüber dem *Lanterna* herumlungerten, fielen Robert nur deswegen auf, weil sie immer häufiger zu ihm hinüberpeilten und zunehmend unruhiger wurden. Was wollten die? Er fragte sich, wie lange die da wohl schon standen. Aber *who cares*, der dritte Cognac wirkte, zumal der Sambuca gute Vorarbeit geleistet hatte, und eigentlich interessierte ihn eher, wo Lisa blieb. Seinem Gefühl nach war sie jetzt schon mindestens eine Viertelstunde auf der Toilette, nicht gerade wenig, ob er mal nachsehen sollte? Sie mochte es nicht, wenn er sich um sie sorgte. Sorgen! Was soll ihr auf dem Klo schon passieren?

Robert versuchte sich ein Bild davon zu machen, was Lisa eigentlich von dieser Reise erwartete. Versöhnung, wieder zusammenfinden, weniger Streit. Seit sie sich kannten, stritten sie. Sie stritten sich, sie liebten sich, und sie hatten jeder für sich eine Menge zu tun. Sicher, er sähe es gerne, wenn Lisa auch Squash spielte, anstatt mit Tennis und den dazugehörigen Typen ihre Freizeit zu verbringen. Aber sie haßte Squash, das Spiel und vor allem die, die es spielten. Auch wenn sie es nie so deutlich gesagt hatte, wußte er, daß sie seine Squashfreunde für dämliche Proleten hielt, für stillose Großkotze und hoffnungslose Mittelmaßler.

Beide mieden sie instinktiv dieses Schlachtfeld. Denn es hatte nur zur Hälfte mit Squash zu tun. Die andere Hälfte war Tennis. Robert wurde ganz übel, wenn er an Lisas blasierte Tennisbekanntschaften dachte, die in erster Linie süffisant lächelnd im Clubhaus saßen und quatschten. Sport! Auch Lisa übernahm sich in dieser Hinsicht nicht. Geduldig verfeinerte sie ihre Umgangsformen und ihre Smalltalk-Fähigkeiten, ohne Hast, ausdauernd. Genau das war, Roberts Meinung nach, der Grund für ihre Aggressionen, denn immer wenn sie vom Tennis kam, war sie gereizt wie ein hungriger Tiger. Dann entlud sich der Aufsteiger-Streß mit proletenhafter Vehemenz.

Allerdings, wenn Robert ehrlich war, mußte er sich selbst eingestehen, daß er sie oft so lange provozierte, bis sie platzte. Das war seine Genugtuung für das Fernziel, das er manchmal in ihren Augen blinken sah und das ihn verrückt machte: *Up to where the money is.*

Im Grunde steckte darin ein verdammtes Todesurteil für ihre Beziehung. Zwar wäre er gerne Erfolgsmensch in irgendeiner Profession, doch fehlte ihm der dafür nötige bedingungslose Ehrgeiz völlig. Er hatte noch nicht einmal eine Idee einer Profession. Lisa würde also weiter im Tennisclub und sonstwo nach der richtigen Spur suchen, und wenn sie darauf stieß, würde sie weg sein. Warum sollte er sich also anstrengen? Trotzdem waren da auch Momente, in denen er spürte, daß sie auch mit weniger zufrieden sein könnte, vielleicht sogar zufriedener, und unglücklicherweise orientierte er sich mehr daran.

Jetzt zum Beispiel. Dies war ein absolut melancholischer Moment, er war das erste Mal in seinem Leben in New York, saß in einem gemütlichen Café, draußen zog Dunkelheit auf, soweit das in dieser hell erleuchteten Stadt überhaupt möglich war, und Lisa und er waren einzig und allein hier, um ihre Partnerschaft zu regenerieren. Ein warmes, weiches Gefühl durchflutete ihn und vermischte sich mit den drei Cognacs und dem Sambuca. Robert träumte. Und war verliebt in seine Lisa, Lisa und er in New York. Wo blieb sie nur? Langsam machte er sich Sorgen. Für einen kurzen Moment schoß ihm das Bild von Maria Schreiber durchs Gehirn – aber dann drängte Lisa sie einfach weg, und Robert war glücklich darüber.

Umständlich hebelte er sich aus dem Bistrostuhl und bewegte sich mit unsicheren Schritten auf die Treppe zu. Die beiden Chinesen draußen verständigten sich mit kurzen Blicken. Einer überquerte die MacDougal Street und betrat das Café. Während er an der Theke vorbeiging, bestellte er einen Kaffee und deutete der Kellnerin an, daß er mal schnell auf die Toilette müsse. Robert bemerkte nicht, wie ihm jemand folgte. Unten polterte er gegen die Tür der Damentoilette.

»Lisa! Bist du da drin?«

Der Chinese verschwand im Herrenklo, ließ aber die Tür offen.

»Lisa!?« Keine Antwort. Entschlossen drückte Robert die Tür auf. Nur ein kleiner Raum, leer. Er prallte zurück und sah sich schnell um. Auf dem anderen Klo war nur der Chinese. Was sollte Lisa auch auf der Herrentoilette? Und da war noch eine Tür. Er stürmte hindurch, sah gleich den Durchgang nach draußen, hatte die blitzartige Vision, daß sie abgehauen war. Unsinn! Er checkte den Nebenraum. Ein kleines, stark behaartes Männchen am Telefon schreckte zurück.

»Was'n los?«

»Oh, Entschuldigung«, stammelte Robert. Kein weiterer Ausgang, keine Lisa.

Er war ratlos. Oben war sie nicht durchgekommen, also mußte sie den Hinterausgang genommen haben.

Was soll das, dachte er, schon wieder ein Spiel? Wut stieg in ihm auf. Er empfand für einen Moment seine Reaktion als verdreht, würde nicht jeder andere in solch einem Moment Sorge empfinden, Sorge und Angst? Aber Wut...

Fünf Minuten später, nachdem er auch den Hinterhof abgesucht hatte, war er sicher, daß seine Freundin verschwunden war. Er ging noch einmal ins *Lanterna* zurück, um sich zu vergewissern. Dann zahlte er und machte sich auf den Weg ins Washington Square Hotel, vielleicht fand er sie dort.

Ab und an drehte er sich um, checkte die Gegend und fragte sich, ob es hier von Chinesen wimmelte oder ob die beiden, die in einigem Abstand hinter ihm herschlenderten, dieselben waren wie die vor dem Café, und ob der eine von beiden der war, den er auch in der Toilette gesehen hatte. Ein mulmiges Gefühl breitete sich in seiner Magengegend aus, das er allerdings darauf zurückführte, daß er hier völlig fremd war und nicht für fünf Cents durchblickte.

An der Rezeption fragte er nach Lisa. Nein, der Schlüssel war noch da. Er hinterließ eine Nachricht: *Ich warte im Laterna,* und legte die 500 Meter zu dem Café im Schnellschritt zurück. Er wartete an der Theke, bis ein Tisch am Fenster frei war, und bestellte einen schwarzen Kaffee. Ich gebe dir eine Stunde, Lisa, dachte er wütend, dann werde ich herausfinden, ob Maria Schreiber zu Hause ist.

26

Der feuchte Geruch von zum Trocknen aufgehängter Wäsche zog durch die Wohnung. Rudy mochte diesen Geruch sehr. Schon allein deswegen, weil er das Ende einer

Plackerei markierte, die er am liebsten gar nicht zur Kenntnis nahm und in die er doch jedesmal mit hineingezogen wurde. Waschtag bedeutete für ihn Holz hacken, den Ofen unter dem großen Waschkessel anheizen, Wasser einfüllen, hundert, hundertfünfzig Liter. Bis das kochte, vergingen Stunden, Stunden, in denen das Feuer in Gang gehalten werden mußte. Wenn es draußen regnete, war das in Ordnung. Wenn aber die Sonne schien und die Stimmen der draußen spielenden Nachbarskinder durch das geöffnete Waschkellerfenster hereintönten, fiel es ihm sehr schwer. Dann störte es ihn furchtbar, daß die anderen sechs Parteien in ihrem Hauseingang schon über elektrische Rotorwaschmaschinen verfügten und seine Familie als einzige noch diesen dämlichen Kessel heizen mußte.

Sicher, er würde sowieso nicht mit den anderen Kindern spielen dürfen, denn seine Mutter war der Meinung, daß die meisten dieser Kinder zu vulgär waren, zu primitiv, zu dumm, um geeignete Spielkameraden für ihn zu sein. Und er war ein gehorsames Kind, er glaubte seiner Mutter und fragte nicht nach, wo denn die Kinder lebten, die für ihn der angemessene Umgang waren. Aber etwas rumorte doch in ihm, nur wußte er kein Wort dafür.

Dieses namenlose Gefühl zog ihn zum Fenster, und er versuchte zu verstehen, was da draußen gesprochen wurde. Irgendwie erwartete er jedesmal, daß zwischen den Kindern ein fürchterlicher Schwachsinn ausgetauscht wurde, daß sie schlimme Worte benutzten, Schweinereien beschrieben, und jedesmal stellte er erstaunt fest, wie normal, wie fröhlich, wie ungezwungen sie spielten, einfach nur spielten.

Was hatte seine Mutter dagegen, fragte er sich und hatte das wehmütige Gefühl, der einsamste Mensch auf dieser Erde zu sein. Was waren die Gründe, warum er nicht mitspielen durfte? Er liebte seine Mutter und dachte deshalb über das Problem nicht allzu intensiv nach. Im Gegenteil, er ging einen anderen Weg: Er glaubte seiner Mutter nicht nur, was sie über die anderen Kinder und deren Eltern sagte, er machte sich diese Meinung selbst zu eigen, und irgendwann wollte er gar nicht mehr mit denen da draußen spielen. Zunehmend entdeckte er Beweise für die Niedrigkeit dieser Kinder: Sie schrien herum, sangen monotone Verse, tanzten ohne erkennbaren Sinn blöd über die Wiese, waren laut, verhielten sich unintelligent. Er haßte Lärm, so war es für ihn leicht, auch die zu hassen, die ihn machten. Und wenn er draußen sein mußte, etwa wenn er mit der Milchkanne zum Händler ging, dann schwieg er, machte ein sehr ernstes Gesicht und versuchte, seinen Gesichtsausdruck so zu modellieren, als sei er gerade damit beschäftigt, eine wichtige Rechenaufgabe zu lösen.

Trotzdem belauschte er die anderen Kinder, so oft er konnte. Geheimnisvolle Ausdrücke lernte er dadurch kennen. Vögeln. Mehrere Male hörte er, wie dieses Wort vorsichtig und nur nach schnellen, kurzen Blicken nach irgendwelchen Erwachsenen in der Nähe gesagt wurde. Vögeln, er konnte sich nicht erklären, was damit gemeint war: Hatte es etwas mit Fliegen zu tun? Spielten die Kinder irgendein Spiel auf einem verbotenen Gelände, das etwas mit Fliegen zu tun hatte? Vielleicht hatte es auch etwas mit Würmern zu tun... natürlich! Die Kinder aus dem Haus, in dem er lebte, gehörten alle einer Bande an, wahrscheinlich zwangen sie andere, die Bandenmitglieder werden wollten, lebendige Regenwürmer zu essen – wie Vögel.

Rudy war sehr stolz auf seinen Scharfsinn. Und vor allem war er stolz, bei solch einem Blödsinn nicht mitzumachen. Würmer essen!

Sturmklingel war ein anderer Ausdruck, der eines Tages auftauchte. Ein Junge, der eine Straße weiter wohnte, besaß plötzlich als einziger so eine Klingel. Die Kinder sprachen über den Preis einer Sturmklingel und darüber, wie sie an das Geld kommen könnten. Und tatsächlich dauerte es keine Woche, bis sie alle so ein Ding an ihren Fahrrädern hatten. Eine Sturmklingel wurde wie ein Dynamo an der Vorderradgabel befestigt und mit einem Drahtseilzug betätigt. Wenn man zog, berührte ein Mitlaufrädchen den Reifen, drehte sich und übertrug die Drehbewegung auf zwei Klöppel, die kontinuierlich innen gegen das Klingelgehäuse schlugen. Die Dinger machten einen unglaublichen Lärm.

Als Rudy das schrille Rasseln zum erstenmal hörte, erschrak er, so laut hatte er sich die Klingel nicht vorgestellt. Aber bald war er begeistert. Mehrere Male beobachtete er von seinem Beobachtungsposten am Waschkellerfenster, wie die besonders frechen Jungs vom übernächsten Block einige der ewig miesgelaunten Nachbarn so erschreckten, daß sie sich mit panischen Seitensprüngen vom Bürgersteig in die Büsche retteten. Diese Kinder sind Abschaum, hatte seine Mutter immer gesagt. Natürlich glaubte er das. Aber immerhin war dieser Abschaum mutig genug, es dem anderen Abschaum zu zeigen, ihn in die Büsche zu jagen. Mittels einer Sturmklingel. Diese Sturmklingel stellte also offensichtlich eine Macht dar und sie machte unmißverständlich deutlich, daß man da war, daß man vorhanden war.

Rudys Bedürfnis, sein Fahrrad ebenfalls mit solch einer Klingel auszustatten, wuchs mit jedem Tag. Diese Klingel gehört in die Hände eines wertvollen Menschen, entschuldigte Rudy sein Begehren vor sich selbst. Anfangs machte er sich, ohne seine Mutter je gefragt zu haben, keine Hoffnung, jemals eine Sturmklingel haben zu dürfen. Dann aber steigerte er sich so sehr in seinen Wunsch hinein, daß er zu glauben begann, durch übergroße Artigkeit, durch demonstrativen Arbeitswillen, durch Unterwürfigkeit sich dessen Erfüllung erschleichen zu können. Wochenlang brachte er unaufgefordert den Müll zum großen Mülleimer vorne an der Straße, ein fürchterlicher Spießrutenlauf, weil er an der gesamten Häuserfront entlanggehen mußte, immerhin vier Hauseingänge zu je sechs Familien, hinter deren Gardinen er beobachtende Blicke vermutete, die ihm schüchterne Röte ins Gesicht trieben; er deckte unaufgefordert den Tisch, wusch ab, wendete mit dem dicken Holzstiel die Kochwäsche in dem großen Waschkessel, eine schweißtreibende Arbeit. Und dann nach vier Wochen faßte er sich ein Herz und fragte seine Mutter, ob er nicht auch, wie alle anderen Kinder aus der Nachbarschaft, eine Sturmklingel für sein Fahrrad haben dürfte.

Seine Mutter antwortete nicht gleich. Ihr mildes, ewig müdes Lächeln verschwand quälend langsam aus ihrem Gesicht, statt dessen machte sich »das Leiden« breit, der Gesichtsausdruck, der ihm, Rudy, die Schuld an ihrem möglichen frühzeitigen Tod anlastete, wenn er sie weiterhin so quälte... Schon das allein verwirrte ihn. War denn der Wunsch nach einer Sturmklingel ein derartiges Vergehen? Es ließ ihm seinen Wunsch wie ein unverschämtes Verlangen erscheinen. Als sie dann aber antwortete, er werde niemals weder eine Sturmklingel, noch eine Spielzeugpistole, noch irgendein anderes Kriegsspielzeug erhalten, jedenfalls so lange sie lebe, wurde ihm regelrecht übel: War er tatsächlich mit seinem Wunsch in die Müllgrube der fiesen, ekelhaften Menschen, der aufrechtgehenden Schweine abgerutscht, wie sie seine Mutter immer und immer wieder beschrieben hatte, wenn sie über den Krieg und ihre Flucht erzählte? Ja, es mußte so sein, sie war genauso blaß, genauso gequält. Nein, er durfte keine Sturmklingel haben, niemals!

Einige Tage später war sein Schreck verflogen, und er lauschte wieder gebannt dem von draußen hereindringenden schrillen Rasseln der Sturmklingeln. Sturm-Klingel, er überlegte angestrengt, aber er konnte sich einfach keine Funktion vorstellen, die diese Klingeln im Krieg gehabt hatten. Ob die Russen sie an ihren Panzern befestigt hatten, wenn sie in deutsche Städte einbrachen? Rudy fand keine Antwort.

27

Rudy bekam den Anruf, als er sich gerade einen Tofu-Burger aus einem Soulfood-Laden einschieben wollte. Seine Laune war bestens, er war sicher, in den nächsten Stunden noch eine Menge Spaß zu bekommen.

»222 East 12, Appartement 6c, Abfluß-Kammer«, sagte eine Stimme, die er nicht kannte, das war alles. Mehr war auch nicht nötig, im Gegenteil eher riskant, denn Autotelefone in New York hatten manchmal den Wirkungsgrad eines Megafons. Es gab eine Reihe Menschen mit Langeweile und gutem elektronischem Equipment, die sich in die zwar codierten aber trotzdem entschlüsselbaren Funkkanäle einklinkten und nach verwertbaren oder besser: verkaufbaren Informationen suchten. In New York gibt es für alles einen Markt, und manches ist extrem teuer.

Er klemmte den Burger zwischen die Zähne und startete seinen Trans Am. 12th Street, das war nicht weit, ein schneller Job. Also hatte dieser Deutsche doch geredet. Logisch, kein Mensch kann schweigen, wenn man die richtigen Methoden anwendet. Und der G-Fond ist ein höchst professioneller Verein, die Leute wissen, wie man einen Widerspenstigen anpackt. Außerdem, ein leichter Ekel stieg in ihm hoch, außerdem war dieser spindeldürre Mensch kein Held, das hatte er gleich gesehen. Wenn es sein Auftrag gewesen wäre, hätte er in wenigen Minuten gewußt, was Sache ist. Doch da er nur noch im Auftrag des G-Fond arbeitete, lagen die Dinge anders: Man wollte kein Risiko, seine Deckexistenz als ehrbarer Galerist mußte unter allen Umständen geschützt werden. So what, der Fond bezahlte, er gehorchte, noch nicht einmal unwillig, es gab genug Highlights, die ihn versöhnten.

Von einer Sekunde zur anderen krampfen sich Lisas Eingeweide zusammen, plötzlich hat sie Angst, die reißt sie aus ihren Träumen darüber, was sie mit dem Geld anstellen wird. Lisa hat solche Anzeichen immer schon ernst genommen, heute erst recht. Sie zögert keine weitere Sekunde. Mit wenigen Schritten ist sie beim Fenster, duckt sich tief und hält sich seitlich, um nicht von draußen entdeckt zu werden. Kaum Bewegung auf der Straße, zwei zehn- oder zwölfjährige Schwarze sitzen auf den Stufen unterhalb des Fensters.

Vergittert. Das Fenster ist vergittert! Also führt der einzige Weg aus der Wohnung hinaus durch die Tür.

Als Rudys schwarzer Trans Am im Schrittempo in die nur punktuell durch vereinzelte Laternen erleuchtete Straße einbiegt, weiß sie, warum. Dieser Wagen strahlt, egal wie dunkel es ist. Selbst wenn darin ein harmloser Familienvater auf dem Heimweg säße, würde er Gefahr und Gewalt signalisieren, während er sich wie ein riesiges Brikett, wie Luzifers Altar, wie eine Granate in Zeitlupe nähert.

Wie im Reflex packt sie die Tasche und flitzt durch die Wohnungstür ins Treppenhaus. Durch die Drahtglasscheibe der Haustür sieht sie den schwarzen Wagen genau unter einer Laterne halten. Obwohl sie am ganzen Körper zittert, wartet sie, bis sich die Fahrertür öffnet. Hau ab, denkt sie, zum Hinterausgang, und bleibt trotzdem stehen. Sie *muß* wissen, wer da aussteigt.

Wie mit einem Zoom herangeholt, sieht sie zuerst einen schwarzen texanischen Cowboystiefel, beschlagen mit silberglänzenden Spitzen und Fersen, nach dem Boden tasten. Dann den ganzen Mann, geschmeidig wie eine von praller Sonne durchhitzte Schlange, schwarz gekleidet, ein selbst auf diese Entfernung erkennbar scharf gezeichnetes Gesicht mit einem leichten Lächeln auf dem Mund, sehnig schlank.

Lisas Puls schnellt noch höher als er schon war. Während sie sich vorsichtig durch den Flur rückwärts tastet, beobachtet sie die Bewegungen des Mannes, der die Straße überquert und sich vorsichtig aber entspannt dem Eingang der Hausnummer 222 nähert. Kein Gedanke ist für sie in der letzten Zeit so eindringlich gewesen wie die beiden, die jetzt in ihrem Kopf rotieren: *Der weiß, wo das Geld ist!* und *Wieso kommt der gerade jetzt?*

Erst als die Gestalt fast völlig das Glas der Tür verdunkelt, schließt Lisa vorsichtig die Hintertür, bis auf einen Spalt. Sie will ganz sicher sein. Als der Schwarzgekleidete vor der Tür zum Appartement 6c steht und das Schloß in Augenschein nimmt, schließt sie den Spalt geräuschlos.

Sie steht in einem düsteren Gang, an dessen Ende eine halb geöffnete Tür Licht hereinläßt. Der Hinterhof, von einer einzigen grellen Glühbirne erhellt, ist höchstens drei Meter breit und macht den Eindruck, als hätten die Hausbewohner hier jahrelang organischen Müll hingekippt,bis sie irgendwann eine bessere Müllkippe gefunden hatten. Lisa watet durch den weichen Dreck, ihre Augen suchen nach einer Möglichkeit, die nächste Straße zu erreichen. Am anderen Ende sieht sie den Hinterausgang des gegenüberliegenden Häuserblocks, aber die Tür ist verschlossen. Bleibt nur die Mauer.

Sie steckt ihre Arme durch die Trageschlaufen der Tasche, als wäre sie ein Rucksack. Mit einem kurzen Sprung hängt sie an der Kante der Mauer. Es gelingt ihr mit äußerster Kraft, sich hochzuziehen, auf der anderen Seite läßt sie sich einfach hinunterfallen. Da liegt ein Haufen grob gespaltenes Feuerholz, der polternd in sich zusammenfällt, nicht sehr laut, aber in der jetzigen Situation klingt es wie die Subway, wenn sie in einen unterirdischen Bahnhof einfährt. Lisa muß für kurze Zeit die Augen schließen, um sich auf das Dröhnen in ihrem Kopf zu konzentrieren.

Hör auf, denkt sie, hör auf, verdammter Lärm! Wenn der Mann gerade jetzt auf der anderen Seite der Mauer den Hinterhof betreten hat, dann ist alles zu spät, der ist in zwei Sekunden über die Mauer. Sie zieht die Schultern ein und wartet fünf Sekunden. Dann huscht sie zu der offenen Hintertür, die den Blick durch den Hausflur bis auf die 13th Street freigibt, genau gegenüber des Blocks an der 12th Street. Ihre Schritte hallen durch das Treppenhaus, warum hat sie bloß die Pumps angelassen, die Autogeräusche der 13th Street werden lauter, verlieren ihren Hall, je weiter sie sich dem Ende des Flurs nähert.

Die 13th liegt im Halbdunkel. Hohle Rollgeräusche von den dicken Diagonalreifen der vorbeifließenden massigen Sechs- und Achtzylinder-Saurier. Je ärmer die Gegend, desto mehr fahren von diesen benzinfressenden Relikten der Sechziger-Jahre-Erdölschwemme herum. Ab und an gedecktes Hupen, nervös aber nicht aggressiv.

Sie muß sich orientieren. Wenn sie sich eine Straße oberhalb der 12th befindet, muß sie nach links, um auf die Third Avenue zu stoßen. Zum Glück sind es nur wenige Schritte bis zur Ecke und nur wenige Sekunden, bis ein Yellow Cab vor ihr hält. Sie wirft sich auf den plastiküberzogenen Rücksitz und tut so, als müßte sie sich bücken, um die Tasche von ihrem Rücken zu ziehen. Der Wagen rollt los und als er die 12th passiert, hat Lisa sich so weit hinuntergebeugt, daß man von außen nicht einmal sehen kann, ob dieses Taxi überhaupt einen Kunden hat.

Langsam kommt sie wieder hoch und dreht sich um. Sie befürchtet, den schwarzen Wagen hinter dem Taxi zu sehen. Die Third Avenue ist ebenfalls nur mit wenigen Straßenlaternen erleuchtet, aber immerhin hell genug, auch einen schwarzen Wagen erkennen zu können. Nichts zu sehen.

»Nicht zum *Lanterna,* fahren Sie mich zum Washington Square Hotel«, korrigierte sie ihre erste Zielangabe. Der Fahrer sagt, ohne sich umzudrehen oder in den Rückspiegel zu schauen: »Okay, Lady.«

»Ciao, Robert«, flüstert Lisa ernst. »Zeit zu gehen.«

28

Die MacDougal Street stammt aus der Zeit, als die Stadtplaner von New York schon die regelmäßigste aller geometrischen Formen, das Schachbrettmuster, zum Ideal beim Bau neuer Straßenzüge auserkoren hatten. Dabei ist die Architektur dieses Sträßchens wie geschaffen für unregelmäßige Kanten, unmotivierte Kurven, leichte Schrägen und Bodenwellen. Die kleinen, nur wenige Stockwerke hohen Häuser sind in der üblichen amerikanischen Bau-Anarchie aneinandergeklebt, alle unterschiedlich, alle in dunklen, natürlichen Farben und dickwandig. Eine Straße wie diese hat tagsüber ihr eigenes Licht, hell von oben und dunkel von den Seiten, weil die Häuserwände einen Großteil des Tageslichts absorbieren. Nachts strahlen starke Neonlampen an Kabeln hoch über der Mitte der Straße. Das harte, weiße Licht killt jeden Abend aufs neue zur einbrechenden Dunkelheit das Flair der MacDougal Street.

Robert hatte dafür kein Auge, er peilte ständig von seinem Fensterplatz aus die Straße rauf und runter. Die Stunde, die er sich als Limit gesetzt hatte, war längst verstrichen. Noch eine halbe Stunde geb ich ihr, dachte er nervös und versuchte, seine Nervosität zu analysieren. Machte er sich wirklich nur Sorgen um Lisa? Machte er sich überhaupt Sorgen? Oder war es Mißtrauen, die Befürchtung, sie habe hier einen zweiten Franco kennengelernt, mit dem sie einfach irgendwohin ging?

Groll stieg in ihm auf. Je länger er darüber nachdachte, desto unwahrscheinlicher erschien es ihm, daß seine Freundin sich vielleicht nicht freiwillig aus den Staub gemacht haben könnte. Robert wurde wütend, und die Wut gab ihm Sicherheit: Lisa wollte ihn vorführen, womöglich steckte ein Plan dahinter, den sie schon in Köln ausgeheckt hatte. Robert hatte mehr und mehr Mühe, sich ein Konzept für sein weiteres Handeln zurechtzulegen.

Da war einerseits das bohrende Gefühl, Lisa mehr Vertrauen entgegenbringen zu müssen. Der erste Gedanke zwischen zweien, die besten Willens waren, ihre Beziehung zu ordnen, mußte doch ein positiver sein. Vielleicht war sie nur unbemerkt entwischt, um ein Geschenk für ihn zu kaufen, mit dem sie ihn überraschen wollte, irgend etwas war dazwischen gekommen, sie hatte sich vielleicht verlaufen, irrte durch die Gegend, suchte das Café, suchte ihn, fand ihn nicht... Wie gerne hätte er diesen Gedanken nicht nur gedacht, sondern auch gefühlt. Aber sein Gefühl initiierte andere Gedanken: Diese Ratte, wieder eins von ihren Spielen, wieder Streß, wieder miese Vibrations wegen einer Kleinigkeit, wegen eines Fauxpas, den ich mir angeblich geleistet aber nicht einmal mitbekommen habe...

Er sah zum x-ten Mal auf seine Uhr. Eine Stunde und 22 Minuten waren, seit sie verschwunden war, vergangen. Mit einem Ruck erhob er sich und schleuderte den Stuhl nach hinten. Die Gäste in seiner Nähe erschraken. Für einen Moment verstummten ihre Gespräche. An der Theke bezahlte er, großzügig bemessen, weil er schnell raus wollte. Okay, Lisa, eine Chance hast du noch, dachte er und ging in Richtung Hotel.

An der Rezeption erfuhr er, daß Lisa nur kurz, für vielleicht zehn Minuten dagewesen sei und ihr Zimmer aufgesucht habe, dann sei sie wieder gegangen. Die Botschaft von ihm, Robert, habe man ihr gegeben.

»Wann war das denn?« fragte Robert.

»Halbe Stunde«, antwortete Ado, der Mann an der Rezeption. »Vielleicht auch länger.«

»Eher länger?«

Ado starrte Robert verständnislos an. »Hey, Mann, ja, eher länger!«

Es war zum Verzweifeln. Er kapierte dieses Spiel einfach nicht.

»Hat sie gesagt, wann sie zurückkommt?«

»Ich weiß es nicht, Sir«, sagte Ado sehr ernst. Er gab sich Mühe, sehr seriös zu wirken. Die andere Möglichkeit wäre Ärger und Aggression, und das war auch in diesem kleinen Hotel gegenüber den Gästen nicht erlaubt.

Damit war Roberts Toleranzgrenze erreicht. Sollte Lisa im Schilde führen, was sie wollte, er war nicht der Mann, mit dem sie alles machen konnte. Er durchquerte die kleine Hotellobby. An der Rückseite wackelte tagein tagaus eine Schwingtür, die sich in beide Richtungen öffnen ließ und in einen Raum mit Schließfächern und Telefonen führte. Aus der Brusttasche seines Hemdes kramte Robert die Adresse von Maria Schreiber hervor. Nach dem vierten Freizeichen meldete sich eine weibliche Stimme mit »Hallo«.

»Hallo, hier ist Robert. Maria?« Roberts Stimme war keine Spur von Nervosität anzumerken, sie klang tiefer als zuvor an der Rezeption und vibrierte warm.

»Yeah. Wer ist dran?«

»Robert. Wir haben uns heute am Flughafen getroffen, du hast mir deine Telefonnummer zugesteckt.«

Ihr hartes Lachen kratzte seine Ohren. »Ich erinnere mich. Und jetzt?«

»Ich komme vorbei.« Er erwartete weibliches Geziere und kramte prophylaktisch nach englischen Worten, um ihren vermeintlichen Widerstand zu brechen. Aber sie sagte nur: »Okay, ich bin da«, und legte auf. Robert schüttelte verwundert den Kopf.

Sofort kamen seine Hormone wieder in Fahrt, wie vor fünf Stunden, als er Maria das erste Mal gesehen hatte. Ein radikaler Schieber wischte Lisas Bild aus seinem Gehirn und zog Marias Gesicht und ihre wasserhellen Augen hinter sich her. Zur Hölle mit Lisas Spielen, triumphierte er und legte sein Eroberungslächeln auf.

Es dauerte eine Weile, bis Ado die Eldridge Street auf dem Stadtplan gefunden hatte, eine kleine Straße unweit der Kreuzung Second Avenue und Houston Street, zu Fuß vielleicht 45 Minuten vom Hotel entfernt, schätzte Ado, mit dem Hinweis, die Strecke selbst noch nie gegangen zu sein.

Auf dem Bürgersteig vor dem Hotel zögerte Robert kurz, bevor er losging. Im Flugzeug hatte Lisa ihm einige »Regeln für Touristen auf den Straßen von New York« wie sie es nannte, aufgezählt, die er allerdings für reichlich absurd hielt: Nicht schlendern, zügig gehen, immer den Eindruck erwecken, ein Ziel zu haben, keine Passanten mit Blicken fixieren, nachts dunkle Straßen vermeiden, im Falle einer Gefahr lieber laufen als kämpfen. Er hatte darüber geschmunzelt, lächerlich, in Köln und in jeder anderen Großstadt, die er kannte, ging er, wann immer er wollte, wie er wollte und wohin er wollte. Warum sollte das in New York anders sein? Aber schon seit den ersten Minuten auf dem Flughafen und mit langsam steigender Intensität spürte er, daß in dieser Stadt etwas anderes in der Luft lag, dies hier war wirklich eine Großstadt mit unerforschten Ecken, mit

Menschen, deren Reaktionen er nicht kalkulieren konnte. Obwohl die Gegend rund um das Washington Square Hotel eine friedliche Gegend zu sein schien, empfand er doch leichte Unsicherheit. Prüfend zog er die kühle Abendluft durch die Nase ein. Wie ein Indianer, dachte er belustigt und marschierte los. Die beiden Chinesen auf der anderen Straßenseite erzählten sich wohl gerade Witze, ihr helles, leierndes Lachen kratzte seine Ohren. Hatte der eine nicht auch schon vorhin vor dem *Lanterna* gestanden?

Robert dachte darüber nicht weiter nach. Er durchquerte den Washington Square Park, der von Menschen, Musik und Haschischduft überquoll. Schräg gegenüber bog er in die 4th Street ein, die schnurgerade irgendwann auf die Second Avenue führte. Schnell endete die helle Atmosphäre des Greenwhich Village. Als er die Bowery überquerte, war ihm plötzlich, als hätte er eine andere Welt betreten. Plötzlich viele verwahrloste Häuserfassaden, dreckstarrende Coffeeshops, dunkle, scheinbar unbewohnte Häuser. Hier leuchteten nur wenige Straßenlaternen und verbreiteten gerade genug Licht, daß man sich zurechtfinden konnte. Robert spürte ein leichtes Kribbeln, als er mehr und mehr Gestalten begegnete, die offensichtlich den American Dream nur vom Hörensagen kannten. Mit jedem Schritt wuchs sein Verlangen, sich möglichst häufig umzusehen. Doch das erschien ihm sehr auffällig, deshalb lauschte er konzentriert nach verdächtigen Geräuschen. Wenn einer dich von hinten anspringen will, dachte er, dann müßtest du zuvor Laufgeräusche hören, also brauchst du dich doch nicht alle paar Sekunden umzudrehen. Er starrte ins Halbdunkel nach vorne, lauschte nach hinten und versuchte, seinem Schritt den Anschein von Selbstsicherheit zu verleihen.

Auch die Second Avenue hatte einmal bessere Zeiten gesehen. So sehr vergammelte Häuser heute trübsinnige Abfallmentalität bezeugten, so unauslöschbar deutete deren teilweise filigrane Architektur auf den ehemals gesunden bürgerlichen Wohlstand, der das East Village und die

Bowery in früheren Zeiten geprägt haben mußte. Diese Reste von Prosperität vermittelten Robert immerhin ein wenig das Gefühl von Sicherheit.Rudy hielt sich in sicherem Abstand, und seine schwarzen Klamotten machten ihn fast unsichtbar. Er hatte das Appartement 6c komplett durchwühlt, obwohl er gleich, als er die offene Klappe unter dem Spülstein gesehen hatte, wußte, daß ihm jemand zuvorgekommen war. Trotzdem zerlegte er akribisch auch noch das Vibrafon, das mitten im Raum stand, riß die Resonanzröhren heraus und zertrat sie. Er haßte Musikinstrumente, vor allem wenn sie ihm derart protzig im Weg standen.

Von einem Straßentelefon rief er den G-Fond an, um den erneuten Verlust der sechs Millionen zu melden, und er erfuhr, daß die beiden anderen Deutschen, Lisa Steinberg und Robert Mack, inzwischen angekommen waren und beschattet wurden und daß sich Lisa Steinberg etwa gegen 7 Uhr 30 abends überstürzt abgesetzt hatte. Rudys Instinkt erkannte sofort die Querverbindung zwischen Lisa und den aus der Abflußkammer entnommenen Millionen. Er war kurz nach acht Uhr in dem Appartement gewesen, also hatte diese Frau das Geld, wer sonst. Noch während er telefonierte, kam beim G-Fond eine weitere Meldung herein: Die Frau sei für kurze Zeit zum Hotel zurückgekehrt, mit einer Sporttasche, die sie zuvor nicht bei sich gehabt hatte, habe es nach zehn Minuten wieder verlassen, ihren Beschatter entdeckt, es war nur ein Mann verfügbar, weil der andere Robert Mack beobachtete, und habe sich wieder absetzen können.

»Mit ihr die sechs Millionen«, knurrte Rudy wütend.

»Wahrscheinlich«, hieß die lapidare Antwort vom anderen Ende der Leitung.

Rudy warf sich in seinen Trans Am und jagte los. Rücksichtslos drängelte er einen anderen Wagen an den Bordstein, fegte so nah an den Kniekehlen eines Fußgängers vorbei, daß dieser das Gleichgewicht verlor und stürzte. Rudys Hände krallten sich ums Lenkrad, um nicht zu sehr zu zittern. Der Mann, Robert, war jetzt das einzige Bindeglied zu den sechs Millionen Dollar. Da durfte nichts mehr schiefgehen, deshalb mußte er cool bleiben und diese einzige Chance wahrnehmen.

Ich muß selbst an diesem Robert Mack dranbleiben, dachte er grimmig. Nur ein schwerwiegendes Problem ergab sich daraus: Seine Galerie befand sich fünf Meter vom Washington Square Hotel entfernt, und es war schlecht möglich, daß er vor seinen eigenen Geschäftsräumen herumlungerte oder gar aktiv wurde. Aber Rudy machte sich darüber erst einmal keine weiteren Gedanken, denn heute abend war es schon dunkel, und morgen, da hatte er keine Zweifel, würde das Problem nicht mehr existieren.

Als Robert zu Fuß loszog, heftete Rudy sich an dessen Fersen und schwor sich und allen Göttern, an die er eh nicht glaubte, daß dieser Mann keinen Schritt mehr machen konnte, ohne daß er, Rudy, die Nummer eins, in der Nähe war.

Robert hatte das Gefühl, in die falsche Richtung zu gehen. Vor ihm wurde es immer dunkler, immer bedrohlicher, und das wollte gar nicht zu dem erotischen Ziel passen, das seine Gedanken beschäftigte.

Viel helleres Licht dann auf der sechsspurigen Houston Street, die er für einige hundert Meter bis zur Ecke Eldridge Street gehen mußte. Als er sich unvermittelt umdrehte, sah er Rudy zum erstenmal. Der Mann gefiel ihm nicht. Als er sich noch mal umdrehte, griff Angst nach seinen Lungenflügeln und erschwerte ihm das Atmen. Dieser Mann wollte ganz offenbar nichts von den anderen zehn Millionen Menschen in New York, er wollte etwas von *ihm*.

29

Aber was? Wahrscheinlich einer dieser Straßenverbrecher, vor denen New-York-Touristen immer gewarnt werden. Vielleicht habe ich mich doch zu auffällig benommen, dachte Robert und rekapitulierte reumütig die Regeln, die Lisa ihm aufgezählt hatte. Verstohlen warf er einen Blick zurück. Sein Verfolger sah selbst im durch wandernde Autoscheinwerfer und Ladenbeleuchtungen vielschattigen Halbdunkel gar nicht nach einem Straßenkriminellen aus, so entschlossen und ruhig, wie er wirkte. Der Schwarzgekleidete machte einen durch und durch trainierten Eindruck. Allerdings war er mehr der sehnige Typ, ausdauernd, nicht flink aber schnell. Roberts Muskelpropertionen hatte er nichts Vergleichbares entgegenzusetzen. Das beruhigte ihn zwar ein wenig, aber nicht genug. Ein drahtiger, der kämpfen wollte, war einem gutmütigen Muskelmann immer überlegen.

Unwillig schüttelte Robert den Kopf. Er zwang sich zu mehr Sachlichkeit. Die Houston Street war allem Anschein nach eine große Hauptstraße, auf der viele Menschen herumliefen, unter anderem ein schwarzgekleideter Mann, der ihn etwas merkwürdig angesehen hatte. Das konnte doch wohl nicht der Grund sein, sich wer-weiß-wie anzustellen? Nein. Er nahm sich vor, sich erst in der Eldridge Street wieder nach dem Mann umzudrehen, und wenn er dann immer noch hinter ihm her schlich, dann müßte er sich wirklich etwas überlegen.

Die Houston Street war eine von den Straßen, auf denen zu jeder Tageszeit Verkehr herrscht, mal gestaut, mal flüssig, aber nie wenig. Robert schlängelte sich mit riskanten Kurzsprints zwischen den vorbeizischenden Autos durch. Auf der anderen Straßenseite behielt er sein Lauftempo bei und joggte kurz darauf in die Eldridge Street ein. Wieder ein atmosphärischer Bruch. Nach wenigen Metern hatte er den Eindruck, auf einer Spezialstraße für Obdachlose zu laufen. Viel Dreck und Müll lagen hier rum, alte, verrottete Häuser, dazwischen eindeutig nach dem Sparprinzip errichtete Neubauten, einerseits blitzsauber, andererseits hatten die Bewohner mit frischem Gekratze und Geschmiere versucht, sie dem Stil der übrigen Straße anzupassen. In den Zimmern brannten nackte Glühbirnen und warfen ihr kontrastscharfes

Licht auf die Straße. Beim genaueren Hinsehen erwiesen sich Fensterzargen als schief, so daß die Rahmen nicht dicht schlossen, die Steinwände als bröckelig. Auf keinem dieser Häuser war eine Nummer zu finden, erst einige Meter weiter, wo noch die alten Fassaden standen, las er Zahlen, teilweise mit Auslassungen: 211, 18, 1 1, und auf der gegenüberliegenden Seite 200 und 198. Das war die Nummer, die er suchte.

Eine dunkelbraune Tür, auf der unzählige Lackschichten übereinander pappten, in der Mitte ein runder, verzierter Messingknauf, an der Wand eine Klingel neben der anderen, alle unterschiedlich, jede mit einem offensichtlich selbst verlegten Kabel angeschlossen, an jeder mindestens drei Namen, auf dem Putz gemalt oder auf einem Papierfetzen gekritzelt und angeklebt.

SCHREIBER/TESSE/PARKER las er auf einer und klingelte. Während er wartete, peilte er die Eldridge Street entlang. Niemand zu sehen.

Der Mann könnte sich leicht in dem Moment, als ich mich umsah, an die nächste Hauswand gedrückt haben, dachte Robert. Mit schwarzen Klamotten kein Problem. Ein merkwürdiges Gefühl durchschwemmte ihn, eins, das er manchmal nach dem Kino hatte, wenn er sich dem Helden plötzlich nah fühlte, wenn er Parallelen zwischen sich und ihm entdeckt hatte. Sollte der Typ doch kommen, er würde flink wie ein Puma sein und die Muskeln, die er sich bisher aus rein kosmetischen Gründen angezüchtet hatte, rücksichtslos einsetzen. Und da müßte es doch mit dem Teufel zugehen, wenn dieser schmale Finsterling auch nur den Hauch einer Chance hätte!

Der Summer riß ihn aus seinen Gedanken. Er drückte die Tür auf. Das Treppenhaus war hell und sauber, ganz anders als das Äußere vermuten ließ. Robert wußte nicht, in welcher Etage Maria wohnte. Also stieg er langsam die Treppenstufen hinauf und suchte nach einer offenen Tür. Auf der dritten Etage wartete Elliott im Treppenhaus.

Elliott Parker, schwarze Hautfarbe, sechzehn Jahre alt, drogenlabil aber nicht mehr abhängig, wurde meist auf mindestens zwanzig geschätzt. Er lebte schon fast ein Jahr mit Maria in einer Wohnung. Seine Mutter wußte, wo er war, hatte sich aber noch nie gemeldet; er allerdings auch nicht bei ihr. Maria und Elliott hatten sich während einer vom Gericht angeordneten Entziehungskur kennengelernt und eine Beziehung wie zwischen älterer Schwester und kleinem Bruder entwickelt. Die Psychologen waren der Ansicht, daß diese Beziehung der Grund für den Erfolg ihrer Therapie war. Deshalb gab es kaum Schwierigkeiten, als Elliott zu Maria zog. Elliotts Mutter mußte ihr Einverständnis erklären, dafür brauchte sie genau 1,5 Sekunden Bedenkzeit. Das Jugendamt machte einen Mutter-Sohn-Kontakt, wenigtens telefonisch, von mindestens einmal pro Tag zur Auflage, außerdem sollte Elliott einen Anteil ihrer Sozialhilfezahlungen erhalten. Natürlich wußten alle Beteiligten, wie die Wirklichkeit aussehen würde: kein Kontakt, kein Geld. Aber im Grunde genommen war das gut so. Elliotts Mutter verkehrte hauptsächlich mit den Leuten, die ihrem Sohn das Rauschgift verkauft hatten. Sie hatte als Putzfrau und Haushälterin bei einem der größeren Dealer angefangen, später dann gab sie diesen Job auf und übernahm Botendienste für verschiedene Dealer, wurde von Zeit zu Zeit erwischt, aber wegen völlig überfüllter Gefängnisse und Anklagebanken nur einmal vor Gericht gestellt und verurteilt. Ihre Strafe brauchte sie nie anzutreten.

Maria und Elliott kamen zurecht. Die Wohnung war verdammt teuer, deshalb nahmen sie sich, obwohl es nur zwei Zimmer gab, einen Untermieter. Christian Tesse, ein dänischer Student, hauste in dem kleineren Zimmer. Er hatte es sich zur Aufgabe gemacht, New York »zu schaffen«, er wollte die Stadt besiegen, eine Obsession, die ihren Ursprung in dem Spannungsfeld zwischen seiner kleinbäuerlichen Herkunft und seinem krankhaften Drang nach Größe und gesellschaftlicher Bedeutung hatte. Tesse sparte sich sein Leben in New York mühevoll zusammen, nahm jeden Job an, der sich bot, war schwul, androgyn und hetero zugleich, gönnte sich hin und wieder allenfalls sündhaft teure Unterwäsche, lebte aber alles in allem sehr spartanisch. Da er viel unterwegs war, war er für Maria und Elliot ein ruhiger Untermieter.

Maria war eine Frau, die sehr früh gelernt hatte, Männer da zu packen, wo sie für sie selbst am nützlichsten waren. In der Zeit, als sie für Heroin auf die Straße ging, hatte sie gelernt, Menschen mit einem schnellen Blick zu taxieren, sie kühl nach ihrer Verwertbarkeit und Liquidität einzuordnen, weil es damals überlebenswichtig war, so wenig Fehler wie möglich zu machen. Sie brauchte viel Geld und wollte so wenig wie möglich von sich selbst hergeben. Unter den Junkies hatte sie immer die Nase vorne gehabt, ihre wasserhellen Augen sahen tiefer, ihre Sehnerven waren leitfähiger, ihr Gehirn schneller. Das galt auch heute noch, wenngleich es nicht mehr den Motor der Existenzangst gab.

»Du bist der Mann vom Flughafen«, stellte Elliott fest und grinste kein bißchen.

»Ja..a, irgendwie schon«, stotterte Robert. »Und wer bist du?«

»Elliott.« Er drehte sich um und schob die Tür mit der eingeritzten Nummer 305 auf. Robert ging vorsichtig hinterher.

»Maria, dein Mann!« brüllte Elliott in die Wohnung und dehnte den »Mann« zu einer längeren Melodie. Robert schloß die Tür leise hinter sich und wartete ab.

»Hey.« Marias ernstes Gesicht lugte aus einem Zimmer. »Komm hierher.«

Roberts Fantasien: "Wie verführe ich eine hocherotische New Yorker Busgesellschaftsangestellte mit wasserhellen Augen und gigantisch rollendem Becken?" hatten sich längst verkrümelt. Marias Gesicht, die Wohnung, der schwarzhäutige Junge mit den langsamen Bewegungen strahlten solch eine abgefuckte Großstädtigkeit aus, solch eine gnadenlose Gib-her-und-verpiß-dich-Mentalität, daß ihm flau wurde. Er kam sich wie ein gut behütetes Stallkaninchen vor, dem man zur allgemeinen Belustigung die Freiheit geschenkt hatte und von dem man drollige Blödheit erwartete und nicht enttäuscht werden wollte.

Maria streckte ihm ihre Hand entgegen und zog ihn in den Raum hinein. Elliott setzte sich im Flur auf einen Campingklappstuhl und zog einen zu einer Röhre gerollten Comic unter seinem T-Shirt hervor.

»Wer bist du, sag mir deinen Namen.«

»Robert.«

»Bob?«

»Nein, Robert.«

Sie sah in an und hatte immer noch kein einziges Mal gelächelt.

»Du hast einen deutschen Akzent.«

»Ich bin Deutscher. Aus Köln.«

»Was ist Coln?«

»Cologne. Am Rhein.«

»Ich verstehe.« Sie verstand garantiert nichts, weil sie gar nicht richtig zuhörte. »Was zu trinken?«

»Hm, Cola?«

»Du meinst Coke.«

»Ja.«

»Elliott, bring mal zwei Coke!« rief sie, ohne ihren Blick von Robert zu lassen. »Warum bist du hier?«

Robert stellte sich dieselbe Frage. Sollte er sich so vertan haben am Flughafen? »Ich will dich kennenlernen.«

»Was willst du wissen?«

Robert hatte keine Vorstellung, wo dieses Gespräch hingehen sollte. Was willst du wissen! Er wollte nichts wissen.

»Ist das ein Interview?«

Sie antwortete nicht, deutete aber immerhin ein leichtes Lächeln an.

»Ich will sehen, wie du dich bewegst.«

Maria erhob sich, ohne den Blickkontakt aufzugeben, ging vor ihm einmal hin und einmal her und rollte dabei extrem mit ihren Hüften. »So.«

Robert hielt sich bemüht an seinem erprobten Eroberungslächeln fest, um nicht abzustürzen. Mit Marias völlig unverbindlichem Selbstbewußtsein kam er nicht klar. Außerdem empfand er es zum erstenmal, seit er in New York war, als unbequemes Hindernis, in einer fremden Sprache sprechen zu müssen. Im Deutschen hatte er sich über die Jahre eine ganze Reihe von Sprüchen zurechtgelegt, die er abfeuerte, wenn es mal nicht so lief, wie er es sich zuvor ausgemalt hatte. Aber die schnell ins Englische zu übersetzen, bereitete ihm Probleme, zudem wußte er nicht, ob sie im Englischen nicht vielleicht ungeheuer dämlich klangen. Außerdem hatte er das Stallkaninchen-Problem noch nicht gelöst.

»Zwei Coke«, tönte es von der Tür her, und Robert sah etwas auf sich zufliegen. Ein Reflex ließ ihn danach greifen. Maria hatte ihn für Sekunden neugierig angestarrt. Als er mit mehr Glück als Sicherheit die eiskalte Coladose beiläufig auffing, glühten ihre Augen kurz. Diese winzige Regung gab Robert sein Selbstvertrauen zurück. Sie wollte, und er war der richtige Mann dafür, heute abend.

Er lernte schnell. Seine anfängliche Befürchtung, mit Maria einen Fall von extrem »emanzipierter« Frau vor sich zu haben – ein Begriff, den er für sich noch nie genau definiert hatte, den er aber immer verwendete, wenn er etwas Abschreckendes an einer Frau bezeichnen wollte – erwies sich als falsch. Er begriff, was sie von ihm erwartete: Kein Gesäusel, keine Umstände, nicht einmal einen Hauch von Romantik, sondern Schweiß, am besten geruchlos und genügend harte Muskeln. Das waren für Robert genau die Macho-Ansprüche, die zu erfüllen er sich mühevoll abgewöhnt hatte, eben weil es in seiner Umgebung so viele »emanzipierte« Frauen gab, auf die er nicht ganz verzichten wollte. Um die Auswahl nicht drastisch einschränken zu müssen, war er gezwungen, sich zu dem Typ Liebhaber umzuerziehen, der nicht zu früh penetrierte, der zwar steif stand, aber lange so tat, als würde er lieber jemanden totstreicheln als aufspießen, und der beim Bumsen sich bis zum dritten Orgasmus seiner Partnerin zurückhielt, bevor er selber kam.

Maria warf das alles über den Haufen und machte überhaupt keine Umstände. Sie küßte ihn, wie ein Raubtier frisches Fleisch frißt, griff fast unmittelbar an seine Hose und fummelte so lange, bis sie seinen Schwanz in der Hand hatte. Robert war von dem Angriff irritiert und fürchtete schon, vor Schreck und Versagensangst wieder abzuschlaffen. Er versuchte sich zu konzentrieren.

Unvermittelt stieß sie ihn weg, fixierte ihn mit ihren wasserhellen Augen, ein geiler Blick – geiler als Lisa, dachte Robert – und riß ihre Bluse auf. Jede ihrer Bewegungen war so teuflisch sicher, so intensiv, so prallvoll mit Verlangen, so schnell, daß Robert keine Zeit hatte, darüber nachzudenken, ob diese Situation vielleicht lächerlich wirkte, ob sie echt oder gut gespielt war, ob er mitspielen sollte.

Auch er riß sich sein Hemd herunter, verengte seine Augen und sah Maria, schwer atmend, möglichst ruhig an. Ihr Blick löste sich von seinem und wanderte beherrscht über seinen Oberkörper. Sie taxierte ihn regelrecht, aber weder so wie man ein Stück Fleisch auf dem Großmarkt abschätzt, noch wie man einen schönen Körper vermißt, um die Formel seiner Ästhetik zu entschlüsseln. Maria schien statt dessen zu addieren: die Situation auf dem Flughafen, den Anruf, die schnelle Annäherung in diesem Raum, die Vibrations, um anhand der Summe zu entscheiden, ob sie weitermachte.

Robert empfand die Unterbrechung als zu lang. Er löste seinerseits seinen Blick, um nicht weiterhin aus der Stellung ihrer Augen erraten zu müssen, welchen Teil seines Körpers sie gerade betrachtete. Ohne besondere Sensibilität für ihren blassen Hals gierten seine Augen nach ihren Brüsten. Er hätte größere vermutet und war zuerst enttäuscht, daß der linke Busen größer war als der rechte. Als er dann jedoch die spitz nach vorne gerichteten Brustwarzen sah, sehr hart und von einem riesigen braunen Hof umrahmt, leicht zitternd, als er Anzeichen entdeckte, daß Marias Brüste einmal sehr prall gewesen sein mußten, zwar Ermüdungserscheinungen aufwiesen, aber eben trotzdem zittern konnten, als wögen sie nur ein paar Gramm, da verlor er die Beherrschung. Als wäre es ein Reflex, als gäbe es nicht zuerst den Willen, es zu tun, als hätte sein Körper sich vom Gehirn abgekoppelt, zerrte er sich die Hose herunter, schleuderte sie mitsamt den Schuhen von sich und warf sich auf Maria.

Sofort meldete sich sein Kopf. All seine Erfahrungen sagten ihm, daß damit der Moment gekommen war, sich wieder zusammenzunehmen, zwei Gänge zurück, führ dich nicht wie ein Rammler auf, sei ein Liebhaber! Normalerweise beeinträchtigte dieses Wissen schon präventiv seine Ausbrüche von Leidenschaft. Heute war es anders. Er sah sich selbst, wie er handelte, berauschte sich an dem Eigenleben seiner Arme, seiner Finger, seines Körpers. Schon nach wenigen Sekunden entwickelte sich kein wirklich denkbarer Gedanke mehr in seinem Gehirn, keine Überlegung, was er tun sollte, um auch für Maria die Liebe erregend zu machen. In den nächsten Minuten drangen nur Momentaufnahmen in sein Gehirn, an die er sich später erst erinnerte: Maria riß ihre Beine auseinander, er warf sich auf sie; sie schlug brutal seine Hand weg, als er ihre Klitoris streicheln wollte; er bumste sie wild, und sie beschleunigte seine Hüfte zusätzlich und fordernd mit beiden Händen; sie riß brutal an seinen Haaren, als er das Wort »Kondom« sagte, und schrie ihm Flüche ins Ohr; er rammte ihr seinen Daumen in den Po; sie streckte Arme und Beine weit von ihrem Körper weg, als sie einen ihrer Orgasmen herausschrie.

Robert brüllte deutsche Worte, hörte sich, wie er ihr versprach, nicht nach Deutschland zurückzukehren, bei ihr zu bleiben. Jedes Bild von Lisa, jede Erinnerung an sie hatte sich in heißen Atem und rhythmische Schreie verwandelt. Ihr Verschwinden war ihm Rechtfertigung genug.

»Ist er das da unten?« fragte Elliott und hielt die Blätter des Feigenbaums auf der Fensterbank etwas zur Seite gedrückt. »Der schwarzgekleidete?«

»Ja, das ist er.« Robert nahm sich Zeit, Rudy aus dieser Deckung heraus genau zu beobachten. Er hatte sich an eine schwarz lackierte Eingangstür schräg gegenüber gelehnt und beobachtete das Haus Nummer 198. Von ihm strahlte die

Sicherheit eines Detektivs aus, der genau weiß, daß es keinen Hinterausgang gibt.

»Den kenn ich«, sagte Elliott und ließ die Blätter wieder zurückschnellen. Er wirkte ungeheuer cool, hatte aber auch in der jetzigen Situation den unbestreitbaren Vorteil, das wilde Liebesgeschrei der beiden gehört zu haben, die jetzt mit roten Köpfen hinter ihm standen: Elliott hatte eine Freikarte für einen zwar schlechten Platz gehabt, aber er war Publikum gewesen und konnte sagen, ob es ihm gefallen hatte oder nicht: die Macht des Kritikers. Robert spürte das, hatte jedoch Vertrauen zu diesem ruhigen Jungen.

»Und wer ist das?«

»Ich weiß nicht, was er wirklich macht. Ich hab ihn schon im Village gesehen.«

»Bist du sicher?«

Elliott grinste. »Nee, ihr Weißen seht irgendwie alle gleich aus.«

»Was will der bloß von mir?«

»Vielleicht will er Deutsch lernen«, sagte Maria spöttisch. Sie stand nah bei Robert, hatte ihn aber, seit sie sich wieder erhoben hatten, kein einziges Mal berührt.

»Ich glaube nicht.« Elliott schüttelte langsam den Kopf. »Man erzählt über ihn – wenn er das ist.«

Maria lachte kurz auf. »Dann nimm dich in acht, Robert.«

»Wieso? Was soll das heißen, man erzählt über ihn?«

Maria und Elliott grinsten sich an, und Robert kam sich ziemlich blöd vor.

»Man sagt, daß er große Auftraggeber hat, man sagt, daß er einer von den Harten ist«, sagte Elliott und änderte damit nichts an Roberts fragendem Gesichtsausdruck. »Mann, ich weiß auch nicht mehr!« Elliott wurde unwillig. »Er ist jedenfalls nicht hauptsächlich Galeriebesitzer.«

»Jetzt weiß ich immer noch nicht, was der von mir will.«

»Ich auch nicht.«

»Vielleicht sollte ich einfach rausgehen und ihn selbst fragen«, überlegte Robert.

Elliott sah ihn für einige Sekunden ernst an. »Ich an deiner Stelle würde sehen, daß ich rausgehe und der da«, er deutete mit dem Kopf zum Fenster, »es nicht mitkriegt.«

»Den schaff ich schon«, anwortete Robert und reckte seinen Körper.

Elliott ließ sich plötzlich in die Hocke absacken, griff dabei mit der rechten Hand hinten an seinen Hosenbund, zuckte wieder nach vorne, zielte mit einer imaginären Pistole auf Robert und imitierte mit dem nach vorne schnellenden Daumen einen Revolverschuß. »Das wär's dann, du Weltmeister!« Er grinste schief und rappelte sich hoch.

»Hm, aber dafür müßte er doch einen Grund haben. Der hat mich doch nicht grundlos bis hierhin verfolgt.«

»Hey Mann, das is vielleicht 'ne Scheiße mit dir! Der hat auch einen Grund. Und du kennst ihn nicht... Sollen wir alles noch einmal wiederholen?«

»Shit«, sagte Robert, nur um irgend etwas zu sagen. Er ging noch einmal zum Fenster und drückte die Blätter des Feigenbaums auseinander. Ein hellblau-weißlicher Blitz zündete plötzlich im Dunkel des gegenüberliegenden Türeingangs. Die Fensterscheibe, durch die er gerade noch in die diffus erleuchtete Straße gestarrt hatte, bildete ein Spinnennetz, feine Linien verteilten sich bis zum Rahmen, aus der Mitte des Netzes spritzte Glas heraus und plötzlich war da ein kleines Loch.

Robert titschte vom Fenster weg wie ein hart geschlagener Tennisball.

»Verdammt, was war das?!« flüsterte er entgeistert.

Elliotts Schrecksekunde war am kürzesten. Er löschte das Licht und robbte auf das Fenster zu, um vorsichtig hinauszuspähen.

»Er ist weg.« Elliott sucht mit den Augen weiter die Straße ab. Merkwürdigerweise hatte Robert das Gefühl, als müsse er warten, bis Elliott eine Entscheidung getroffen hatte.

«Wir müssen hier raus. Sofort!« stieß dieser plötzlich hervor und sprang auf.

»Oh, verdammt! Wen hast du da angeschleppt, fuck!« brüllte Maria Robert an, während sie Schuhe überstreifte. Robert war zu sehr geschockt, um zu antworten, wunderte sich aber, daß Maria mit Elliott keine Diskussion anfing. Er folgte den beiden zur Eingangstür. »Sollen wir nicht die Polizei holen?« fragte er zu Elliott gewandt.

»Die Bullen!« flüsterte dieser und deutete mit einer Handbewegung an, daß das so ziemlich das Letzte war, was sie jetzt tun sollten. »Wir müssen hier raus!«

Vorsichtig drehte er den Türknauf bis zum Anschlag und zog langsam. Die Tür hatte sich keine zwei Zentimeter bewegt, da knallte sie ihm mit brutaler Energie entgegen und schleuderte ihn in den Flur zurück.

Rudy ließ das Bein, mit dem er zugetreten hatte, langsam sinken, beherrscht und ohne Eile. Unwillkürlich starrten alle drei auf die fein gezeichneten Mexikanerstiefel, deren Spitzen und Fersen mit silbernen Beschlägen gegen Beschädigung geschützt waren. Für einen Moment stand Rudy breitbeinig vor ihnen und hielt einen 38er Revolver mit Schalldämpfer hoch, als wollte er ihnen dieses Modell zum Kauf empfehlen. Dann ließ er ihn sinken und zeigte mit dem Lauf auf Robert.

»Du kommst mit«, sagte er auf deutsch. Robert zuckte zusammen. Seine Muttersprache in diesem Moment zu hören, schreckte ihn mehr als die Waffe. Er nickte schnell und wankte auf die Mündung des Revolvers zu. Mit jedem Schritt nach vorne ging Rudy zwei kleine zurück. Als er draußen war, drehte Rudy den Kopf leicht zu Elliott und Maria.

»Bimbo, du kommst mit. Und du, Sweetheart, schließt die Tür. Und«, er schwenkte den 38er in Marias Richtung, »laß die Bullen aus dem Spiel, ich komme gerne noch mal wieder.«

Maria sah ihm ernst in die Augen und nickte nur. Dann schloß sie langsam die Tür.

Rudy dirigierte Elliott und Robert vor sich her die Treppen hinunter, völlig gelassen, so als würde er brav »Guten

Abend« sagen, wenn jemand eine der Wohnungstüren öffnete, und ohne Hektik weitergehen.

Elliott trat als erster durch die Haustür ins Freie, Robert dicht hinter ihm. Auch wenn er nicht den Hauch einer Idee hatte, was dieser Mann von ihm wollte, so war er doch sicher, daß dieser Schwarzgekleidete ihn nicht einfach umlegen wollte, nein, das hätte er oben in der Wohnung schon haben können, und das Loch in der Fensterscheibe bewies ihm dasselbe: Die Kugel war mindestens einen halben Meter über seinem Kopf durch das Glas geschossen, und dieser Mann machte den Eindruck, als hätte er ihn ohne Schwierigkeit treffen können, wenn er wirklich gewollt hätte.

Der kann Deutsch, der hat mich gezielt verfolgt, Lisa ist verschwunden, der hat absichtlich daneben geschossen, der braucht mich für irgendwas... Roberts Gedanken rotierten um einen Mittelpunkt, der noch im Nebel lag.

Als er die Eingangstür mit der Linken festhielt, weil sie automatisch zufallen wollte, spürte er plötzlich Energie. Er folgte, ohne weiter nachzudenken, einer Eingebung. Mit einem Riesensatz sprang er vor, nutzte den Druck, den die Tür erzeugte und zog sie schnell hinter sich ins Schloß.

»Lauf!« brüllte er und jagte los. Elliott war dicht hinter ihm. Sie rannten links rum und flitzten um die nächste Häuserecke. Dann übernahm Elliott die Führung, geschmeidig und schnell bewegte er sich, seine Schritte waren, im Gegensatz zu Roberts, kaum zu hören.

Die Rivington Street war noch düsterer als die Eldridge Street. Elliott lief an der ersten Haustür vorbei und verschwand einige Meter weiter in einer stockdunklen Einfahrt, Robert kam mit Mühe hinterher, er war schnell, aber der schwarze Junge rannte wie ein Olympiasieger.

»Über die Mauer«, stieß Elliott so leise wie möglich hervor. Sie hangelten sich hinüber, auch über die nächste, dann standen sie vor einer sehr hohen Mauer, die einer alleine nicht erklimmen konnte.

»Tritt hier drauf.« Robert setzte einen Fuß auf Elliotts

gefaltete Hände und bekam genug Schwung, um den Mauerrand zu fassen. Er zog sich hoch. Auf der anderen Seite befand sich ein für seine jetzige Panik viel zu hell erleuchtetes, unbebautes Grundstück. Oben auf der Kante legte er sich auf den Bauch und langte mit dem rechten Arm, so weit er konnte, hinunter. Sehen konnte er nichts, aber plötzlich spürte er Elliotts Gewicht, der springen mußte, um seine Hand zu erreichen. Nur mit äußerster Anstrengung konnte er ihn weit genug hochhieven, daß er sich alleine hochwuchten konnte.

»Shit! Viel zu hell!«

»Weiter!«

Fast gleichzeitig ließen sie sich von der Mauer hinuntertropfen. Robert wollte nach links.

»Nicht da lang. Da kommen wir gerade her.«

Sie tippelten mit kleinen, schnellen Schritten über den unebenen Boden, beide hatten das sichere Gefühl, daß ein Sturz den Schwarzgekleideten sofort herbeizaubern würde. Einen Meter vor dem Ende der Mauer jaulte eine Rakete an Roberts Ohr vorbei, Mauerwerk spritzte auf, riß ihm fast das Ohr ab. Ein Schuß, ein Querschläger.

Jetzt will er treffen, denkt Robert, verdammt, wie ist der nur so schnell über die Mauer gekommen?

Er wirft sich um die Ecke. Aus den Augenwinkeln sah er den Mann breitbeinig und ruhig zielend auf der anderen Seite des Grundstücks stehen. Zwei Lichtreflexe blitzten von den Silberbeschlägen seiner Stiefel und trafen besser als die Kugel. Robert nahm sie mit, in seine Netzhaut eingebrannt.

30

Nach einem chaotischen Zickzackkurs klingelte Elliott bei einem Freund mit dem Namen Jobby. Jobby sah aus wie die Standard-Ausgabe eines B-Boys. Seine Baseballkappe nahm er selbst zu Hause nicht ab und trug sie um neunzig

Grad verdreht, so daß der Schirm seitwärts vom Kopf abstand, seine Füße steckten in überdimensionalen, weißen Reeboks, halb zugeschnürt, das großgeblümte Hemd wehte lose über einer glänzenden Polyamid-Trainingshose. Sobald Jobby sprach, zuckten seine Arme durch die Luft und tänzelte er rhythmisch von einem Bein aufs andere.

Elliott erzählte ihm auf dem Weg von der Tür zum Telefon in geraffter Kurzform, was Roberts und sein Problem war, und Jobby kommentierte die Geschichte mit einigen *Wows!* und *Yo-Man*. Dann griff Elliott zum Telefon, um Maria anzurufen.

»Hoffentlich ist der Verrückte nicht zur Wohnung zurück«, sagte er mehrmals und blitzte Robert böse an, als Maria auch nach endlosem Klingeln nicht abhob.

»Ich glaube nicht«, versuchte dieser ihn zu beruhigen. »Da dürften doch einige aus dem Haus aufgeschreckt sein. Außerdem kann er ja nicht sicher sein, ob sie nicht doch die Bullen angerufen hat.«

»Kann er. Hier ruft man nicht so schnell die Bullen und ohne lebt man länger.«

»Was willst du tun?« fragte Robert und ahnte irgendwie schon die Antwort.

»Ich geh wieder zurück.« Elliott sah ihn kühl an. »Was ist mit dir?«

Robert zögerte.

»Du hast sie gefickt, also kannst du ihr auch helfen.«

»Das ist nicht das Problem. Ich überlege, wie. Wir können nicht einfach zurückrennen. Der Kerl hat einen Revolver.«

»Wir auch«, antwortete Elliott und winkte Jobby zu, der daraufhin seine Hand in eine große Holzkiste tauchte, fast das einzige Möbelstück in dem Raum, und einen riesigen Armeerevolver daraus hervorzog.

»Yo, den haben wir beide mal gefunden«, sagte er und hielt ihn Elliott hin.

»Habt ihr den auch mal ausprobiert?« fragte Robert und beäugte das rostige Ungetüm mißtrauisch.

»Hm!« lachte Elliott hart auf. »Damit kannst du schießen, aber höchstens dreimal, dann brauchst du Erholung. Der hat einen Rückschlag wie eine Pump Gun.« Er schob sechs Patronen in die Trommel, jede fast so dick wie Gewehrmunition.

»Du sagst, es war ein Weißer«, sagte Jobby unvermittelt.

»Ja, Mann, ein Weißer.«

»Dann nimm auch das hier mit.« Er wühlte noch mal in der Kiste und reichte ihm eine Polaroidkamera. »Mach ein Foto von dem Kerl, wenn du kannst. Wenn irgend etwas schiefgeht, wenn ihr ihn nicht festhalten könnt, dann geben wir wenigstens das Foto weiter, awright? Unsere Brüder machen das dann schon.«

Elliott nahm den Apparat und warf ihn Robert zu. »Wenn der organisiert ist, macht überhaupt keiner was. Nicht wegen eines Ex-Junkies und schon gar nicht wegen eines deutschen Urlaubers«, antwortete er. »Wir werden sehen.«

»Was soll das heißen, organisiert?« fragte Robert.

»Mafia. Oder ähnliches.«

»Gibt's das wirklich?«

Jobby und Elliott lachten. »Nee, Mann, is alles Fernsehen, was du hier siehst, alles!« Sie lachten weiter, klatschten ihre flachen Hände gegeneinander und brabbelten ein paar Worte in einem Slang, den Robert nicht verstand. Wollte er auch nicht. Wie eine Dampframme war ihm ein entsetzlicher Gedanke ins Gehirn gefahren: Wenn dieser Unbekannte ihn finden wollte und gefunden hatte, wenn er etwas Bestimmtes von ihm wollte – vielleicht hatte er genau das zuvor bei Lisa versucht, vielleicht war sie deswegen verschwunden! Und er hatte sich währenddessen mit einer unbekannten Frau vergnügt, vielleicht lag Lisa irgendwo in einem dreckigen Hinterhof, von diesem Verrückten gequält, gefesselt und auf Hilfe wartend...

Ihm wurde schwindelig, vor allem, weil er mit einemmal das sichere Gefühl hatte, daß es genauso war, warum sonst sollte ihn seine Freundin, die mit ihm nach New York geflogen war, um sich zu versöhnen, in einem Café zwei Stunden nach ihrer gemeinsamen Ankunft einfach sitzen lassen? *Aber warum das ganze!?*

»Oh, verdammt, verdammt«, wimmerte er leise und drehte sich von den beiden Schwarzen weg, um seine Tränen zu verbergen. »Verdammt, ich Idiot!«

Die Tränen flossen nicht lange und verwandelten sich schnell in Wut. Wenn es für ihr Verschwinden überhaupt einen logischen Grund gab, dann steckte dieser Verrückte dahinter, dachte er grimmig, und wenn man hier die Bullen nicht holen kann, dann hol ich mir eben jetzt diesen Kerl!

Die Stimmen der beiden waren verstummt, Robert drehte sich langsam um. Elliott registrierte mit Erstaunen dessen entschlossenen Gesichtsausdruck.

»Geht's dir besser?« fragte er.

»Wir können los«, antwortete Robert und ging, ohne abzuwarten, zur Tür.

»Okay«, sagte Elliott. »Jobby, denk dran. Wenn du gar nichts mehr von mir hörst, sieh dich im Village um, Washington Square Park. Ich bin sicher, daß ich den Kerl da schon ein paarmal gesehen habe.«

»Alles klar, ey.« Sie klatschten sich noch mal gegenseitig auf die Handflächen.

»Los geht's.« Elliott verbirgt die massive Waffe im Hosenbund und schiebt sein viel zu enges Sweatshirt darüber. Wäre es hellichter Tag, könnte jeder die Umrisse deuten.

»Wenn der Kerl Maria irgendwas getan hat...« Er spricht nicht weiter, läßt aber keinen Zweifel offen.

Sie schieben sich nah an den Häuserwänden entlang, die Rivington Street hinunter, vorsichtig bis zur Ecke Eldridge Street. »Warte!« flüstert Elliott und hebt seine Linke, die Rechte liegt unter seinem Shirt auf dem Revolver. Er geht in die Hocke und späht um die Hausecke. Nichts zu sehen.

»Der ist hier, Mann, ich spür das. Der weiß, daß wir wegen Maria zurückkommen.«

»Gibt es keinen Hintereingang für euer Haus?«

»Doch. Aber der Zugang ist verschlossen, und ich hab keinen Schlüssel.«

»Wir müssen durch diese Tür da hindurch, Elliott. Wir müssen rein, auch wenn das die einzige Möglichkeit ist«, flüstert Robert und zieht leicht an Elliotts Hemd.

»Warte, es gibt noch eine andere Möglichkeit.« Elliott dreht sich schnell um. »Da rein.« Er zeigt auf einen Hauseingang hinter ihnen. »Wir gehen von hinten ran.« Robert drückt gegen die Tür. Als sie sich nicht öffen läßt, drücken sie schnell nacheinander alle Klingeln. Es dauert ewig, bis der Türsummer ertönt.

»Mach das Licht nicht an«, warnt Elliott, als Robert nach dem rot glimmenden Schalter greifen will. Er packt dessen Hand und zieht den Deutschen hinter sich her durch den dunklen Flur. Nach einigen Metern stehen sie in einem wenig erhellten Hinterhof.

»Da geht's lang«, sagt Elliott. Die Hinterür zu seinem und Lisas Haus ist verschlossen.

»Zurück.« Er schiebt Robert zur Seite und packt den Armeerevolver mit beiden Händen, spannt den Hahn mit beiden Daumen und drückt ab. Das Ding kracht unglaublich laut und wirft einen langen gelb-bläulichen Blitz vorne heraus gegen das Türschloß. Elliotts Arme werden von dem Rückschlag hochgerissen. Mit einer halben Drehung absorbiert er die kinetische Energie des Schusses. Trotzdem hat er Mühe, das Ding festzuhalten. Robert sucht unwillkürlich die Fenster über ihnen ab, diesen Donnerschlag dürfte niemand überhört haben. Aber noch rührt sich nichts.

Sie stürzen in den dunklen Gang vor ihnen, die Treppen hoch. Nirgends ist der Schwarzgekleidete zu sehen. Robert überlegt, wie sie am besten in das Appartement hineingelangen, mit Anlauf oder vorsichtig schleichend. Aber zu seinem Erstaunen sieht er, wie Elliott ohne Umstände seinen Schlüssel benutzt, in die Hocke geht und die Tür aufstößt. Als nichts passiert, springt er hinein. Nach der gleichen Methode sieht er in den beiden Zimmern, der Küche, dem Klo nach. Nichts.

»Wir müssen hier wieder raus.« Elliott fingerte nervös an dem Revolver rum.

»Was glaubst du, was mit Maria ist?« fragte Robert mechanisch und dachte dabei mehr an Lisa.

»Wenn ich das richtig sehe, ist die hier raus, als der Kerl weg war. Die ist nicht bescheuert, die weiß, daß sie hier nicht sicher ist. Sie hat Freunde hier in der Nähe.«

»Du gehst da jetzt hin, oder?«

»*Wir* gehen da jetzt hin«, antwortete Elliott und sah Robert mit harten Augen an.

»Wieso sollte...«

»Ganz einfach«, unterbrach Elliott ihn. »Der Mann will was von dir, richtig? Der gibt erst Ruhe, wenn er das hat, logisch? Wenn du abhaust und er dich nicht findet, dann kommt er hierher zurück, weil er davon ausgehen muß, daß du einen guten Grund hattest, hierher zu kommen. Maria und ich haben ihn also früher oder später auf dem Hals – es sei denn, er erwischt dich.« Elliott grinste ihn breit an, wurde aber schnell wieder ernst. »Ich kann dich nicht mal an ihn ausliefern. Der macht den Eindruck, als wenn er keine Zeugen mag.«

»Ja, aber was willst du mit ihm machen, hä?« fragte Robert. »Du willst ihn nicht den Bullen ausliefern und willst ihn trotzdem aus dem Verkehr ziehen. Willst du den etwa umlegen?«

»Was meinst du, was der mit uns machen wollte?«

»Aber wir können doch nicht einfach einen Menschen töten!«

»Ich hab das noch nie gemacht.«

»Na also!«

»Und?!« brüllte Elliott los. »Soll *ich* mich von dem killen lassen?«

»Wir können die Bullen holen!« brüllte Robert zurück.

»Sehr schön! Gute Idee! Vielleicht verurteilen sie ihn und er kommt in den Bau. Na und? Dann steht er ein Jahr später wieder vor meiner Tür! Ha, kann dir ja egal sein, du bist dann längst wieder zu Hause. Und was ist mit mir, soll ich mir wegen dem 'ne neue Wohnung suchen? Arschloch!« Elliott schob Robert unsanft zur Seite und bewegte sich auf die Tür zu. Robert packte seinen Arm.

»Moment. Du gehst jetzt nicht!«

Elliott wandte sich ihm langsam zu und hielt ihm die Mündung des Revolvers gegen die Brust. »Ich gehe, wann ich will.«

Sie starrten sich an.

»Elliott«, versuchte es Robert noch einmal, »was wäre, wenn wir herausbekommen, wer das ist, was der will, wenn wir soviel über ihn herausbekommen, daß *er* umziehen muß?«

»Mann, das ist doch Geschwafel. Das läuft doch alles aufs Gleiche raus: Er oder wir.«

Robert war sich sicher, daß die Polizei helfen könnte. Er wußte nur nicht, wie er Elliott daran hindern sollte, mit seinem Revolver loszuziehen und die Dinge selber in die Hand zu nehmen. Und wie er sich aus dieser Geschichte wieder hinauskatapultieren konnte, wußte er im Moment auch nicht.

»Wie willst du den Bullen überhaupt begreiflich machen, um wen es sich handelt?« Elliott schien seine Gedanken gelesen zu haben. »Willst du denen sagen, der Mann hatte schwarze Klamotten an und war ziemlich dünn? Shit! Je später die Nacht, desto mehr von diesen schwarzen Dünnen laufen hier rum, die Clubs sind voll davon.«

»Du hast gesagt, du hast ihn öfters im Village gesehen. Was ist damit?«

»Ich hab auch gesagt, er hat eventuell große Auftraggeber. Mann, während wir hier labern, gibt der denen vielleicht meinen Namen und meine Adresse durch!« Er riß sich los und zur Bekräftigung, was er zu tun gedachte, drückte er Robert den Revolver in die Rippen. »Wenn es dir schwerfällt, Mann, dann denke daran: Immerhin hat *er* zuerst auf dich geschossen. Wenn er dich erwischt, hast du zwar die Moral auf deiner Seite, bist aber leider tot.«

Widerwillig mußte Robert ihm Recht geben. Trotzdem witterte er hinter Elliotts Argumenten und seinem Tatendrang etwas, was nichts mit Notwehr oder Verteidigung zu tun hatte. Dieser ruhige Schwarze verbarg unter seiner entspannten Fassade brodelnde Aggression und Haß, einen Haß, der Elliotts eigene Person mit einschloß. Er *wollte* die Konfrontation mit dem Schwarzgekleideten, es hatte den Anschein, als hätte Elliott schon Jahre, geduldig wie eine Zecke auf ihr Opfer, gewartet, um endlich einen guten Grund zu finden, sich mit jemandem bis zum Er-oder-Ich-Showdown einen gnadenlosen Kampf zu liefern.

»Das wichtigste ist jetzt, daß wir Maria finden. Und dann sehen wir weiter«, sagte Elliott.

»Okay, gehen wir los«, sagte Robert nach einer kurzen Pause und setzte sich in Bewegung.

»Verdammt, endlich«, brummte Elliott und ging vor. »Wir gehen zuerst zu ihren Freunden, das ist in der Norfolk Street, nicht weit von hier.«

31

Der Herbst ist die einzige Jahreszeit, in der alle New Yorker tagsüber mit dem Wetter zufrieden sind. Die noch kräftige Sonne verbreitet trockene Wärme und bestrahlt wegen der fehlenden Blätter an den Bäumen sogar Parkbänke, die sonst im Schatten liegen. Indian Summer, die Blätter verwelken in einer Farbvielfalt und -intensität, wie man es in Europa nicht kennt. Der Indian Summer hat, was man in den anderen Jahreszeiten vermißt: kräftige Farben, angenehme Wärme, geringe Luftfeuchtigkeit und viel soziale Interaktion, denn spätestens dann sind alle Sommer-Flüchtlinge aus ihren Ferien, aus den Landhäusern und Sommersitzen zurückgekehrt und nutzen die letzten schönen Tage aus, bevor der Winterregen die Parks ungemütlich macht.

Im Sommer dagegen sinkt die Luftfeuchtigkeit fast nie

unter 95 Prozent, alles schwitzt, alles stinkt, alles tropft, nur nachts ist es einigermaßen erträglich, und als Robert und Elliott die Rivington Street in Richtung Osten gingen, war es weit nach Mitternacht. Robert schwitzte immer noch. Mehrmals warf er Elliott einen erstaunten Blick zu, weil dieser in seinem dicken Sweatshirt wie ein gut temperierter Urlauber in einer kühlen Herbstnacht wirkte. Du solltest dich nicht mit so einem Mist beschäftigen, sagte er sich jedesmal, hier wird vielleicht bald scharf geschossen.

Er hatte Angst, und jeder Gedanke, auch wenn er noch so blöd war, lenkte von der Angst ab. Er spürte, welche Gedankenkette in Bewegung gesetzt werden würde, wenn er seiner Angst Spielraum ließe. Panik kannte er von kurzen gefährlichen Momenten im Straßenverkehr und aus Filmen, da waren es meist die Frauen, die durchdrehten. Hier jedoch stand er plötzlich selbst auf der Bühne, unbarmherzig in ein Bild hineinprojiziert, das andere entworfen hatten und das er nicht einfach durch die Eingangslobby an den Kinokassen vorbei verlassen konnte.

Hol tief Luft, schrei laut, und dann: Angriff! Schwachsinn. Er sah keinen Feind, und wenn er Lärm machte, wäre er auf keinen Fall mehr zu übersehen. Todesurteil. Oder auch nicht, das kann doch alles nicht ernst sein, hau ab, halt dich da raus... seine Gedanken überschlugen sich.

»Da vorne ist es, hinter der Kirche«, sagte Elliott und blieb an der Ecke Norfolk Street stehen. Vor ihnen zog sich eine finstere, stille Straße hin, an deren Ende das orangegelbliche Licht der Houston Street leuchtete. Von einer Kirche konnte Robert nichts erkennen. Er hatte sich laufend umgesehen, mehr als einmal den Eindruck gehabt, jemanden hinter sich zu spüren; aber genauso ging es ihm, wenn er nach vorne blickte: War da nicht eine Bewegung an der nächsten Ecke?

»Bleib dicht hinter mir«, flüsterte Elliott und schlich mit erhobenem Revolver los. Plötzlich säuselte eine ruhige Stimme von der Seite im freundlichen Sprechgesang: »Laß den

Revolver fallen, Bimbo.« Elliott erstarrte und rührte sich keinen Millimeter.

Rudy stand höchstens fünf Meter entfernt an der Seitenwand eines Hauses gelehnt, da wo einmal ein anderes Haus gebaut werden sollte, um die Lücke zum nächsten zu schließen.

»Den Revolver fallen lassen«, wiederholte Rudy, »und dann langsam hierher.«

Elliott wußte nicht, wo Rudy stand, er wußte, er würde sich nicht so schnell drehen können wie Rudy schoß, wenn er ihn im Visier hatte. Er ließ seinen Revolver fallen. Die schwere Armeewaffe schlug auf den Bürgersteig. Es klang, als würde sie ein Stück von dem Beton abschlagen. Robert versuchte, sich die Lage der Pistole einzuprägen.

Die Polaroidkamera, nur nicht dran denken... Mit kurzen Bewegungen bugsierte er sie auf seinen Rücken, so daß von vorne allenfalls noch der Tragegurt zu sehen war.

»Hierher. Du zuerst, Bimbo.«

Elliott reckte sich stolz, als er sich zu Rudy hinwendete. »Ich bin niemandes Bimbo.«

Rudy lachte kurz auf. »Vielleicht. Mit einer Ausnahme.« Die 38er mit Schalldämpfer zeigte eindeutiger auf Elliott, der die Mündung nur als metallischen Ring sah.

»Komm ruhig mit, Robert«, sagte Rudy auf deutsch.

Robert zuckte zusammen. Woher weiß der meinen Namen? Wieso spricht der deutsch?

Rudy ließ die beiden an seinem Revolver vorbei defilieren. Er bemerkte nicht, wie Robert die Sofortbildkamera an seiner Hüfte entlang schob.

»Bimbo, du bleibst stehen.« Rudy machte eine kurze Pause und sagte dann auf deutsch: » Du gehst noch ein paar Meter weiter.« Irgend etwas alarmierte in dieser Sekunde Roberts Sinne, vielleicht der leichte Unterton von Unbeherrschtheit in Rudys Stimme, vielleicht die unruhigen kurzen Schritte, die dieser machte, um Elliott einzuholen.

Plötzlich hört er Elliotts überschlagende Stimme und

dann seinen Körper zu Boden fallen. Instinktiv geht Robert in die Hocke und dreht sich dabei um. Rudys schief grinsendes Gesicht leuchtet unnatürlich hell und starrt auf den schwarzen Jungen. Elliott drückt beide Hände gegen seinen Bauch, sein Kinn bis zur anatomischen Grenze vorgereckt, so als wollte er keinem Luftmolekül irgendeine Verengung auf dem Weg zu seiner Lunge zumuten. Rudy tritt zu, immer wieder, flink, rhythmisch wie ein pulsierendes Herz. Elliott windet sich unter den genau berechnenden und kühl gezielten Tritten, wird immer apathischer und reißt nur noch einmal entsetzt die Augen auf, als der Killer ihm mit der metallbeschlagenen Spitze seines Texanerstiefels die Halsschlagader durchrasiert. Er stirbt langsam, ohne den kalt glimmenden Augen seines Killers ausweichen zu können. Blickkontakt bis über die Schwelle des Todes. Nur in den letzten Lebenssekunden schleicht ein Grinsen über sein Gesicht, und für einen Moment blitzt Triumph auf: Er wird seinen Mörder im Reich der Seelen wiedererkennen, und dann wird er die Stiefel anhaben...

Robert drückt genau in dem Moment auf den Auslöser der Polaroidkamera, als Rudy noch einmal nach dem Kopf des schon toten Schwarzen tritt. Der Blitz friert seine Bewegung ein, zeigt sein verzerrtes Gesicht. Dann packt die Dunkelheit wieder zu. Rudy lacht leise.

»Du hast nur mein Profil«, sagt er mit piepsiger Stimme und dreht sich um. Robert hat, als er abdrückte, die Augen kurz geschlossen. Als er jetzt das zweite Mal abdrückt, preßt er sie wieder zu. Die Kamera blitzt, der Motor transportiert das Bild zum Auswurfschacht und schiebt gleichzeitig das erste heraus. Er sieht das Polaroid in dem Moment herausfallen, als er die Augen wieder öffnet, greift instinktiv danach und bekommt es zu fassen.

Rudy stolpert mit weit ausgebreiteten Armen auf ihn zu, offensichtlich vom Blitz so geblendet, daß er ihn nicht richtig erkennen kann. Dabei schreit er wie ein abgestochenes Schwein. Roberts Panik bahnt sich einen Weg zu seinen

Stimmbändern. Auch er brüllt los. Todesangst. Er weiß nicht, was er tun soll, geht in die Hocke, schreit. Und springt mit runden Schultern in dem Moment auf, als Rudy über ihm ist. Sein volles Gewicht rammt in dessen Bauch. Rudy klappt zusammen. Die 38er in seiner Hand donnert auf Roberts Rückgrat und springt in die Dunkelheit.

Robert hat genügend Schwung, um sich aufzurichten und den nicht besonders schweren Killer mit hochzureißen. Er rennt einfach los, bis er die Hauswand vor sich sieht. Kurz vor dem Moment des Aufpralls beschleunigt er Rudys Körper mit einem Stoß. Der knallt an die Wand und rutscht schlaff daran herunter.

Roberts Energie ist aufgebraucht. Er kommt gar nicht erst auf die Idee, Rudy zu fesseln, um ihn dann der Polizei zu übergeben. Keine logischen Gedanken in seinem Kopf.

Der Armeerevolver, ich muß den Revolver finden, wispert es in seinem Kopf. Er taumelt zurück, an Elliotts Leiche vorbei. Die Kamera schlägt bei jedem Schritt gegen seine Hüften. Er will das zweite Bild herausreißen, aber es steckt nicht mehr in der Kamera. Für eine Sekunde überlegt er, ob er es suchen soll. Dann stopft er das erste, das er während des kurzen Kampfes in seiner feuchten Faust festgehalten hat, in seine Jackentasche und schleudert die Kamera fort. Auf den Knien tastet er den Boden an der Stelle ab, wo der Revolver ungefähr hingefallen sein mußte, zerfetzt sich die Haut seiner Finger an dem Schrott, der überall rumliegt. Da, der Lauf. Als er den Griff packt, hört er hinter sich schnelle Schritte. Er wirft sich herum, sieht Rudy groß wie einen Hydranten vor sich und drückt ab. Der gewaltige Rückstoß reißt seinen Arm hoch. Der Schuß geht daneben, aber Rudy, noch angeschlagen, zuckt zusammen, stolpert und fällt auf ihn zu. Dabei reißt er sich die Haut seines linken Oberarms an dem rostigen Lauf der Waffe auf. Blut quillt aus einem langen Riß hervor und spritzt über Roberts Klamotten und sein Gesicht, als Rudy seitlich von ihm zu Boden fällt.

Robert donnert ihm, ohne besonders Maß zu nehmen, den

Revolver an den Kopf und springt auf. Rudy scheint aufs neue betäubt zu sein. Robert will es gar nicht genau wissen. Er sprintet los.

Erst nach einigen hundert Metern hielt er inne, um sich zu orientieren. Er war mitten in einer Siedlung roter heruntergekommener Wohnsilos und hatte keinen Schimmer, wie er ins Village zu seinem Hotel kommen sollte. Weiter. Stanton Street, gemessen an dem Hinterhof von vorhin strahlend hell erleuchtet und von einigem Verkehr belebt. Stanton, auch den Namen hatte er noch nie gehört. Er verschnaufte kurz an einer Kreuzung und starrte die Straßen rauf und runter. Ein Lichtreflex. Von etwas Metallischem an den Füßen eines schnell laufenden Menschen? Sekunden später meinte er den schwarzgekleideten Killer zu erkennen, wie er sich nah an der Hauswand auf ihn zu bewegt. Der riecht dich, der findet dich überall, flüsterte der Paniksektor in seinem Gehirn und schickte schnelle Stiche durch seinen Körper.

Robert hatte das sichere Gefühl, die hell erleuchtete Straße schnellstens verlassen zu müssen. Er ging los, weiter auf der Stanton. Schritte hinter ihm? Er mußte sich umdrehen. Niemand in unmittelbarer Nähe. Unsinn. Selbst wenn jemand dicht hinter ihm wäre, würden sich keine Laufgeräusche gegen die Verkehrsgeräusche durchsetzen – allenfalls Schuhe mit Metallbeschlägen unter den Sohlen... Wieder brüllte die Panik in ihm auf, die ihm immer dasselbe Bild vor die Augen warf, so brutal und wild, daß er für einen Moment nicht mehr sah, wo er den Fuß als nächstes hinsetzte: Elliott, wie er sich unter den genau berechnenden und kühl gezielten Tritten wand und wie er starb.

Robert bog in die Attorney Street ab. Schon nach wenigen Schritten blieb der Geräusch-Schwall der Stanton Street hinter ihm. Wie in einem Trichter wurden die Verhältnisse klarer: die reizüberfüllte Überbreite im Rücken, vor ihm eine kleine Straße, ein überschaubarer Tunnel mit verwaschenem Licht am Ende. Nach einigen Metern blieb er kurz stehen und lauschte. Keine Schritte. Nur das schnelle Rascheln roter, hartbekrallter Rattenfüße auf dem zerlöcherten Asphalt an der Rinnsteinkante. Er schlich weiter. Die Straßenlaterne über ihm sah aus, als hätte sie das letzte Mal vor zehn, zwanzig Jahren geleuchtet. Dasselbe galt für die nächsten fünf, sechs, vielleicht zehn Laternen. Wäre da nicht der diffuse Lichtschein aus einigen wenigen Fenstern rechts und links in den Fassaden der mit drohenden Feuerleiter-Gerippen bewehrten Häuser, liefe er in einer dunklen Schlucht. Es war immerhin hell genug, um den Weg zu erkennen.

Aber nicht hell genug, um die schwarze Gestalt vier Hauseingänge zurück von der Schwärze der Wand trennen zu können, an die sie sich vor wenigen Sekunden eilig gepreßt hatte. Robert tastete sich weiter nach vorne, lauschte nach hinten und ahnte nicht, welche rasend zunehmenden Kopfschmerzen er seinem Schutzengel in diesem Moment bereitete. Der allerdings zog sich mit jedem seiner Schritte mehr und mehr von ihm zurück und machte sich mit dem Gedanken vertraut, einen anderen Schutzbefohlenen suchen zu müssen.

32

Rudy genoß die Situation, er balancierte den schmalen Pfad am Ufer des Sees entlang. Die Böschung rechts von ihm war sehr steil und fast durchgängig mit Ginster bewachsen. Letzten Sommer hatte er versucht, in dieses Dickicht einzudringen, um eine Bude zu bauen, einen Unterschlupf, in den er, bei Gelegenheit, ein Mädchen mitnehmen wollte. Es war auch nicht allzu schwer gewesen, sich zwischen den einzelnen Büschen hindurchzuschieben. Aber der Ginster war, fast zu jeder Jahreszeit, übersät mit kleinen Maden, Läusen und Raupen. Als er die erste durch ein Nasenloch einatmete, drehte er sich vor Ekel nach Luft japsend um und vergaß seinen Plan für immer.

Dieser See war in Rudys Jugend sein wichtigster Spielplatz. Nur selten durfte er die elterliche Wohnung verlassen, aber wenn, dann verschwand er sofort in diesem abgeschlossenen, unübersichtlichen Gelände und vermied es, seinem Zuhause zu nahe zu kommen, um nicht zurückgerufen zu werden. Im Krieg hatten amerikanische Bomben so viele Löcher in den Boden geschlagen, daß daraus dieser See entstanden war, riesige, rote Sprengkörper, von denen viele nicht explodiert waren und während der Jahre seiner Kindheit von Arbeitern entdeckt und dann mit viel Trara von Bombenkommandos entschärft wurden. Der Grund für das Bombentrommelfeuer war die Chemiefabrik, die hier gestanden hatte und von der die Alliierten glaubten, daß die Nazis dort chemische Kampfstoffe herstellen ließen. Die Anwohner, die wenigen, die den ersten Angriff überhaupt überlebten, wurden evakuiert, statt dessen Flak-Geschütze aufgebaut, um dem Feind vorzutäuschen, daß es hier etwas zu verteidigen gab. Die meist sehr jungen Schützen wußten nichts über ihre Funktion, den amerikanischen Bombenhagel auf sich zu lenken, auf sich und auf eine Fabrik, deren wichtige Produktionslinien längst schon an einen sicheren Ort ausgelagert worden waren.

Nach dem Krieg waren nicht nur alle Mauern zerrissen, die Keller verschüttet, der Beton der Fundamente zerbröselt und überallhin verstreut. Viele Bomben trafen immer wieder dieselbe Stelle, gruben nach und nach ein riesiges Loch in den Boden, dessen schräge Wände einen Querschnitt durch die Erdschichtung zeigten und eine dicke Kiesschicht freilegten. Grundwasser trat heraus und füllte den Bombentrichter zu einem kleinen biologisch toten See auf.

Das blieb nicht lange so. Zuerst belebten unempfindliche Pflanzen das tote Wasser, dann bildeten sich Infusorien, kleine Einzeller, die im letzten Dreck noch Lebensgrundlage finden, dann Molche, irgendwoher kamen Stichlinge, Frösche, Wasserflöhe, Köcherfliegen, Gelbrandkäfer, Libellen, Ringelnattern und zum Schluß sogar Wildenten. Aus dem schwefelverseuchten Loch wurde ein wilder See, über zehn Meter tief an seiner tiefsten Stelle, voller Tiere, denen die Gnade der späten Geburt zuteil geworden war.

Rudy wußte, daß seine Mutter ihn beobachtete. Nicht unbedingt aus Sorge. Sie war nicht sehr besorgt, weil sie kaum noch Macht über ihn hatte. Die Tricks, die sie über die Jahre benutzt hatte, verloren täglich an Wirkung, und trotzdem wollte sie ihren Sohn Rudy nicht einfach machen lassen, was er wollte.

Schon einige Male war er von dem glitschigen Weg längs des Sees abgerutscht und ins Wasser gestürzt. Beim erstenmal wäre er vor Schreck fast ersoffen, weil er nie vermutet hätte, daß das Ufer sich unter Wasser derart steil fortsetzte. Er versank, während er mit den Füßen nach festem Boden suchte, und als er sich endlich darauf besann zu schwimmen, hatte er schon eine Menge Wasser eingeatmet, und überall an seinen Klamotten klebten glibberige Algen.

Seine Mutter machte wenig Umstände mit ihm, weil sie seinen Sturz schon vom Fenster aus gesehen hatte. Sie war vorbereitet. Als er die Tür öffnete, stand sie schon da und packte ihn am Ohr. Er wußte, was kam, und schrie nicht. Sie zog ihn hinter sich her in die Küche.

»Du machst das mit Absicht«, sagte sie mit leidender Stimme, »du wirst mich mit deinem Ungehorsam noch ins Grab bringen, aber das ist dir sowieso egal!« Früher bekam er sofort ein schlechtes Gewissen, spürte Verzweiflung, tiefe Schuld und Reue: »Nein, bestimmt nicht, Mama!« hatte er gezetert und geweint, er hatte sie doch lieb und wollte niemals, niemals an ihrem Tod schuld sein! Aber das war vorbei, denn seine Mutter lebte immer noch und sagte immer noch dieselben Worte, nichts änderte sich.

Auch jetzt benutzte sie diese Worte. Nur ihre leidende Stimme, ihr todweißes Gesicht war nicht mehr dasselbe. Da war Wut drin, ein Funke nur, aber es war Wut.

»Du willst mich ins Grab bringen, du machst das mit Absicht«, sagte sie, und er antwortete zum erstenmal trotzig: »Unsinn!« Sie schüttelte den Kopf, und er war sich sicher, daß sie, nur um sein schlechtes Gewissens wieder zurückzurufen, um ihm drastisch zu beweisen, wie schlecht er war, am liebsten vor ihm tot zusammengebrochen wäre. Er lachte sie schmierig aus, während sein Ohr in ihrer Hand festgeklemmt war und langsam begann, rot anzulaufen. Sie schob ihn auf einen Küchenstuhl und sah ihn mit wohldosierten Tränen in den Augen fürchterlich gekränkt und waidwund an.

»Dir ist es egal, ob deine Mutter lebt«, flüsterte sie, und er antwortete schnell: »Nein, ist es nicht!«

»Sei still, sag nichts mehr, du mißratener Sohn«, sagte sie, etwas lauter, etwas härter.

»Ich bin *dein* Sohn«, antwortete er frech.

»Ich wünschte, ich hätte dich nie geboren!« schrie sie plötzlich. Aber er war vorbereitet, er erschrak nicht und er antwortete nicht. »Sieh mich nicht auch noch so frech an!« schrie sie weiter und noch lauter, und Rudy spürte genau, wie ihre Wut wuchs. Er verdrehte die Augen und schlug sie nieder, langsam und provozierend, es gab nichts mehr zu verlieren, hier waren alle Zeichen gesetzt. Ihre Worte wurden laut, scharf preßte sie die Konsonanten hervor. »Willst du mir nicht wenigstens sagen, daß es dir leid tut? Willst du es nicht wenigstens versuchen?« schrie sie und riß zur Bekräftigung scharf an seinem Ohr.

Er rührte sich nicht, wartete ab, zählte die schwarzen Punkte im Linoleumfußboden zwischen seinen Füßen. Die Worte seiner Mutter wurden zu Lärm, er differenzierte ihre Bedeutung nicht mehr, lauschte nur noch auf zusätzliche Geräusche, die darauf schließen ließen, daß sie nach irgendwelchen Gegenständen griff. Letztesmal war es ein Kochlöffel gewesen, er hatte gehört, wie sie in dem Besteckkasten wühlte, und als sie zum Schlag ausholte, waren seine Muskeln schon gespannt.

Ein kurzes, schabendes Geräusch, Holz auf Holz, alarmierte ihn, aber als er aufblickte, war es schon zu spät. Die Hände seiner Mutter hatten ein Frühstücksbrettchen aus massivem Holz an beiden Enden gefaßt, und als Rudy ihr in die Augen sah, schlug sie zu. Das Holz brach in der Mitte, seine Mutter verlor fast das Gleichgewicht, wobei sie mit ihrem Gesicht gegen seins geschlagen wäre. Für einen Moment atmete er ihren Atem ein und zuckte zurück.

Während die Wucht des Schlages sich durch seine Wirbelsäule bis ins Steißbein fortpflanzte, ärgerte er sich, den Kopf gehoben zu haben, denn so war das Holz auf seine nach oben gereckte Stirn geprallt anstatt auf die unempfindlichere behaarte Kopfhaut.

Rudy wollte nicht schreien, und doch konnte er den Schrei nicht verhindern. Tränen schossen ihm aus den haßerfüllten Augen und verwässerten seinen Blick, der seine Mutter zu weiterer Raserei gebracht hätte. So allerdings empfand sie augenblicklich Scham über ihren brutalen Schlag, sie sank vor ihrem Sohn zu Boden auf die Knie, flehte um Verzeihung und beschwor ihre schlechten Nerven. »Ich bin nur noch ein Wrack...«, jammerte sie, und Rudy mußte an einen Hans-Albers-Film denken und er hätte fast ein grölendes Lachen gegen sein schmerzverzerrtes Weinen eingetauscht. Aber er beherrschte sich und kalkulierte kalt: Vor ihm schrie seine Mutter um Vergebung und füllte ihm einen Blankoschein aus, den er gedachte, bei nächster Gelegenheit auszureizen. Bevor sie das nächste Mal irgendeines seiner Vergehen und Frechheiten ahndete, würde sie sich bis weit über die Grenze ihrer Geduld hinaus zur Ruhe zwingen.

Als Rudy den schmalen Pfad entlangbalancierte, genoß er diese Erinnerung, die ihn jetzt schützte, ganz gleich was passieren würde. Und er genoß die Gewißheit, beobachtet zu werden. Er wußte, daß sie sah, wie er am Ufer entlangbalancierte. Er fühlte, wie sie hoffte, daß ihm kein Mißgeschick passierte.

An einer Stelle, wo ein Betontrümmerstück der alten Chemiefabrik nahe am Ufer lag, aus dem ein Eisenstrang herauslugte, täuschte er vor, den Halt unter den Füßen zu verlieren. Wild ruderte er mit seinen Armen in der Luft herum, aus der Nähe gesehen völlig übertrieben, hatte aber das haltgebende Eisen aus dem Betonstück schon längst in der Hand, als seine Beine noch einen Tanz aufführten, der aus der Entfernung wie ein verzweifeltes Ringen mit dem Gleichgewicht gedeutet werden mußte. Ha, ha, ha, er lachte für sich alleine und verharrte für einen Moment, als sei er völlig verängstigt.

Am Ende des Sees erklomm er die Böschung. Oben an der Abrißkante ließ er sich ins Gras nieder und zog, als sei es ganz selbstverständlich, eine Zigarette aus seiner Brusttasche hervor und entzündete sie. Er rauchte mit tiefen, langen Zügen, die soviel Rauch produzierten, daß seine Mutter es von ihrem Küchenfenster sehen mußte. Sie haßte Zigaretten, denn sie hatte erleben müssen, was Menschen im Krieg für diese lächerlichen Rauchstäbchen bereit waren herzugeben. Sie hatte sogar Frauen mit amerikanischen Soldaten kopulieren sehen, nur weil diese ihnen Lucky Strike versprochen hatten.

Abwarten, dachte Rudy und war sehr gespannt, ob sein Geduldsvorschuß heute schon aufgebraucht sein würde.

Beiläufig riß er mit der Linken den Saum seines rechten Hosenbeines etwa zehn Zentimeter weit auf. Seine Familie war arm, deswegen besaß er nur diese morsche Hose und eine etwas bessere für besondere Anlässe. Seine Mutter würde verzweifeln, wenn sie den Riß sah. Zufrieden mit sich selbst, sich einbildend, den Rauch der Zigarette tatsächlich zu genießen, ließ er sich nach hinten ins Gras fallen und inhalierte tief, bis sich der beißende Geschmack des angekokelten Filters mit dem Tabakgeschmack mischte und ihn zum Husten reizte.

33

Die dünnen Fetzen der metallischen Minimalmusik erreichten Roberts Ohr gerade in dem Moment, als er sich genau auf gleicher Höhe mit einer nur schwach rot erleuchteten Kellertreppe befand. *Arcade Tunnel* entzifferte er ein Graffito oberhalb der Treppe. *Arcade Tunnel*, er erinnerte sich, Lisa hatte ihm davon öfters erzählt, begeistert und so melancholisch-verliebt, daß er eifersüchtig war, ohne zu wissen, worauf und wieso. Sie war bei ihrem New-York-Besuch vor zwei Jahren mehrere Male mit einer Horde Punks hier gewesen. »Ein gnadenloses Pflaster für gradlinige Spießer«, hatte sie gesagt. »Keine Höflichkeit, nur der Sippenzwang der härtesten New Yorker Zombies, die mit niemandem reden und nur ihre dröhnende, hämmernde Metall-Musik hören wollen. Du kannst dich im *Tunnel* nicht richtig sicher fühlen. Die Katakomben gehen an einigen Stellen in die städtische Kanalisation über, einige Menschen sind angeblich für immer darin verschwunden. Niemand hat je deswegen die Polizei gerufen, Robert, kannst du dir das vorstellen?«

Wie aufgeblasen, blasiert und großkotzig hatte er damals ihre Worte empfunden. Vor allem hatte er ihr kein Wort geglaubt, obwohl er die Vorstellung von einer lebenden Unterwelt als angenehm schaudernd empfand, wie in seiner Kindheit die Geschichten der deutschen Heldensagen, die er wieder und wieder gelesen hatte, Geschichten von ekligen Drachen, lieblichen Jungfrauen, verschlagenen Meuchelmördern und edlen Königen.

Jetzt, da er selbst vor dem *Arcade Tunnel* stand und Angst vor einer absolut realen Bedrohung hatte, war er froh, etwas entdeckt zu haben, was ihm immerhin ein wenig vertraut war. Er hielt sich nicht für einen Menschen, der jede Kleinigkeit mystifizierte und zu einer unheimlichen Botschaft aus dem Jenseits erklärte. Der und die Keller-Zombies darin waren letztlich wahrscheinlich nicht wesentlich verrückter als all die Verrückten, die man täglich überall finden kann; höchstens vielleicht einen Schuß angeschlagener. *So what?*

Er blieb unentschlossen an dem geschmiedeten Gitterzaun stehen, der die Kellertreppe rechts und links eingrenzte, und starrte in die Dunkelheit der Straße. Die ausgebrannten Laternenmasten erschienen ihm in diesem Augenblick wie Galgen.

Vorsichtig tastete er sich die abgewetzten Steinstufen abwärts. Die letzte stieß an eine mit Eisenbeschlägen auf mittelalterlich gestylte schwere Holztür. Er drückte auf den Klingelknopf und wartete.

Erst als der durch eine lederne Vollgesichtsmaske anonymisierte Türwächter ihm mit einem kurzen, kantigen Nicken den Weg in das Kellergewölbe freigab, wurde ihm bewußt, wie schwer es normalerweise wohl war, in einem Ort wie diesem eingelassen zu werden. Robert spürte plötzlich seine eigene Aura, die ihm die Tür geöffnet hatte, ein Gemisch aus Resignation, Müdigkeit und Angst. Das mußte der Vollgesichtsmaske wie eine personifizierte Freikarte vorgekommen sein.

Plötzlich war er ganz ruhig. Du bist jetzt ein Teil der *tough city*, dachte er, kein Tourist mehr. Du bist von der Leinwand in den Zuschauerraum gesprungen, hast das Kino verlassen, ein Taxi genommen und den Drehort aufgesucht. Du bist da, wo das stattfindet, was sich das blöde, stumpfsinnige Publikum ansieht. Und trotzdem empfand er es als Kino, auch wenn er vor Ort mitspielte, als unrealistisch, weil er sich auf alles, was in den letzten Stunden passiert war, keinen schlüssigen Reim machen konnte.

Robert starrte an dem Türwächter vorbei den Gang hinunter in den *Arcade Tunnel*. Du hast einen Feind, kein fiktiver Drehbuchtäter, sondern ein leibhaftig existierender Mensch, der vor deinen Augen jemanden umgebracht hat und der dich jetzt haben will. Was zur Hölle war da schon der *Tunnel* und die Gruselgeschichten darüber?

Benommen stolperte er die leichte Schräge hinunter, die in einer großen Halle endete. Überall an den Wänden, Säulen, Geländern lehnten coole Zombies, Nachtvögel, die darauf warteten, daß ihre innere Untoten-Biorhythmus-Uhr den beginnenden Morgen signalisierte: Zeit, den *Tunnel* zu verlassen, wortlos. Robert ging an die Bar und bestellte sich ein Budweiser, wortlos. Es gab hier eh nichts anderes. Er ließ sich das dünne Bier langsam die Kehle runterlaufen und nahm sich vor, den *Tunnel* erst dann zu verlassen, wenn alle anderen auch gingen.

Zwei Dosen Bier waren nötig, um Roberts innere Spannung wenigstens soweit zu lösen, daß er wieder in weiteren Kreisen denken konnte als über seine aktuelle Gefahrensituation und über Möglichkeiten der unmittelbaren Konfliktlösung. Und mit der Ruhe kam die Müdigkeit. 3 Uhr 30, zu Hause war es jetzt 9 Uhr 30 morgens, sechs Stunden Zeitverschiebung, die sein Organismus noch nicht überwunden hatte. Er hatte über vierundzwanzig Stunden nicht geschlafen und genauso fühlte er sich auch, wie eine ganze Nacht durchgemacht, das Gehirn in Watte gepackt, die Gehörnerven in ihrer Leistungsfähigkeit auf zehn Prozent Leistung runtergefahren, die Muskeln aufgeweicht, klebrig.

Robert hatte das drängende Bedürfnis, sich hinzusetzen. Aber er spürte, daß er sofort einschlafen würde. Außerdem standen die Menschen hier im *Tunnel* entweder vorzugsweise bewegungslos irgendwo angelehnt, oder tanzten mit minimalistischen Zuckungen, jeder für sich alleine; niemand saß. Obwohl es Sitzmöglichkeiten gab, einen breiten und langen Mauervorsprung und ohne erkennbare Funktion überall im Raum verteilte Metallgeländer. Man sitzt nicht – Regeln, die auch scheinbar regelfreie Systeme haben. Die coolen Neo-BeBops und Post-Punks stilisierten sich jeder für sich als extrem individualistisch, jeder arbeitete jede Sekunde an seinem Charisma, an seiner Aura, das, was der Türsteher zu bewerten hatte und was der einzige Schlüssel zum Tunnel war. Jeder demonstrierte nach außen hin die Selbstverständlichkeit, das größte Ereignis schlechthin für diesen Laden zu sein. Be hip, be cool, sei unfreundlich und schweige. Gesetze, deren Grundlage der Ekel vor Kommunikation war: Kommunikation = Schwäche. Wer mit anderen reden will, ist in sich selbst nicht stark genug, also schwach. Wer andere zu lange ansieht, will Kommunikation: Schwäche. Wer sitzt, macht es sich gemütlich und zeigt sich bereit zur Kommunikation = Schwächling. Wer seinen Standort nicht nur verläßt, um zu pinkeln, schlendert rum und sucht also Kontakt: Vicious Circle.

Be hip, be cool. Robert kannte die Regeln im *Tunnel* nicht. Er erspürte sie in diesem Moment und war zu sehr entwurzelt, um sie merkwürdig, gnadenlos oder einfach nur blödsinnig zu finden. Plötzlich sah er Elliott im Gang auf dem stählernen Gerüst stehen, das in fünf Metern Höhe rund um die Tanzfläche führte. Mit seelenlosen Augen starrte der Schwarze in das weiß-blaue Licht, das nur die Schatten zu erzeugen, nicht aber die Körper der Tänzer zu beleuchten schien. Robert knallte die Bierdose auf die Theke und stieß sich mit der Hüfte ab. Beim nächsten Lichtwechsel war der schwarze Junge, sein Freund für ein paar Stunden, wieder verschwunden. In Luft aufgelöst.

Schwer fiel Robert wieder gegen die Theke. Du hast ihn verrecken lassen, vor deinen Augen ist er gestorben, und du hättest ihm helfen können... du hast nichts getan, um ihm zu helfen, nur ein Foto, um dir selbst zu helfen. Robert kämpfte mit seiner Kotze, die sich stoßweise die Speiseröhre hochhangelte. Er konzentrierte sich darauf und versuchte, sie hinunterzuwürgen und gleichzeitig Elliott aus seinem Gehirn zu verdrängen. Der ließ sich nicht verdrängen: Aaaah... der gräßliche Schrei, als die Stiefelspitze durch seine Halsschlagader fuhr... Du hättest diesen spindeldürren Killer umnieten sollen, wofür sind diese Muskeln eigentlich gut, die du dir mit Hilfe von Eiweißpulver und Mineraldrinks angeschwitzt hast? Du hättest sie anwenden müssen, einen Dünnen wie diesen, und sei er noch so drahtig, kannst du zerquetschen!

Der Killer hatte eine Waffe, einen Revolver, eine 38er Stupsnase mit Schalldämpfer, genau, er hätte mich erschossen...

Er hätte dich nicht erschossen! Er war im Delirium, in Ekstase, er wollte Blut sehen, er war unkonzentriert! Dein Angriff hätte ihn überrascht. Bevor der die neue Situation erfaßt hätte, wärst du mit ihm fertig gewesen... fertig, aus, Elliott noch am Leben... der hätte ihn dann kaltgemacht, wie der Stiefelkiller Lisa kaltgemacht hat. *Lisa*! Roberts Körper zuckte zusammen wie auf dem elektrischen Stuhl. Wer zur Hölle sagt, daß Lisa nicht mehr lebt!! Sie lebt, sie lebt, sie lebt... was hat sie überhaupt damit zu tun?

Robert kippt den Rest aus der dritten Budweiser-Dose runter und knallt sie auf die Theke. SIE lebt. Fertig. Aus. Sie wollte ihn ärgern, ein bißchen an der Nase herumführen, ist raus aus dem Café, hat sich verlaufen, ist ins Hotel zurück, da war er nicht, ist ins Café, da war er auch nicht, weil er zu der Zeit wahrscheinlich auf dem Weg ins Hotel war, sie wartet bestimmt irgendwo auf ihn.

Und ich renne gleich zu irgendeiner Votze, wie ein hirnloses, geiles, dummes Hündchen, wie ein beleidigtes Kleinkind, bäh, du liebst mich nicht, also geh ich mir meine Liebe schnell woanders holen, uahh, ich armer, ungeliebter Mensch! Schwachsinn! Scheiße! Pubertäres Gehabe! Unsinn... irgendwie Unsinn... Lisa, wimmerte er innerlich und sah im Geiste ihre weichen, warmen Züge, so wie sie selten waren und wie er sie am liebsten mochte. Lisa, ich habe dich auf dem Gewissen... Wer zur Hölle sagt eigentlich, daß ihr etwas zugestoßen ist?

Roberts Eingeweide rotierten und rebellierten und kreischten. Er hielt dem Mann hinter der Bar seine leere Bierdose hin als Zeichen für eine neue Ladung. Der stellte ihm eine volle hin und hielt drei Finger hoch: drei Dollar, eine stereotype Geste, die er wahrscheinlich noch bei der zwanzigsten Bestellung machen würde. Nur nicht persönlich werden, ein Mensch, der einen anderen nicht ansieht, weil er ihm kommunikationstechnisch völlig gleichgültig ist, weiß eben nicht, wer da sitzt und wie lange der da schon sitzt. Drei Dollar. Robert legt zehn hin und kassiert das Wechselgeld, das Minuten später vor ihm liegt.

Immer mit der Ruhe, nur keine Aufregung, was soll Lisa mit diesem Irren zu tun haben, der Elliott getötet hat? Nein, da bestand bestimmt kein Zusammenhang. Also war Lisa nicht mehr bedroht als jeder andere, der in New York herumläuft. Die taucht schon wieder auf. *Er* war derjenige, für den es schlecht aussah! Sein Leben war bedroht, ganz real. Dieser Wahnsinnige war irgendwo da draußen, kannte seinen Namen, wußte vielleicht sogar, in welchem Hotel er wohnte und hatte einen verfickten Grund, hinter ihm her zu sein, den er, Robert, nicht kannte. Vielleicht hatte er ihn doch hier in diesen Keller gehen sehen und stand nun vor dem Eingang, um ihm dann bei nächster Gelegenheit seine Stiefelspitzen aus scharfem Metall in den Hals zu bohren.

Wieder die Bilder von der organisierten Perfektion, mit der der Killer Elliott das Leben aus dem Körper getreten hatte: schnelle Tritte über den Körper verteilt, der letzte, der entscheidende Tritt...

Wieder kam ihm das Kotzen. Warum habe ich ihm nicht geholfen?! Er krallte sich an der Theke fest, starrte auf die Sixpack-Stapel hinter dem Barkeeper und machte sich mit dem Gedanken vertraut, daß er den Armeerevolver, der in seinem Hosenbund steckte und notdürftig durch sein herausgezerrtes T- Shirt verdeckt wurde, benutzen wollte.

Long Wu und Kwan Ti, die beide gemeinsam den Kopf des G-Fond bildeten, hörten aufmerksam, was der Berichterstatter Fen Te zu sagen hatte. Fen Te war ein fixer Charakter, einer, der sehr viele verschiedene Handlungsstränge parallel beobachten und bewerten konnte. Das war sein Job. Seine Aufgaben waren nie pragmatischer Natur, er war für die Organisation eine Art Out-In-Adapter, er überprüfte die eingehenden Informationen über alle Aktionen, die vom G-Fond in Auftrag gegeben waren oder ihn betrafen, nach möglichen Zusammenhängen, die sich eventuell zwangsläufig oder zufällig ergaben. Diese Funktion wurde innerhalb des Fond als sehr wichtig eingestuft, denn alle chinesischen Erfahrungen über die Effektivität des Bandenwesens, die in allen Jahrhunderten gemacht worden waren, alle Erfahrungen über den Zusammenschluß von Menschen zu einer Organisation liefen immer auf ein identisches Problem hinaus: Wenn die Rechte nicht wußte, was die Linke tat, blieb der Torso schlapp und funktionierte nicht. Als Folge erlahmten Rechte wie Linke, und zurück blieb ein nutzloser Haufen an sich herrlicher Teile, vergeudet und verpraßt.

Fen Te verkörperte im G-Fond nicht etwa das Gehirn, er stand für die Wahrnehmung, für die fünf Sinne, die in Zusammenarbeit mit dem Gehirn entschieden, ob, beispielsweise, der üble Geruch, der gerade die Nase quälte, im Zusammenhang stand mit der weichen Masse, die die Hand eben ertastete und das Auge als rötlich-braune Masse sah, und ob die Zunge, wenn sie daran leckte, eine zusätzliche, wichtige Erfahrung einbringen würde.

Fen Te referierte den Handlungsstrang in kurzen, knappen Worten: Lisa S. hatte sich unbemerkt aus dem Staub gemacht; als Rudy das Geldversteck erreichte, waren die sechs Millionen schon entnommen; es war davon auszugehen, daß Lisa das Geld hatte; einziges Bindeglied zu den sechs Millionen war nur noch Lisas Freund, Robert M., auf dessen Spur wegen der eindeutigen Dringlichkeit Rudy angesetzt worden war; Rudy hatte sich bis jetzt noch nicht gemeldet und auch nicht auf den Funk-Piepser reagiert, was in jedem Fall den allgemeinen Regeln widersprach, aber man könne wohl, in Anbetracht seiner in der Vergangenheit überaus erfolgreichen Arbeit, davon ausgehen, daß er den Deutschen nicht verlieren würde.

Long Wu und Kwen Ti beschränkten sich darauf, einige Male kommentarlos zu nicken. Diese Angelegenheit war wichtig, quasi als Teil einer effektiven Öffentlichkeitsarbeit, aber kaum mehr. Denn die sechs Millionen waren für den Fond kein großes Geld. Das Diamantengeschäft blühte wie noch nie, man war dabei, den Juden in der 46th und 47th Street den ersten Rang abzulaufen, und da waren ganz andere Zahlen im Spiel. Eine kurze Handbewegung schickte Fen Te zurück an seinen Schreibtisch und besagte soviel wie: Weitermachen und kontinuierliche Berichterstattung.

Kurz vor dem Orgasmus taucht plötzlich der Ehemann auf... oder der saftige Knochen liegt jenseits des Gitters und nur einzelne Blutstropfen finden ihren Weg durch die Stäbe... oder eine brodelnde Party und plötzlich sind alle Frauen fort... Rudy würde sich noch beliebig viele Beispiele vorbeten, wenn das sein schäumendes Inneres beruhigte. Aber das Gegenteil war der Fall. Mit jedem Vergleich bewegte er sich einen großen Schritt auf den Höhepunkt zu: Im Stil der großen Kinohelden, die mit vorgerecktem Kinn und malmenden Unterkiefern ganze Armeen herausforderten, würde er den Tunnel stürmen, um diese miese deutsche Ratte, diesen Krautfresser, an seinem runden Arsch zu packen und ihn einfach rauszuzerren! Dieser Provinzling hatte ihn lächerlich gemacht, fotografiert, als wäre er die Freiheitsstatue, ihn im Zweikampf ausgetrickst... Der russische Soldat auf der Leiter, seine Mutter fetzte ihn mitsamt der Leiter hinunter, und der Kerl verschwand auf Nimmerwiedersehen... Alles Lüge! Der Russe fiel zu Boden, ja, er war angeschlagen, gut, aber dann, dann holte er sich, was er haben wollte, das war die Wahrheit!

Dieser Deutsche wird niemals die Gelegenheit haben, irgend jemandem zu erzählen, er habe ihn, Rudy, die *Number One*, einfach an die Wand geklatscht, und er, Rudy, habe sich mit eingeklemmtem Schwanz verpißt. Erstens: Weil dieser *Shit Head* made in West Germany diese Stadt nicht mehr lebend verlassen wird; zweitens: weil er, die *Number One*, sich nicht verpissen wird! Die Wahrheit! Er wird sich holen, was er haben will, sofort, er wird in die Rolle des verlausten, stinkenden, russischen Soldaten schlüpfen, nur vorübergehend, nur für ein paar Minuten, und es sich holen!

Halt, bleib cool, mach keinen Scheiß... Rudy sah an sich herunter, sah seine Glieder zittern. Du *mußt* deine Tarnung aufrechterhalten, sonst ist dies dein letzter Job. Das ist diese deutsche Kröte einfach nicht wert...

Fünf Minuten vergingen, in denen Rudy mit seinem Verlangen kämpfte. Dann wurde er ruhiger. Er lehnte sich gegen die kalte Steinwand, das rechte Bein angewinkelt und den

Absatz seines Texanerstiefels an einen kleinen Mauervorsprung gehängt. Er würde sein Eldorado finden, später, er würde Geduld haben. Mit ein wenig Konzentration schaffte er es, seine Augen aus den Höhlen treten und drei Meter seitlich fliegen zu lassen. Da stand er also, ein beherrschter, dunkel gekleideter Mann, männlich wie wenige Männer und von den wenigen der männlichste, sah mit absolut gelassenem Blick und halb geschlossenen Augen schräg unter seinen Augenbrauen hervor, beware, *don't fool yourself!*, ein Wolf, einsam wie alle Großen dieser Welt, konzentriert auf das einzige, was von Bedeutung war: den Ausgang des *Arcade Tunnel*, aus dem sein Klient früher oder später heraustreten mußte.

34

Alles hat seinen Preis, und der liegt in New York in fast allen Fällen höher als im Rest der Welt. Nicht so der Verdienst, jedenfalls nicht in Manhattan. Wer hier leben will, muß sich schon gewaltig anstrengen, wer hier gut leben will, muß so viele Dollars machen wie ein Schweizer Bankdirektor Fränkli. Trotzdem ist Manhattan immer ein Stadtteil mit weißen Flecken, mit billigeren Lebens-Zonen für Lebenskünstler und Dollar-Jonglierer gewesen, und gerade die sind besonders bunt, besonders vital und kreativ. Dschungel. *If you can make it there you make it everywhere.* Was sich ständig ändert und verschiebt, ist die Grundhaltung.

Jeder New Yorker, das heißt, jeder Manhattaner, muß ein Geschäftsmann, ein effektiver Manager seines Kapitals sein, heißt eine Regel, die früher nicht generell zutraf und jetzt immer zutreffender wird. Vor langer Zeit noch Theater District und Greenwich Village, dann mindestens noch SoHo, dann immerhin noch Bowery und heutzutage nicht mal mehr Little Italy sind ausschließlich Low-Budget-Zonen. Das große Geld hat diese Enklaven überrollt, in denen man zwar schlecht aber mit wenig Geld leben konnte, unter Gleichen, die ebenfalls nicht viel hatten, und in denen ein Hauch von dörflicher Solidargemeinschaft wehte.

Heute kaufen Spekulanten einfach alles, renovieren, verschönern, initiieren Infrastruktur, wo vorher Improvisation der Alltag war. Oft sind die Sanierer frühere Hippies, die miterlebt haben, wie ihr Greenwich Village vom streßfreien Ort für Künstler und deren Umfeld zum Viertel für Arrivierte im Schlepptau des großen Geldes geworden ist. Wie Geschäftsleute, Rechtsanwälte und Universitätsprofessoren begannen, sich hip zu geben, die Symbole eines bunten, kreativen, lebensfrohen Lebensstils aufkauften, reinigen ließen vom Dreck und denen, die ihn gemacht hatten, sich eitel zur Bohême erklären und, zumindest in der ersten Zeit, so taten, als würden sie gerade nur soviel Geld verdienen, wie sie zum Leben brauchten. Wer im Village rechtzeitig Häuser gekauft hatte, war mit einemmal ein reicher Mann. Warum also nicht heute die alten, vergammelten, verwahrlosten, verwohnten Häuser in der Bowery oder Lower East Side kaufen, um sie später zu ebensolchen Goldgruben zu machen?

Natürlich funktioniert der Trick. Die Flucht der Improvisierer geht weiter, aber erstmals müssen sie in Scharen sogar Manhattan verlassen und nach Brooklyn, Staten Island, Queens ausweichen, um weiter ihr Leben improvisieren zu können.

Läden wie der *Arcade Tunnel* sind durch die allgemeine Situation zum Sterben verurteilt. Die Zombies, die einfach die ganze Nacht an irgendeine Wand gelehnt bis morgens früh rumstehen können und danach Wege finden, sich den hellichten Tag einigermaßen nach Belieben einzuteilen und trotzdem noch genug Dollars für ein paar Budweiser zu haben, sterben aus. Irgendwann wird der *Tunnel* auch für die die Tore öffnen müssen, die tagsüber ordentlich Geld verdienen und nachts ab und an mal gucken wollen, wie die NeoBeBops die Zeit verstreichen lassen. Die Preise fürs Bier werden steigen, immer mehr Menschen werden frei und aufrecht dastehen oder sogar sitzen, werden miteinander reden und gemeinsam tanzen. Natürlich wird der Laden trotzdem cool bleiben, weil noch der alte Ruhm, das alte Image an den Wänden klebt. Probleme werden dann nur die Zombies haben, die sich neue Wände zum Anlehnen suchen müssen, und, das wird viele sehr hart treffen, manche Wände werden eben nicht mehr in Manhattan stehen sondern irgendwo in den Vorstädten.

Robert wunderte sich, wie viele dieser merkwürdigen, dunkel gekleideten Einsamen noch morgens um sechs Uhr herumstanden, als der *Tunnel* schloß. Der große Zeiger auf der Uhr an der Rückwand der Bar sprang auf die Zwölf, eine Klingel schrillte und der Barkeeper – Robert hatte Mühe, zwischen diesem Wort und dem Finsterling hinter der Theke einen Zusammenhang herzustellen – ließ ein großmaschiges Gitter von der Decke herunter, das mit dem äußeren Rand der Theke abschloß. Ohne viel Aufhebens zu machen, schlichen alle wie auf einen Funkbefehl hin zum Ausgang. Erleichtert mischte sich Robert darunter. Innerhalb der Menge war er nicht so leicht anzugreifen – falls dieser Schwarzgekleidete da draußen nicht mit einer ganzen Gangsterarmee anrückte.

Die bedächtigen Schritte der vielleicht dreißig Menschen hallten gespenstisch in dem leicht ansteigenden Tunnel, der die großen Räume voller Säulen zum Anlehnen mit der Eingangstür verband. *Arcade Tunnel*, erst jetzt verstand Robert den Sinn dieses Namens. Zum Ende des Ganges hin wurde es deutlich wärmer. Die dicke Holztür stand offen und ließ die schwere, schwüle Morgenluft herein. Mit jedem Schritt stieg Roberts Pulsfrequenz höher. Nervös achtete er darauf, sich immer in der Mitte des Pulks aufzuhalten. Den Kopf hielt er so weit gesenkt und zwischen den Schultern eingezogen wie es eben ging, ohne die Sicht nach vorne zu verlieren.

Die Stufen. Mehr als zwei dieser individualistischen Nachtvögel paßten nicht nebeneinander. Robert mußte sich beherrschen, um nicht langsamer zu werden. Hatte dieser

Verrückte nicht eine Pistole mit Schalldämpfer? Wenn der ihm die Birne einfach wegpustete, sobald sie zu sehen war?

Draußen war es inzwischen hell geworden.

Robert biß die Zähne zusammen. Mit jedem Schritt aus dem Kellerloch heraus schob sich sein Kopf höher in die Gefahrenzone. Er versuchte, nach allen Richtungen gleichzeitig zu gucken. Nichts Verdächtiges zu sehen. Oben auf dem Treppenabsatz waren einige stehengeblieben, um sich Zigaretten anzuzünden. Als er dort anlangte, setzten sich ein paar in Bewegung. Zusammen mit denen, die kurz vor und nach ihm hochgekommen waren, ergab das einen Pulk von sieben Menschen, alle bis auf ihn schwarz gekleidet und gegen die geschwärzten Häuserwände kaum auszumachen.

Alle wandten sich nach links. Erst jetzt bemerkte er, daß dieses kleine Sträßchen eine Sackgasse war. *Eine Sackgasse!* Noch nachträglich raste ein Schock durch seinen Körper: Was, wenn er den *Tunnel* nicht zufällig gefunden hätte? Eine Sackgasse mit einer glatten, hohen Wand am Ende, die rechts und links lückenlos mit hohen Häuserfassaden verbunden war... Er hätte kämpfen müssen – er tastete nach dem Armeerevolver unter seinem T-Shirt – und schießen. Vielleicht hätte seine Abscheu vor dem Mord, den er mitansehen mußte, gestern noch ausgereicht, um auf einen Menschen zu schießen, heute jedenfalls könnte er es nicht, sicher nicht.

Da, ein leichtes Blinken, ein schwacher Lichtreflex aus Bodenhöhe! Robert reißt die Augen auf und starrt genauer hin. Die silbernen Schuhbeschläge, ein Körper in schwarzen Klamotten... der Killer, lässig an die Wand gelehnt, ein Bein angewinkelt...

Rudy macht sich nicht einmal die Mühe, sich zu verstecken, er kennt die New Yorker Spielregeln, er weiß, daß er nichts zu befürchten hat. Dreist, auffordernd grinst er Robert an, eine absolut gemeine, fiese Visage... Robert sieht wie gebannt zurück, das Kribbeln und Vibrieren hat sich vom Nacken aus über den gesamten Körper ausgebreitet: Da steht ein Mörder, keine zehn Meter von ihm entfernt, und der hat es auch auf ihn abgesehen! Robert drückt sich schnell tiefer in die Menschengruppe. Er kann seinen Blick trotzdem nicht abwenden. Wie zwei Katzen, die ihre Territoriumsgrenze bewachen, starren sie sich an.

Der Killer läßt Robert vorbeigehen, fixiert ihn und grient.

Dann stößt er sich von der Wand ab und schlendert langsam hinter dem Menschenpulk her. Jede seiner nachlässigen, entspannten Bewegungen, jeder Blick signalisiert: Ich kriege dich. *Sicher!*

Robert hat Angst wie noch nie in seinem Leben. Gestern war die Bedrohung zwar größer und hautnah, aber es war alles so schnell gegangen, in den wenigen Sekunden wilder Action hatte er gar keine Zeit, wirkliche Angst zu empfinden. Jetzt spaziert er an dem Mann vorbei, und wenn der blitzschnell seinen Revolver zöge und abdrückte, hätte er nicht den Hauch einer Chance. Angst! Trotzdem ist da noch ein anderes Gefühl, welches ebenso stark brennt, das Gefühl, gedemütigt und verarscht zu werden.

Dieser Kerl spielt mit dir, dröhnt eine Stimme in Roberts Kopf und versucht ihn anzustacheln. Hol dir das Schwein, solange du nicht allein bist, mach ihn fertig, so wie er Elliott fertig gemacht hat! Hier sind doch genug andere, die dir helfen können! Er hört weg. Keiner würde ihm helfen. So wie jeder im *Tunnel* stundenlang mit sich allein herumgestanden hat, so wird jeder einzelne, wenn es brenzlig wird, seinen persönlichen, individuellen, unsozialen Weg gehen. Wahrscheinlich würden die noch nicht mal neugierig sein, auf welche Art da zwei versuchen, sich gegenseitig umzunieten.

Nein, geh weiter... Robert schiebt sich nach vorne. Rudy hält einen Abstand von etwa sechs Metern ein. Bis zur Stanton Street ist es nicht mehr weit. Spätestens dort wird sich der Haufen aufteilen, links, rechts, geradeaus über die Straße hinweg. Robert erreicht als erster die Querstraße, viel zuwenig Verkehr, um sich mit gewagten Sprüngen zur anderen Straßenseite hindurchzuwühlen und so Autos und größeren Abstand zwischen sich und Rudy zu bringen. Jenseits der

Stanton geht die Attorney Street, aus der er gerade heraustritt, weiter. Robert dreht sich kurz um. Der Killer hat aufgehört zu grinsen, er starrt ihn angestrengt an, eine Hand in der Tasche, alle Muskeln gespannt.

Ohne viel zu überlegen, sprintet Robert los. Er macht kleine Schritte, um möglichst schnell Höchstgeschwindigkeit zu erreichen, unterstützt mit heftig rudernden Armen die Laufbewegung. Aaah! Das hat er trainiert zu Hause: Laufen, Rennen, Sprinten, Starten – allerdings ohne einen wahnsinnigen Killer im Nacken – hier hat er die Bestätigung, wie wichtig, wie überlebenswichtig solides Training sein kann!

Er rast über die Stanton und taucht in die schwach erleuchtete Fortsetzung der Attorney Street ein. Seine Schritte hallen von den Hauswänden zurück, vervielfachen sich zu einem Echo, das er wie eine wabernde Wolke hinter sich herzieht. Nach zehn, zwanzig Metern mischen sich weitere Schritte dazu. Der Killer! Robert rennt, was die Beine hergeben. Die Zeitlupenfernsehbilder von Ben Johnsons ungültigem Weltrekordlauf in Seoul tauchen vor ihm auf. Wie bei dem schwarzen Muskelprotz rattern jetzt auch seine Beine, treten die Muskelstränge hervor, flitzen seine Arme wie gegenläufige Uhrenpendel hin und her. Ein kurzer Blick nach hinten. Der Verrückte ist langsamer! Eindeutig ist der Abstand größer geworden. *Du Ratte, du kriegst mich nicht!*

Bloß nicht stürzen. Robert konzentriert sich auf den Boden vor sich, soweit er überhaupt etwas erkennen kann. Aber es war wie so oft in New York: Eine Straße sieht aus wie das Szenario einer sterbenden Stadt, wie ein unheimlicher Schlauch, eine Ansammlung von Müllhaufen auf den Bürgersteigen und tiefen Schlaglöchern im Asphalt, und schon die nächste ist aufgeräumt, das genaue Gegenteil, sauber, gepflegt, freundlich, so wie diese.

Zum Glück reicht das Licht aus, um Bodenwellen im Straßenbelag zu erkennen und ihnen auszuweichen. Plötzlich hört Robert nur noch seine eigenen Schritte. Er weiß es einfach, ohne sich umzudrehen: Der Killer hat angehalten, der

Killer hat seine Pistole gezogen, der Killer zielt... Robert macht einen Satz zur Seite. Er hört keinen Schuß, aber einen Meter neben ihm, da wo er jetzt laufen würde, jault ein Querschläger, Asphaltsplitter vom Bürgersteig spritzen hoch.

Der Verrückte hat auf deine Beine gezielt, er will dich lebend, denkt Robert verwundert, und zwingt seine 79 Kilo in einen Zickzackkurs. Da, wieder ein Querschläger. Und noch einer. Wieder. Wieso trifft der mich nicht... hoffentlich trifft der mich nicht. Nummer sechs. *Er hat einen Revolver! Revolver haben immer sechs Schuss!!* Robert dreht schnell den Kopf. Tatsächlich, der Psycho läuft zwar wieder, aber er bewegt sich unkonzentriert und langsamer und fummelt an seiner Kanone herum. Der lädt nach... nichts wie weg!

Robert rennt an der Kreuzung Attorney/Houston Street um die Hausecke und überquert die wesentlich belebtere Houston, alle sechs Fahrspuren samt Grünstreifen in der Mitte. Da sieht er von rechts ein gelbes Taxi langsam auf sich zurollen. *Off Duty* leuchtet das Schild auf dem Dach des Autos. Er stoppt abrupt, bleibt auf der Fahrspur stehen und signalisiert dem Fahrer anzuhalten. Das Yellow Cab hält mit müde quietschenden Rädern. Robert wirft sich auf den Rücksitz.

»Zum Washington Square Hotel. Schnell.«

»Schnell, alle wollen schnell«, brummelt der Fahrer.

»Mann, fahren Sie! Fünf Dollar extra, okay?«

»Alle wollen schnell. Wenn jeder fünf extra gibt, bin ich aus´m Schneider.« Der Fahrer spricht mit jemandem, den keiner außer ihm sehen kann, jeder ist halt für sich in dieser Stadt, *isolate*, isoliere dich von den anderen, heißt eine Formel für den sozialen Aufstieg, isoliere dich vom Bodensatz, vom Malocher, vom Mann-auf-der-Straße, öffne dich nur nach oben und etwas zur Seite hin. Ein Taxifahrer in New York ist ein Nichts, ein lenkendes, fluchendes, hupendes Nichts mit Körpergeruch und einem krummen Rücken vom ewigen Sitzen auf den ausgeleierten, viel zu weichen Plastiksitzen. Und wer es sich leisten kann, das Taxi zu nehmen anstatt der Subway, hält sich per se schon einmal für isolationspflichtig.

Als Robert sich umdreht, um nach Rudy zu peilen, beschleunigt das Cab mit quietschenden Reifen und wirft ihn in die Rückensitzlehne. Rudy steht mitten auf der Straße zwischen den vorbeirollenden Autos, den Revolver mit Schalldämpfer in beiden Händen und legt auf ihn an. Das Mündungsfeuer blitzt ihm weiß-rötlich entgegen.

35

Einmal, zweimal, mehrmals. Einer schlägt im Auto ein, das metallische »Plopp« kommt irgendwo von hinten und ist so leise, daß der Fahrer es nicht gehört hat. Hätte auch ein Stein sein können und, wer weiß, vielleicht war es einer. Die Entfernung war für einen gezielten Schuß mit dieser kleinen Waffe schon zu groß. Robert konnte es nicht glauben, noch einmal davongekommen zu sein. Er lehnte sich zurück und versuchte, seine verzerrten Glieder zu entspannen. Jetzt da er sich sicher fühlen konnte, zeigten die durchwachte Nacht, der Jetlag und der Streß der letzten Stunden ihre Wirkung. Er fiel übergangslos in einen tiefen, zentnerschweren Schlaf und wachte erst auf, als der Fahrer heftig an seinem Arm rüttelte und auf ihn einbrüllte.

»Was ist, Maaann! Hier ist das Hotel. Zwölf Dollar neunzig. Hey!«

Robert wußte im ersten Moment weder, wo er war, noch, wo er sein Geld hatte, geschweige denn, ob er das Taxi überhaupt verlassen wollte.

»Wie lange waren wir unterwegs?«

»Zehn Minuten.«

»Und dafür zwölf Dollar neunzig?«

»Sechs Dollar neunzig und dann fünf dazu. Expresszuschlag.« Er grinste.

Robert gab dem Fahrer zwei Scheine, einen Zehner und einen Fünfer. »Okay so«, sagte er. Im Grunde war es ihm egal, ob es fünf, acht oder zwanzig Dollar kostete, Hauptsache, er war in Sicherheit, wenigstens vorübergehend. Vor allem wollte er seinen Paß, die Pässe, Lisas und seinen, und die Flugtickets aus dem Hotelsafe holen, um so schnell wie möglich mit ihr abzuhauen. Hier gab es nichts mehr, was ihnen beiden Spaß machen konnte.

Hoffentlich war sie da, dachte er sehnsüchtig, nein, er war sicher, daß Lisa oben im Hotelzimmer auf ihn wartete, wahrscheinlich schlechter gelaunt als je zuvor. Aber er hatte keine Zweifel, sie schnell besänftigen zu können, sobald er ihr erzählte, was ihm seit gestern passiert war.

Er schlug die Wagentür zu, drehte sich um, wollte losflitzen, bloß nicht länger als nötig auf der Straße herumstehen, und knallte mit dem Unterleib gegen eine Zeitungsbox, die bis zum Rand mit frischen DAILY NEWS gefüllt war. Das nicht besonders große, aber für ihn sofort erkennbare Porträt seines Squashpartners Toni aus Köln starrte ihn an.

Quatsch, da sieht einer aus wie Toni, dachte er. Verwirrt sah er genauer hin. Es *war* Toni! Was hatte der auf dem Titelblatt einer Zeitung hier in New York verloren?

Tonis Augen auf dem Foto waren nur einen Spalt geöffnet, auf der Brust hatte er ein weißes Papier, auf dem etwas geschrieben stand, was Robert nicht entziffern konnte. Unter dem Foto las er in großen Buchstaben: »Deutscher ermordet – Schild sagt: *Das war No.1*«

Robert hatte das Gefühl, ohnmächtig zu werden. Was war denn nur, verdammt noch mal, mit seinem Leben los? Vorgestern bricht irgendein gelbgesichtiges Schlitzauge in Lisas Schlafzimmer ein, gestern und heute ballert ein verrückter Schwachkopf auf ihn, bringt einen harmlosen Jungen vor seinen Augen um, verfolgt ihn, und jetzt ist Toni tot, hier, 6.500 Kilometer von Köln entfernt! Was zum Teufel hatte das zu bedeuten??

Robert kramte einen Vierteldollar hervor, bugsierte ihn in den Geldschlitz der Box und riß eine Zeitung heraus. Dabei sah er sich ununterbrochen um, der Killer, der Verrückte hatte damit zu tun, das spürte er. *Das war No.1*, das bedeutete doch wohl, daß es bald eine No.2 geben wird... War er die Nummer zwei?

Er hetzte die abgewetzten Marmorstufen zur Hotellobby hinauf und schlug die Eingangstür auf, daß sie an die Wand knallte.

»Hi, Ado!« Der übergewichtige Schwarze in der Rezeption, etwa so alt wie Robert, sah stirnrunzelnd von dem Papierberg auf, den er gerade zu sortieren versuchte.

»Hey, Bob«, alle nannten ihn Bob, »wie geht es dir heute?« Er betonte das *heute* so, als wäre Robert täglich krank, aber alle um ihn herum voller Hoffnung, daß es ihm wenigstens einmal gut ginge.

»Alles okay.«

»War ´ne lange Nacht, was?« Er grinste ihn breit an.

»Stimmt«, antwortete Robert. »Hast...«

»Wen hast du denn abgestochen?« unterbrach Ado ihn und deutete auf Roberts mit Blutspritzern übersätes Hemd.

»Oooh«, sagte Robert gedehnt, um etwas Zeit zu gewinnen, die Blutspritzer hatte er schon vergessen. »Meine Nase hat geblutet. Hast du meine Freundin Lisa gesehen?«

»Nein. Wieso?«

»Nur so. Ist der Schlüssel denn da? Zimmer 605.«

Ado griff in das Zimmerfach. »Ist nicht da.«

Robert fiel eine Steinlawine vom Herzen. Also doch, Lisa war hier, wartete oben auf ihn. »Ich muß mal an den Safe.« Er wollte auf jeden Fall bereit sein, mit ihr ohne Verzögerung zu verschwinden. Und dafür brauchte er ihre Pässe und die Tickets.

Ado deutete ihm an, um die Ecke herum zu gehen. Die Hotelrezeption war so belassen worden wie zu früheren Zeiten, als das Washington Square Hotel noch Earle Hotel hieß, noch schmuddeliger war als heute und viele Dauermieter beherbergte, erfolglose Maler, verzweifelte Musiker und Schriftsteller. Lediglich das Panzerglas, das die Rezeption zu einem schußsicheren Kasten machte, war neu. Ado verschwand nach hinten, kam mit einem Briefumschlag aus stabilem Papier zurück und schob den Packen durch einen Spalt in der Glaswand.

»Hier. Willst du es dann wieder reintun?«

»Ich nehm's mit. Bye.«

Robert meinte zu spüren, daß der Umschlag nicht mehr so dick war wie gestern. Er konnte nicht warten und pfriemelte auf dem Weg zum Aufzug hektisch an dem Plastikverschluß herum. Als er den nicht aufkriegte, versuchte er, den Umschlag aufzureißen. Weit kam er nicht. Nylonfäden zogen sich durch das Papier, und die ließen sich mit bloßen Händen nicht zerreißen. Schweiß trat auf Roberts Stirn. Als die Aufzugtür sich öffnete, stand er breitbeinig davor und bemerkte nicht, wie drei Hotelgäste sich mühsam an ihm vorbeizwängen mußten. Seine Hände waren inzwischen zu feucht, um den Verschluß öffnen zu können, selbst wenn es einfach gewesen wäre. Es war eine Einwegkonstruktion, die irgendein Sadist ähnlich wie Handschellen konstruiert hatte. Es gab nur zwei Möglichkeiten: aufschneiden oder zerreißen.

Der Aufzug ächzte furchtbar langsam durch den Schacht nach oben. Er war alt, so alt wie das Hotel, immer wieder überholt aber nie erneuert worden. Die Stockwerksanzeige hatte vor Jahren schon ihren Geist aufgegeben. Roberts Gefühl nach mußte er schon in der fünfzehnten Etage sein.

»Mach schneller!« brüllte er unbeherrscht und schlug mit dem Umschlag auf die Tür ein. Anzeichen von Wahnsinn, dachte er, reiß dich zusammen.

Pfff, mit einem Geräusch, als würde er durch Preßluft angetrieben, hielt der Aufzug in der sechsten Etage. Robert stürmte durch den verwinkelten Gang, Lisas und sein Zimmer lag ganz am Ende links.

»Lisa! Mach auf! Ich bin's«, brüllte er und blieb mit gesenktem Kopf vor der Tür stehen. Dahinter blieb es still. »Lisa, bitte, mach auf, egal was du denkst. Ich bin in Gefahr! Lisa!« Er klopfte gegen die Tür, immer lauter. »Lisa, bitte, mach auf!« Die Panik in seiner Stimme erschreckte ihn. In jeder anderen Situation wäre sie ihm peinlich gewesen, aber jetzt war ihm alles egal.

»Lisa! Lisa, bitte mach auf!« Sie ist nicht da. »Lisa!« *Sie ist nicht da!* »Lisa...« Er mußte sich anlehnen. Es gab keine klaren Gedanken mehr. Das Päckchen in seinen Händen wurde zu einem Schlüssel, zu einer Antwort auf sein Wimmern, auf das dräuende Gefühl, daß das, was sein Leben grundlegend ändern würde, schon längst passiert war.

Mit einem Schuhabsatz stellte er sich auf den Plastikverschluß und zerrte mit allen Kräften an dem nylonverstärkten Papierumschlag. Beim zweiten Anlauf riß der Verschluß und der Inhalt des Umschlags flog heraus. Ein Paß, ein Flugticket – sein Paß, sein Flugticket. Robert merkte nicht mehr, wie ihm die Beine wegknickten und er weinend zu Boden sank.

36

Es war nur eine vorübergehende Schwäche. Ich hatte immer schon Ekel vor Tränen, weniger vor meinen eigenen als zum Beispiel vor Lisas. Trotzdem war ich nicht gerade verliebt in meine Tränen, und als ich wieder so klar im Kopf war, daß ich mir vorstellen konnte, welchen Eindruck ich auf andere machen mußte, die zufällig hier vorbeikamen und mich vor der Hotelzimmertür liegen und heulen sahen, dauerte es nur noch eine halbe Minute, und ich hatte wieder genug Kraft, mich zu erheben und über weitere Schritte nachzudenken.

Glasklare Einsichten, wenn man sie am wenigsten erwartet, ein Phänomen: Da war ein entsetzliches Chaos, alles durcheinander, vieles kaputt und dann... plötzlich völlig ungetrübte Sicht, so und so ist das, du mußt jetzt das und das tun. Mir war in den letzten Minuten nicht nur eindeutig klar geworden, daß Lisa einfach abgehauen war. Ich wußte auch, daß die Existenz des Killers, der mich seit gestern verfolgte, mit Lisa in Zusammenhang stehen mußte. Und ebenso mit Toni. Das alles konnte kein Zufall sein. Es gab eine Toni-Lisa-Killer-Connection. Ich hätte nur zu gerne gewußt, was dahinter steckte, hatte jedoch nicht mal die Spur einer Idee: Toni war in Lisa verknallt, gut, sie aber nicht in ihn. Das war sicher, Toni war kein Gewinn für sie, ein halb-intellektueller Computerfreak, sozialstatusmäßig ein Niemand und definitiv ohne Chancen, mehr zu werden; also nichts für meine Lisa, sicher nicht.

Genausowenig konnte ich mir ein Bindeglied zwischen Lisa und dem Killer vorstellen.

Verdächtig war, rückblickend, die Eile, mit der Lisa nach New York wollte, von einem Tag auf den anderen, und vor allem, daß es ihr so wichtig war, mit mir hierherzukommen. Sie bezahlte sogar große Teile der Reise. Es war *ihre* Idee, *sie* hatte gequengelt, *sie* wollte unbedingt hierher. Wie gerührt war ich darüber, was sie bereit war zu tun und zu geben, um unsere Liebe zu retten! LIEBE! Das Wort war ja wohl nicht mehr richtig... nichts war mehr richtig.

Auf eines konnte Rudy sich verlassen, nämlich daß niemand, auch wenn er ihn trotz des morgendlichen Dämmerlichts hätte erkennen können, sich mit ihm auseinandersetzen, geschweige denn anlegen würde. Wer sich in dieser Stadt zu dieser Zeit an einem Ort wie diesem aufhält, hat den richtigen Instinkt: Nicht hinsehen! Wer hinsieht, ist Zeuge. Zeugen sind Feinde. Und die, die ihn mit dem Revolver in beiden Händen mitten auf der Straße gesehen hatten, fuhren in ihren Autos vorbei, ein wichtiges Argument für ein ruhiges Gewissen: »Da war was Verdächtiges, aber ich war so schnell vorbei...«

Als das Taxi, offensichtlich unbeschadet, weiterfuhr, ließ er den Revolver langsam sinken, steckte ihn unter sein Hemd in den Hosenbund und sah sich gar nicht erst nach möglichen Zeugen um. Vor ihm war niemand, der ihn gegebenenfalls wiedererkennen konnte, und von hinten sahen in diesem Licht alle gleich aus. Er ging weiter auf der Houston bis zur Ecke Clinton Avenue und wühlte in seiner Hosentasche nach einem Quarter zum Telefonieren. Den Funkpiepser hatte er schon vor Stunden abgestellt, weil er auf keinen Fall gestört werden wollte. Alles war denkbar. Zum Beispiel die plötzliche Order des G-Fond, den Deutschen doch in Ruhe zu lassen, weil das Geld aufgetaucht war oder sonst etwas. Nein, dieser Mann gehörte ihm. Kein Befehl durfte sich dazwischendrängen. Er konnte dem G-Fond leicht sagen, die Situationen seien zu sensibel gewesen, er habe den Piepser ausschalten müssen, um nicht entdeckt zu werden. Hey, ich bin die Nummer eins! Also haltet euch zurück, ich weiß, was ich zu tun habe! Das einzige Problem war nur, daß ihm der Deutsche vor einigen Minuten durch die Lappen gegangen war. Shit.

»Fen Te.« Der Koordinator meldete sich.

»Rudy.« Er hielt seinen Piepser an die Sprechmuschel und drückte den grünen Knopf. Eine rasend schnelle Tonfolge zirpte aus dem Ding, ein akustischer Code, den Fen Te mit einem Decoder entschlüsselte, und ohne den das Gespräch sofort wieder beendet worden wäre.

»Okay, Rudy, was läuft?«

»Der Mann ist weg. Mit 'nem Yellow Cab. Wahrscheinlich ins Hotel.«

»Sekunde.« Fen Te war fix. Sofort giff er nach seinem Funkgerät und informierte die Beschatter vor dem Washington Square Hotel, die Augen offenzuhalten.

»Wir müssen unbedingt mit dem Mann sprechen, Rudy. Bitte ihn umgehend, hierher zu kommen.«

Bitten. Euphemismen für Schwarzhörer. Rudy wußte Bescheid. Ab jetzt also keine Gnade mehr. Sein alter Auftrag war: beschatten und, auch mit drastischen Mitteln, einschüchtern, sehen, wohin Robert sich um Hilfe wendete. Das war jetzt kein Thema mehr. Hätte er diesen neuen Auftrag vorhin schon gehabt, dann hätte der Deutsche zwischen zwanzig Mann gehen können und wäre trotzdem nicht entkommen.

Robert hätte ihm nicht entkommen dürfen... Rudy wußte

das. Niemand durfte je erfahren, daß sein Spieltrieb daran schuld war. Sobald sie sich so eindeutig von Angesicht zu Angesicht gesehen hatten und dadurch dem Kraut unmißverständlich klar geworden war, daß er ihn, Rudy, die Nummer eins, nicht losgeworden und die Zeit zum Kassieren gekommen war, hätte er zuschlagen müssen, egal wie sein Auftrag in dem Moment noch lautete: beschatten und einschüchtern... irgendwann muß einfach Schluß sein! Aber einer, der sein mögliches Ende so nah vor Augen sieht, wehrt sich natürlich mit aller Kraft, es wahr werden zu lassen, das endgültige Ende.

Über die Respektlosigkeit des Deutschen ärgerte sich Rudy am meisten. Wie hatte der es schaffen können, ihn so leicht zu überrumpeln, ihn gegen eine Wand zu klatschen, ihn zu *fotografieren,* ihm davonzulaufen, vor seiner Nase mit einem ordinären, lahmen Taxi zu entkommen, auf das er sechs, *sechs* Kugeln abfeuerte, ohne es zu treffen... Da war etwas, was ihn, die Nummer eins, lähmte. Er hatte es schon die ganze Zeit gespürt und zum erstenmal wehrte er sich jetzt nicht mehr dagegen. Dieser Kerl hatte etwas an sich, was er... bewunderte? Nein, er haßte es. Was war »es«? Nein, kein Haß... wahrscheinlich hatte er ihn einfach nur unterschätzt.

Gehaßt hatte er diesen dürren Kraut, Toni, diese lächerliche Figur, ein Feigling, ein Hasenfuß, der wegen sechs Millionen Dollar nach New York geflogen kam, ohne auch nur einen Schimmer zu haben, was hier abging. Die Deutschen, diese Schleimer, Amerika, der große Freund. Sie kamen wie Babys, wie junge Hunde hierher: Hey, nimm Rücksicht auf mich, ich bin unerfahren, ich bin klein! Sie wollten shelter und wunderten sich mit großen Augen, daß die Amerikaner andere Gesetze hatten. Hier sorgte jeder für sich selbst, verstanden? Alte Kultur und verlogener Humanismus: Der Mensch... und die Menschen... und die Verantwortung... Lächerlich. Die Großen auf dem alten Kontinent kämpften mit der gleichen Härte. Wo es Geld gibt, wird immer gekämpft, überall. Auch in Deutschland. Aber keiner bekennt sich, nein, sie tun so, als seien sie alle Kinder von St. Martin, dem barmherzigen Mantelschlitzer.

Dieser Toni war ein Idiot gewesen, ein Großkotz, der sich für wer weiß was hielt. Was ist, wie stehst du zu deinem Tod? hatte er ihn gefragt und war ehrlich an der Antwort interessiert gewesen. Der hätte doch zum Beispiel sagen können: Der Tod ist ein enger Partner des Lebens, und so wie ich ein Recht auf Leben habe, so habe ich auch ein Anrecht auf Tod. Das wäre eine klare Sache gewesen, er hätte dann nämlich gesagt: »Ich respektiere dein Recht auf Tod«, und: Smack, zwischen die Augen! Aber von wegen Antwort. Der dünne Schragen fing an zu winseln, führte sich auf wie ein Kriegsgefangener, der an die Genfer Konvention glaubt. Bitte dies nicht, bitte das nicht... was für schwacher Charakter!

»Mach ihn so zurecht, daß er in die nächste Ausgabe einer Zeitung kommt. Wir müssen Zeichen setzen!« hatte der G-Fond ihn beauftragt. Ein öder Job, er, der Jäger, der feinnervige Jäger, der es genießt, sein Opfer lange herumzuschubsen, gut dosiert und sehr vergnüglich, hatte einfach zugestochen, roh und desinteressiert, wie einer dieser langweiligen, dumpfen Vollstrecker, die jeder hier in dieser Stadt mieten kann. Das war nicht gut, das verlangte nach Kompensation, nach einem wirklichen Spiel, nach Spannung, *Suspense: »suspension cracked on unmade road the trucker's eyes read overload«*, einer surrealen Jagd, einer Jagd mit vielen Stimmen, mit Musik, mit vollem Programm...

Warum funktionierte das alles nicht bei diesem anderen Deutschen, diesem Robert? Warum kam er selbst nicht richtig auf Touren und wieso konnte dieser Kerl das Tempo vorgeben? Obwohl, wenn er alles sachlich durchdachte, dann war die Stärke des Widerstandes nicht so bedeutend, daß es ihn beunruhigen mußte, im Gegenteil, da hatte es härtere Fälle gegeben, wesentlich härtere. Das hier war nichts! Er hatte einfach noch gar nicht richtig aufgedreht, zu viele Regeln und Behinderungen.

»Wir müssen unbedingt mit dem Mann sprechen, Rudy.

Bitte ihn umgehend, hierher zu kommen.« Genau, das war es, er war zu vorsichtig gewesen, hatte nicht genügend Druck gemacht, weil der Handlungsspielraum zu eng gewesen war. Bei aller ballettösen Bravour war auch er ein Vollstrecker, zwar die No. One, Mister Big One, der Künstler, aber eben doch nur Vollstrecker, weisungsgebunden. Auch jetzt hatte er eine Weisung, die allerdings eröffnete ihm herrliche Freiräume. »Unbedingt«, das hieß gnadenlos. »Sprechen«, das hieß lebend. Was war schöner als eine gnadenlose Jagd, gut dosiert? Sprechen... die meisten wußten gar nicht, in welchem Zustand ein Mensch noch sprechen konnte...

Rudys Magen knurrte. Er kaufte bei einem mobilen Hotdogstand einen Dog mit viel Sauerkraut und Zwiebeln, was morgens um Viertel nach sieben einiger Überredungskünste bedurfte – »Warum nehmen sie keine warme Brezel mit Vanillezucker?« Einer Zeitungsbox entnahm er eine *Daily News* und setzte sich dem Hotel schräg gegenüber in den Washington Square Park. Stolz betrachtete er die Titelseite, seine Titelseite, sogar seinen Text hatten sie zitiert: »Das war No.1« Natürlich hatten sie keinen Schimmer, wie herrlich doppeldeutig das war: No.1, der erste einer ganzen Reihe, getötet von ihm, der No.1! Diese ahnungslosen Idioten. Die No.2, den schwarzen Jungen, würden sie vielleicht in diesen Stunden finden, nur mit der No.3 würde es noch etwas dauern!

Er musterte die Vorbeigehenden, bis er einen ständig hellwach um sich blickenden schwarzen Jungen entdeckte, der sich bemühte, von Kopf bis Fuß den hoffnungsvollen, großmäuligen Glücksritter auszustrahlen, eine Art Nachwuchs-Eddy-Murphy.

»Hey kid!«

»What's up?«

»'n paar Dollar?«

»Wofür?«

»Bring diese Zeitung da ins Hotel, zu Robert Mack. Got it?«
»Sicher.«
»Nur an ihn persönlich. Laß dich nicht abwimmeln.«
»Keiner wimmelt mich ab.«
Rudy gab ihm einen Fünfdollarschein. »Wenn du Scheiß baust, krieg ich dich. Ich kenn deine Leute. Mach's richtig, und du kriegst noch mal fünf, wenn du zurückkommst.«
Der Junge sah ihn zweifelnd an, war sich aber keineswegs sicher, ob das die Unwahrheit war. »Sicher, Mann«, sagte er, und das klang cooler, als er je werden würde.
Rudy zog einen altmodischen Füllfederhalter aus seiner Jackeninnentasche und schrieb in großen Buchstaben auf das Deckblatt der Zeitung: *Frohe Weihnachten, Robert!– Rudy.*
Kurz zögerte er, ob er seinen Decknamen preisgeben sollte. Aber der Name Rudy war nur einer von vielen, die er benutzte, auf dem Firmenschild seiner Galerie stand ein ganz anderer, ein Künstlername, und in seinem Paß wieder ein anderer.
Er beobachtete den dünnen Schwarzen, wie er mit schnellen, kleinen Schritten die Straße überquerte. Die Parks in Manhattan waren voll von diesen Kindern, die eigentlich um diese Zeit irgendwo in Queens oder Harlem oder Brooklyn in der Schule sein sollten, es jedoch nicht sind, weil sie viel mehr Sinn darin sehen, ein paar Dollar in der Tasche zu haben als ein paar Vokabeln im Kopf. Sie lungern herum, machen dies und das, und wenn gar nichts läuft, sehen sie genau zu, wie es die Großen machen. Sie merken sich jedes Detail, die Gangart, die Gesten, die Worte, die Kleidung, den Blick ihrer Straßenhelden. Und sie fiebern der Zeit entgegen, da sie all das werden anwenden können, was sie in sich aufgesogen haben. Diese permanente Konzentration aufs Erwachsensein läßt sie schnell altern, schneller als die Gleichaltrigen, die sich in der Schule langweilen. Überall stecken sie ihre Nase hinein, sehen immer etwas mehr, als sie verkraften können, Dinge, die andere in ihrem ganzen Leben nicht kennenlernen. Es ätzt sich in einem verkapselten Winkel ihrer

Gehirne ein, wartet wie ein Alien, um irgendwann unvermittelt mit Gewalt hervorzubrechen.

Rudy grinste dem Jungen hinterher. Eigentlich waren Kinder wie er potentielle Konkurrenten. Aber nur potentiell, denn die Erfahrung zeigte bis heute, daß sich alle die vielen kleinen schwarzen Schulschwänzer, Schwanzlutscher, Botengänger früher oder später in der anonymen, stinkenden Sozialkacke auflösten, einfach auflösten. Und dieser Schleim war keine Konkurrenz für die Nummer eins!

Der Junge verschwand im Hotel. Zehn Minuten später stand er wieder vor Rudy.

»Erledigt.«

»Hast du sie ihm persönlich gegeben?«

»Sicher.«

»Und?«

»Hat'n Gesicht gemacht, als wär's 'ne Handgranate.«

»Was hat er gesagt?«

»Hat gesagt: Sag ihm, ich habe ein schönes Polaroid.«

Rudy lächelte in den Himmel, klatschte einen Fünfer in die offene Hand des Jungen, die innen so weiß war wie außen schwarz, und bedeutete ihm mit einer knappen Kopfbewegung zu verschwinden.

»Sicher«, antwortete der Schwarze und verzog sich, hellwach um sich peilend, als läge diese Art von Jobs für ihn heute in der Luft, zehn Dollar in zehn Minuten, macht sechzig die Stunde und vierhundertachtzig an einem Achtstundentag.

Rudy genoß die Vorstellung, wie Robert die Zeitung in den Händen hielt und sich ausmalte, was ihm blühte, wenn er das Hotel verließ. Er mußte es verlassen, früher oder später. Polizei, um ihr das Bild zu zeigen? Nein, nein, bestimmt nicht. Der Deutsche bluffte nur. Die Bullen würden ihm zu viele Fragen stellen, die er nicht beantworten konnte. Das Polaroid war nur der letzte Ausweg. Robert mußte versuchen, den Flieger nach Deutschland zu erwischen, und dafür mußte er das Hotel verlassen.

Ein herrlicher Kampf stand bevor, eine Mann-zu-Mann-

Konfrontation, eine, für die jeder von ihnen beiden bestens motiviert war.

Es war wie in alten Zeiten, hängende Arme, Revolvergurt, verhaltener Gang, die Ehre im Nacken und als Leitstern vor der Nase nichts als die Notwendigkeit, ehrenhaft den Ort zu verlassen, tot oder lebendig. Rudys Nerven erwachten wieder. Er hob einen Arm und beobachtete, wie sich die Haut zusammenzog, die Poren sich verengten und die kleinen Härchen senkrecht stellten. Endlich war sie da, die Herausforderung, die wahrhaftige Herausforderung, nicht diese billigen Kleinigkeiten, kein Schloß, das klemmte, kein winselnder Sechs-Millionen-Dollar-Tourist, nein, ein Gegner, einer der bisher zwar eine Menge Glück gehabt hatte, der vielleicht sogar gut war, aber bestimmt nicht so gut wie er. Was sich hier vor ihm ausbreitete und seine Sinne ionisierte, war wie eine Prise Salz, ein süßes Sahnetörtchen, ein kostenloses Bonbon. Rudy besorgte sich noch einen Hotdog, quasi als Junkfood-Zwischenmahlzeit vor dem vitaminschonend und sorgfältig zubereiteten Festessen.

»Von wem hast du die Zeitung?« hatte Robert den Jungen gefragt, und der hatte geantwortet: »'nem Mann aus'm Park«. Von wem sonst als dem Killer? Sitzt unbehelligt in der Öffentlichkeit. Wartet, um ihn zu erwischen. Robert fühlte die Wut aufsteigen, dieselbe, die er empfunden hatte, als er zusehen mußte, wie der Killer auf Elliott mit seinen texanischen Metallschuhspitzen eintrat.

»Sag ihm, ich habe ein schönes Polaroid«, hörte er sich selbst reden und wunderte sich über seine Worte.

Seine Gedanken taumelten in einer Achterkurve um zwei zentrale Punkte: *Lisa* und *abhauen.* Lisa... Ihr Ticket und ihr Ausweis fehlten... Er griff zum Branchenbuch und suchte die Telefonnummer des New Yorker Lufthansabüros heraus.

»Ich habe eine Umbuchung vorgenommen«, log er, »die ich mir gerne bestätigen lassen würde«, und bemühte sich, das Zittern in seiner Stimme zu ignorieren. »Rückflug New

York – Köln, Robert Mack und Lisa Steinberg.« Es dauerte ewig, bis die Antwort kam.

»Tut mir leid, Ihr Flug steht unverändert für nächste Woche Donnerstag im Computer.«

»Und Frau Steinbergs Flug?« Bange Sekunden, seine Stimme war nicht mehr das einzige, was zitterte. Er hörte, wie schnelle Finger auf eine Computertastatur hämmerten, dann eine Pause, wieder schnelles Hämmern.

»Mrs. Lisa Steinberg hat auf den Lufthansa-Flug 409 nach Düsseldorf heute um 5:30 nachmittags umgebucht«, quäkte die schnell unfreundlicher werdende Stimme in sein Ohr. Düsseldorf? Warum nicht zurück nach Köln? Als er nicht sofort antwortete, kam nur noch ein kurzes »Danke« durch die Leitung, dann wurde die Verbindung unterbrochen. Roberts Augen klappten auf und zu, regelmäßig, wie ferngesteuert. »Sie ist weg«, flüsterte er erstaunt, obwohl er das mittlerweile längst wußte, und griff noch einmal zum Telefonhörer. Eine andere Lufthansa-Stimme meldete sich.

»Buchen Sie bitte meinen Rückflug von Donnerstag nächster Woche auf heute um.«

»Dafür ist es zu spät«, antwortete die Stimme mit einem leichten Unterton von Entrüstung.

»Gar nichts zu machen?« drängte Robert und wußte schon, wie die Antwort ausfallen würde.

»Nein, mein Herr.«

»Und morgen?«

»Bleiben Sie dran.« Heftiges Hämmern auf der Computertastatur. »Morgen ist nach Düsseldorf auch alles besetzt.«

»Und Köln?« fragte er bang.

»Köln geht noch. Die Flugnummer ist 408, Abflug 17 Uhr 15 vom JFK.«

»Danke.« Robert legte den Hörer langsam auf. Aus der Acht war ein Kreis geworden: *abhauen.*

37

Robert starrte auf das Deckblatt der Zeitung, die ihm der schwarze Junge eben gebracht hatte. Es war die gleiche Ausgabe der *Daily News*, die er selbst vor einer halben Stunde gekauft hatte. Irgend etwas war anders... ohne daß er die handschriftliche Zeile bewußt wahrgenommen hätte, fokussierte sein Auge darauf. Er zuckte zusammen. Rudy! Der Verrückte, sein Widersacher, er hieß Rudy. Wenigstens hatte die Bedrohung jetzt einen Namen. Obwohl sie dadurch keinen Deut kleiner wurde und er trotzdem nicht wußte, wer der Killer war und welche Motive ihn bewegten, beruhigte es ihn, daß die Anonymität nun wenigstens an einem Zipfel gelichtet war. Auch wenn es unwahrscheinlich war, daß er tatsächlich so hieß. Trotzdem: Robert gegen Rudy, das *war* etwas anderes als Robert gegen irgendeinen psychopathischen Mörder irgendwo in New York.

Ob er es wagen würde, zu ihm ins Hotel zu kommen? Die Tür machte einen hinreichend stabilen Eindruck, und sie schloß zu eng mit dem Rahmen ab, als daß man mit einem schmalen Gegenstand den Schnapper von außen zurückdrücken könnte. Mit großer Mühe kämpfte Robert gegen seine Müdigkeit an. Der Spalt war zu eng... oder sah das nur von drinnen so aus? Die Arretierung! Er sprang auf und drückte den Knopf neben dem Türgriff, der den Schnapper feststellte. Ohne Schlüssel war diese Tür nicht mehr zu öffnen... jedenfalls nicht, ohne Gewalt anzuwenden.

Zwei, drei Schüsse ins Schloß, was dann? Rudy hatte einen Schalldämpfer... Er müßte verdammtes Glück haben, wenn er gleichzeitig ihn treffen wollte, schließlich stand das Bett von der Tür aus gesehen schräg rechts im Raum, das konnte man von draußen nicht sehen. Robert vergewisserte sich, daß der Armeerevolver durchgeladen war. Ein Schuß in Richtung Tür müßte ausreichen, um ein Trümmerchaos anzurichten und diesen Rudy in den Gang zurückzukatapultieren, zumindest hatte er das als Information aus den vielen

Western- und Kriminalfilmen behalten, ein 45er Kaliber, »damit blasen sie in Afrika den Elefanten den Arsch weg«, hieß es nicht so? Schwer genug war dieses Ungetüm in seiner Hand. Eine Patrone hatte er vorhin aus der Trommel entnommen, »W-W 45 Colt« war auf dem hinteren Ende zu lesen. »Colt«, das Wort strahlte solide Macht aus, Wyatt Earpe, Marshall Dillinger, Kojak – alle schossen sie mit Colts.

Er setzte sich an das Fußende des Bettes und ließ die Waffe zwischen seinen Beinen herunterhängen. Sie zog, nach einer Weile zerrte sie, er wollte sie nicht mehr festhalten. Langsam ließ er sich auf das Bett zurücksinken. Nur nicht einschlafen, dachte er und warf einen Blick aus dem Hotelfenster. In einiger Entfernung ragte das Empire State Building wie ein Ungetüm in den mehr und mehr bewölkten Himmel, in der Nähe Häuserwände, alle zu weit entfernt, um das Fenster von außen zu erreichen. Nur die Häuser rechts und links berührten mit ihren Mauern unmittelbar die Seitenmauern des Hotels. Aber es gab keinen gemeinsamen Fenstersims oder einen Mauervorsprung, auf dem jemand entlangbalancieren konnte. Robert hatte das schon gestern, sofort bei seiner und Lisas Ankunft überprüft, denn immerhin hieß es in allen Reiseführern, Hotelzimmer in New York seien nicht sicher. In dieses Hotelzimmer jedenfalls konnte die Unsicherheit nur durch die Tür eindringen.

Nicht einschlafen. Lisa hatte kein Interesse an seinen Sicherheitsüberlegungen gehabt, sie war ungeduldig gewesen, das empfand er jetzt viel deutlicher als gestern abend. Sie wollte raus, so schnell wie möglich. Es war alles ein genau durchdachter Plan ... sie kommen hier an, sie will schnell ins *Lanterna,* sie läßt ihn genug Alkohol tanken, daß er sanft eingelullt ist, sie holt Ticket und Reisepaß aus dem Hotel, haut so schnell wie möglich ab, läßt sogar ihr Gepäck zurück und... Welches Interesse sollte sie schon an der Sicherheit dieses Hotelzimmers gehabt haben? Aber warum nur das ganze? Robert sah deutlich die Lücke in seiner Aufzählung. Das entscheidende Moment fehlte. Kein Mensch, nicht einmal Lisa würde solch einen Aufwand treiben, nur um jemanden ein bißchen zu ärgern. Hatte sie den Killer auf ihn gehetzt? Roberts feucht-schwitzige Haut kühlte schlagartig um einige wesentliche Grad ab, und er begann zu frieren. Einen Killer auf ihn?

Das erschien ihm zu absurd und erregte ihn jedoch nach der ersten Schrecksekunde viel weniger, als nötig gewesen wäre, um seine Müdigkeit zu unterdrücken. Nur nicht einschlafen, dachte er und fiel in der nächsten Sekunde in einen naßkalten Schlaf, mehr eine Bewußtlosigkeit, die der Körper als Notwehr inszeniert, wenn alle anderen Möglichkeiten der Entspannung nicht funktionieren wollen. Er träumte von Pistolenläufen, in die er starren mußte und hinter denen er eklige Fratzen sah mit kalten Augen, die ihm zuzwinkerten und mit leichten Bewegungen hin zu dem Finger am Drücker andeuteten, daß es bald knallen würde. Und er träumte von einer neuen Gattung Mensch, einem Rudy, den keiner brauchte und den alle fürchteten, der so überflüssig war wie ein Eiterpickel. Keiner konnte ihn ausdrücken, ganze Generationen litten unter ihm, er riß Schafe, wenn er Lust dazu hatte, holte sich jede beliebige Frau, wenn er Lust hatte, verprügelte Männer vor den Kneipen, ging in die Squashhalle und leerte vor allen Anwesenden die Kasse, zerbrach einen Squashschläger, der auf der Theke lag, und sah sich angriffslustig nach einer Reaktion auf den Gesichtern um, die den Besitzer verriet. Es war Roberts Schläger. Er bemühte sich, gar nicht erst daran zu denken, was dieser Schläger gekostet hatte. Angestrengt fixierte er sein Glas, in dem ein grünlicher Mineraldrink perlte. Nach einiger Zeit hatte er das Gefühl, sich weit genug im Griff zu haben, um einen Blick zu riskieren. Er sah sich schnell um und bemerkte entsetzt, daß alle zwanglos miteinander redeten oder zuhörten, und nur er, er alleine vor sich hingebrütet hatte. Der Eiterpickel grinste ihn hämisch an, hielt eine Hälfte des Rackets hoch und winkte damit, langsam hin und her, hin und her. Robert konnte nicht wegsehen, mußte mit seinen Augen den Bewegungen folgen, festgeklebt, hin und her. Im Augenwinkel sah er Rudys andere Hand ruhig in die Tasche wandern, wieder hervorkommen, die Hand war nicht mehr alleine, hielt etwas Metallisches, Schwarzes, hob sich, die Racket-Hälfte schwang hin und her, zielte auf ihn, zielte, grinste, lachte... peng!

Robert erwachte mit einem spastischen Zucken. Sein Erwachen hatte mit einem kurzen, trockenen Knall zu tun, daran erinnerte er sich noch und an Todesangst und eine andere Kraft – Todessehnsucht? – die ihn in seinem Traum festhalten wollte. Auch wenn er sich an den Inhalt seines Traums nicht erinnern konnte, war er sicher, daß er sich selbst darin gesehen hatte, wie er leblos, tot auf diesem Hotelbett lag.

Das weiche Bett schwang leicht nach. Robert bemühte sich, das Vibrieren in seinem Magen zu unterdrücken. Er sah sich gerne als harten, abgefuckten Kerl, der immer alles im Griff hatte oder doch gerade eben dabei war, es in den Griff zu bekommen. Nur waren in den letzten zwei Tagen Dinge geschehen, die diese Bemühungen wie das aufgeregte, hirnlose Herumrennen eines Hamsters in seinem Käfig erscheinen ließ, dem sein täglicher Futtergeber gerade aus purer Boshaftigkeit die eben gereichte Möhre wieder weggenommen hatte. Er fühlte sich tatsächlich wie ein Hamster, ein wuseliges Tierchen im Laufrad, das jeder nach Lust und Laune greifen konnte und dessen einzige Gegenwehr aus zwei schnellen Bissen mit den kleinen, scharfen Hamsterzähnchen bestand; und den jeder, wenn es ihm gefiel, gegen die Wand klatschen oder ins Klo spülen konnte.

Er sah zum Fenster. Das Empire State Building war nur noch teilweise zu erkennen, schwere, schwüle Juliwolken verhüllten seine Spitze, die von Halogenscheinwerfern angestrahlt wurde und wie eine Neonröhre die Wolken in weitem Umkreis zum Leuchten brachte. Erst jetzt wurde ihm bewußt, daß es draußen dunkel und in seinem Zimmer stockdunkel war. Er riß seinen linken Arm hoch und sah auf seine Armbanduhr. Halb zehn abends, er hatte mehr als zwölf Stunden geschlafen!

Seine Klamotten waren durch und durch naßgeschwitzt, zum Teil wegen seiner Angst, seinen Träumen, zum Teil wegen der gnadenlosen Schwüle. Als er heute morgen in das Hotelzimmer kam, hatte er die Klimaanlage ausgeschaltet, weil ihre Arbeitsgeräusche zu laut waren, um andere Geräusche wahrzunehmen. Er hatte jede Sekunde damit gerechnet, diesen Schwarzgekleideten, Rudy!, an seiner Tür werkeln zu hören. Bis er eingeschlafen war – er schüttelt ungläubig den Kopf bei dem Gedanken – stieg die Raumtemperatur nur langsam, aber in den letzten vierzehn Stunden hatte sie sich immer mehr der Außentemperatur angeglichen. Und die lag tagsüber bei mindestens dreißig Grad, Luftfeuchtigkeit 91 Prozent.

Robert hob die rechte Hand und kratzte sich mit dem 45er Armeecolt an der Stirn. Die Berührung mit dem kalten Metall änderte nichts an seinen Kopfschmerzen. Er roch die abgefeuerte Patrone, die noch in der Trommel steckte. Wie ein zu schnell laufendes Video spulten sich die Szenen der Konfrontation mit Rudy in seinem Kopf ab. Elliott... Er hob seine Linke und betrachtete das Polaroid. Am Boden war der schwarze Junge zu erkennen, über ihm Rudy, obwohl nur von der Seite fotografiert, trotzdem deutlich wiederzuerkennen, wie er mit seinem silberbeschlagenen Stiefel nach Elliotts Kopf tritt. Robert ekelte sich, aber er starrte die Fotografie weiterhin an. Er brauchte die Wut, um seine Angst zu beherrschen. Er brauchte Wut auf diesen Rudy, um sicher sein zu können, daß er sich mit allen Mitteln gegen ihn verteidigen würde. Vielleicht würde er im entscheidenden Moment zögern, die schwere Waffe in seiner Hand zu benutzen, er hatte noch nie jemanden mit Vorsatz körperlich verletzt. Egalegalegal, du mußt! Noch einmal starrte er auf das Polaroid. Ich werde dir dein Gehirn aus dem Schädel blasen, dachte er wütend wie ein gereiztes, wildes Tier.

Sein Magen und seine Eingeweide rebellierten weiter. Er hatte seit gestern, seit dem Nachmittagssnack im Flugzeug, nichts mehr gegessen und seit heute morgen, seit der letzten

Dose Bier im *Arcade Tunnel*, nichts mehr getrunken, und das war noch schlimmer. Die hohe Luftfeuchtigkeit ließ ihn wie in der Sauna schwitzen, er bildete sich mittlerweile ein, spüren zu können, wie einige lebenswichtige Mineralien unwiederbringlich durch seine Haut diffundierten, an der Oberfläche kristallisierten und dort Juckreiz hervorriefen, der seine Konzentration störte.

Schwerfällig, als müsse er sich einen Weg durch unsichtbaren Sirup bahnen, erhob er sich und schlurfte ins Bad. Mit der Linken, weil er rechts den Revolver hielt, drehte er den Wasserhahn auf, lenkte den Strahl so um, daß er problemlos in seinen Mund fließen konnte, und trank gierig. Als sein Magen noch nicht einmal halbvoll war, schmeckte er schon die hohe Chlorkonzentration im Wasser, die ihn, je mehr er zu sich nahm, desto durstiger machte. In diesem Hotelzimmer gab es nichts, was seinen Durst wirklich löschen konnte. Er drehte sich zum Klo hin, um zu pinkeln. Eine Weile fingerte er unbeholfen mit der Linken an seiner Hose herum. Bis er den Revolver ins Waschbecken legte, um beide Hände freizuhaben. Der helle Klang, den das Metall auf dem Keramikbecken machte, jagte ihm wie ein Alarm durch den Körper.

Der Revolver ist deine einzige Verteidigungsmöglichkeit, dachte er panisch und griff unwillkürlich wieder danach und lauschte nach draußen. Sei nicht albern, du hast zwölf Stunden gepennt, *da* warst du wehrlos!

Dieser Gedanke beruhigte ihn etwas. Trotzdem wollte er sich beeilen. Aber so sehr er auch drückte und preßte, es dauerte, bis der erste Tropfen kam, und es dauerte noch einmal, bis aus den vereinzelten Tropfen ein Strahl wurde. Ohne die letzten Tropfen abzuschlackern, stopfte er seinen Penis zurück und bemerkte mit leichtem Ärger, wie der Resturin in seine Unterhose sickerte.

Am nächstbesten Hotelhandtuch wischte er sich die Hände ab und griff nach dem Revolver. Da, ein schabendes Geräusch! Unwillkürlich duckt er sich und tastet sich zu der offenstehenden Badezimmertür vor. Mit einer kurzen Handbewegung schaltet er das Badezimmerlicht aus und prallt überrascht zurück. Mit solch einer undurchdringlichen Dunkelheit hat er nicht gerechnet.

Du Idiot, im Zimmer ist es dunkel, du stehst im Licht und hast dich daran gewöhnt, logisch, daß du jetzt nichts siehst. Diesem Rudy wäre so etwas nicht passiert, denkt er wütend und ärgert sich vor allem deshalb, weil es ihm auch nicht hätte passieren dürfen, mit ein wenig Nachdenken... Er nimmt sich vor, die Situation jede Sekunde so zu nehmen, wie sie ist: Sein Leben steht auf dem Spiel, und sein Gegner ist ein Profi, offensichtlich.

Das Geräusch ist nur einmal zu hören gewesen. Er wartet. Ein, zwei, drei Minuten – nichts. Langsam schiebt Robert sich bis zum Türrahmen vor, immer noch tief gebückt. Mehr und mehr kann er von dem Zimmer erkennen, das Bett, das Fenster, den klobigen Schatten der Klimaanlage, rechts die Kommode, darüber der Spiegel, ganz rechts der Anfang des kurzen Flurs, an dessen Ende die Zimmertür ist, die er aus seiner jetzigen Position nicht sehen kann. Er muß also eine Kurve von 180 Grad drehen, um die Wand herum, die das Badezimmer vom Flur abtrennt.

Millimeterweise rutscht er vor, versucht das Brausen seines Blutes nicht wahrzunehmen, lauscht in den Flur hinein. Die Wand... der Türrahmen, die Tür, sie ist geschlossen, die letzte Ecke... er muß sich weiter vorschieben, um in die letzte Ecke sehen zu können. Etwas Weißes liegt auf dem Boden vor der Tür, lenkt ihn ab, lockt ihn, aufzustehen und darauf zuzustürzen... die letzte Ecke... das wäre ein guter Trick, denkt er und nimmt sich vor, erst dann nach dem Weißen zu greifen, wenn er die letzte Ecke gecheckt hat. Weiter, weiter, und nichts. Der Flur ist leer. Plötzlich fließt sein Schweiß ungehindert, in Mengen, er hat das Gefühl, das ganze Wasser, das er eben getrunken hat, wieder los zu sein.

Das Weiße ist ein Briefumschlag, unverschlossen, dünn. Robert klappt die Lasche hoch und zieht daraus einen Zettel hervor: *Wir werden heute Nacht viel Spaß haben – Rudy.*

Schach: Man mußte den Zug, besser die Züge des anderen voraussehen. Robert schob im Geiste die Figuren, die weißen, hin und her. Angenommen, dieser Rudy hatte Helfer, die ihn alarmierten, wenn er, Robert, das Hotel verließ. Dann konnte Rudy schon seit dem Morgen draußen im Park im Gras liegen und schlafen und ihn in seinem eigenen Saft schmoren lassen, ihn mürbe machen, um dann zuzuschlagen, wenn er vor Übermüdung zur konzentrierten Gegenwehr nicht mehr fähig wäre. Rudy konnte sich leicht ausrechnen, daß er im *Tunnel* nicht geschlafen hatte, vorher auch nicht, und daß die Zeitung mit dem Hinweis auf seine Anwesenheit ihn so in Angst versetzt hatte, daß er nicht mehr schlafen konnte. Schach. *Wir werden heute Nacht viel Spaß haben.* Schachmatt? Aber dieser Rudy wußte nicht, daß auch er geschlafen hatte, also einigermaßen ausgeruht war. Abgewendet.

Er konnte nicht sicher sein, ob Rudy das Hotel so gut kannte, daß er über alle Fluchtmöglichkeiten Bescheid wußte. Wenn es aber nur einen Weg hinaus gab, und zwar vorne hinaus, dann konnte Rudy wie eine Katze vor dem Mauseloch warten. Schach. Wenn es noch einen anderen Weg gab und Rudy davon ausging, daß er es nicht wagte, zur Vorderseite hinauszuspazieren, dann konnte Rudy sich auf den Fluchtweg konzentrieren. Und ihn abfangen. Er, Robert, würde euphorisch dem Gefühl folgen, doch einen Fluchtweg gefunden zu haben. Und Rudy, mies grinsend, der schwarze Turm: Schach!

Also doch vorne hinaus. Wenn Rudy jedoch genug Leute hatte, die alles bewachten, Vorder-, Keller-, Hinterausgang und Dach, dann konnte er sich drehen und wenden, wie er wollte, es würde keinen Schleichweg geben. Schachmatt.

Schachmatt... Robert dachte über Spielregeln nach. Schachmatt ist nur der, der sich von ein paar gegnerischen Figuren sagen läßt, wo die Grenzen sind. Da steht er dann hilflos davor, der arme König, reckt den Hals, guckt blöd in der Gegend herum und springt nicht, weil ein König nur ein

Feld gehen darf, und egal welches er geht... schachmatt. Na so was, ich würd' doch so gerne... ein sehnsuchtsvoller Blick in die Ferne... Nein, das ist so, das ist die Spielregel, vergiß die Rettung und sieh deinem Ende ins Auge!

Was ist denn, wenn ich diesem Monster ein schönes rundes Loch in die Stirn schieße? dachte Robert wütend und hob den Revolver. Hoch damit, ruhig zielen und peng!

Sein Blick wurde glasig von der Anstrengung, sich das Bild vorzustellen, eine Kugel in die Stirn eines anderen Menschen zu jagen... wahrscheinlich würde Blut umherspritzen, vielleicht sogar Knochensplitter... Gehirnmasse. Seine Muskeln verkrampften sich bei der Vorstellung. Wie sollte er auf jemanden schießen können?

Er sprang auf und lief mit merkwürdig verspannt vorgezogenen Schultern in dem Hotelzimmer auf und ab. Die Spielregeln. Er mußte sich einfach darüber hinwegsetzen, sie verdammt noch mal ignorieren, wer zur Hölle war eigentlich der Schiedsrichter? Es gab keinen, wer also zwang ihn, die Regeln einzuhalten?

Die Spielregeln sollten doch wohl die sein: Er schmorte in seinem Hotelzimmer vor sich hin, wartete, daß etwas passierte, war zur Passivität verurteilt und würde, wenn es losging, nur reagieren können, wahrscheinlich ohne allzu große Chance gegen den Profi da draußen. Der Psycho ließ ihm ab und zu eine Nachricht zukommen, trampelte auf seinen Nerven herum und ersetzte nach und nach jede einzelne Wand seines Zimmers durch eine Glasscheibe, durch die er ihn in Ruhe beobachten konnte, machte ihn zu einem Grottenolm in einem einsehbaren Terrarium. *Nein!*

Er mußte etwas unternehmen, jetzt gleich. Der Revolver, es blieb dabei, der Revolver war seine einzige wirkliche Chance, hier lebend rauszukommen.

Sein Blick wanderte durch das triste Zimmer. Das Washington Square Hotel war, für New Yorker Verhältnisse, ein erstaunlich preiswertes Hotel. Deshalb beschwerte sich keiner über die verwohnte Einrichtung, die winzigen Zimmer oder den allgegenwärtigen Geruch von Mäusedreck und langjährigen Kakerlakenverstecken. Die Direktion hatte lange Jahre kein Geld für Renovierungen ausgegeben und erst letztes Jahr zaghaft mit einer Imageverbesserung angefangen. Monatelang, immer wenn ein hinreichender Überschuß erwirtschaftet worden war, kamen sporadisch Handwerker, die die kleine Lobby mit weißem Marmor auslegten und die Durchgänge und Wände mit geschmiedeten Ziergittern verzierten. Bei dem Tempo war mit einer Renovierung der Zimmer vor dem nächsten Jahrzehnt nicht zu rechnen. Und die hatten es wirklich nötig. Merkwürdigerweise hatten die Innenarchitekten vor wer weiß wie vielen Jahren als Grundfarbe nicht nur braun, sondern auch noch die dunkelsten Braunvarianten gewählt. Der dunkelbraune Teppich ging scheinbar nahtlos in eine dunkelbraune Wandfarbe und die in eine kaum hellere, aber immerhin umbrafarbene Zimmerdecke über. Die Möbel, Schreibtisch, zwei Sessel und Bett, waren alt und irgendwann einmal flüchtig mit braunem Lack überpinselt worden.

Robert konnte, wenn er den Kopf drehte, gerade noch die Umrisse von Lisas Gepäck in der Dunkelheit erkennen, eine schwarze Softbag und eine schwarze Umhängetasche. Die neongelben Reißverschlüsse schienen wie zwei Leuchtschlangen im Raum zu schweben. Obwohl er nicht hinsehen wollte, um sich ausschließlich auf seine aktuellen Probleme zu konzentrieren, wurden seine Blicke immer wieder von den Gepäckstücken angezogen. Die er dann nicht einmal richtig wahrnahm. Die bohrende Frage, warum Lisa ihn in eine solche Lage gebracht hatte, ließ sich nicht in seinem Unterbewußtsein festhalten. Was mußte passiert sein, daß sie sich derart hinterfotzig und klammheimlich aus seinem Leben geschlichen hatte, ohne Vorwarnung. Robert starrte Lisas Gepäck an, eindeutig ungeöffnet und demzufolge mit einigen Dingen gefüllt, die ihr sehr wertvoll und wichtig waren. Zum Beispiel mit ihrer geliebten und immer wieder akribisch geflickten, ausschließlich handgewaschenen *Liberto* Jeans, die sie vor Jahren in einer kleinen Boutique in Paris gekauft hatte und die so eingetragen war, daß sie auf keine Rundungen dieser Welt so gut passen konnte wie auf ihre; die olivgrüne Spenzerjacke mit dem knappen schwarzen Samtkragen, völlig out of fashion und deshalb für alle Zeit modern; der graue Staubmantel, der ihr wegen seiner breiten Schultern und wallender Länge aristokratisches Flair gab, und den sie aus dem Grunde auch anzog, wenn es eigentlich zu warm war.

Warum hatte sie das alles zurückgelassen? Er konnte sich nur einen einzigen wirklich plausiblen Grund für ihr Verhalten vorstellen: Ein anderer Mann mußte im Spiel sein, ein reicher, mit dessen Hilfe sie die Millionengrenze überspringen würde, eine Grenze, die sie als staatlich geprüfte Krankengymnastin im Angestelltenverhältnis aus eigener Kraft nicht einmal mit viel Einbildungskraft am Horizont erblickte.

Der Mann als Booster. Wenn er reich war und sie respektierte, sie tun ließ, was sie wollte, dann ja. Sie mußte nur die Fäden in ihrer Hand halten, die mindestens 51-prozentige Mehrheit haben, das genügte ihr. An sich hatte sie nichts mit den typischen Frauen zu tun, die ihr Leben, ihre Kraft wie einen Tropfen Honig in warmem Pudding verschwinden ließen und sich dabei auch noch wohlfühlten. Lisa war anders, sie wollte den Pudding selber essen, ihn kaltwerden lassen, wenn sie Lust dazu hatte, ihn an die Wand klatschen oder in die Mülltonne schmeißen: »Da, ihr lieben Ratten, Nachtisch!« Sie wußte, was und wen sie wollte, und solange derjenige nicht in Sicht war, parkte sie. Bis gestern bei Robert.

Bislang hatten sie beide Lisas Millionen-Lebensziel wie einen, wenn auch des öfteren formulierten und deshalb mehr und mehr gereizt aufgenommenen Scherz behandelt. Und doch hatte Robert früher schon manchmal das Gefühl gehabt, daß da mehr dran war, als sie sich eingestanden. Und was jetzt ablief, war ihm ein Indiz, wie richtig sein Gefühl gewesen war. In diesem Moment verspürte er noch nicht einmal Wut, atmete sogar auf bei dem Gedanken, diesen ewigen Druck los zu sein, diese Angst vor dem plötzlichen Ende ihrer Beziehung. Einige Male in seinem Leben war er das Opfer gewesen, der Verlassene. Das Verhältnis mit Lisa wollte *er* beenden, falls es denn notwendig werden sollte. Bis gestern hatte er jedoch keinen wirklichen Grund dafür gesehen: Er lebte angenehm, bei Überdruck genehmigte er sich einen Sprung zur Seite, wenn Lisa gleiches tat, versuchte er zwar, es so hinzustellen, daß es bei ihr etwas ganz anderes war, aber er signalisierte gleichzeitig, zur Versöhnung bereit zu sein und weiterzumachen.

Jetzt hatte die Beziehung ein Ende gefunden, er war tatsächlich auch diesmal wieder der Verlassene. Und doch ging es ihm gut, eigentlich. Nur der Killer, der da draußen auf ihn wartete, machte die Luft dünn, und der undurchsichtige Zusammenhang zwischen ihm und Lisa belastete ihn wie eine aus Versehen geschluckte falsche Medizin. Robert wurde übel bei der Vision, sie habe diesen Rudy auf ihn gehetzt, sie habe dafür gesorgt, daß er von einem Verrückten gejagt wurde, der in der Lage war, einen Menschen mit seinen Füßen totzutreten.

Lautes Klopfen an der Tür. Robert zuckt zusammen wie ein Regenwurm, den ein großer Absatz tritt.

»Wer ist da?« quält er mühsam heraus und richtet seinen Oberkörper auf. Den Revolver hebt er gegen die Tür. Mit weißgedrückter Haut krallt seine Hand um den Knauf der Waffe. Er hört eine Antwort, versteht sie aber nicht.

»Wer!?«

»Maria.«

»Maria Schreiber?«

»Ja, verdammt! Mach auf.«

»Warte. Bist du alleine?«

»Wer soll denn bei mir sein? Elliott?« Ihre Frage klingt bitter, aber nicht traurig.

»Egal wer. Ich hab einen Revolver, 'n 45er.« Robert hört deutlich, wie seine Stimme zittert.

»Bist du krank? Ich hatte bessere Gelegenheiten. Mach auf!«

Vorsichtig tritt Robert von der Seite an die Tür heran, löst mit einer Bewegung die Arretierung, dreht den Knauf und reißt mit einem schnellen Ruck die Tür auf. Maria steht mit verschränkten Armen in dem schwach erleuchteten Gang und blitzt ihn wütend an.

»Mit dir ist stinkende Scheiße in mein Leben gekommen.« Sie spricht sehr leise und geht auf ihn zu wie ein Zwanzigtonner. »Bei mir zu Hause waren eben zwei Chinesen, die haben mir dieses Bild von Elliott gezeigt.« Sie hält ihm ein Polaroid hin. Robert braucht nicht lange herumzurätseln. Es handelt sich um das zweite Bild, das er von dem Mord an Elliott aufgenommen hatte. Im Vordergrund erkennt er unscharf den schwarz gekleideten Killer, wie er auf ihn zu rennt, und wenig dahinter, gestochen scharf, Elliott, wie er blutüberströmt am Boden liegt.

»Was ist mit Elliott passiert? Was!?« brüllt sie ihn plötzlich an.

»Maria, ich schwöre dir, ich konnte ihm nicht helfen.«

»Was soll das heißen? Warst du etwa dabei?« Sie sieht ihn fassungslos an.

»Ja, aber der Killer hatte einen Revolver...«

»Halt dein Maul«, flüstert sie. Robert sieht an ihrem zuckendem Gesicht, wie sie mit den Tränen kämpft – und gewinnt. »Halt ja dein Maul!« Er schweigt, und beide sehen sich einige Sekunden in die Augen. Dann spricht sie weiter, kaum lauter. »Jetzt ist keine Zeit. Sie wollten von mir wissen, warum du bei mir warst und wo du die Kohle versteckt hast. Du verstehst? Ich konnte denen sagen, was ich wollte, die haben mir nichts geglaubt. Das Geld! Welches Geld, Mann?« Sie reckt ihr Kinn vor. Mit einer fließenden Bewegung drückt sie die Tür ins Schloß und schaltet das Deckenlicht an. Robert blinzelt geblendet mit den Augen und muß sich einige Sekunden an die Helligkeit gewöhnen.

»Ich hab keine Ahnung...«

»Behalt deinen Scheiß für dich! Ist natürlich alles ein Irrtum!« Sie lacht hart und hämisch und nur kurz.

»Ich habe kein Geld von irgendwem«, sagt Robert lahm. Geld. Lisa? Er will den Gedanken nicht weiterdenken, *Geld - Lisa – Rudy – Mord...* Er windet sich gequält. »Ich weiß von nichts, von keinem Geld«, stammelt er auf deutsch.

»Was redest du da, Arschgesicht?« schreit Maria ihn an.

»Wie bist du denen ent...« Robert will nicht weiterdenken, will ablenken. Maria unterbricht ihn giftig.

»Das ist, verfickt noch mal, jetzt nicht wichtig! Sie wollen das Geld. Von mir aus können sie dich und irgendein verdammtes Geld haben. Das ist mir so egal«, sie schnippt mit den Fingern. »Aber wenn sie dich haben, kommen sie zu mir. Sie lassen sich Zeit, verstehst du? Ich wohne da, sie wissen, daß ich irgendwann zurückkommen muß!«

»Maria, verdammt, ich...«

»Egal, was du sagen willst, ich sage dir, was du sagen *mußt*! Und was du tun mußt!« Sie sieht ihn mit ihren wasserhellen Augen an und zieht einen kleinen Revolver aus ihrer Tasche.

Schon wieder eine Pistole, blitzt es durch Roberts Kopf. Schnelle Bilder, während er seine eigene hebt: Toni tot, Elliott ermordet, er gejagt, Lisa? Die Angst der letzten Stunden bäumt sich in seinen Adern auf, preßt sich in jede noch so verzweigte Kapillare, automatisiert einen Bewegungsablauf, den er im Geiste seit Stunden durchgespielt hat, unbändige Wut krümmt seinen Zeigefinger. Seine überreizten, ermüdeten Sinne registrieren zu spät, daß Maria es nicht auf ihn abgesehen hat, sie irgendeinen Vorschlag mit der kleinen Waffe bekräftigen, ihn aber keineswegs erschießen will. Er hört den donnernden Knall der 45er in dem Moment, als seine Wut den Zeigefinger nach hinten reißt, der Rückstoß schleudert seinen Arm hoch, schlägt ihm fast die Waffe an den Kopf. Vor seinen entsetzten Augen lösen sich neben Marias Kopf Verputzteile von der Wand, feiner Staub bildet eine schnelle Wolke, die über ihren Kopf hinwegwischt und weißen Staub in ihre Haare klebt.

»Bist du verrückt geworden?« flüstert Maria und starrt

ihn entsetzt an. Mit kleinen Schritten schiebt sie sich seitwärts zur Tür. Als sie den Drehknopf in der Hand hält, zögert sie für einen Moment. Dann ist sie mit einem Sprung draußen.

Robert hört noch die Detonation des Schusses in seinen Ohren nachhallen, als eine Stimme in seinem Gehirn beginnt, aufdringlich zu wispern: Das hat jeder gehört, gleich ist die Polizei hier, dann hat die dich, und das ist auch nicht besser. Hau ab. Entkomm den Bullen. Entkomm Rudy. Den Schuß hat jeder gehört.

Ohne weiter zu überlegen, greift Robert seine Jacke, knüllt das Ticket und seinen Paß in eine Tasche und springt zur Tür. Er reißt sie auf und peilt durch den Gang. Er spürt die vielen Köpfe hinter den anderen Türen, die die Luft anhalten und überlegen, ob sie die Polizei anrufen sollen oder lieber warten, bis es ein anderer getan hat. Vorsichtig hastet er zur nächsten Feuerschutztür, die den Flur vom Zugang zum Aufzug abtrennt, und öffnet sie. Der Aufzug, mit dem Maria heraufgekommen war, steht noch da und wartet. Robert denkt nicht darüber nach, wohin sie gegangen sein könnte. Er springt in den Aufzug hinein und drückt auf »9«. Als sich die Tür schließt, hört er gedämpfte Stimmen, die aus dem offenen Zugang zum Treppenhaus hervorpulsieren.

Langsam, viel zu langsam pumpt sich die Aufzugkabine in das oberste Geschoß des Hotels. Robert zittert am ganzen Körper, seine Zähne schlagen aufeinander. Er brabbelt sinnlose Worte vor sich hin und heult, heult kalte Tränen, die sich verschiedene Wege über seine zuckenden Wangen suchen bis zu seiner Kinnspitze, wo sie sich zuerst zu Tropfen verdichten und abtropfen, dann aber mit dem Schweiß auf seiner Haut verbinden und in einem breiten Strom in seinen Hemdkragen versickern. Alle Wut, von der er sich Rettung erhofft hat, die ihm wenigstens einige Gewißheit gegeben hat, im entscheidenden Moment *kämpfen* zu können, ist mit dem Schuß verpufft. Leer und kraftlos steht er da, hat Mühe, den Revolver in seinen glitschigen Fingern festzuhalten. Verzweifelt greift er mit beiden Händen zu und drückt ihn an seinen Bauch, voller Angst, den letzten Rest an Wehrhaftigkeit zu verlieren.

Als die Aufzugtür zur Seite rumpelt, stolpert er in den Gang. Rechts und links die Gänge, durch die die einzelnen Hotelzimmer zu erreichen sind, vor ihm eine Treppe, die unter dem Dach endet.

Die schmale Stiege führt zu einer ganz normalen Tür mit Drehknopf. Robert packt zu, dreht ihn, spürt, daß sich der Knopf zwar drehen läßt, sich in dem Schloß aber nichts bewegt. Noch einen Schuß abfeuern? Nein, nicht schießen, nicht schießen... Stoßweise hechelt sein Atem, seine Nase ist von den Tränen verstopft, in seinem Kopf donnert noch der Schuß von eben nach. Mit verzweifelter Angst wirft er sich gegen die Tür. Sie bricht auf, und er stolpert hinaus auf das Dach.

Die Dächer von New York sind italienisch. Oder französisch. Jedenfalls nicht amerikanisch. Die Sommerhitze und die eiskalten Winter zerren an der Dachpappe, schaffen Risse, die Handwerker von Zeit zu Zeit mit Bitumen zuschmieren, der seinerseits wieder Risse bildet und wiederum mit Bitumen geflickt wird. Hauptsache wasserdicht, lautet der Auftrag. Flickwerk. Der Teer pappt überall, an den Wänden, an den Türen, an den Metallstangen, an den Entlüftungsrohren, schwarze Spritzer, Teerknoten wie dicke Geschwüre, immer wieder überpinselt, behandelt, aber nie gründlich geheilt.

Jedes Haus, auch wenn es Wand an Wand mit anderen gebaut wurde, hat seinen eigenen Wasserbehälter auf dem Dach, um den nötigen Wasserdruck in den Leitungen zu schaffen. Die meisten Behälter sind mit sonnengebräuntem Holz verkleidet, wie es auch an Holzhütten in den Bergen zu finden ist.

Rohrleitungen, die früher einmal eine Funktion hatten, sind einfach abgetrennt worden und stehen wie vergessene, knitterig gewordene Fahnenstangen da, verrosten mühevoll und langsam, bis sie endlich aus eigener Schwäche umkippen und irgendwohin fallen.

Die Dächer von New York sind flach und ideale Dachgärten für den, der sie nutzen darf. Den meisten Mietern ist das untersagt, weil die Dachpappe unter ihren Füßen undicht und eine begehbare Dachfläche zu teuer würde. Außerdem sind die Begrenzungsmauern selten höher als fünfzig Zentimeter, und das reicht nicht, um einen Sturz aus zwanzig Metern Höhe zu verhindern. Wer jedoch das Risiko selbst trägt, kann tun und lassen, was er will. Keine Behörde wird ihm die Freiheit nehmen, von seinem Dach zu stürzen.

Genauso wie keine Behörde darauf achtet, ob ein Dach höher als das nächste ist oder nicht. Der links an das Washington Square Hotel angrenzende Block endet schon einen knappen Meter tiefer, daneben der Block wieder einen halben Meter höher, wobei auch die Neigungen der Dächer unterschiedlich verlaufen.

Über allem liegt und schwebt der feine Großstadtdreck, den die Autos, die Heizöfen für Heißwasser, die Schiffe und die Flugzeuge der drei Flughäfen erzeugen, den die riesigen Entlüftungs- und Klimaanlagen aus dem Inneren der Bürotürme herausblasen und der zu schwer ist, als daß der Wind ihn wegtragen könnte. Mit der Zeit ist er ölig geworden, hat sich mit dem sauren Regen zu einer aggressiven Paste vermischt, die selbst widerstandsfähige Materialien rauh ätzt. Selbst Chrom und Marmor sind darunter stumpf geworden. Nur der Dreck selbst ist dreck-resistent und konserviert sich selber. Wenn er denken könnte, würde er versuchen, die Welt zu beherrschen, weil nichts und niemand ihm etwas anhaben kann.

Eine Hitzewelle schlug Robert ins Gesicht. Der von der Sonne tagsüber aufgeheizte und immer noch weiche Teer strahlte fast sichtbare Infrarotwellen aus. Robert konnte in der Dunkelheit den Boden, auf dem er stand, nicht erkennen, nur die Umrisse des Wassertanks, der Begrenzungsmauern, der Rohre und Röhren zeichneten sich gegen das diffuse Licht der umliegenden Straßen und Häuser und der hell angestrahlten Wolkenkratzer ab. Sein Atem ging schnell, die Hitze fraß noch die letzten Sauerstoffatome, bevor er sie einatmen konnte. Noch fast zwanzig Stunden, bis sein Flugzeug nach Deutschland ging.

Dieser Schuß hatte ihm große Stücke aus seiner Zuversicht herausgerissen. Seine Lunge bebte immer noch von dem Donner nach, den die detonierende Patrone hervorgerufen hatte. Dieser Schuß *mußte* ihn entlarvt haben! Er dachte an die großen Detektive, Lieutenant Ballinger, Elliott Ness, Shaft, Kojak... Manhattan Süd, genau da befand er sich jetzt. Was würde Kojak machen, wenn er in das Hotel gerufen würde, Schüsse in dem Zimmer eines deutschen Touristenpaares, Mordversuch?

Aber Lisa hatte das Zimmer gebucht! Lisa hatte auf *ihren* Namen das Zimmer und den Safe gebucht. Er tauchte namentlich gar nicht auf, man kannte seinen Vornamen, mehr nicht. Und als sie bei ihrer Einreise am Schalter der Einwanderungsbehörde standen, wo die Visa kontrolliert wurden, durften sie nicht gemeinsam vor den Beamten treten: »Nur wenn Sie familienzugehörig sind.« Weder verlobt, noch verheiratet, nur befreundet. Also gab es keine Unterlagen, die ihn in unmittelbarem Zusammenhang mit Lisa aufführten. Nur nacheinander, nebeneinander. Die Flugtickets, ihre Sitze im Flugzeug ... alles nicht offensichtlich. Bei mehr als fünfhundert Morden pro Jahr in Manhattan werden die nicht sofort jeden Kleinkram checken, vielleicht kommt die Polizei gar nicht erst, wegen eines Schusses ... Aber was, wenn sie doch kämen und ihn hier mit einem Revolver erwischten und verhörten? Wahrscheinlich würden sie ihm den Paß wegnehmen, damit er vorläufig nicht ausreisen konnte und ihn dann wieder laufen lassen, dachte er mit Schaudern. Nein! Der Revolver mußte weg, da half nichts. Jetzt. Nicht irgendwann. Seinen einzigen Schutz gegen Rudy mußte er verschwinden lassen. Robert torkelte mit schweren Füßen bis zum Ende des

Daches, stolperte über Blasen im Teer. Der Wassertank stand auf einem kleinen, tieferliegenden Plateau, das nur durch einen Zwei-Meter-Sprung nach unten oder mittels einer Metalleiter zu erreichen war. Schwankend hielt sich Robert an den beiden Geländerbögen der Leiter fest. Unter ihm fast rabenschwarze Dunkelheit, nur Konturen, keine Flächen, keine Details, trotzdem meinte er, deutlich den Tank schwanken zu sehen. Mit beiden Händen versuchte er, seinen Kopf zu arretieren. Der Tank schwankte weiter. Er spürte, wie seine Hüften immer wieder das Metallgeländer berührten. Nichts war in Ruhestellung, alles rollte, atmete, schluckte, griff, sogar die dickrohrige Leiter vor seinen Füßen schlängelte sich in unharmonischen Wellen, eine Bewegung, die zu langsam war, um sie als Halluzination abzutun. Scharfer Angstschweiß stank ihn an, hinter sich hörte er den erbarmungslosen, beherrschten Marschschritt, das Klacken von metallenen Stiefelspitzen, von beiden Seiten schrien die Sirenen von Polizeiwagen nur nach ihm.

Nichts von alledem wollte er glauben, und doch konnte er nicht einmal den Kopf wenden, um wenigstens die Schritte hinter sich als Irrtum, als irreal zu entlarven. Er stand und zitterte und wankte, beide Hände an den Kopf gepreßt, in der einen noch den Revolver, der sich längst der Außentemperatur angeglichen hatte und seine reißende Gesichtshaut kein bißchen mehr kühlte.

Ich komme durch, ich komme nach Hause, wiederholte er im Geiste. Erst der Gedanke an zu Hause, an Köln, an das einlullend-angenehme Leben im Squash-Club fand einen Weg in sein Bewußtsein und beruhigte ihn. Vorsichtig tastete er sich die Metalleiter hinunter.

Von unten sah der Wassertank gewaltig aus, und die Eisenstreben, auf denen er lagerte, um so gebrechlicher. Auch hier eine Eisenleiter, viel dünner, die außen an dem Tank entlang nach oben führte. Robert hangelte sich empor, ohne darüber nachzudenken, warum er ausgerechnet dort ein Versteck für die Waffe finden sollte. Es gibt innere Stimmen, die man nicht hört und die, wenn man Glück hat, im entscheidenden Moment die Führung übernehmen.

Beim Klettern stellte er fest, daß die Abdeckung, der Mantel des Tanks, aus Holzschindeln bestand. Als er die obere Wölbung erreichte, blieb er stehen und testete einzelne Schindeln, ob sie sich vielleicht anheben oder lösen ließen. Nicht eine einzige bewegte sich auch nur einen Millimeter. Unsicher setzte er zuerst einen Fuß auf das stark abgeschrägte Dach, dann den anderen. Von dort aus konnte er in die Häuserschlucht der 8th Street sehen, deren Licht ihn blendete. Du mußt wie ein Warndreieck leuchten hier oben, blitzte es ihm durch den Kopf. So schnell wie es seine Gleichgewichtsstörungen zuließen, rutschte er auf Knien in den nicht erhellten Teil des Wassertankdaches, legte sich auf den Bauch und rüttelte systematisch an den umliegenden Schindeln. Immer näher mußte er an die Kante des Tanks, und ausgerechnet eine Schindel in der letzten Reihe vor der Wölbung ließ sich etwas bewegen.

Er versuchte, das Holz mit dem Revolverlauf aufzuhebeln, aber der Lauf war zu dick, um ihn ansetzen zu können. Dabei ertastete Robert einen Spalt, den es nur zu verbreitern galt. Die einzige Möglichkeit war, sich über die Schindel zu hocken und sie aus dieser Stellung heraus mit beiden Händen hochzuziehen.

Vorsichtig legte er die 45er neben sich. Seine Finger griffen nach dem schmalen Teil des Holzes, welches über den Rand hinausragte. Er zog, nichts tat sich, fester, leichtes Verrutschen, Angst, hintenüber zu schlagen und womöglich nicht nur von dem vier, fünf oder sechs Meter hohen Wassertank, sondern gleich noch über den gefährlich nahen Rand des Dachs auf die Straße zu stürzen. Je länger er zog und zerrte, desto geringer wurde seine Angst abzustürzen und um so größer die Panik, entdeckt zu werden, bevor er die Waffe losgeworden war. Er legte soviel Kraft in seine Fingerspitzen, wie diese ertragen konnten, ruckelte mit kurzen, unwilligen Bewegungen. Mit einem Ruck löste sich die

Schindel, und er krachte nach hinten. Der Aufschlag seines Körpers dröhnte ihm wie ein Glockenschlag in den Ohren. Wie eine tote Ratte lag er auf dem Rücken und japste nach Luft, beide Hände krallten sich um das herausgerissene Stück Holz, als wäre er damit vor einem Absturz sicher.

Ich komme durch, ich ... Er richtete sich auf. Das Loch war groß genug, um den Revolver hineinzuschieben. Robert hoffte, ihn so unter dem Holz verstecken zu können, daß er ihn, für welchen Fall auch immer, wieder hervorholen könnte. Aber bevor er mit dem Lauf der Waffe nach einer sicheren Stelle tasten konnte, entglitt sie seinen verschwitzten Fingern. Offensichtlich war unter dem Holz ein Metalltank und zwischen dem Holz und dem Tank genügend Platz, denn mit hartem Scheppern und Poltern rutschte die 45er den gesamten Tank entlang und schlug mit einem letzten Donnerschlag einige Meter tiefer auf. Robert spürte jedes einzelne Haar der Gänsehaut, die sich sofort auf seinem Körper bildete, überall, sogar unter den Achseln, seine Arme schienen sich ohne sein Zutun leicht zu heben. Erstarrt wartete er darauf, Feinde, irgendwelche, auf das Dach preschen zu sehen, die Augen bis zum äußersten aufgerissen, um die Dunkelheit zu durchdringen und ihn mühelos aufzuspüren.

Nichts geschah. Das Poltern verlor sich, das weiße Rauschen von New York, das Dröhnen der Straßen, der Grundpegel aller großstädtischen Töne flickte den akustischen Riß, schäumte ihn aus, nahm ihm die Schärfe und verschluckte alles rückstandslos. Bewegungslos kauerte Robert auf dem Tank, wehrlos wie nie zuvor.

Sobald seine Glieder wieder besser funktionierten, drückte er die Holzschindel in ihre alte Lage. Es gelang nur mit einiger Kraft, und erst als er sie mit einem letzten Tritt mit der Ferse verkantete, war er sicher, daß niemand dieses Versteck enttarnen würde. Sicher war allerdings auch, daß er damit die einzige Waffe, die er besessen hatte, nicht wieder zurückbekam.

38

Robert brauchte eine Viertelstunde, bis er alle Winkel der angrenzenden Dächer nach einer Abstiegsmöglichkeit untersucht hatte. Es gab keine. Also mußte er durch das Hotel, am Tatort vorbei. Im Geiste übersetzte er Gegenargumente ins Englische, machte sich aber keine Hoffnungen, damit einer Verhaftung zu entkommen.

Lift oder Treppe? Eigentlich egal. Wenn Polizei im Haus war, würde man ihn nicht einfach hinausspazieren lassen. Er nahm die Treppe, weil er Angst hatte, im Aufzug Fremden in die Gesichter schauen zu müssen. Er erwartete Aufruhr, Lärm und Bewegung auf der sechsten Etage. Nichts. *Business as usual*. Auf allen Etagen. Ebenso in der Lobby. Keine Aufregung, keine Nervosität, keine Polizei. Das alte Hotel und alle, die darin wohnten, hatten den Pistolenschluß geschluckt, ohne aufzustoßen.

Hier ruft man nicht die Polizei und ohne lebt man länger, hatte Elliott gesagt, alles nur Gerede, alles Quatsch, hatte Robert daraufhin gedacht. Und doch hatte sich gestern gezeigt, wie richtig Elliotts Worte waren. Und als er jetzt unbehelligt die Treppenstufen vor dem Hotel auf die Straße hinunterstolperte, war das Klischee für ihn vollends zur Wahrheit geworden. Auch draußen: Keine Polizei.

Auf der anderen Straßenseite sah er zwei junge Chinesen miteinander diskutieren. Robert wußte plötzlich, daß er sie schon zuvor vor dem italienischen Café gesehen hatte, während er vergeblich auf Lisas Rückkehr wartete. Während er überlegte, ob das in seiner jetzigen Situation von besonderer Bedeutung war, wendete er den Kopf nach rechts.

Als Elliott starb, in der Lower East Side, war es dunkel gewesen, Nacht. Inzwischen war ein Tag vergangen, ein Tag, dessen hellen Teil er fast völlig verschlafen hatte. Jetzt war es wieder Nacht, wieder dieses muffige, wattierte Halbdunkel, hier in Greenwich Village allerdings hatte es freundliche Züge. Fünfzig Meter war Waverly Place etwa lang, dann mündete die kleine Straße in die breite, zu jeder Tageszeit stark befahrene Avenue of the Americas, die Sixth Avenue. Die vorbeirollenden Verkehrswellen, das helle Licht der Straßenbeleuchtung, die als Schatten von rechts und links Waverly Place überquerenden Fußgänger suggerierten Anonymität, genau das, was er brauchte, um die Zeit bis zu seinem Flug in – er sah auf seine Uhr – neunzehn Stunden zu überbrücken.

Nach rechts war der richtige Weg. Er peilte kurz in die andere Richtung. Der Washington Square Park lag wie ein sanft illuminierter Ozeanriese zur Linken. Jogger schleppten sich an seiner äußeren Umzäunung entlang, und aus dem Dunkel des Weges, der im spitzen Winkel auf Waverly Place mündete, näherte sich ein Mann. Robert erkannte ihn sofort.

Er hatte sich schon sehr oft über Filmregisseure geärgert, die einen Menschen in Situationen größter Gefahr erstarren, sie zittern statt wegrennen ließen. Seiner Meinung nach konnte ein Mensch gerade in solch einem Moment größter Gefahr fliehen, instinktiv und blitzschnell, quasi als natürlichste aller Reaktionen. Rudy war schon so nah, daß Robert dessen mieses Grinsen erkennen konnte, er sah die Metallbeschläge an seinen Stiefeln funkeln, hörte sie über den Asphalt kratzen, er spürte seinen eigenen Urin gegen seine Blasenwände drücken, bemerkte verwundert, wie seine Kniegelenke unkontrollierbar zuckten, dann körperwarme Nässe zwischen seinen Beinen, spürte jeden Beinmuskel einzeln - und konnte nicht laufen... Sein Gehirn funkte wilde Befehle durch den Körper: *Lauf los! Lauf doch endlich los!* Seine Arme zuckten und ruderten, aber seine Beine waren unfähig zu gehorchen. Hilflos sah er an sich hinunter. Seine Pisse hatte die Innenseiten beider Hosenbeine dunkel gefärbt. *Lauf endlich!*

»Lauf!« brüllt er dem Schwarzen entgegen und meint eigentlich sich selbst. »Lauf! Lauf!« Das Zittern seiner Knie überträgt sich auf seinen ganzen Körper – und endlich löst sich die Starre, und er rennt!

Er rennt und dreht sich nicht um, starrt sehnsüchtig auf die Straßenmündung Waverly Place und Sixth Avenue und trägt das letzte Bild von Rudy, das sich eingebrannt hat, bevor er sich zur Flucht wendete, wie ein Plakat vor sich her: Der Killer fletscht die Zähne, öffnet den Mund ein wenig – der Triumph der Schlange, die das Kaninchen mit ihrem Blick gebannt hat – er beschleunigt seinen Schritt kein Quentchen, weil er sicher ist, daß sein Opfer nicht wird entkommen können.

Er läuft doch. Und sieht die Wut nicht, die Rudys sonst so beherrschte Mimik aufreißt; nicht weil er sich Robert unterlegen fühlt, nein, Rudy kann sich nicht richtig entfalten, hat Macht und kann sie nicht nutzen, er darf Robert an diesem Ort höchstens eilig, nicht aber gnadenlos verfolgen. Denn, in diesem Moment könnte seine Machtlosigkeit nicht deutlicher demonstriert werden, er befindet sich jetzt genau vor seiner eigenen Galerie, der *Waverly Asian Art Gallery*, seiner Deckexistenz, seiner einzigen legalen, seiner schützenden Verbindung zur bürgerlichen Welt! Jede überdeutliche Aktion gerade an dieser Stelle bedeutet Gefahr: Er ist im Begriff, seinen eigentlichen Job ausgerechnet an der Stelle zu erledigen, an der es definitiv nicht geht. Man kennt ihn hier. Sein einziger Schutz ist die Dunkelheit, die allerdings, um wirklichen Schutz zu bieten, nicht dunkel genug ist. Er muß sich unauffällig verhalten, darf den Motor nicht voll aufdrehen.

Robert weiß davon nichts und rennt um sein Leben, spürt den Verfolger näher hinter sich, als er tatsächlich ist, sieht im Geiste einen Revolver mit Schalldämpfer hochzucken: Bei diesem geringen Abstand muß die Zielrichtung nur ungefähr stimmen, sechs Schüsse schnell hintereinander abgefeuert, und wenn nur einer trifft... Wo ist das Geräusch der Schritte hinter ihm? Umdrehen? ...nein, er könnte stürzen, Zehntelsekunden... Der Eingang zur Subway ist gleich um die Ecke, Washington Square, 4th Street, ein riesiger, unterirdischer Komplex, verschiedene Etagen, Orientierungsprobleme...

Mit viel zuviel Schwung versucht Robert, die Häuserecke

zu schneiden und die neunzig-Grad-Kurve nach rechts zu schaffen. Für die Menschen, die dort gerade gehen oder vor den Auslagen der Straßenhändler stehen, schlägt er wie eine Granate in ihre ahnungslose und trotzdem alarmierte Abendruhe ein. In New York ist man ständig gewarnt, immer in Alarmbereitschaft, jede zu schnelle Bewegung verursacht die Art blitzschneller Abwehrreaktionen, wie wenn man einen Fuchs in einen Hühnerstall läßt: Bäng! Viele Gesichter schauen erschreckt auf, die, die unvermittelt in Roberts Nähe sind, erstarren: Nie etwas tun, was die Aufmerksamkeit auf einen selbst lenkt.

Rudy reduziert sein Laufen zu einem schnellen Gehen. Als er die Ecke erreicht, schlendert er nur noch, zügig und beherrscht. An der Blickrichtung der Köpfe der Passanten erkennt er, wohin Robert verschwunden ist. Rudy macht ein demonstrativ unbeteiligtes Gesicht und taucht ab in die Subway-Katakomben. Seine Spannung löst sich. Die Subway ist sein Territorium. Hier kennt er alle Spielregeln, alle Nuancen, alle Winkel, haargenau die Grenzlinie, an der man gerade eben noch stehen kann, um von dem wuchtigen Fahrtwind eines durchfahrenden Zuges nur durchgeschüttelt aber nicht mitgerissen zu werden; er kennt die Angst der Menschen, in etwas hineingezogen zu werden, Zeuge und damit Gefährdeter zu sein; er kennt ihre schon fast lächerlichen Bemühungen, den Blicken anderer auszuweichen, so zu tun, als seien sie allein und an nichts interessiert, was um sie herum passiert. Es gibt nicht allzu viele Möglichkeiten, in der Subway einem Verfolger wie ihm zu entkommen, genau genommen nur eine einzige: Man muß einen Zug erwischen, der, nachdem man hineingesprungen ist, die Türen schließt und sofort abfährt. Die Türen eines rollenden Zuges kann man nicht mehr öffnen. In der Subway hilft nur Glück, ein Sekunden-Glück.

Robert hat es. Er sieht, wie sich die pneumatischen Türen des S-Train genau in dem Moment zu schließen beginnen, als er mit den Oberschenkeln gegen die Absperrung zu dem

Subwaybahnhof knallt, dicke Bohlen aus massivem Holz, vier auf einer Achse zu einem liegenden Kreuz montiert, die sich erst dann um ein Viertel weiterdrehen, wenn man einen Token in den Schlitz an der Seite steckt. Robert weiß, daß man diese Subway-Münzen vorher kaufen muß. Tatsächlich hat er für den Bruchteil einer Sekunde den absurden Gedanken, zum Verkaufsschalter zurückzugehen. Dann aber setzt er mit einer Flanke über die Begrenzung hinweg. Noch zwanzig Meter bis zum Zug, er nimmt zwei, drei Stufen auf einmal.

Der S-Train ist eine Shuttle-Linie, von der 57th Street zur Grand Street, eine relativ kurze Strecke, immer hin und zurück, in schneller Frequenz, materialverschleißend, die ältesten Züge fahren hier, Ausschußware kurz vor der Verschrottung. Das ist Roberts Glück. Eine der Türen schiebt sich immer noch qualvoll langsam zu, als die anderen längst arretiert sind und dem Zugführer *ready* signalisieren. Robert wirft sich zwischen die ächzenden Schiebetüren. Die Gummidichtung erwischt ihn am Brustkorb, drückt brutal zu. Robert holt Luft, preßt beide Arme gegen den Türrand, stoppt die Bewegung, kann eine der beiden Türen zwei Zentimeter zurückdrücken – und flutscht mit dem ganzen Körper nach innen. Als hätte er in den beiden Türen eine Feder gespannt, die jetzt endlich zurückschlagen kann, knallen beide aufeinander und die Arretierung greift metallisch zu. Der Zugführer muß schon vor Ungeduld geflucht haben. Genau in dem Moment, als die Verriegelung greift, fährt er an.

Robert reißt seinen Kopf herum. Eine klassische Situation: Rudy steht ausgesperrt vor der Pneumatiktür, der Zug rollt. Blicke, auf der einen Seite Panik und Erleichterung, auf der anderen kalter Haß, reißende Nervenstränge. Rudy landet nur einen Schlag, die Faust in einem schwarzen, nietenbeschlagenen Lederhandschuh, es kracht, als die Nieten das Glas treffen, es donnert, als die metallene Seite des Zuges nachbebt. Robert zuckt heftig zusammen und starrt seinen

Verfolger an wie einen Außerirdischen. Angst nimmt ihm den Atem, und doch ist er gleichzeitig fasziniert von der grenzenlosen Bösartigkeit, die von jenseits der Scheibe zurückstarrt. Rudys Gesicht wird zur Fratze, erscheint ihm wie eine Ansammlung dunkler Strahlenherde, die ihre gesamte Energie auf ihn bündeln.

Erst als der dunkle Tunnel die Bahn schluckt, fühlt sich Robert sicherer und stellt sich vor, mehr um sich selbst zu beruhigen, wie der Schwarzgekleidete berstend vor Wut an der Bahnsteigkante rotiert. Aber er empfindet kein Gefühl von Triumph, keine Genugtuung, das war kein Sieg. Noch nicht. Sein rettender Flug nach Deutschland geht erst in knapp neunzehn Stunden, eine verdammt lange Zeit, die er überleben muß.

Ich sollte so schnell wie möglich zum Flughafen, mich da verstecken und dann erst in letzter Sekunde einchecken, so wie gerade mit der U-Bahntür, denkt er, aber wie komme ich zum Flughafen?

Rudy sprintete längst die Treppen hoch, zurück auf die Straße. Seinen Trans Am hatte er gestern gegenüber seiner Galerie geparkt. Für ihn war der Fall auch jetzt noch nicht aussichtslos. Der S-Train hielt nach dieser Haltestelle nur noch zweimal: einmal an der Kreuzung Houston/Broadway und dann an der Endstation Grand Street, zwei Blocks vom Sitz des G-Fond entfernt. Rudy rannte Waverly Place entlang, zog die Schultern hoch und straff zurück und blähte angriffslustig die Nasenflügel.

Ich bin die No. 1, Mr. Big One, dachte er mit kribbelnder Wonne, ich weiß, dieser Deutsche steigt um nichts in der Welt an der nächsten Station aus. Und danach ist Endstation und da greif ich ihn mir. Der Kerl hat bisher Glück gehabt, ein bißchen viel, aber eben nicht mehr als Glück! Endstation.

Der Zug hielt. Eine kleine U-Bahnhaltestelle, wenige Menschen auf dem Bahnsteig, fünf, genau gezählt. Broadway. Jeder Buchstabe war in eine Kachel eingebrannt, acht farbige Kacheln eingesetzt in einer weißen Wand, der ganze Schriftzug einen Meter lang, alle fünf Meter wurde er wiederholt. Broadway. Robert hatte das Gefühl, unterirdisch keine größere Strecke zurückgelegt als gerade eben den Washington Square Park unterquert zu haben, wenn überhaupt. Hier auszusteigen hieß, vom Regen in die Traufe zu kommen. Das beste war, wenn er erst einmal weiterfuhr, wenigstens eine halbe Stunde, und dann ein Taxi zum Flughafen nahm, er hatte genügend Travellerschecks, um jede Strecke bezahlen zu können.

39

Rudys Konzentration kippte weg. Er kannte das Phänomen aus mehrfacher Erfahrung: In Momenten größter Anspannung entstand plötzlich etwas, das er in Selbstgesprächen als subjektive *Zeit-Dilatation* bezeichnete, ein Zeitloch beliebigen Ausmaßes, welches real, mit der Stoppuhr gemessen, tatsächlich nur einige Sekunden ausmachte. Solche Zeitlöcher kamen unversehens. Dann liefen, zum Beispiel während er mit dem Auto fuhr, von einer Ampel zur nächsten vollständige Geschichten in seinem Kopf ab, detailreich und farbig. Seine Wahrnehmung von dem, was um ihn herum passierte, verlagerte sich ins Unbewußte, er reagierte vegetativ und automatisch, und danach erinnerte er sich nur noch an die Geschichte und an welcher Ampel sie begonnen hatte, und sonst an nichts.

Auf dem Weg zwischen der Sixth Avenue Ecke Houston Street und der Houston Street Ecke Broadway lag er auf einem Bett, in einem Hotelzimmer, klein, schäbig, dunkel. Die Bettwäsche und die Matratze darunter strömten einen Geruch von altem, schweißfeuchtem Staub aus. Er haßte diesen Geruch, deshalb bewegte er sich so wenig wie möglich. Die Beine hatte er lang von sich gestreckt und übereinander gelegt, seine Texanerstiefel waren frisch eingefettet, und das Leder knarrte leise bei jeder Bewegung. Peinlich genau achtete er darauf, mit den Silberbeschlägen an den Fersen nicht den jeweils anderen Stiefel zu beschädigen. Er lag da, lauschte manchmal den Geräuschen von draußen, den Sirenen der Polizeiautos und mit größerem Interesse den quakenden, schnarrenden Hupen der Feuerwehren, meistens aber dem Radio neben sich, *KISS-FM*, Black Radio. Er mochte die schwarzen DJs, weil er sie sich nicht bildlich vorstellen konnte, er hatte überhaupt keinen Schimmer, wie das Gesicht aussehen könnte zu der Stimme, die er hörte. Bei weißen DJs war das anders. *KISS-FM* oder *WBLS*, sein anderer Lieblingssender, ließen ihn in Ruhe, aber nicht alleine.

Er lag da, das Licht von draußen erhellte sein Zimmer schwach, und die Tür öffnete sich. Sie war so, wie er sie sich immer schon gewünscht hatte. Vor allem machte sie keine Umstände. Sie fummelte nicht lange an seinen Klamotten herum oder versuchte ihn zu küssen, redete nicht, verlangte von ihm nicht, daß er seine Stiefel auszog. Sie hob ihren Rock und setzte sich auf ihn, sobald sie ihn bis zu den Oberschenkeln freigelegt hatte. Er tat gar nichts, bewegte sich nicht, ließ die verschränkten Arme hinter seinem Kopf. Nur seine Körperspannung erhöhte er langsam, verhärtete seine Muskeln, stützte sich auf beiden Fersen ab, hob seine Hüften leicht an. Sie fickte ihn stumm, immer schneller, knallte ihren Unterleib auf seinen, fester, noch schneller. Als er kam und in versiegenden Stößen pulsierte, hörte sie genau im richtigen Moment auf, sich zu bewegen. Er entspannte seine Muskeln, und sie richtete sich auf ihren Knien auf, er schlug seine Beine wieder übereinander, und sie erhob sich, ohne ihn noch einmal zu berühren. Er sah ihr zu, wie sie zur Tür ging, sie öffnete und verschwand.

Er blieb so liegen, wie sie ihn verlassen hatte, wartete, bis ihre Feuchtigkeit und sein Sperma getrocknet waren. Dann zog er seine Hose hoch, schloß den Gürtel und roch an seinen Händen, leckte vorsichtig an seinen Fingerspitzen. Durch seine gespreizten Finger sah er eine graue Bewegung unter der Tür.

Die Maus hatte er schon einige Male beobachtet, ein kleiner, weicher Fellball mit viel zu großen, schwarzen Augen und zehn Zentimeter langem Schwanz. Das Stiefelleder knarrte, die Maus schreckte zusammen und flüchtete in den Wandschrank. Sie hatte gestern dasselbe getan, vorgestern ebenfalls, und am Tag davor hatte er nur an den kleinen Kotknötchen erkannt, daß sie dagewesen war. Vor drei Tagen hatte er die großen Pappbögen ausgelegt, deren Oberfläche mit einem Kleber bestrichen waren, der alles festhielt, was ihn einmal berührte, zumindest jedes Tier bis zur Größe einer Ratte.

Die Maus war nicht blöd. Sie war jedesmal um die Pappe herumgelaufen, hatte ein paar Knötchen gekackt und war wieder verschwunden.

Rudy schaltete das Licht an, war mit drei Schritten an der Wandschranktür und riß sie auf. Die Maus hockte ganz hinten mit dem Rücken an der Wand. Ihre liebevollen, weichen Augen sahen ihn an, seine eigenen Körperumrisse spiegelten sich darin, und sein Gesicht grinste ihm, winzig verkleinert, daraus entgegen. Der zierliche, kugelrund aufgeplusterte Fellball sah so süß aus, so anschmiegsam. Rudy hätte das Tierchen am liebsten in die hohle Hand genommen und seinen warmen Körper vorsichtig gestreichelt.

Langsam, um die Maus nicht zu erschrecken, griff er nach der Pappe und schob sie auf das Tier zu. Der Platz wurde eng für die Maus. Sie tippelte nach links. Rudy schob die Pappe hinterher, bis sie mit der einen Seite die Rück-, mit der anderen die Seitenwand des Schranks berührte, und die Maus nur noch in dem kleinen übrigbleibenden Dreieck Platz hatte. Ohne Eile drehte Rudy die Pappe, und das freie Dreieck wurde kleiner. Als der zarte kleine Fellball den Rand der Pappe an seinen Füßchen spürte, setzte er zuerst das linke, dann das rechte Vorderfüßchen auf die Pappe und blieb mit beiden an dem Superkleber hängen.

Rudy verspürte sofort Mitleid mit dem Tierchen und schüttelte die Pappe leicht. Die Maus knickte mit einem Bein ein. Ihre rechte Wange berührte den Kleber. Rudy hob die Pappe an sein Gesicht. Die Maus sah ihn still mit traurigen, schwarzen Perlaugen an, die Füße und der halbe Kopf festgeklebt, nur ihre hintere Hälfte war noch frei und zappelte. Rudy flüsterte ihr liebevolle Worte in ihre weichen Öhrchen und gab ihrem Hinterteil mit dem Zeigefinger einen Klaps. Der lange Schwanz schlug wie eine Peitsche ein großes »S« und blieb ebenfalls kleben. Der ganze Körper der Maus bildete jetzt ein »S«. Rudy hauchte sie warm an, um ihr etwas Entspannung zu bringen. Die Spitzen ihres Fells zitterten leicht. Rudy pustete. Ein kleiner Krater bildete sich im Fell und ein winziges Stück weißer Haut war an seinem Grund zu sehen. Die Maus sah ihn unverwandt an, die rechte Wange auf dem Kleber, und zog ein wenig an ihren Vorderfüßen, abwechselnd links und rechts. In ihren Augen lag kein Vorwurf. Rudy krampfte es das Herz. Er legte die Pappe auf den Boden und hob den rechten Stiefel.

Aber aus dieser Position konnte er ihre Augen nicht sehen. Also nahm er sie wieder hoch und ging zum Fenster. Ganz nah, mit seiner Nase fast auf dem Kleber, sah er sie freundlich an, nahm eine Kante der Pappe zwischen Zeigefinger und Daumen und gab der Pappe einen Drall auf den Weg, als sei sie eine Frisbee-Scheibe.

Die Maus war leicht. Deshalb segelten die Pappe und die Maus herrlich lange durch die warme Nachtluft, wie ein kleines Ufo drehten sie sich schnell um die eigene Achse und schlugen irgendwo in der Dunkelheit tief unten auf. Rudy lehnte sich weit aus dem Fenster hinaus und lauschte in die Tiefe.

40

Als der S-Train das zweite Mal hielt und nicht mehr weiterfuhr, sah Robert, daß um ihn herum alle ausstiegen. Nur ein blasser Mensch, den er zuvor nicht bewußt wahrgenommen hatte, erhob sich nicht. Er saß zwei Reihen vor ihm, kerzengerade aufrecht, wie ein Erdmännchen die Arme an den Körper gedrückt und den Kopf in ständiger Drehung, hin und her, mit kantigen Bewegungen. Die Lippen hielt er gespitzt, und in seinen Gesichtsausdruck hatten sich dauerhafter Unglauben, Verzweiflung, drei sich monoton wiederholende Sätze eingraviert: Wieso ich? Das kann doch nicht wahr sein... Ich kann es einfach nicht glauben...

Robert fühlte sich beschissen, elend, wie der weltweit am meisten mißhandelte Mensch überhaupt, aber dieses Erdmännchen da vor ihm strahlte solche Erbärmlichkeit, solche Existenzangst aus, daß er sich plötzlich für sein Selbstmitleid schämte. Bilder von Lisa drängten sich in seinen Kopf. Der da vorne hatte bestimmt noch nie in seinem Leben eine Freundin gehabt oder überhaupt mit einer Frau geschlafen. Er sah noch nicht einmal danach aus, als hätte er zu Nacktfotos gewichst, sie überhaupt je registriert, in Zeitschriften oder Filmen. Nicht schwul, nicht hetero, einfach geschlechtslos, dachte Robert, vielleicht deswegen beneidenswert? Dieses Erdmännchen, dieser Wicht, der sich nicht einmal in den Sitz zurückgelehnt hatte, und das, Robert erinnerte sich plötzlich, seit er selbst am Washington Square zugestiegen war, wahrscheinlich saß der seit einer halben Stunde so da, eine personifizierte Entschuldigung an die Welt: Verzeihen Sie bitte, daß ich existiere.

Robert wollte wieder in sein grämendes Selbstmitleid verfallen und an Lisa denken, daß sie schon im Flugzeug nach Deutschland saß, ihn aus irgendeinem Grund verraten hatte, und er wollte jammernd an Toni denken, der hier in New York sein Leben gelassen hatte... und doch kam er nicht über dieses Männchen hinaus, das Erdmännchen zwei Reihen vor ihm: Er konnte sich leicht vorstellen, wie ein Sadist wie dieser Rudy sich mit so einer Kreatur seinen Spaß machen würde. Dieses Erdmännchen in einer dunklen Straße mußte jedes Verbrechen anziehen, jeden Verrückten, der Langeweile hatte, zu Gewalttätigkeiten stimulieren. So einen Wurm tötet man noch nicht einmal, den quält man, bis sein Licht ausgehen will, läßt ihn sich erholen, und schlägt dann wieder zu, wenn er sich mit dünner Energie erneut hochrappelt. Ein bißchen Horrorshow.

Die Vorstellung überfiel Robert regelrecht, wie er dem Erdmännchen seinen länglichen Nagerkopf mit einer großen Schraube an dem U-Bahnsitz fixierte, damit er nicht immer hin und her drehte, damit endlich Ruhe war. Diese Wuseligkeit machte ihn aggressiv.

Als er seinen eigenen Atem schneller gehen hörte, packte er mit beiden Händen die Rücklehne des Sitzes vor sich und riß sich unwillig von dem ständig zuckenden Menschen los und drehte mit einem Ruck den Kopf nach rechts, angeekelt von seinen gewalttätigen Visionen. *Grand Street* las er draußen an den U-Bahnwänden. Er hatte keine Ahnung, wo er sich befand und wohin er sich bewegte. Warum fuhr dieser verdammte Zug nicht weiter? Aus den Augenwinkeln sah er, wie sich das Erdmännchen mit eckigen Mäusebewegungen erhob und den Zug verließ. Erst jetzt begriff er: Endstation.

Endstation, nach nur zwei Stationen, dachte er entgeistert und sah sich hilflos im Waggon nach anderen Fahrgästen um, die ihm ein Indiz dafür liefern könnten, daß der Zug doch noch weiterfuhr. Aber der Wagen war leer, niemand außer ihm mehr hier drin. Ähnlich einer Kette umfallender Dominosteine hängte sich ein Gedanke an den anderen und riß ihn mit: Rudy war New Yorker, er hatte gesehen, wie er mit dem S-Train wegfuhr; als New Yorker wußte er bestimmt, daß der S-Train nach dem Washington Square nur noch zweimal halten würde; wenn Rudy sich beeilte, zum Beispiel ein Taxi nahm, konnte er ihn bequem an der Endstation, an dieser Station, abfangen. Die Chancen standen fünfzig zu fünfzig, daß er das nicht schon an der vorletzten Station versuchen würde und ihn damit verpaßt hatte.

Das Erdmännchen verschwand gerade auf der Treppe nach oben, als Robert lossprintete. Auf der letzten Stufe vor der Straße holte er es ein. Als das Männchen die schnellen Schritte hinter sich hörte, sprang es panisch zur Seite, schlug mit dem Körper an das Treppengeländer und hob schützend seine Arme vors Gesicht. Kein Ton kam über seine Lippen. Robert sah sich wild nach der Bedrohung um, die diese Reaktion hervorgerufen hatte; bis er merkte, daß er selbst die Bedrohung war.

»Oh, Entschuldigung, ich wollte Sie nicht erschrecken...«, sagte er auf Deutsch und hob beschwichtigend beide Hände. Die fremde Sprache traf das Männchen wie eine Ohrfeige. Es drückte sich noch stärker an die Wand und gab leise quiekende Geräusche von sich. Stechender Uringeruch. Robert machte angewidert einen Schritt zur Seite. Der Geruch folgte ihm langsam, wie ein biegsame Rute. *Sein* Geruch.

Die Kälte auf seinen Oberschenkeln erinnerte ihn an seine Angst, der Geruch an seine eigene Panik vor wenigen Minuten, plötzlich empfand er sich als genauso erbärmlich wie das Männchen, das sich da vor ihm gegen die Wand krümmte. Warum hatte dieser klägliche Mensch Angst vor *ihm*? Robert unterdrückte den Impuls, ihn von ihrer Gleichheit zu überzeugen, und trat aus dem Subwayzugang hinaus auf die Straße, um sich zu orientieren.

In der von Natriumlampen nur teilweise ausgeleuchteten Dunkelheit sah er die weitflächige Kreuzung einer sehr breiten Straße mit einer kleinen. Grand Street war auf einem Schild zu lesen, das an der gegenüberliegenden Hauswand klebte. Robert ahnte nicht, daß die Grand zwei Ecken weiter die Elizabeth Street kreuzte, die dann wiederum einen Block weiter nach links auf die Hester Street traf, und das war die Ecke, an der *Ho Won's Coffee House* als äußerlich heruntergekommene Kontaktstelle für den G-Fond genutzt wurde.

Wie eine grelle Leuchte warf *Ho Won's* kleines Stehcafé

sein weißes Licht in die ansonsten um diese Zeit sehr finstere Gegend. Kaum jemand ging hinein, um einen Kaffee zu trinken oder einen Donut zu essen. Zu ungemütlich, unter den vielen langen Neonleuchten zu stehen, zu unangenehm, seine Arme auf die klebrigen Tische aufzulegen, zu eklig, die schmuddeligen Kaffeetassen, an denen meist noch die Lippenabdrücke des Vorbenutzers hafteten, an den Mund zu setzen. Alles, was in diesem Laden verkauft wurde, war billig, der dünne Kaffee, das Gebäck, das nach altem, nicht genügend erhitztem Fett roch, die trockenen Sandwiches, deren Ränder sich nach oben wellten und einen Einblick auf die traurigen Salat- und Schinkentrümmer zuließen. Vor dem einen Schaufenster türmten sich einige Abfallsäcke, vor dem anderen stand ein Abfallkorb, der schon vor Tagen übergequollen war. Das *Ho Won Coffee House* war kein einladender Ort, und Robert hätte ihn instinktiv gemieden, auch ohne zu wissen, daß hier unter der Erde die Keimzelle eines aufstrebenden Imperiums nistete, das für all die Schwierigkeiten verantwortlich war, in denen er sich seit zwei Tagen befand.

Ebensowenig ahnte Robert, daß die Grand Street in der entgegengesetzten Richtung, also nach Osten, zwei Blocks weiter die Eldridge Street kreuzte, nur einen Block von Rivington und vier von der Norfolk entfernt, an der Rudy Elliott mit seinen Texanerstiefeln getötet hatte. Der Körper des schwarzen Jungen lag die ganze Nacht dort. Irgendwann schlich sich jemand mit einer Taschenlampe auf das Gelände, hob erst ein Polaroidfoto vom Boden auf, suchte lange, bis er den Revolver fand, den Rudy in dem Zweikampf verloren hatte, und verschwand wieder, ohne sich um den Toten zu kümmern.

Eine Katze hatte dann eine Weile neben der Leiche gesessen und hin und wieder ihre Nase auf deren Haut gedrückt. Als sie kälter wurde, kälter, als die Katze Menschenhaut kannte, erhob sie sich irritiert, machte einen Buckel und verschwand in der Dunkelheit. Erst als der Katzengeruch verflogen war, wagten sich die ersten Ratten hervor. Keiner weiß, wie viele von ihnen allein in Manhattan unter der Erde und in Häusern leben. Überall findet man sie, in den Ziersträuchern vor dem Plazahotel untersuchen sie die Abfälle, welche die Fahrer der am Straßenrand wartenden Luxuslimosinen aus den Fenstern werfen, in den Subwaybahnhöfen wühlen sie zwischen den Schienen nach Eßbarem und in den Wohnungen der Armen drücken sie nachts die Klodeckel hoch und schieben ihre mit Kot beschmierten Körper darunter her, um zwischen den schlafenden Menschen nach Futter zu suchen.

Den regungslos am Boden liegenden menschlichen Körper hatten sie schon früh gerochen, aber solange er noch warm war, hatten sie Angst, so groß ist ihr Hunger im Sommer nicht, daß sie sich an einen lebenden Menschen heranwagen würden. Als die Katze kam, unternahmen sie nichts und warteten geduldig. Erst als die Katze verschwand und die Luft lange danach endlich ihren Geruch absorbiert hatte, näherten sich die ersten Mutigen dem Körper. Einige schnelle Bisse, keine Reaktion. Das war das Signal, worauf die anderen warteten.

Am nächsten Morgen stießen Kinder auf den Körper, nachdem sie mit Steinen auf einige Ratten geworfen hatten, die sich dadurch jedoch nicht verjagen ließen.

Robert stand auf dem Bürgersteig und versuchte, strategisch zu denken, wie er sich einen Weg durch den Dschungel bahnen konnte. Sein Kurzzeitgedächtnis arbeitete nur stotternd. Nach einer Weile mußte er wieder an das fahrige Männchen denken und ärgerte sich über sich selbst, schließlich hatte er jetzt andere Sorgen. Er drehte sich um. Weder war es an ihm vorbeigekommen, noch war es da, wo es vorhin gestanden hatte, es mußte also wieder zurückgegangen sein, wahrscheinlich, um einen anderen Ausgang zu benutzen. Zurückgegangen... ZURÜCK, das war der Pfad durch den Dschungel. Wenn Rudy richtig tippte und annahm, daß

Robert den S-Train an der Endstation verließ, dann mußte er jede Sekunde hier auftauchen. Bestimmt kannte der Killer sich hier besser aus als er, das verminderte seine Chancen erheblich. Also zurück.

Mit jedem Schritt nahm er drei Stufen, wieder hinunter, bis er vor dem Zugang zum Bahnsteig stehenblieb, der bis unter die Decke vergittert war. Er hatte keinen Token, es gab hier keine Verkaufsbude, er konnte also nicht hinein. Er *mußte* hinein, irgendwer würde schon so eine Münze haben. Er hatte keine Zeit zu verlieren. Also rannte er den einzigen anderen Weg, der mit EXIT beschildert war. Der Gang machte nur einen Knick, bevor er in die Treppe nach oben überging.

Das Männchen stand, mit dem Rücken dagegengelehnt, an einem hölzernen Bauzaun, der den Ausgang versperrte. Wahrscheinlich hatte es einen anderen Weg als er nehmen wollen, der aber unglücklicherweise nicht hinausführte, und hatte abwarten wollen, bis er weg war, um sich dann langsam wieder hervorzuwagen. Das Männchen starrte ihn entsetzt an und zitterte heftig.

»Entschuldigen Sie bitte«, sagte Robert, diesmal auf Englisch und betont freundlich. »Könnten Sie mir bitte einen Token verkaufen?«

Das Männchen schien ihn nicht zu verstehen, nicht einmal richtig zu hören. Es sackte immer weiter in sich zusammen, begann wieder, wie vorhin, leise zu wimmern. Robert wurde unvermittelt von einer wilden Wutwelle gepackt, er sah seine Hände nach dessen Schultern greifen.

»Verdammt, ich will Ihnen doch nur einen Token abkaufen!« brüllte er dem Männchen ins Gesicht und schüttelte es. Das Zittern wurde noch schlimmer. »Einen Token!« brüllte er wieder und wieder und schlug ihm ins Gesicht, klatschte ihn gegen den hölzernen Zaun, schrie. Das Erdmännchen ließ sich alles gefallen, bewegte sich nicht und vibrierte.

Verdammt, was kann dieser armselige Wicht dafür? Und wieso schlägst du ihn? dachte Robert plötzlich, ein glasklarer

Gedanke, der seine Wut blitzartig einfror. Entsetzt starrte er das winselnde Wesen an und sah seine eigene Gewalttätigkeit wie in einem Spiegel vor sich. Ekel würgte in seiner Kehle, Ekel vor dem Männchen, vor seiner Brutalität, vor der Angst, die dieses Gift erzeugt hatte. Und trotzdem, für ihn ging es um sein Leben. Schnell griff er in die Hosentaschen des Männchens. Als er darin einen Token fand, holte er einen Geldschein aus seiner eigenen Tasche, es war eine Zwanzigdollarnote, und drückte sie ihm in die gekrümmte Rechte. Die Hand des Erdmännchens reagierte nicht, packte nicht zu, aber sie war feucht genug, daß der Geldschein daran kleben blieb.

Schnell drehte Robert sich um und rannte zurück. Er hatte Glück und brauchte nicht lange zu warten, bis eine Bahn in die umgekehrte Richtung fuhr. Von Rudy keine Spur.

Flüsternd las er die einzelnen Haltestellen mit: Broadway, Washington Square, sein Puls pochte wild, als die unterirdische Station mit ihren labyrinthischen Gängen auf drei verschiedenen Ebenen auftauchte. Robert war auf alles gefaßt, auf beherrscht-metallene Schritte, auf silberne Lichtreflexe, auf ein spöttisches Grinsen aus einem hageren Gesicht, auf eine nietenbeschlagene Lederfaust.

Nichts dergleichen. Der S-Train ruckte wieder an. 14th Street, 23rd und 34th, keine hundert Meter vom Empire State Building entfernt. Auch diese Station ein riesiges Gängesystem unter der Erde, nicht menschenleer, man merkte die Nähe des Times Square und des Theatre District, die vielen Pornoschuppen und Adult-Kinos längst der 34th, auf der sich zu jeder Zeit Menschen drängten, und wo Drogendealer versuchten, ihren bis zur Unwirksamkeit verschnittenen Stoff an New-Jersey-Touristen zu verkaufen.

Robert summte der Schädel von soviel Großstadt. Seine biorhythmische Uhr war noch auf Europa eingestellt, zumal ihm die letzten zwei Tage in New York keine wirkliche Ruhepause gelassen hatten, an der sich sein Körper hätte orientieren können. Der ständige Alarm, der erschöpfte, eilige Schlaf im Hotel, immer wieder hochschießende und kaum noch abbaubare Adrenalinstöße hatten ihn ausgezehrt.

Jetzt aber, als er im S-Train saß, nur noch das Bedürfnis verspürte, so schnell wie möglich nach Hause, nach Deutschland zu gelangen, hatte er weder die Kraft noch die Konzentration, sich abwägende Gedanken zu machen. Er war nie ein guter Schachspieler gewesen und konnte sich nur schwer in eine Strategie hineindenken. Als er auf dem Bahnsteig gegenüber den JFK-Express stehen sah, die Subway-Direktverbindung zum John-F.-Kennedy-Flughafen, erhob er sich mechanisch, als hätte jemand eine Fernsteuerung eingeschaltet, verließ den S-Train und stolperte hinüber zu dem wartenden, nur mit wenigen Fahrgästen besetzten Zug. Sein Gefühl für Gefahr war abgestumpft, reduziert auf ein Raster, das nur noch plus-minus kannte.

Der JFK-Express fuhr, ohne allzu oft anzuhalten, zum Flughafen, daran erinnerte er sich noch. Auf den Gedanken, ein Taxi zu nehmen, kam er nicht. Zögernd betrat er den Wagen, suchte sich einen Platz gegenüber der kleinen Kammer für den Zugbewacher und drehte seinen Rücken gegen das nächstliegende Fenster, so daß er von draußen nicht so leicht zu sehen und kaum zu erkennen war.

Eine halbe Ewigkeit rührte sich der Zug nicht von der Stelle. Dann schlossen endlich die Türen. Ohne anzuhalten durchfuhr der JFK-Express die Stationen 23rd und 14th Street, erst am Washington Square hielt er wieder. Robert stützte den Kopf in die flache rechte Hand und suchte zwischen den Fingern hindurch den Bahnsteig ab, soweit er ihn übersehen konnte. Wieder jagte seine Pulsfrequenz hoch. Zum drittenmal innerhalb kurzer Zeit befand er sich an dem Ort größter Gefahr.

Das Zischen der mit Preßluft schließenden Türen beruhigte ihn wieder. Niemand war zugestiegen, wenigstens nicht in den hinteren Teil des Zuges, vorne war nur noch ein Waggon.

Nach dieser Haltestelle fuhr der Zug sehr lange ohne

anzuhalten, und nach einer Weile fortdauernder Anspannung hatte Robert endlich das Gefühl, das erste Mal seit einer halben Stunde ausatmen zu können, um endlich in der Lunge Platz für frische Luft zu schaffen.

Der JFK-Express endet am Rand des Flughafenareals. Robert ließ sich wie eine Ziege in einer kleinen Herde treiben, er ging, wohin die anderen gingen, blieb stehen, wo die anderen stehen blieben, bestieg mit ihnen den Zubringerbus zum eigentlichen Flughafen und wurde erst aufmerksamer, als der Bus an den verschiedenen Terminals vorfuhr, an denen jeweils andere Fluggesellschaften ihre Abfertigungsschalter haben.

LUFTHANSA war sein Stichwort, und als es durch die Lautsprecheranlage des Busses krächzte, setzte er sich in Bewegung. Er hatte kein Gepäck. Bis zum Abflug blieben ihm siebzehneinhalb Stunden.

Er hatte keine Ahnung, über welche Informationsquellen Rudy verfügte, bisher jedenfalls hatte der Kerl verdammt viel über ihn gewußt, vielleicht gehörte dazu sogar, mit welcher Fluggesellschaft er nach New York gekommen war, vielleicht auch, daß er seinen Rückflug umgebucht hatte. Robert rechnete mit allem, sogar mit dem grienenden Gesicht des Killers, das einfach von irgendwoher vor seinen Augen auftauchte. Also betrat er die hellerleuchtete Abfertigungshalle der Lufthansa gar nicht erst, es genügte zu wissen, wo er hin mußte, um einzuchecken. Noch an dem Busstop wandte er sich nach links. Von den Terminals der nächsten Abfertigungshalle starten viele inneramerikanische Flüge, American Airlines, Delta. Deshalb hielten sich selbst um diese Uhrzeit hier noch viele Menschen auf.

Von den drei Eingängen in die sanft erleuchtete Lobby nahm Robert den ganz linken. Er hatte von außen ein Toilettenzeichen leuchten sehen. Schnurgerade und ohne seinen Kopf auch nur einmal hin und her zu wenden, steuerte er auf den Toilettenzugang zu. *Restroom* las er auf der Tür und wunderte sich über diese schamhafte Umschreibung.

In der letzten der Toilettenzellen schloß er sich ein und setzte sich rechtwinklig zur normalen Sitzposition auf die Klobrille, die Beine gegen die eine, den Kopf gegen die gegenüberliegende Zellenwand gestemmt, im Nacken stützte ihn der Toilettenpapierhalter. Von außen war jetzt nicht mehr zu erkennen, daß sich jemand in der Toilette aufhielt.

Robert saß keine halbe Minute in dieser unbequemen Position, als er in einen völlig chaotischen Schlaf fiel, tief und erschöpft. Trotzdem erwachte er in kurzen Zeitabständen, veränderte seine Sitzposition und schlief wieder ein. So verbrachte er einige Stunden, verlagerte sich dann halb schlafend auf der Klobrille in den Schneidersitz, und obwohl er bald jeden Muskel spürte und fast verrückt vor Schmerz wurde, setzte er seine Füße kein einziges Mal auf den Boden. Weil er sich die Furcht suggeriert hatte, daß der Killer genau in dem Moment die Toilette nach ihm absuchen würde, sobald er, wenn auch nur für einen Moment, mit seinen Füßen den Boden berührte.

Morgens um fünf drängten metallisches Klappern und Stimmengewirr seinen inzwischen nur noch federleichten Schlaf fort. Seine Augenlider schmerzten vom dauernden Zudrücken und wollten sich trotzdem nicht richtig öffnen lassen, obwohl sein Kopf mit dem ersten scharfkantigen Geräusch hellwach geworden war. Nach einer Weile hatte er die Geräusche von draußen als die einer Putzkolonne identifiziert.

Die öffnen bestimmt diese Tür, dachte er, die dürfen mich auf keinen Fall so vorfinden, wie einen Bahnhofspenner.

Schnell und rücksichtslos gegen seine unwilligen Knochen und Muskeln erhob er sich, zupfte seine Klamotten zurecht, sortierte seine Haarsträhnen und trat, so energisch er konnte, aus der Toilettenzelle heraus. Er sah sehr mitgenommen und zerknittert aus, und der Urinfleck auf seiner Hose war noch nicht ganz getrocknet.

Zwei schwarze Frauen starrten ihn erschrocken an. Ihre

hellblauen Kittel spannten sich über mehrere unglaublich dicke Fettrollen, ihre Füße steckten nackt in offenen Schuhen, weiße Hornhaut zeichnete sich an den Seiten ihrer Fersen ab. Beide trugen Brillen, deren Gläser den Schrecken in ihren Augen optisch noch vergrößerten. Robert stapfte laut und schnell an ihnen vorbei und registrierte aus den Augenwinkeln, welche schönen, fein gezeichneten Gesichter zu diesen unglaublich fetten Körpern gehörten. Im Vorraum blieb er vor den Spiegeln stehen. Jetzt verstand er den Schrecken der beiden Frauen, die hinter ihm schon wieder weiterwerkelten: Er sah aus wie ein Squashball nach einem hochklassigen Turnier, gequetscht, gewalkt, geschlagen, malträtiert, fast die gesamte Luft war raus.

Mit Wasser, das er so lange laufen ließ, bis es wenigstens einigermaßen kühl war, gab er seiner Gesichtshaut einen Impuls, die Durchblutung wieder aufzunehmen. Er prustete laut, als das Wasser in sein Gesicht klatschte, und meinte zu spüren, was die beiden Reinigungsfrauen nebenan tuschelten.

Draußen in der Abfertigungshalle herrschte trotz der frühen Stunde schon reger Betrieb. Vor allem anzuggraue Aktenkofferträger flitzten hin und her, Pittsburgh, Chicago, Los Angeles, San Diego, Houston, Kansas City, überall warteten Geschäfte auf den Inhalt ihrer Aktenkoffer, warteten die Hotelbars auf Mr. Goodbar, der seine Spesen loswerden wollte, wartete eine komplette Infrastruktur »Handelsreisende« auf ihre User.

Robert fühlte sich fehl am Platze, ohne Gepäck, völlig verschlunzt, nach Pisse riechend. Er war müde. Noch zwölf Stunden. Irgendein Alarmsignal, schneller als seine bewußte Wahrnehmung, ließ ihn sich rasch hinter einen Betonpfeiler schieben. Als er dahinter hervor durch den Raum peilte, sah er zwei junge Chinesen die Halle durch die automatische Tür betreten. Er hätte nicht sagen können, was ihn daran alarmierte. Sicher, zwei mit runden Gesichtern und gelber Haut hatte er vor dem *Lanterna* gesehen, als er auf Lisa wartete, zwei vor dem Washington Square Hotel, als Rudy ihn erwartete, immer wieder zwischendurch mal einen oder zwei. Aber er hatte nicht den Eindruck, diese beiden da vorne schon zuvor gesehen zu haben. Und trotzdem war er auch nach längerer Überlegung fest entschlossen, seinem inneren Reflex und der Aufforderung zu folgen, Chinesen und solchen, die so aussahen, aus dem Weg zu gehen.

Der Chinese in Lisas Schlafzimmer! Wie eine Dampframme schlug diese Erinnerung auf ihn ein. Natürlich, der nächtliche Überfall, einen Tag, bevor Lisa so plötzlich die New-York-Reise organisiert hatte! Chinesen... was, zur Hölle, hatten die mit Lisa und mit ihm zu tun? Es gab so verdammt viele Fragen, Fragen, die erst in den letzten drei Tagen aufgekommen waren. Und so verdammt viele Chinesen auf dieser Welt! Er fühlte sich einer gleichförmigen asiatischen Physiognomie ohne irgendwelche für eine Unterscheidung notwendigen Merkmale ausgeliefert, von einer Gefahr bedroht, die einfach nur gelb war.

Zu müde zum Nachdenken, spürte er, wie sinnlos es war, weiter darüber zu spekulieren. Er wartete, bis die beiden Putzfrauen die Toilette wieder verlassen hatten, und zog sich dann in seine alte Position zurück. Noch zwölf Stunden.

Anfangs erschien ihm diese Zeit unüberbrückbar. Mit jedem Mann, der die Toilette aufsuchte, und es wurden mit voranschreitender Uhrzeit immer mehr, war die Angst, entdeckt zu werden, wieder da, er lauschte angespannt nach vorwarnenden Geräuschen, nach dem Klang von silberbeschlagenen Stiefeln. Diese Alarmbereitschaft ließ jedoch mit jedem Mal etwas nach. Eine durchsichtige, schallabsorbierende Glocke begann Robert einzuhüllen, in manchen Momenten konnte er sich aus einer erhöhten Position heraus selbst auf der Klobrille hocken sehen, so als schwebten seine Sinne körperlos unter der Decke. So ähnlich hatte er sich schon einmal gefühlt, gestern, im Washington Square Hotel. Erst gestern... Er hatte seinen Tod im Traum gesehen, tot im Hotelzimmer Nummer 605.

Merkwürdigerweise amüsierte ihn diese Erinnerung jetzt, er war nicht mehr im Hotel, und das beruhigte ihn. Obwohl er jetzt wieder mit demselben U-Boot-Gefühl zu kämpfen hatte, eingesperrt in einen Raum – dieser war noch kleiner als das Hotelzimmer – und von außen bedroht. Der Zustand, in den er sich hineingequält hatte, glich dem nach einer Beruhigungsspritze. Sein Körper und sein Geist waren offenbar an die Grenze der Belastbarkeit gestoßen, hatten, aus Notwehr, einschläfernde Hormone hergestellt, endlich nicht mehr das aufputschende Adrenalin, und hatten gleichzeitig Schmerzzentrum und Zeitgefühl soweit lahmgelegt, wie es bei einem nicht schlafenden Menschen überhaupt möglich ist.

Die vielen *Perry-Rhodan*-Geschichten, die er früher gelesen hatte, tauchten mit einemmal in einem bunten Bündel vor ihm auf, Geschichten von Sternenreisen, Teleportation und Hyperraum. Der Hyperraum, der fünfdimensionale Raum jenseits des vierdimensionalen Raum-Zeit-Gebildes, das man sich gerade eben noch vorstellen kann, war seine kindliche Hoffnung gewesen, in seinem vor ihm liegenden und gemessen an Sternenzeiten lächerlich kurzen Leben doch noch andere Welten kennenzulernen. Er hatte sich Bücher über die Relativitätstheorie besorgt und versucht, sie zu verstehen, noch bevor er überhaupt etwas von Mathematik verstand und gerade eben erst zu rechnen gelernt hatte, und er hatte immerhin soviel davon begriffen, als daß sie Reisen selbst über nur wenige Lichtjahre Entfernung hinweg beweiskräftig ausschloß. Und die nächste Galaxie war 1,4 Millionen Lichtjahre entfernt...

Nachts hatte er davon geträumt, mit anderen Wesen in einer fremden Welt zu leben, friedlich, von lebenserleichternder High-Tech umgeben; hatte sich selbst in einem Raumschiff auf Entdeckungsfahrt gesehen, ein Raumfahrer, der dem Weltall Frieden bringt, aber gleichzeitig auch über furchtbare Waffen verfügt, die all die zu schmecken bekamen, die ihn angriffen und gegen die er sich verteidigen mußte. Und dann zerstörte ihm diese Relativitätstheorie, deren mathematische Beweisführung er auch später nie begriffen hatte, alle Hoffnungen. Bis auf eine: Denn da war der Begriff »Hyperraum«, der Über-Raum, der Raum, den wir gar nicht kennen können, weil er noch nicht entdeckt worden ist und weil unsere Sinne ihn nicht begreifen können, der Raum, der über allem schwebt und geniale Abkürzungen zuläßt auf dem Weg von einem Punkt des Weltalls zum anderen oder von einer Zeit in die nächste.

Und jetzt, eingezwängt in eine Toilettenzelle im John-F.-Kennedy-Flughafen, fünfzehn Jahre, nachdem er den letzten Perry Rhodan gelesen hatte, überwältigte ihn der Jubel, einen Zipfel des noch unentdeckten Hyperraums gepackt und gelüftet zu haben. Sein Mund verzog sich zu einem Lächeln, und dieses Lächeln blieb.

Er sah sich selbst, seinen Körper, in einem dreidimensionalen Raum, Länge, Breite, Höhe, beobachtete die Zeit, die ihn umflutete und gleichmäßig abfloß, und dann war da nur noch diese unbegreifliche Ruhe, eine ungemein starke Euphorie, die keinen Bezugspunkt zu haben schien. Diese Euphorie scherte sich weder um die Zeit noch um seine unbequeme Lage im dreidimensionalen Raum; sie schwebte über allem und war sein schutzspendendes, übersinnliches Federbett.

Robert wunderte sich nicht, als er mit einer entspannten, langsamen Bewegung seine Armbanduhr vor die Augen hob und sie 16 Uhr 35 anzeigte.

In vierzig Minuten ging sein Flieger. Wahrscheinlich würde die Fluggesellschaft bald seinen Namen durch die Lautsprecheranlage über den halben Flughafen blasen und ihn zum Einchecken auffordern. Vielleicht hatte sie es sogar schon getan? Dieser Gedanke holte ihn aus dem Hyperraum zurück auf die Klobrille, versetzte ihn jedoch nicht in die Lage, seine Situation realistisch zu beurteilen.

Konnte er jetzt einfach hier herausspazieren und ungefährdet hinüber zum Lufthansa-Terminal gehen? Einerseits konnte er sich kaum vorstellen, daß Rudy ihn hier finden würde: Woher sollte er wissen, wo er war? Andererseits hatte dieser Mensch eine Menge Dinge über ihn gewußt, wer weiß woher. Und diese jungen Chinesen? Er hielt es für sehr unwahrscheinlich, daß irgend jemand hier war, um ihn am Rückflug zu hindern, denn immerhin gab es unendlich viele Möglichkeiten, New York zu verlassen, wer soll sich solch eine Rundum-Beschattung schon leisten können – außer dem CIA. Der CIA, du hast 'n Knall, dachte er, Paranoia!

Trotzdem wollte er nicht mehr als unbedingt nötig riskieren. Vorsichtig, ganz langsam löste er seine ineinander verschlungenen Beine und stellte die Füße auf den Boden. Zuerst hatte er kein Gefühl in den Beinen, dann begannen die heißen Nadelstiche, die das Blut verursacht, wenn es in einen abgeklemmten Körperteil zurückkehrt. Zaghaft bewegte Robert seine Füße. Er konzentrierte sich auf die Uhrzeit, in fünf Minuten, zwanzig Minuten vor fünf, dann mußte er los. Sein Ticket, sein Paß, alles griffbereit.

Das Prickeln in den Beinen war auch um zwanzig Minuten vor fünf noch da. Einmal holte er tief Luft, noch einmal, und dann riß er die Toilettentür auf, stolperte los, warf kurze Blicke in die Spiegel, die seinen Weg säumten, als er den Waschraum durchquerte, Rampenlicht wie im gläsernen Court beim Squash-Endspiel, Körper strecken und aufrecht halten! Dann trat er hinaus in die Halle.

Alles voller Menschen, es war Sommer, ganz Amerika hatte Ferien, und die Amerikaner reisen gerne. Robert folgte einer imaginären Linie, die genau durch die Mitte der Halle führte, immer durch die dicksten Menschenpulks hindurch. Stimmendickicht, englisch, nur kurz versuchte er, sich auf die Bedeutung der Worte zu konzentrieren, die seine Ohren streiften, aber vergeblich, vergeblich, weil er sich eigentlich, unbewußt, auf einen bestimmten Klang einer speziellen Stimme konzentrierte. Was würde sie sagen? »Hallo Robert« – oder Kraut? – »noch am Leben? Abwarten...«

Er nahm den Ausgang am Ende der Halle, von da aus waren es nur noch zwanzig Meter bis zum Eingang der nächsten Halle. Chinesen, da vorne, aber sie tragen große Koffer, fest mit Nylonbändern verschnürte Pappkartons, Kinder wuseln hin und her. Verdammt, es gibt mehr als eine Milliarde Chinesen! Robert *will* nicht auf jedes Detail eingehen um sich herum, er *will* nicht ständig den Kopf verdrehen, um alles zu sehen, was um ihn herum passiert. Durch, geradeaus, schnell.

Die automatische Eingangstür der Lufthansa-Halle öffnet sich, wenige Menschen in der Halle, keiner an einem der fünf Schalter.

Der Vorwurf in Stimme und Augen der Stewardeß ist eindeutig, aber immerhin fragt sie nicht, sondern sagt nur: »Five minutes later it would be too late, Sir.« Robert starrt sie an und spürt genau, daß er ein reichlich dämliches Gesicht macht. In fünf Minuten wäre es zu spät, übersetzt er im Geist und konzentriert sich auf die nächsten Worte. Den Paß bitte. Kein Gepäck? Sie hält ihn für verdächtig, sieht sich den Paß sehr intensiv an, überlegt offensichtlich sehr genau, ob er ein Fall für die Sicherheitsbeamten ist. Er weiß, wie zerfranst er aussieht, seit zwei, nein, seit mehr als drei Tagen unrasiert, vorne ein großer, immer noch als dunkle Schattierung erkennbarer Fleck auf der Hose. Zum Glück sind seine dünnen Haare gelockt und sehen deshalb immer gleich aus.

Jetzt nicht umdrehen, beschwört Robert sein Verlangen, die Halle nach Rudy abzusuchen, jetzt ganz ruhig auf die Stewardeß konzentrieren. Stewardeß? Heißen die hier am Schalter auch so? Oder sind es Hostessen? Hostessen sind Nutten... Nein, Lisa hat auch schon mal als Hosteß gearbeitet. Aber vielleicht hatte sie ja... Drohendes Gedankenchaos, das unter dem Verschluß mit der Aufschrift *Lisa* tobt. Nicht jetzt, denkt er und wiederholt den Gedanken wieder und wieder, stellt sich die Worte vor, nicht jetzt, nicht jetzt.

»Okay, Mr. Mack, gehen Sie zu Gate 12, Sie werden wahrscheinlich der letzte Passagier sein, der an Bord geht.« Er nimmt sein Ticket und die Bordkarte entgegen und versucht zu lächeln, aber gegen ihre eisige Mißbilligung kommt er nicht an. Eine überbreite Rolltreppe liftet ihn nach oben, er durchquert die leere und letzte Wartehalle vor dem abgeschirmten Sicherheitsbereich, die noch Fenster hat. Draußen herrscht Hektik, viele Autos, eine Schlange wartender Yellow Cabs. Im Vorbeigehen sucht Robert vergeblich die lange gelbe Schlange wartender Taxis nach einem der alten Modelle ab, die noch knubbelig und hochbeinig wie ein Esel waren. Am Horizont die Zacken der Manhattan Skyline, klein und harmlos.

Durch eine schwere Feuerschutztür hindurch erreicht er den Gang, von dem alle Gates abzweigen, in dem Geschäfte auf die letzten Dollars gelangweilter Fluggäste warten. Gate 12 liegt schräg gegenüber. Ein Beamter kontrolliert seine Bordkarte und winkt ihn durch.

»Kein Gepäck?«

»Nein, kein Gepäck.«

Die Körperkontrolle ist sehr genau. Sein Portemonnaie muß er öffnen, seinen Schlüsselbund herausholen, seine dünne Jacke wird zentimeterweise betastet.

Ein langer Gang, Hinweisschilder, Ecken, Treppen, dann der letzte Wartesaal vor der beweglichen Schleuse, die an das Flugzeug angedockt ist. Mindestens hundert Menschen stehen vor dem Schleusenzugang, einzeln schieben sie sich an der Stewardeß vorbei, die alle mechanisch grüßt und um die Bordkarte bittet.

Wenigstens bist du nicht der, auf den das ganze Flugzeug warten muß, denkt Robert erleichtert. Er stellt sich hinten an und bewegt sich mit kleinen Schritten auf die Schleuse zu. Vor ihm eine buntgekleidete Menge, einige haben Cowboyhüte auf dem Kopf, manche von ihnen tragen genietete Jeans und Cowboystiefel. Zwischendrin der eine oder andere Geschäftsmann im obligatorischen Manager-Outfit, genervt von den plappernden Urlaubern. Robert wünscht sich einen von diesen schwarzen Attaché-Koffern oder wenigstens eine Umhängetasche. Was soll der Zoll in Deutschland von einem denken, der völlig ohne Gepäck aus Amerika zurückkommt? Die werden jede seiner Körperöffnungen filzen, auf Rauschgift, auf Diamanten, weiß der Teufel, was man alles schmuggeln kann.

Aber was soll's, ich hab ja nichts zu verstecken, *außer dem Blut auf meinem T-Shirt!* Reflexartig greift seine Rechte nach den Jackenrevers und zieht sie in seiner Faust zusammen. *Das* war der Grund, warum ihn die Stewardeß vorhin am Schalter so abschätzig angesehen hatte! Vorsichtig läßt er die Revers wieder los und senkt den Kopf, aus der sich bildenden Öffnung seiner Jacke heraus brennen ihm einige unübersehbare Blutspritzer glutrot entgegen.

41

Als Rudy die Grand Street erreichte, wußte er schon, daß er zu spät kam. Er hatte seinen schwarzen Trans Am rücksichtslos durch die Straßen getreten, alles sehr breite, mehrspurige Straßenzüge, dann die Sixth Avenue runter, dann die Houston bis zur Chrystie Street, auf der, fünfhundert Meter nach der Kreuzung, die Endstation des S-Train liegt. Trotz wildem Slalom, Hupen, Ausbremsen und Tricks brauchte er zu lange, er spürte das genau.

Rudy hatte ein Gefühl für Robert entwickelt, für kurze, wiederkehrende Momente versetzte er sich in den Deutschen hinein, weidete sich an seinen Ängsten, an seiner Verzweiflung – obwohl die für ihn ein Problem war, weil er sie sich nicht richtig erklären konnte. Die ganze Geschichte sah danach aus, als seien die beiden, Lisa Steinberg und Robert Mack, nur nach New York gekommen, um die sechs Millionen Dollar zu kassieren. Dafür hatten sie geschickt ihre Beschatter getäuscht, diese Lisa hatte das Geld geholt und sich damit verpißt. Gut, aber was hatte Robert Mack mit diesem schwarzen Jungen Elliott Parker und der weißen Maria Schreiber zu tun? Warum hat er sich nicht ebenfalls frühzeitig verpißt?

Die Jagd jedenfalls, die Rudy soviel Spaß bereitet und die

im Hotel geendet hatte, zeichnete von Robert das grobe Rasterbild eines reichlich panischen Menschen, dem alle Fäden aus den Händen geglitten waren. Rudy empfand Genugtuung darüber, einen augenscheinlich gut vorbereiteten Plan gründlich aufgemischt zu haben, fühlte aber nur zu genau, daß seine Aktivitäten, nicht einmal seine Anwesenheit der eigentliche Grund dafür waren.

Seine Rechte krachte laut auf das Armaturenbrett. Er versuchte, den mentalen Kontakt wiederherzustellen, und konzentrierte sich.

»Beschissene Träume!« brüllte er laut, »von beschissenen Mäusen!« Er betonte die letzten Worte so, als ekle er sich vor Mäusen. Genau in dem Moment, als er sich voll hätte auf Robert Mack konzentrieren müssen, hatte ihn diese Vision gepackt – oder war es eine Erinnerung gewesen? Hatte er irgendwann wirklich eine Maus auf ein Klebepapier geheftet und aus dem Fenster geworfen? Er war sicher, den Kontakt in dem Moment verloren zu haben, als er in seinen Gedanken den grauen Fellball rücksichtsvoll und vorsichtig mit einem Frisbee- Schwung in den Abgrund befördert hatte.

»Is doch egal, scheißegal!« brüllte er und schlug auf das Armaturenbrett ein. Bis der Deutsche im S-Train vor seiner Nase abgefahren war, hatte er die Ströme gespürt; als er ihm von Angesicht zu Angesicht gegenüberstand, dazwischen nur die Glasscheibe des Subwaywaggons, waren sie sogar mehr als elektrisierend, fast erotisch gewesen. Er hatte sein Opfer gesehen, war ganz ruhig geblieben, hatte ihn nur angesehen und hechelnd atmen sehen, voller Haß auf die Wand zwischen ihnen und nicht auf ihn selbst, hatte den Atem seines Opfers, seines *Freundes,* trotzdem *gespürt,* warm, feucht, vom Streß übersäuert, nach Aceton riechend. Als er nach dem Fenster schlug, hatte er das mehr aus dem Verlangen heraus getan, diesen bebenden Menschen da vor sich zu packen, ihn in die Arme zu nehmen und bewußtlos zu pressen, um ihn dann, wie eine gehetzte und endlich geschlagene Beute, am Kragen zu packen und hinter sich her zu ziehen.

Das war ein so wonniges Gefühl gewesen, eins von denen, die er so selten für sich gewinnen konnte und die er sich so mühsam erkämpfen mußte!

Und dann hatte sein Opfer, sein ihm anvertrautes Opfer, sich ihm mit der Abfahrt des S-Train entzogen. Und jetzt mußte er erkennen, daß der Schlag gegen das Fenster erst die Ouverture seiner Wut gewesen war, verloren zu haben, schlimmer noch: besiegt worden zu sein, von einem, der kein Profi war. Der kurze Traum, den er dann im Auto geträumt hatte, muß den letzten Draht gelöst, die letzte Verbindung gekappt haben.

Jetzt jedenfalls, als er in seinem schwarzen Auto an der Endstation des S-Train stand, gab es keine Ströme mehr in ihm, alle Energie, die er in den letzten Tagen gesammelt hatte, die er sich zu einem dicken, herrlichen Strang zusammengekämmt hatte, verpufften, verließen ihn.

»Ich kriege dich, Kraut«, flüsterte er apathisch, »ich krieg dich noch...« Er konzentrierte sich auf die aus der Motorhaube herausgewölbte Öffnung vor ihm, die den großvolumigen Achtzylinder mit zusätzlicher Luft versorgte, und versetzte sich mittels oft trainierter Technik in eine Art von selbsthypnotischen Zustand. Er mußte Kraft sammeln, um erneut zuzuschlagen, endgültig.

42

Es hat immer sehr viele Augenblicke im normalen täglichen Leben gegeben, in denen ich mir im Geiste Lisa vorgestellt habe, ihr Gesicht, ihre Figur, ihr spöttisches Lächeln, nicht selten ein bösartiges Lächeln. Eine Zeitlang, in den ersten Monaten unserer Beziehung, war ich süchtig nach ihr. Ihre braunen Augen, mal bernsteinfarben, mal dunkelbraun, hatten sich in meinem Gehirn regelrecht festgekrallt, egal wo ich war, sie ließen mich nicht in Ruhe. Wenn ich damals an sie dachte, sah ich nicht ihren Körper, sondern diese Augen, intensiv strahlten sie mich an, nicht im Sinne von Freude und Entgegenkommen, nein, darin lag etwas von einer Spinne, von einem Wesen, das Lust empfindet, ein anderes Wesen zu fangen, mit Tricks und Spielchen, es zu fesseln, zappeln zu lassen, es anzustarren, wenn es bedingungslos, freudig, vernarrt in die Falle läuft, hilflos festhängt.

Das war mir so egal, im Gegenteil. Ich *wollte* gefangen werden, ich *wollte* das Opfer dieser Augen sein, mich nicht gegen sie wehren. Ihre Augen versprachen Geheimnisvolles, versprachen Ausschließlichkeit: zwei Menschen mitten in Menschenmassen, sie sehen sich an und glühen, sind sich selbst genug, sehen sich in die Augen, orgiastische Energie, Zeit verstreicht unbemerkt, Penis wird prall, perlende Wellen, Körpertemperatur sinkt leicht, die Blicke glühen, tropfendes Geschlecht, scharfer Geruch, nur Spannung, nur Energie, Verlangen und Liebe.

Ich berührte sie, VOSHHH!, eine Entladung. Sofort lud sich die freigeblitzte Energie wieder nach. Alle Wünsche, die ich hatte, drängten zu ihr. Und trotzdem war da so unendlich viel Zeit. Es gab kein wildes, ungestümes Verzehren. Nur das Versprechen darauf, und das genügte mir.

Als ich sie das erste Mal fickte..., nein, als *sie mich* das erste Mal fickte, versteinerte ich völlig. Ich lag wie ein Stamm unter ihr, alle Zellen waren so gefüllt, alle Adern so voll, alle Muskeln so verhärtet, daß einzig mein Penis vor Über-Spannung nicht richtig steif wurde. Als er sich in sie hineinknüllte, wurde ich fast ohnmächtig. Ich griff mit beiden Händen nach ihrem Po, der so rund und weich war, wie ich mir einen Po immer gewünscht hatte. Es war für mich unfaßbar, mit welchen Bewegungen sie auf mir ritt, wie ihr Körper rollte, ihre Brüste zitterten und walgten, ihre Schamhaare gegen meine rieben und unsere Körper sich von unseren Geschlechtsteilen aus aufluden wie Kondensatoren. Ich hatte Angst, in einem Blitzschlag aus statischer Energie zu verglühen, und gleichzeitig wünschte ich mir, so kurz, gewaltig und grell zuckend zu vergehen, im Moment größter Lust zu zerreißen, mit ihr. Keine Sekunde ließ ich ihren Blick los. Zu Anfang lächelte sie leicht, dann wurden ihre Augen kälter, wild, verlangten mein Leben. Ihre Haare pendelten an beiden Seiten ihres Kopfes vor und zurück, ihr Mund, viel zu groß für die schmalen Lippen, riß auf, sie grunzte tief, lachte, kein fröhliches Lachen, und als ich kam, kaum stoßend vor Verspannung, überfluteten Genugtuung und Triumph ihr Gesicht. Ihre Pupillen zogen sich in die Breite, wurden flacher und waren plötzlich viereckig, wie die Pupillen einer Ziege. Ich bin ein nüchterner Mensch und glaube im allgemeinen nur das, was ich sehe. Aber diese viereckigen Augen *sah* ich mit meinen eigenen Augen!

Ich mußte meine Augen schließen, nichts war jetzt so wichtig wie unsere Liebe, ich kämpfte um meinen Orgasmus. Als ich sie wieder öffnete, hockte sie auf mir, atmete heftig, war erschöpft, lächelte warm und glücklich. Ihre Pupillen waren weit geöffnet, schwarz und rund – wie sonst, dachte ich und verriet meine Erinnerung.

Ich wollte sie nur ansehen, bewegungslos. Einige Minuten spielte sie mit. Dann wurde sie immer fröhlicher, entzog sich mir langsam, verlor die Wärme, die ich mir einbildete zu spüren, und war nur noch eine strahlende Siegerin. Ich fühlte mich alarmiert. Gleichzeitig jedoch auch, ganz leicht, wie durch eine sehr weit entfernte Stimme, angespornt, es ihr gleichzutun.

Aber das war in solchen Momenten nicht möglich, meine Gefühle waren anders und wehrten sich dagegen, verdreht zu werden. Und trotzdem war das lange Wochen und Monate kein wirkliches Problem. Wir brannten beide, ich ein wenig mehr, aus meiner Sicht, sie kürzer und schneller und, aus ihrer Sicht, intensiver.

In dieser Zeit lebte ich in Trance, ein Zustand, der merkwürdigerweise von innen, aus mir heraus genährt und mit immer frischer Energie versorgt wurde. Ich wollte sie nie mehr loslassen. Wenn sie weg war, war ich bei ihr; wenn sie bei mir war, war ich in ihr.

Sie hatte mich in festem Griff. Wenn sie spöttisch wurde, wenn sie Unwillen zeigte, gab ich sofort nach, wenn sie mich auslachte, wurde ich rot vor Scham und wehrlos.

Aber aus Scham wurde bald Wut, als ich merkte, wie sie ohne Sinn, ohne Not, ohne für sich selbst einen Grund zu haben, meine Scham, meinen Kopf rot glühen sehen wollte. Ich fühlte mich mehr und mehr wie ein trotteliger Idiot, der sich bedingungslos unterwarf. Also Gegenwehr. Aufbau von Abwehrbatterien. Rücksichtslosigkeit. Und dann, endlich, gewann ich Spaß an dem Gefühl, daß ich berechtigt war, rücksichtslos zurückzuschlagen, schließlich hatte sie mich zuerst gequält. Meine Gegenwehr war lange nicht so perfekt wie ihre Angriffe. Um so schöner dann allerdings das Gefühl, als ich auf meine Treffer hin Wirkung sah. Genugtuung jetzt für mich.

Ihr Schlachtfeld war zuerst der unmittelbare Kontakt mit mir, von Angesicht zu Angesicht, wenn wir alleine waren. Später dann, als ihre Effektivität nachließ, nutzte sie die Anwesenheit anderer. Sie konnte leicht alle auf ihre Seite bringen, ich konnte nichts gegen diese Parteibildung unternehmen, war wieder einmal machtlos und nicht der Gegenwehr fähig.

Meine neue Waffe wurde Gleichgültigkeit, als hätte ich das Interesse an ihr verloren. Wenn ich sie einfach hängen, auf mich warten, schmoren ließ, war sie machtlos. Wenn ich andere Frauen vögelte, nachts wegblieb, lange herumlungerte, und sie spürte, daß es mir sogar Spaß machte und ich es nicht nur ihretwegen tat, dann litt sie, weil sie keine Kontrolle mehr hatte.

Gut, ich kehrte zwar zurück, und sie konnte mich dann zappeln lassen – und das tat sie ausgiebig –, aber so glich sich das Konto wenigstens aus. Dachte ich.

Bis gestern. Jetzt allerdings hatte sie mich auf eine Art ausgetrickst, die nichts mehr mit mir, nichts mit uns zu tun hatte. Ich spielte auf einmal keine Rolle mehr, das spürte ich ganz genau. Sie hatte irgendein Planspiel durchgeführt, in dem ich nicht mehr vorhanden war – lediglich am Anfang, als Gast. Ich war mir nicht sicher, aber ich glaube, sie hatte mich eigentlich in New York gar nicht gebraucht. Sie hatte mich mitgenommen, um mich zu demütigen. Vielleicht wollte sie sogar meinen Tod. Welchen Grund könnte es sonst für diesen Rudy geben?

Innerhalb von Tagen war ich von einer Sucht entwöhnt, plötzlich und ohne es zu wollen, einer Sucht, die mich Jahre fest im Griff gehabt hatte. Lisa war für mich mit einemmal zur Fremden geworden, aus meinem Herz herauskatapultiert, und sogar ihr Bild hatte sie mitgenommen, es reduzierte sich in meinem Kopf auf zwei braune, viereckige Ziegenaugen – wahrscheinlich, ich gebe das zu, weil ich es so wollte. Vielleicht würde sie sich sogar darüber ärgern, wenn sie es wüßte. Aber, ich versuchte den Gedanken ohne Trauer hinzunehmen, wahrscheinlicher schien mir, daß ich ihr einfach gleichgültig geworden war.

43

Die Luft war ungewöhnlich klar. Nur am Boden, weit unten, vielleicht 2000 Meter unter der 747, schwebte eine leichte Nebelschicht, mehr eine dünne Dunstfahne, die nur auf kräftigere Sonnenstrahlen wartete, um sich dann aufzulösen. Die letzten Reste des klebrigen Frühstücks wurden eingesammelt. Alle sehnten sich nach der Landung. Die wenigen robusten Naturen, die im Flugzeug schlafen können, fielen jetzt besonders auf, weil sie entspannt in ihren Sesseln hingen, während die anderen, die meisten, gereizt und unausgeschlafen ihr Gewicht von der einen gefühllosen Pobacke auf die andere und wieder zurück verlagerten.

Robert war immer noch nicht richtig wach, trotz der drei Tassen Kaffee, die er schon in sich hineingeschüttet hatte. Was ihn überhaupt nur hatte aufwachen lassen, waren nicht etwa die Bemühungen des Stewards gewesen, als der ihm das Frühstückstablett brachte, sondern brutale konvulsive Magenkrämpfe. Zuerst hatte er sie nur im Traum wahrgenommen, ein Traum, den er vor sich selbst peinlich fand: Ein dunkler, gesichtsloser Mann hatte sich an ihn herangemacht, ihn erst gestreichelt, dann entkleidet; er hatte es zugelassen, war sehr erregt, und erst als er den Penis des Mannes in sich spürte, setzten die Krämpfe ein, wogend, periodisch, regelmäßig, genauso wie die Bewegungen des Mannes. »Laß das doch nicht zu, du Schwein!« beschwor ihn eine Frau mit Lisas Gesicht und schüttelte seinen Arm, immer unwilliger, immer bestimmter. Die Intensität seiner Krämpfe potenzierte sich. Als Robert hochschreckte und die Augen öffnete, sah er eine behaarte Männerhand auf seinem Arm. Er schlug sie reflexartig weg, registrierte erst dann, daß sie zu dem Lufthansa-Steward gehörte.

»Ihr Frühstück, mein Herr. Bitte sehr!« sagte dieser beherrscht und betont höflich, sah ihn dabei jedoch böse an.

Robert hätte nicht antworten können, deshalb griff er nach dem Tablett und nickte nur. Ihm wurde wieder sein schmuddeliges Äußeres bewußt. Das T-Shirt hatte er zwar schon kurz nach dem Start vor sieben Stunden auf der Toilette gewendet, die Rückseite nach vorne, so daß die Blutspritzer nicht mehr zu sehen waren, aber seine Hose wies immer noch eine großflächige Verdunklung auf, und obwohl sie inzwischen getrocknet war, klebte sie leicht an seinen Oberschenkeln und sonderte schwach, aber gleichmäßig den Geruch einer öffentlichen Toilette ab. Seine Sitznachbarn rechts und links beugten sich demonstrativ von ihm weg, und wenn sie das während des gesamten Fluges schon taten, waren sie bestimmt stinksauer auf ihn. Wäre er in normaler Verfassung und hätte die letzten vier Tage nicht mitgemacht, wäre er vor Scham verrückt geworden. Er benutzte normalerweise täglich Rasierwasser und, je nachdem was er unternahm, mehrmals Eau de Toilette und er hatte eine empfindliche Nase, was die Gerüche anderer betraf. Sein Geruchssinn war für sein Verhalten anderen gegenüber sehr bestimmend, und er war mit einem »verführerischen Duft« leicht zu blenden. Lisa zum Beispiel benutzte einen Duft, der ihm, zumindest anfangs, regelrecht die Sinne nahm, ein schweres, lederiges, lange nachduftendes Parfum, das an allem haften blieb, was sie anfaßte. Als sie ihn das erste Mal besucht und Kaffee bei ihm getrunken hatte, hing dieser Duft noch am nächsten Morgen an dem Tassenhenkel, und er drückte immer wieder sehnsüchtig seine Nase daran und träumte von ihr. Fast hatte er manchmal sogar den Eindruck gehabt, nicht sie, sondern ihren Duft zu lieben, und es beunruhigte ihn sehr, wenn er denselben Duft an einer anderen Frau roch.

Die Schriftzüge *Fasten Seat Belt* und *No Smoking* leuchteten auf, begleitet von einem sanften, dreitönigen Gong. Robert spannte seine Bauchmuskeln an. Der Gurt straffte sich, er hatte ihn während des Fluges nicht gelöst. Robert wunderte sich über seine Stimmung. Die Wut auf Lisa, die Angst vor Rudy, der Haß auf ihn wegen Elliotts Tod, all das war einer Melancholie gewichen, die ihn wie ein Schutzmantel umhüllte. Er hatte Mitleid, Mitleid mit sich selbst wegen der Dinge, die man ihm angetan, wegen des Verlustes, den er erlitten hatte. Die ganze Welt hat sich gegen mich verschworen, dachte er wehleidig und spürte gleichzeitig, daß er sich belog. Da war eine Komponente, die er nicht wahrhaben wollte, nämlich sein Anteil an dem Geschehen. Lisa konnte sehr mies sein, sie hatte ihm schon oft genug sehr zugesetzt, manchmal schien sie ihm krankhaft sadistisch zu sein. Aber im großen ganzen hatte er sich immer erfolgreich gewehrt, und selbst wenn das vergiftete Klima zwischen ihnen beiden mehr von ihr ausging, so hatte doch er sie für sich ausgesucht und konnte sie dafür mit Sicherheit nicht verantwortlich machen. Ein Wechselspiel, ein ernstes Spiel, ein krankes, eben auch masochistisches, eins, das beiden die Legitimation für anormales Verhalten gab, ein verdrehtes Spiel, das trotzdem Spielregeln hatte, die sie beide einhielten.

Er wehrte sich dagegen, die Tage, bevor sie nach New York geflogen waren, zu analysieren. Weil er seine Melancholie, seine Schuldlosigkeit genießen wollte und ebenso das Gefühl, bald vor Lisa treten zu können und sie mit voller Berechtigung zusammenzuschlagen: *Sie* hatte ihm die New Yorker Tage eingebrockt, *sie* hatte ihn zwischen Maria Schreibers Beine getrieben, *sie* war schuld an Elliotts Tod, vielleicht auch an Tonis, *sie* hatte alles verursacht, was ihn in den letzten Tagen gequält hatte.

Als, nach den Reifen der beiden Hauptachsen, auch das Bugrad der Maschine aufsetzte, brandete Beifall auf, zuerst klatschten nur einige zaghaft, dann fast die Hälfte der Passagiere. Die wenigen Geschäftsreisenden rümpften verächtlich die Nase und schworen sich wohl, das nächste Mal erster Klasse zu fliegen. Als die Maschine andockte, das Heulen der Turbinen verebbte und alle nervös nach ihrem Handgepäck hangelten, stand Robert schon am Ausgang. Der Steward löste die Verriegelung und drückte die Tür nach draußen auf. Robert stapfte los, unempfindlich gegen das Getuschel der Crew hinter ihm.

Die Paßkontrolle war intensiv und doch problemlos, und für Robert überraschend war die Zollkontrolle: Die Zollbeamten schätzten ihn als zwar leicht verwirrt aber harmlos ein, und als er ihnen seine schnell improvisierte Geschichte erzählte – Gepäck wird zusammen mit einigen sperrigen Gütern in einem Container nachgeliefert –, winkten sie ihn gelangweilt durch.

Am Bankschalter der Kreissparkasse wechselte Robert alle Dollars, die er noch besaß. Dann trat er ins Freie hinaus, atmete die dicke, dreckschwangere Kölner Luft ein und warf sich in das Taxi, das am Anfang der langen Schlange mit laufendem Motor stand. Die Adresse, die er dem Fahrer nannte, hatte er bereits stundenlang im Kopf hin und her gewälzt: Hardefuststraße 17, Köln-Südstadt.

Er klingelte nicht, hätte fast den Schlüssel nicht ins Schloß bekommen, zitterte, war nervös, zwang sich, die Stufen nicht zu schnell hochzusteigen, um nicht außer Atem zu geraten.

Für Lisa wollte er in Bestform sein. An ihrer Wohnungstür lauschte er, legte den Kopf an das Holz, keine Geräusche von drinnen. Wie ein Betrunkener zielte er und als er sicher war, genau zu treffen, stieß er den Schlüssel ins Schloß, drehte, erwartete, daß die Tür aufsprang. Aber er mußte noch mal drehen, und noch einmal, erst dann ließ sie sich öffnen. Abgeschlossen! Also war sie nicht da. Vielleicht war doch alles ganz anders...

Aber als er Lisas Wohnung betrat, setzte das wasserfallartige Zusammenlaufen scheinbar für sich stehender Einzelheiten ein, wie es jede Beziehung, die an ihrem Ende angelangt ist, vollends ertränkt: Der ungeordnete Haufen von Jacken und Mänteln, der über nur zwei Wandhaken gehangen hatte, war weg; im Kleiderschrank fehlte sämtliche Unterwäsche, Strümpfe; im Bad waren die Kosmetik-Batterien durcheinandergewirbelt, mehr als die Hälfte der Utensilien fehlte; der bislang unerschöpfliche Vorrat an Plastiktüten, in der Spüle gehortet, war bis auf wenige kleine oder defekte Tüten dezimiert; im Wohnzimmer lagen eine Menge Schallplatten auf dem Boden verstreut, und Robert wußte, ohne nachsehen zu müssen, welche nicht mehr da waren: Herbert Grönemeyer, Duran Duran, Die Ärzte, Levine Hudson und noch ein paar andere.

Sie war hier gewesen. Es gab keine Entschuldigung, es gab keine andere Erklärung. Lisa war schuldig.

Robert ließ sich auf einen der Wiener Caféhausstuhl-Imitate in der Küche fallen. Wo sollte er suchen? Lisas Freunde? Die wenigen, die er kannte, würden zu ihr halten, sie brauchte ihnen nur irgendwelche Horrorgeschichten über ihn erzählt zu haben, die würden ihr glauben. Und wenn all das stimmte, was sich andeutete, dann hatte sie vorgesorgt. Wie sollte er herausbekommen, wo sie steckte? Allenfalls über ihre Arbeitsstelle. Sie mußte arbeiten, sie konnte unmöglich von ihrem Konto leben, sie würde irgendwann ihre Post abholen müssen... Aber Maria Schreiber hatte etwas von Geld erzählt, vielleicht war es genug, daß sie ihren Job an den

Nagel hängen konnte. O verdammt, er war es so leid zu fantasieren, sich irgend etwas zusammenzureimen! Das Telefon klingelte.

Robert sprang auf, war schon am Apparat und hatte die Hand am Hörer, als er innehielt. Vielleicht war es besser, wenn niemand wußte, daß er wieder in Deutschland war. Vielleicht war sie es, um zu checken, ob es jetzt ernst wurde. Langsam zog er seine Hand zurück. Nach dem dritten Klingelzeichen lief der Anrufbeantworter an. Hastig drehte Robert den Mithörregler auf und lauschte dem Text, den er schon so oft gehört hatte: ...nicht zu Hause... Nachricht... Piepton... Seine Blicke krallten sich in die Lautsprecheröffnung. »Lisa«, flüsterte er, »Lisa...«

Niemand sprach nach dem Pfeifton. An den Nebengeräuschen merkte Robert, daß jemand in der Leitung war. Er hörte Atmen, leisen Straßenverkehr im Hintergrund, weit entfernte Stimmen. Roberts Herz vibrierte. Er spürte den Menschen am anderen Ende der Leitung, er spürte, daß er diesen Menschen kannte, er wußte, daß es Lisa war.

Robert versuchte, sich abzulenken von dem immer mächtiger werdenden Verlangen, den Hörer vom Apparat zu reißen, hineinzubrüllen: »Du verdammtes Schwein, du Mörderin, du Ratte!« Warum rief sie sich selbst an, warum sollte sie herausfinden wollen, ob er in der Wohnung war... nein, nein, das war es nicht, außerdem, wenn sie den Anrufbeantworter angestellt hatte, dann konnte sie nicht davon ausgehen, daß er den Hörer schnell genug abhob... wieso sollte sie überhaupt annehmen, daß er gerade jetzt in ihrer Wohnung war? Scheiße, nein, die wird doch nicht alle zehn Minuten anrufen, schon gar nicht, solange der Anrufbeantworter angestellt ist...

Der Anrufbeantworter *angestellt*! Robert zuckte zusammen. Sie hatte gar nicht alle zehn Minuten angerufen, sie hatte nur dieses eine Mal angerufen, und zwar um zu checken, ob der Anrufbeantworter aktiviert war und ob die Cassette noch im Gerät war! Sie besaß nur dieses altmodische Teil mit einer Cassette, auf der im Minutenabstand der Ansagetext immer wieder aufgenommen wurde, dazwischen war Platz für den jeweiligen Anrufer.

»Du Ratte, ich hab dich, du hast vergessen, die Cassette verschwinden zu lassen«, schrie Robert, und dann: »Leg auf, leg auf, du Stinktier!« Die Verbindung war schon längst unterbrochen, er hörte ein gleichmäßiges Ticken, das Atmen und die Hintergrundgeräusche waren fort.

»Warte«, sagte er, »warte, ich krieg dich.« Er ließ das Band zurückspulen, nicht bis zum Anfang, nach dem ersten Piepton ließ er die Rücklauftaste los, automatisch schaltete sich das Gerät auf Wiedergabe. Atmen, Straßengeräusche.

»Du Idiot!« beschimpfte er sich selbst, »das haste doch gerade gehört!« Weiter zurück. Piepton. Etwas zu weit. »...haben eine Minute Zeit. Bitte sprechen Sie nach dem Pfeifton«, der Schluß der Ansage vor der Aufnahme, die er hören wollte.

Eine Frauenstimme. »Hallo Lisa, hier ist Bettina. Es war gut, daß du noch aus Amerika bei mir angerufen hast, weil ich jetzt für zwei Tage weg bin. Klar kannst du bei mir unterschlüpfen. Laß dich von diesem Arsch namens Robert nicht erwischen, bleib hier bei mir, bis alles geklärt ist. Jetzt paß auf: Den Schlüssel für die Wohnung verstecke ich in dem Blümenkübel, der im Flur vor meiner Wohnung steht. Ich grab ihn ein, mußt du halt ein bißchen buddeln, okay? Alles klar, bis bald dann, Lisa. Laß dich nicht unterkriegen, hörst du? Ciao! ...Und Lisa, vergiß nicht, das Band zu löschen, okay?«

Robert grölte laut los. »Eyohh! Bettina Wortmann, du Votze! Nix hat sie gelöscht, und Robert, dieser Arsch, weiß, wo du wohnst, ganz genau sogar!« Dreimal trat er nach dem Anrufbeantworter, fetzte ihn quer durch den Raum, das Kabel riß aus der Dose. Er war schon an der Tür, als sein Verstand wieder seine Arbeit aufnahm. Wenn Lisa noch einmal anrief und dann der Beantworter nicht lief... dann wüßte sie Bescheid. Er rannte zurück und pfriemelte mühevoll die beiden Kabelenden in die Telefondose, mußte sie allerdings provisorisch mit zwei Streichhölzern fixieren, weil er keinen Schraubenzieher hatte.

Robert konnte sich nicht erklären, warum Lisas Golf noch vor der Tür stand: Wenn jemand so viele Klamotten zusammenrafft und abhaut, dachte er, dann ist doch das nächstliegende, alles ins eigene Auto zu schmeißen und loszuzischen! Er hatte noch, genauso wie die Schlüssel zu Lisas Wohnung, den für ihr Auto an seinem Bund, das, bei dem Gedanken mußte er lächeln, sein einziges Gepäck auf dem Weg von New York nach Köln gewesen war.

Zweimal würgte er den Motor ab, ein Diesel muß vorglühen, und Robert versuchte zu früh, ihn zum Laufen zu bringen. Als der Motor endlich unter heftigem Nageln lief, trat er zu, Vollgas, und schoß los. Ingrid Wortmann wohnte im Zugweg, ein paar Straßenecken weiter, keine Strecke, um einen Dieselmotor warmzufahren.

Als er in den Zugweg einbog, nagelte die Maschine immer noch. Robert stoppte gleich zu Beginn der Straße, ließ den Wagen einfach am Straßenrand vor einer besetzten Parklücke stehen und preschte los. Wieder funktionierte sein Verstand langsamer als seine Reflexe, wieder mußte er eine vorschnelle Aktion rückgängig machen. Wenn der Zugeparkte die Polizei holte, würde man irgendwann nach Lisa suchen, kombinierte er mühsam, wer wußte, was noch alles passierte, war auch egal, aber die Polizei konnte er am wenigsten gebrauchen.

Er schielte nach den Fenstern von Ingrids Wohnung, die nach vorne zur Straße hinauszeigten. Die innen angebrachten Jalousien waren heruntergelassen, dahinter konnte Lisa natürlich stehen und ihn schon längst gesehen haben. Er sprang in den Golf, setzte zurück und suchte in der Rolandstraße um die Ecke einen Parkplatz, schloß sogar den Wagen ab, ganz unauffällig. Im Zugweg drückte er sich an den Häuserwänden entlang, keine hundert Meter von der Straßenecke entfernt war der Hauseingang, den er suchte.

Das Treppenhaus zu Ingrids Wohnung war nur vom Hof

aus zu erreichen, und die Toreinfahrt war, zumindest tagsüber, immer geöffnet, weil in dem Hinterhof einige Kleingeschäfte ihre Lager hatten und dort die Übungsräume einer alternativen Theatergruppe waren. Auch die Tür zum Treppenhaus war nicht verschlossen. Robert hechtete nach oben, zweiter oder dritter Stock, das wußte er nicht mehr genau, Schmidtke, Rieskamp, Juul, Tepper, Wortmann: der mittlere Eingang von drei möglichen auf der dritten Etage.

Robert legte beide Hände auf den Türrahmen, eine ganz links, die andere ganz rechts, die Beine breit auseinander. Er mußte kurz verschnaufen. Die Tür hatte keinen Spion, solange Lisa sie also nicht öffnete, konnte er nicht entdeckt werden. Bis hierher war alles einfach, bis hierher hatte er die Schlüssel gehabt, die er brauchte, aber eben nur bis hier. Auf Klingeln würde sie nicht öffnen, das wußte er, denn wer sich in einer fremden Wohnung verbirgt, der verhält sich ruhig, zieht die Jalousien nicht hoch, macht so wenig Müll wie möglich, um ihn nicht nach unten bringen zu müssen, hebt das Telefon nicht ab, macht abends kein Licht.

Er wollte schon den Klingelknopf drücken, als er hinter der Tür Geräusche hörte, Rascheln, Schlüsselklimpern und dann wurde die Tür aufgerissen. Lisa blieb stehen wie vor eine Wand geknallt und starrte ihn an, fassungslos, zerzaust, in Eile.

Natürlich, sie will die Cassette aus dem Anrufbeantworter entfernen, dachte Robert hämisch, Pech, zu lange überlegt, und schlug ihr zeitgleich seine rechte Faust gerade auf die Nase. Lisas Nasenbein knirschte, ein ekliges Geräusch, und sie prallte ein, zwei Meter zurück. Blut, das sie nicht einmal versuchte, mit der Hand zurückzuhalten, schoß aus ihrem Gesicht, ihre Arme baumelten schlaff an ihr herunter, sie schien an Schnüren zu hängen wie eine Marionette, deren Spieler gerade Pause macht. Robert trat mit der Ferse die Tür ins Schloß und lehnte sich dagegen. Er sah nur kurz auf Lisa, auf ihre blutende Nase, ihre aufgerissenen Augen bemerkte er gar nicht.

Sein Blick wurde von einem Haufen grüner Dollarbanknoten gefesselt, der auf dem Eßtisch im Flur lag, teilweise zu geraden Türmchen gehäuft und offensichtlich gezählt, der Rest ungeordnet. Dieser Dollarhaufen nahm ihm den letzten Rest an Beherrschung, er sah seine Befürchtung bestätigt und gleichzeitig und endlich und umfassend die Rechtfertigung für alles, was jetzt geschehen würde. Er dachte gar nicht mehr nach, Gedankenfetzen zogen ihre Kondensstreifen durch sein Gehirn: Sie hat mich verraten, sie hat mich mißbraucht, sie hat mich verarscht, sie hat mich zu einem Scheißhaufen gemacht... Er spürte seine Arme nicht, die auf sie einschlugen, sah seine eigenen Füße, die immer wieder schnell vorzuckten. Sie schrie, und er auch. Aber er hörte nur seine Schreie und spürte nur seine Melancholie und seine Wut.

44

Lisa hatte Robert in dem Moment aus ihrem Kopf hinauskatapultiert, als ihr die Dollar-Tasche aus dem Hohlraum unter der Spüle entgegensprang. Sie hatte keine Ahnung, was in der Zwischenzeit abgelaufen war, sie wußte nichts von Tonis Tod, nichts von Rudy, nichts von Maria. Für ihre Begriffe hatte sie Robert eine letzte große Show geliefert, ihm endgültig den glühendheißen Stempel: *Verloren – laß mich in Ruhe!* ins Fleisch gepreßt und darin steckenlassen. Der Gestank erreichte ihre Nase nicht mehr, sie hatte abgedreht und sich um ihre Belange gekümmert. Und die bezogen sich nicht mehr auf Partnerschaft, auf Freundschaft oder Liebe. Sie dachte nicht darüber nach, was passiert war. Nicht etwa, weil es sie nicht interessierte, nein, im Gegenteil, sie war in ihre Abgänge verliebt, sie mochte es, sich in einer hochgespannten, energiegeladenen Situation einfach umzudrehen und zu gehen, Liza-Minelli-mäßig, wie sie am Ende des Films *Cabaret* geht, weil sie gehen muß, sich gegen ihre Liebe entscheiden muß, weil sie eigentlich nicht an die Liebe glaubt. Lisa hatte den Film auf Video und ihn immer wieder gesehen, dieser Abgang... Irgendwie hatte sie bei Robert den Moment für den Showdown verpaßt, es ergab sich einfach keine Möglichkeit, einen wirklich unter die Haut gehenden, tragischen Abgang zu inszenieren, einen, der Robert genagelt, reaktionsunfähig gemacht hätte. Dabei schoben sich die Gitterstäbe täglich enger zusammen, aber zugleich reduzierten sich viele theoretisch denkbare Alternativen deutlich auf ein Entweder und ein Oder.

Seit die sechs Millionen Dollar zum erstenmal am Horizont aufgetaucht waren, lief plötzlich alles von allein - zumindest aus ihrer Sicht. Es ereignete sich, riß sie mit, sie folgte ihren Intuitionen, und dafür gab es für sie eine einleuchtende Erklärung: Seit sie sich erinnern konnte, gab es um sie herum Konflikte, Probleme, Auseinandersetzungen; anfangs hatte sie sich darüber kindlich gewundert, dann aber den Konfliktherd eindeutig lokalisiert: Lisa Steinberg, konfliktsüchtig. Sie selbst zog Konflikte an, verursachte und zelebrierte sie. Und wenn sonst vielleicht nichts Besonderes an ihr war, diese eine Eigenschaft war es und war ihr heilig, sie hegte sie und sie unterstützte ihr Wachsen, wo sie nur konnte.

Lisa traute Robert durchaus zu, daß er das Küchenmesser benutzte, das er ihr an die Kehle hielt. Noch nie hatte sie ihn so konfus gesehen, völlig zerzaust, mit einem fast blöden Blick und einem Gesichtsausdruck, der ihn so entstellte, daß sie ihn nicht auf den ersten Blick wiedererkannt hatte. Seine Wangenknochen stachen hervor, sein Kinn ebenfalls und sogar die Nase, deren runde Spitze sie anfangs, als sie sich kennengelernt hatten, wirklich mochte und woran sie früher gerne knabberte und biß.

Sie schloß die Tür zu ihrer Wohnung auf.

»Runter auf den Boden, auf den Bauch, die Stirn nach unten. Wenn du hochkommst, bist du reif«, sagte Robert kühl.

Lisa dirigierte ihre schmerzhaften Glieder in Bauchlage und achtete darauf, mit ihrer blutverkrusteten Nase nicht anzustoßen.

»Robert, kapier doch endlich, ich weiß nichts von einem Rudy, ich habe keine Ahnung, was da in New York los war. Ich wußte nur von dem Geld, und daß ich es haben wollte.«

Robert antwortete nicht.

»Ich wußte doch nicht, ob du mitmachen würdest, wenn ich dir alles gesagt hätte... Robert... « Sie drehte leicht den Kopf und sah ihn aus den Augenwinkeln an. Roberts Blick war leer, weder Wut noch Gnade spiegelten sich darin wider.

»Robert, es war Scheiße. Aber wir leben, und da ist das Geld. Zwanzigtausend Dollar, Robert!«

»Daß ich lebe, habe ich nicht dir zu verdanken«, antwortete Robert.

»Laß mich erklären... «, stieß Lisa hervor und hob ihren Oberkörper leicht.

»Toni ist tot«, unterbrach Robert sie und drückte ihren Torso mit dem Fuß wieder zu Boden.

»Toni? Wieso?«

»Er tauchte in New York auf, weiß der Teufel wieso – oder weißt du es?«

»Keine Ahnung... « Lisa flüsterte fast und konzentrierte sich darauf, keine Regung zu zeigen.

»Was ist mit Rudy?«

»Wer soll das sein?«

»Schwarze Klamotten, ein Killer. Hast du nie gehört von, oder?«

»Keine Ahnung, Robert, wirklich! Ich weiß nicht, wer das ist.«

Robert hatte seinen Fuß noch nicht von ihrem Rücken genommen. »Natürlich nicht, ist dir auch egal, daß der mich killen wollte, du hast das Geld, richtig?«

»Robert, ich habe nicht geahnt, daß die paar Dollar solche Probleme bringen würden... «

Die paar Dollar... Roberts Gedanken hüpften für einige

Sekunden hin und her, dann erschien ihm die Vision von einem viel größeren Haufen Geld.

»Du hast recht, Lisa!« sagte er drohend, »du hast recht«, und schlug mit der Faust gegen den Türrahmen. »Wegen *der paar* Dollar ist das alles nicht passiert, Lisa!« Er verlagerte mehr und mehr sein Gewicht auf den Fuß in ihrem Rücken.

»Robert!« sie hustete. »Bitte... «

»Wegen zwanzigtausend Dollar kommt Toni nicht extra nach New York.« Robert sprach monoton. »Wegen zwanzigtausend Dollar wird kein Killer engagiert und kein kleiner schwarzer Junge umgebracht.« Sein gesamtes Gewicht drückte jetzt auf Lisas Lunge. Sie bekam kaum noch Luft und verspürte einen kreiselnden Schwindel. Robert begann zu wippen, erhöhte dadurch periodisch seinen Druck.

»Bitte, Robert!« schrie sie erstickend. Als er von ihr hinuntersprang, nutzte sie die Gelegenheit, winkelte ihre Arme an und stützte sich auf die Ellbogen, um ihren Brustkorb zu entlasten. Sie atmete schwer. Robert war mit wenigen Schritten im Badezimmer und grapschte zielsicher ein Frottierhandtuch von einem Wandhaken, und ehe Lisa zehnmal Luft geholt hatte, schlang er ihr den dicken Stoff über den Mund um den Kopf herum. Sie wehrte sich, panisch, in Vorahnung auf das, was kam. Robert zeigte kein Mitleid, er kniete sich einfach auf ihren Rücken, sein Knie drückte spitz, nahm ihr wieder die Luft und, schlimmer noch, durch ihre zertrümmerte Nase bekam sie kaum genug. Mehr instinktiv gab sie ihre Gegenwehr auf und konzentrierte sich aufs Atmen. Der zweite Knoten im dicken Frottierhandtuch türmte sich von ihrem Nacken hoch, Robert hatte mit dem Handtuch ihren Mund aufgerissen und die Kinnlade heruntergezogen. Sie konnte nicht mehr schreien.

Er erhob sich und stemmte wieder einen Fuß in ihren Rücken. »Wir machen das ganz einfach. Ich will von dir wissen, wo du das restliche Geld hast«, sagte Robert kalt, er tat so, als hätte er keinen Zweifel, daß es einfach nur um mehr Geld ging. Er wußte nicht, wie die Sache weitergehen sollte, was er machen sollte, wenn sie nicht redete. Es ging ihm nicht um das Geld, er wollte Rache für zwei alptraumhafte Tage. Er wippte einige Male, seine eigene, teilnahmlose Ruhe ließ ihm einen erregten Schauer über die Haut perlen. Lisa röchelte unter ihm, ihre Wirbel knackten einige Male, und er hatte kein Mitleid.

Als Lisas Reaktionen schwächer wurden, löste er die beiden Knoten. Lisa hechelte schwer durch den jetzt freien Mund nach Luft. »Du Schwein!« stieß sie hervor. »Du mieses Schwein...« Obwohl sie nicht laut sprach, hätte es nicht haßvoller klingen können. »Willst du mich umbringen?«

Robert blieb ruhig. Ohne zu antworten, schloß er die Knoten wieder, zog vielleicht noch etwas fester zu und legte wieder sein Gewicht in eine Fußspitze.

Nach einer Weile löste er die Knoten erneut, ließ seinen Fuß auf ihrem Rücken. Sie röchelte, er sagte nichts und wartete. Sie hatte ihre Sicherheit verloren. Robert war ihr so fremd wie nie zuvor.

»Robert...«, stieß sie zwischen hektischen Atemstößen hervor. Ihr wurde schwindelig. »Robert, wir müssen da irgendwie raus.« Sie drehte ihren Kopf und Oberkörper gegen den Druck auf ihrem Rücken und versuchte, Robert in die Augen zu sehen. Einige Haarsträhnen piekten in ihre Augen, sie blinzelte.

Auch die Hälfte von sechs Millionen Dollar war eine Menge Geld, dachte sie resigniert und begann, Robert ihre Version der Geschichte zu erzählen.

Rudy war ganz der typische Amerikaner, der, wenn er Deutschland besucht, glaubt, besetztes Land zu betreten, und der sicher ist, als Amerikaner ein Auserwählter in Sachen Freiheit zu sein. Obwohl Rudy fließend Deutsch sprach, redete er die wenigen, die er ansprechen mußte, natürlich in Englisch an, als sei es selbstverständlich, daß man überall, wo Freiheit herrscht, Englisch spricht, und tat so, als sei der Mercedes 230E, den er am Frankfurter Flughafen mietete, nur ein lächerlicher Kleinwagen, gerade eben groß genug für ihn. Er erwartete Service, und zwar nicht auf Anfrage sondern vorauseilend. Mußten sich die Deutschen nicht dankbar zeigen, daß die Amerikaner sie befreit, ihnen die Demokratie gebracht und sie bis heute aufrecht vor den Kommunisten beschützt hatten? Jeder Fernsehbericht der letzten zwanzig Jahre, in dem anti-amerikanische Demonstrationen gezeigt wurden, hatte ihn geärgert, aber verletzt hatten ihn nur Bilder aus Deutschland. Wieso gab es so wenig Dankbarkeit in diesem Volk? Warum keilten sie nach ihren Beschützern aus, anstatt sie zu verehren? Wußten die Deutschen nicht, was passieren würde, wenn die GIs ihre Panzer und Flugzeuge nähmen und nach Hause brächten? Kleine Kinder, dachte er verächtlich, die nicht wissen, wann das Leben gefährlich ist und von wem Gefahr ausgeht.

Rudy war entspannt gereist. Während des Fluges hatte er intensiv nachgedacht, seine Einstellung überprüft und gewissenhaft korrigiert. Die Jagd nach Robert hatte ihn zu sehr erregt und von seinen Auftraggebern entfernt. Dieser kleine deutsche Wichser, mußte er sich ermahnen, kann unmöglich wichtiger sein als ein störungsfreies Verhältnis zum G-Fond. Als er seine persönliche Jagd abbrechen mußte, weil sein Opfer entwischt war, wandte er sich reumütig an den G-Fond. Dort tadelte man ihn nicht, und trotzdem spürte er, wie irgendeine Buchhalterhand ein Minuszeichen in eine Tabelle schrieb, deren starke Positivbilanz die Grundlage für seinen privilegierten Status war.

Natürlich ergab sich daraus kein Grund zur Beunruhigung. Und doch kränkte es ihn. Vordergründig. Denn wenn er ehrlich zu sich selbst war, erkannte er seine selbstverschuldete Verfehlung: Er hatte seine Aufgabe als Dirigent, als Kopf und wichtigstes Organ eines feingliedrigen Aktionskörpers, bestehend aus vielen Armen, Augen und Nervensträngen, nicht erfüllt. Sein Solo war ihm wichtiger geworden, und dabei hatte er übersehen, daß das eigentliche Solo des Dirigenten die alleinige und vollständige Herrschaft über den

Gesamtkörper war und nicht eine, wenn auch noch so virtuose Einzelleistung. Darin steckte ein Anspruch und eine Verantwortung, und der hatte er sich entzogen.

Nein, du mußt zurück, sagte er sich, du bist die Nummer eins, und wenn du es bleiben willst, mußt du zurück. Also hatte er sich wieder der Routine des G-Fond unterstellt, sich für einige Stunden ins Bett gelegt und die vielen kleinen Spitzel, Nadelstiche und winzigste Sensoren im Getriebe der großen Stadt arbeiten lassen. Robert war verschwunden, und das war seine Schuld. Er hätte einen Kreis um ihn herum dirigieren und nicht im entscheidenden Moment alle Helfer zurückpfeifen sollen. Sein Solo erschien, wenn er die Situation jetzt betrachtete, lächerlich, er hatte die Neunte allein spielen wollen, nicht etwa allein zu Hause vor dem Spiegel sondern vor Publikum. Lisa Steinberg, Robert Macks Komplizin, war es auf unerklärliche Weise gelungen, durch alle Maschen zu schlüpfen, das hätte ihn eigentlich warnen müssen.

Du mußt zurück, hatte er sich befehlen müssen, und zum Glück fand er einen wartenden Mechanismus vor, der, sobald sein Kopf wieder seine eigentliche Funktion übernahm, schnell und effektiv für ihn arbeitete. Als der G-Fond ihm mitteilte, daß Robert auf dem Weg nach Deutschland war, informierte man ihn gleichzeitig über seinen Flug, der vier Stunden später startete, erster Klasse, mit Anschlußbuchung für einen Mietwagen.

Natürlich hätte er Roberts Buchung nach Köln selbst recherchieren können. Aber was wäre gewesen, wenn der Kraut erst einmal ein paar Rundflüge in den USA veranstaltet hätte? Rudy wäre ins Schleudern gekommen und Robert hätte mindestens einen Tag in Deutschland gewonnen, um unterzutauchen. Mit sechs Millionen Dollar in der Tasche dürfte das kein Problem sein, vorausgesetzt, er hatte das Geld tatsächlich nach Deutschland geschafft – aber da hatte Rudy keine Zweifel, Robert oder Lisa, einer von beiden.

Der G-Fond wollte, daß Rudy den Auftrag zu Ende brachte, wo auch immer. Deshalb saß er jetzt in dem geliehenen Mercedes 230E mit Autotelefon und fragte die Erkenntnisse der G-Fond-Franchiser, den deutschen China-Mafia-Subunternehmern, ab, die zwar Lisas Ankunft nicht mitbekommen hatten, die aber zur Stelle waren, als Robert das Flugzeug verließ, als er Lisas Wohnung betrat, zu einer anderen Wohnung raste und mit Lisa wieder zurückkam.

Sie sind beide noch in Lisa Steinbergs Wohnung, hieß es und außerdem: keine großen Taschen, das Geld hat also Lisa oder es ist noch in New York.

Sechs Millionen, dachte Robert und hatte größte Mühe, seine Reaktionen zu beherrschen. Er hatte mit einer sechsstelligen Zahl gerechnet, hunderttausend, vielleicht zwei, aber *sechs Millionen*? Lisa hatte schnell und, wenn er von ihrem hektischen Atmen absah, flüssig erklärt, wo sie das Geld versteckt hatte. Deshalb glaubte er ihr. Es klang logisch: Im Übungsraum der Band ihres Bruders Micha in der ehemaligen Radiumfabrik in Köln-Dellbrück, dieser hatte, seit er den Raum benutzte, einen Ersatzschlüssel bei ihr deponiert; zwei Plastiktüten waren es, mehr nicht; sie hatte die Rückwand einer alten, defekten Gesangsbox, die die Musiker nur noch als Sitzbank benutzten, abgeschraubt und das Geld in die Box gestopft; fünf Millionen neunhundertachtzigtausend Dollar.

»Das sind mehr als zehn Millionen D-Mark, Robert«, sagte sie beschwörend. »Wir holen das Geld und teilen.«

Robert reagierte nicht. Er sah Lisa gar nicht mehr, stand nur da, starrte durch ihre blinzelnden Augen hindurch, sah seinen eigenen Film, Marias breit auseinandergerissene Beine und Elliotts flehenden Blick, als der Killer ihm die Halsschlagader durchtrennte, Tonis Bild in der Zeitung, wieder Marias Möse, wieder Elliott, ein Teufelskreis begann zu rotieren, *vicious circle,* immer schneller, alles in Bewegung, immer unschärfer, Konturen wurden zu Streifen, nur ein einziger Punkt blieb ein Punkt, wurde größer, deutlicher. Zwei Punkte. Er erkannte Lisas Augen, die die Nabe dieses irren Kreisels bildeten, sie wurden dunkler, die kreisrunden Ränder verzogen sich, viereckig... Roberts Gleichgewichtssinn verlor den Mittelpunkt, sein Körper wankte, leicht, stärker. Wie aus Notwehr trat er nach den Ziegenaugen.

45

Lisas Schrei mischt sich mit mehreren dumpfen Schlägen an der Wohnungstür und, Sekunden später, mit dem scharfkantigen Geräusch von splitterndem Holz. Die Tür fliegt auf. Rudy springt halb geduckt in den Flur, in der rechten Faust hält er eine schwere Pistole, auf die ein Schalldämpfer geschraubt ist.

Als Robert die Geräusche hinter sich hört, erwacht er wie aus einem Schlaf, sieht seinen Fuß, der nach Lisas Gesicht tritt, und zuckt entsetzt zurück. Damit bewegt er sich, ohne es zu wollen, rückwärts einen Schritt auf Rudy zu. Der reagiert automatisch. Seine linke Hand, flach und stark gespannt, schnellt vor und landet einen Schlag an Roberts Hals. Dieser verliert für einen Moment die Besinnung und fällt zentnerschwer nach vorne auf Lisas Körper. Lisa wälzt ihn sofort von sich, läßt dabei keinen Blick von Rudy. Breitbeinig steht er über ihr und zieht aus einer der vielen Taschen seiner schwarzen Kampfhose Handschellen.

Roberts Hände fesselt er hinter dem Rücken, Lisas vorne. Dann läßt er sich rückwärts gegen die Eingangstür fallen und rutscht daran herunter, bis er am Boden hockt, beide Arme auf seinen Knien aufgelegt, in der rechten Hand baumelt lose der Revolver mit Schalldämpfer. Lisa traut sich nicht zu sprechen und lauscht ängstlich, wie Rudy anfängt, ein Lied zu summen: *New York, New York* von Frank Sinatra. *Start spreadin' the news I'm leavin' today...*

Robert erholt sich schnell. Zuerst klimpern seine Augenlider nervös. Als er den Zug der Handschellen hinter seinem

Rücken spürt, ist er hellwach. Er hebt den Kopf, sieht Rudy an die Tür gelehnt sitzen.

»Hey, Kraut, da sind wir beide also wieder«, sagt Rudy und grinst hämisch.

Nur keine Angst zeigen, denkt Robert. »Und? So weit weg von zu Hause?« fragt er und merkt, wie seine Stimme doch zittert. Rudy grinst nur breit und wackelt leicht mit seinem Oberkörper vor und zurück.

»Was liegt überhaupt an?« Robert versucht, dreist und selbstbewußt zu klingen. Dieser Mann kennt mich nicht, der hat mich verfolgt, gut, aber er hat nie mit mir gesprochen, der weiß nicht, ob ich bluffe. Robert hat die Erinnerung an den brutalen Mord an Elliott verdrängt, er sieht vor sich einen Mann, der es irgendwie geschafft hat, die Kinoleinwand zu verlassen und im dreidimensionalen Leben mitzumischen. Das was jetzt ist, ist Wirklichkeit, nicht das was war.

Rudy antwortet immer noch nicht, rührt sich nicht mehr. Nur die Rechte mit dem Revolver wippt ein wenig stärker. Der Refrain. *I wanna be a part of it...*

Lisa schweigt.

»Wer bist du?« fragt Robert und versucht, Schärfe in seinen Blick zu legen. Rudy grinst weiter. Als er sich langsam erhebt, sehr beherrscht, geschmeidig, sehnig, mit sicheren Bewegungen, fällt Roberts mühselige Selbstbeherrschung von ihm ab wie eine umknickende Bretterwand. Er kann dem Blick des Schwarzgekleideten nicht standhalten, spürt seinen Atem schneller werden.

Rudy schreitet wie ein König auf beide zu, zwischen ihre auf dem Rücken liegenden Körper hindurch, bleibt in Höhe ihrer Köpfe stehen, dreht sich um 180 Grad, beide sehen ihn ängstlich an. Seine Waffe wandert von einem zum anderen, hin und her. Robert sieht die Mündung wie einen Stahlring über sich, sie bewegt sich zur Seite weg, er atmet auf. Lisa sieht die Mündung und möchte am liebsten schreien, diesem Spiel ein Ende machen, klick, den Schalter bedienen, der die Show stoppt.

»Augen geradeaus!« Rudy schreit nicht, befielt nicht einmal, es klingt wie ein Gesang mit sanfter Melodie. Die Waffe zuckt einmal nach links, dann nach rechts, nach den runden Bewegungen zuvor ist das wie eine Detonation. Beide gehorchen ruckartig. Robert sieht aus den Augenwinkeln, wie Rudy langsam seinen rechten Stiefel hebt und die Sohle auf Lisas Stirn senkt. Sein Puls rast, er hört sich brüllen: »Du Scheißer, was soll das, du hast schon einen gekillt!« Ziemlich blöde Worte, wie er gleichzeitig denkt. Mit einer blitzschnellen Bewegung dreht Rudy den Fuß, schlägt die silberbeschlagene Spitze gegen Roberts Wangenknochen. Der Schmerz ist größer als die Wunde.

»Maul halten!« flüstert Rudy und starrt Robert böse an. Dann stellt er seine Sohle langsam wieder auf Lisas Stirn. »Wo ist das Geld?« fragt er, die Frage klingt locker, charmant, verbindlich.

»Welches Geld?« fragt Lisa zurück, ohne sich zu rühren.

»Welches Geld...« Rudy lacht leise, hebt den Revolver und drückt ab. Ein merkwürdiges Geräusch, eine kleine Stichflamme schlägt aus der Mündung des Schalldämpfers.

Roberts Herz setzt für einen Moment aus, er meint, Blut spritzen zu sehen, Schreie zu hören, er reißt den Kopf herum. Aber da ist kein Blut, und Lisa hat nur einen kurzen, spitzen Schrei gelassen. Rudy hat haarscharf an ihrem Kopf vorbei in den Boden geschossen.

»Ich weiß nichts, welches Geld«, stammelt Lisa.

»Zum Beispiel die Dollar da vorne«, sagt Rudy und deutet auf den kleinen Stapel aus Hundertdollarnoten. Es klingt freundlich, als hätte Lisa ihn nach einer Straße gefragt.

»Reisegeld, wir waren in New York«, flüstert Lisa.

Rudy lacht auf. »Wirklich?« Mit einem flinken Hüpfer zieht er seinen rechten Fuß von Lisas Stirn und drückt den linken auf Roberts. »Und du? Robert... «, ganz langsam spricht er den Namen aus, »du hast auch keine Ahnung?«

Robert ist unfähig zu antworten. Elliott, Maria, Toni. Elliott, Maria, Toni. Köpfe kreisen vor seinen Augen, Elliott,

Maria, Toni, Robert... er sieht nicht sich selbst in diesem Köpfe-Karussell, er spürt nur, wie nah er Toni und Elliott ist.

Den Schuß nimmt er nur indirekt wahr, ein greller Blitz, ein kurzer spitzer Schmerz jagt in seinen Nacken, Geräusche, ein taubes Gefühl. Der Sympathicus, der für die Reflexe zuständige Nervenstrang, hat alle Leitung für einen Moment dichtgemacht, keine Meldungen, kein Schmerz, keine Reaktion. Ich bin erschossen, denkt Robert apathisch und sieht Rudy ungläubig ins grinsende Gesicht. Einige Sekunden, dann beginnen die Nerven wieder zu leiten. Kein Tod, kein höllischer Schmerz, nur ein Pieksen im Nacken, nicht mehr so dramatisch, wahrscheinlich ein Splitter aus dem Parkettfußboden. Rudys Stimme dringt in sein Gehirn.

»Sag jetzt nichts, mein Bester«, hört er ihn sagen, und es klingt so furchtbar freundlich, so sympathisch, »wir spielen ein Spiel.«

Robert fixiert Rudys Nasenspitze, um ihm nicht in die Augen sehen zu müssen.

»Ihr wißt beide, wo das Geld ist...« Rudy zuckt mit den Schultern, »nur einer weiß, wo das Geld ist...«, er deutet auf Lisa, »du... oder du«, er deutet auf Robert, dann mit der freien Linken auf sich selbst. »Ich jedenfalls weiß es nicht.« Er verharrt kurz bewegungslos in seiner Pose. »Ich weiß aber etwas anderes: Ich habe einen Revolver...« Mit einer fließenden, von großer Übung zeugenden Bewegung läßt er die Trommel des Revolvers herausklappen, die Patronen perlen aus den Kammern, fallen auf den Boden zwischen den beiden, und bevor Robert oder Lisa überhaupt darüber nachdenken können, wie Rudys kurzzeitig eingeschränkte Wehrhaftigkeit zu nutzen wäre, hat er die Patronenkammern wieder mit frischen Patronen gefüllt und läßt die Trommel einrasten. »...und ich habe sechs Schuß.« Er macht zwei Schritte bis zu ihren Füßen, dreht sich um und hebt langsam, furchtbar langsam die Waffe, zielt auf Lisas Kopf, auf Roberts, wieder auf Lisas.

»Wer mir das Versteck verrät, bleibt ungeschoren. Meine

Auftraggeber wollen lediglich ihr Geld zurück, ihr beide seid denen egal. Wer mir das Versteck verrät, bleibt am Leben. Den anderen lege ich um«, er lächelt freundlich, »oder die andere.«

Augenblicklich jagt ein Schauer durch Roberts Körper: Lisa hat ihn einmal verraten...

»Ihr habt genau fünfzehn Minuten«, sagt Rudy und aktiviert mit der Linken die Stoppuhrfunktion an seiner Armbanduhr.

»Lisa, der blufft, der legt uns beide um!« brüllt Robert und rüttelt wild an seinen Handschellen.

»Ha, ha, ha!« Rudys Lachen schneidet wie ein Säbel. Er läßt sich wieder an der Eingangstür in die Hocke sinken und zieht eine tropfenförmige Sonnenbrille aus der Brusttasche seines Hemdes.

»Halt den Mund«, zischt Lisa leise und wirft Robert einen bösen, langen Blick zu. Dann dreht sie ihren Kopf weg und sieht starr an die Decke. Sie ist sich sicher, daß dieser merkwürdige, schwarzgekleidete Mensch sie nicht töten wird. Und sie braucht Zeit, Zeit, um sich einen Plan zurechtzulegen, wie sie *ihn* austricksen kann.

Rudy wartet, bewegungslos, verdunkelt.

46

Da saß er vor ihm, dieser Wahnsinnige, der bewiesen hatte, wie kaltblütig er einen Menschen töten konnte. Robert mußte sich diese Tatsache immer wieder vergegenwärtigen, denn dieser dünne, sehnige Mensch, entspannt mit dem Rücken gegen die Tür gelehnt, machte einen, wenn man von der martialischen Kleidung absah, fast distinguierten Eindruck, wie ein Schauspieler, der wegen seines Berufs gezwungen war, sich fit zu halten und davon kein großes Aufhebens machte.

Zum erstenmal hatte Robert das deutliche Gefühl, Rudy

schon länger zu kennen, ja sich selbst auf eine Art in ihm wiederzuerkennen. Als er ihn betrachtete, so abgeschottet und teilnahmslos, das hauchdünne Dauergrinsen als Demonstration seiner Macht und seiner Stärke auf den Lippen, erinnerte er ihn an die Zeit der ersten Mofas, der ersten Liebschaften, der großen Illusion, eine Ausnahme-Persönlichkeit zu sein, ein Auserwählter mit Charaktereigenschaften, von denen andere nur träumten. Das war die Zeit, als er fast ständig eine Sonnenbrille trug, sich beim Vorbeifahren genau sein Spiegelbild in den Schaufenstern betrachtete, sich bemühte, beim Stehen die Knie durchzudrücken und allein schon durch seine Körperhaltung Kraft auszustrahlen.

Für ihn war die Zeit, als er fünfzehn gewesen war, eine sehr frustrierende Zeit gewesen, weil seine Umwelt seine Sicht von sich selbst nicht teilte. Manche lachten ihn einfach nur aus, weil er so verkrampft war, er spürte das, selbst wenn er ihnen den Rücken zukehrte; manche fanden ihn ungeheuer lästig, blasiert und unangenehm. Damals hätte er gerne ein Machtmittel in der Hand gehabt, irgendeine Waffe, mit der er andere zur Anerkennung seiner Person hätte zwingen können. Rudy, so wie er vor ihm saß und wie er ihn in New York erlebt hatte, besaß diese Macht.

Verrückt, dachte Robert, ein Revolver war Macht, ja, aber auch Brutalität war Macht. Was brauchte einer, der brutal sein konnte, schon für Mittel? Schuhe, vorne und hinten mit Silber beschlagen, reichten schon aus, simple, dämliche Schuhe, und dazu noch die Beharrlichkeit eines jagenden Dackels. Brutalität war ein sicheres Machtmittel, denn die meisten Menschen wichen davor zurück, und die wenigen, die auch über sie verfügten, mußen lediglich übertroffen werden.

Früher hatte auch er Machtmittel gesucht, solche, die er bezahlen konnte. Aber immer gab es Dinge, die er nicht bezahlen konnte, und gerade von denen versprach er sich wirkliche Macht: das teure Auto, die liebevolle, hübsche, von allen Männern begehrte Freundin, Beziehungen und unzählige Menschen, die er nicht kannte, die jedoch von ihm gehört hatten und ihn kennenlernen wollten.

Wie oft hatte er sich aufgerafft, die entscheidenden Schritte einzuleiten, um endlich sein Ziel zu erreichen. Große Pläne legte er sich zurecht, Strategien, die er stufenförmig anlegte, so daß eins zum anderen kommen sollte. Nur übersah er dabei, wie seine Wirklichkeit aussah. Er lebte in einer dünnwandigen Welt, die jeden Tag neu aufgebaut werden mußte, die nachts, bevor er schlafen ging, ihren glänzenden Zenit erreichte und morgens nur noch ein Haufen ungeordneten Materials war, keine Scherben, aber auch nicht stabil genug, um darauf weiterzubauen. Wenn er nicht genug Kraft aufbrachte, blieb seine Welt klein und müllig, voll hoher Wände und Widerstände, undurchschaubar und feindlich.

»Du kannst nicht jeden Tag dein Herz gegen eine Wand klatschen und zusehen, wie es verblutet«, waren die Worte, die er denen sagte, die nach seinem Frust fragten. Bislang hatte dazu noch keiner mitfühlend genickt und geantwortet: »Das stimmt.«

Die entscheidende Änderung in sein Leben hatte sein Eintritt in den Squashclub gebracht. Er fragte sich, welche entscheidende Änderung den Schwarzgekleideten zum Killer gemacht hatte. Unbezweifelbar spürte er Sympathie für dessen fließende, sich ineinander verzahnende Bewegungen, für seine Glätte, die auf eine funktionierende, ausgeglichene, geduldig polierte Konstruktion schließen ließen, auf ein Modell in sich konzentrierter Macht, das sich niemand leisten durfte zu ignorieren.

Der Squashclub mit den kontaktfreudigen Menschen, sein eigenes überdurchschnittliches Spiel, die ungezwungene Körperlichkeit, das alles war seine Macht geworden. Nicht viel, wie er in Momenten des Selbstzweifels voll Bitterkeit dachte, aber real, wirklich, und ein Ausgangspunkt. Und das war sie, die ausgefuchste Strategie, auf die er setzte, Stufe um Stufe höher, nach dem und durch den Club die nächste Stufe.

Lisa war für ihn eine weitere Stufe gewesen. Ihre Aura

von leicht schmuddeliger Erotik, ihr harter Wille »aufzusteigen«, »hochzukommen«, ihre Fähigkeit, gegen sich selbst steinhart und gnadenlos zu sein, das alles hatte ihn atemlos gemacht: Es muß nicht dieses ewige Hin und Her geben, war die Botschaft, die Lisa ihm brachte. Dabei hatte er übersehen, daß auch sie bezahlen mußte für ihre Aura. Eine Währung war das Blut, das sie beide vergossen, wenn sie sich zerschlugen, wenn sie sich gegenseitig quälten; eine war der bohrende Haß, den sie sich gegenseitig einpflanzten, wenn sie gegen ihre eigenen Gefühle handelten, um den anderen zu quälen; eine war das vorbeugende Abtöten jedes wirklichen Gefühls, das sich regte.

Robert drehte seinen Kopf und warf Lisa einen langen Blick zu. An ihren Reaktionen erkannte er, daß sein Blick bei ihr ankam, von ihr registriert wurde. Trotzdem reagierte sie nicht. Keine Wut deswegen, nein, tatsächlich schlich sich ein leichtes Grinsen in sein angespanntes Gesicht: Sie glaubte in der Tat immer noch, ihn in ihrem festen Würgegriff zu haben.

No way, dachte er und fand den englischen Ausdruck viel passender als den dasselbe bedeutenden deutschen, *ich* mach dich diesmal fertig. Es geht auch um ihr Leben, sie braucht deinen Schutz, sagte sein männlicher Reflex. Er zögerte und gab nach.

»In Köln-Dellbrück, in der alten Radium-Fabrik. Das Geld ist in einer ausrangierten Gesangsbox versteckt«, stößt Robert hervor. Ihm ist kotzübel. Wird sie ihn verstehen, wird sie begreifen, daß sie beide nur eine Chance haben, wenn sie die Geschichte in Bewegung halten, Zeit herausschinden? Solange ihr Bedroher nicht das Geld in den Händen hält, wird er keinen von ihnen umbringen, aber er wird nicht ewig einfach nur dasitzen und sich nicht rühren.

Sie ist still. Er sieht nicht zu ihr rüber.

»In der alten Radium-Fabrik in Köln-Dellbrück... ein schönes Versteck, Robert«, sagt Rudy, und es klingt wie Unterricht im ersten Schuljahr. »Und du bist ganz sicher? Ich meine, du hast noch... «, er schaut auf seine Uhr, »drei Minuten.«

Diese verdammte Sonnenbrille, ich würde sie dir gerne in den Schädel drücken, du Bestie, denkt Robert und merkt nicht, wie er an den Handschellen zerrt.

»Ha, ha, ha!« Wieder dieses scharfe Lachen. »Dieses Gesicht... Was willst du mir denn antun, Bob? Willst du mich totdenken?« Rudy lacht immer weiter, lustlos, demonstrativ.

»Halt endlich dein Maul, du verdammtes Monster!« brüllt Robert. »Du Killer-Schwein! Wenn ich keine Handschellen hätte, würde ich dir dein Maul stopfen! Feigling!«

Die Bewegung ist wie aus einem Guß: Rudy stößt sich mit dem Rücken von der Tür ab und aus der Hocke heraus, ist mit zwei Schritten bei Robert und schlägt ihm brutal den durch den Schalldämpfer kopflastigen Revolver von unten quer übers Gesicht. Sofort springt Blut aus der Platzwunde, Robert heult auf. Sein Reflex, den Kopf zur Seite zu drehen, kommt zu spät. Er reißt die Augen auf, um einen möglichen nächsten Schlag zu erkennen und ihm auszuweichen. Der nächste Schlag von Rudy trifft ihn mitten in seine Angst. Mit der Faust, aus der der untere Teil des Revolvergriffs herausragt, schlägt er von oben auf Roberts Schädel. Robert verliert das Bewußtsein und fällt schwer zur Seite.

Fachmännisch wie ein Sanitäter bringt Rudy ihn in eine stabile Seitenlage. »So, mein Freund«, spricht er leise wie zu sich selbst, »damit du mir noch eine Weile erhalten bleibst.« Dann wendet er sich Lisa zu.

»Dein Freund schläft. Das ist gut. Er ist so hitzig.« Er streichelt über Roberts Stirn und verteilt sein Blut. »Solange er träumt, könntest du mir doch erzählen, woher ihr die sechs Millionen habt?« Seine Höflichkeit trieft vor Zynismus.

Lisa fixiert kühl seine Augen und lächelt leicht. »Ich habe keine Ahnung, woher Robert es weiß. Ich jedenfalls weiß es von Robert. Er kam vor drei Tagen an und hat mir seinen Plan erzählt. Es war ein fertiges Drehbuch, und ich habe mich Szene für Szene daran gehalten.«

»Interessant. Und er hat dir nicht gesagt, woher er seine Informationen hat?«

Lisa bemerkt sofort den dunklen Unterton, der sich in Rudys Stimme mischt, und überlegt fieberhaft, welches Verhalten sie retten könnte. Instinktiv spürt sie Rudys Haß auf alles Schwache und Winselnde, aber gleichzeitig auch auf alles, was ihm Widerstand leistet.

»Nein, hat er nicht«, entgegnet sie ihm und ist selbst erstaunt, wie fest und sachlich ihre Worte klingen. »Ich wollte es auch gar nicht wissen. Mich interessierte nur das Geld, der Rest war nicht mein Problem.«

»Hm«, grinst Rudy, »jetzt ist es doch dein Problem.« Er sieht sie unverwandt an, und seine Sonnenbrille verhindert, daß sie seinen Blick interpretiert. Trotzdem wendet sie ihre Augen nicht von den dunklen Gläsern der Brille ab, guckt ihn ruhig an, weder abweisend noch lächelnd, weder ängstlich noch herausfordernd. Ihre Augenlider blinzeln nicht, sondern schließen und öffnen sich sehr verhalten, fast verschlafen. Sie wartet auf Rudys Reaktion.

Rudy schließt seine Augen für einige Sekunden und tastet sich mental an Lisa heran, bewahrt ihren Blick, den er mit in seine Konzentration genommen hat, wiegt leicht den Kopf hin und her, ohne die Stellung zu verändern, ohne Lisas Gewißheit zu zerstören, daß er sie ebenfalls ansieht. Daß er die Augen wieder öffnet, bemerkt Lisa nicht, nur ein schwaches Grinsen auf seinem scharf gezeichneten Mund. Sie erwidert sein Grinsen nicht, und er dreht sich, um sich wieder an der Tür niederzulassen. Ihre Blicke folgen ihm, lassen ihn nicht los.

»Wir warten, bis es dunkel ist. Dann fahren wir zusammen zu dieser Radiumfabrik.«

47

Robert mußte sich sehr mühsam aus seiner Bewußtlosigkeit heraustasten, zu schmal war der Grat zwischen ihr und einem tiefen Schlaf, zu stark sein Bedürfnis, den ganzen Sumpf einfach trockenzuschlafen, um ihn dann für immer wegzufegen oder vom Wind wegpusten zu lassen und dabei zuzusehen. Es war weniger die Angst, die ihn drängte, zuviel war in den letzten drei Tagen passiert, und alles hatte mit Angst zu tun, sie war zu seinem ständigen Begleiter geworden und hatte deshalb ihren Einfluß und ihre Kraft verloren. Vielmehr bedrängte ihn das Gefühl, einsam zu sein, alleine dazustehen, losgelöst von den Sicherheiten, die ihm bislang selbstverständlich waren. Rudys Taten waren Hinweise, sie leuchteten wie Leuchtschriften, symbolisierten Vorgänge, Gedanken, Pläne, die er nicht kannte und die ihn wie einen Squashball durch den Court jagten, geschlagen von Menschen mit harten Schlägern, in deren Gesichtern er nicht lesen konnte, weil er ständig mit wahnwitziger Geschwindigkeit umhergetrieben wurde.

Sein anfangs schwaches, dann aber drängendes Bedürfnis, wieder wachzuwerden, war geschürt von dem nervösen Wunsch, kein Wort zu verpassen, was zwischen Rudy und Lisa gewechselt wurde, jedes konnte Teil einer Erklärung sein. So sehr wünschte er sich, den schwarzen Vorhang mit einem schnellen Ruck zur Seite zu reißen, daß sein Kopf sich ein weiteres Mal gegen seinen malträtierten Körper durchsetzte und Kraftreserven mobilisierte, die er längst nicht mehr in sich vermutete.

Trotzdem dauerte es länger, als sein ungeduldiger Wille es verlangte. Lange nahm er nur unterbewußt Stimmen und Wortfetzen, dann nur noch Geräusche abwartender Menschen wahr, ohne deren Bedeutung fassen zu können. Als er endlich klar genug war, um zu verstehen, hing nur noch der letzte Satz, den Rudy gesprochen hatte, im Raum: '...fahren wir zusammen zu dieser Radiumfabrik.' Nahtlos schloß er an seine Erinnerung an, dem Killer das Geldversteck verraten zu haben, so wie Lisa es ihm verraten hatte.

Robert zog seine heraushängende Zunge zurück und schloß den Mund, behielt jedoch seine Seitenlage bei, um weiterhin Bewußtlosigkeit vorzutäuschen. Und doch ahnte er trotz seiner geschlossenen Augen, daß Rudy sein Erwachen bemerkt hatte. *You can't fool me!* spürte er einen englischen Satz in seinem Gehirn, den keiner in diesem Raum gesagt hatte. *You can't fool me!...* hatte er diese Worte schon einmal zu ihm gesagt? Vorsichtig öffnete Robert wieder seinen Unterkiefer und ließ ihn langsam zur Seite sacken, nach mehreren eindeutigen Befehlen entspannten sich seine Gesichtsmuskeln, und sein Atem beruhigte sich. Du mußt Zeit gewinnen, dachte er, zuerst angestrengt, dann ruhiger werdend, du mußt die Überraschung für dich nutzen; und gleichzeitig bezweifelte er, den Killer täuschen zu können. Er spürte seine Arme nicht mehr, waren da noch die Handschellen? Um das zu überprüfen, mußte er sich bewegen, wenigstens einen Zehntelmillimeter... nein, diese winzige Bewegung konnte keiner bemerken... ja, die Handschellen waren noch um seine Handgelenke gelegt, verdammt...

Plötzlich meldete sich jeder verspannte Muskel seines Körpers einzeln, Robert hatte das Gefühl, von oben bis unten ein einziger Muskelkrampf zu sein. Nicht bewegen, dachte er beschwörend, nicht bewegen, nur wenn der nicht merkt, daß ich wach bin, kann ich ihn überraschen...

Zuerst konzentrierte er sich auf seine Arme, dann widmete er sich jedem Körperteil einzeln, sprach lautlos mit ihnen, versuchte sie zu besänftigten, indem er ihnen ausmalte, was sie zu erwarten hatten, wenn dieses Monster da irgendwo im Raum, mit einem schalldämpferbestückten Revolver bewaffnet, die Täuschung durchschaute. Es half. Bald waren seine Arme wieder gefühllos, ebenso die Beine, der Hals, nur seine Bauchdecke krampfte beharrlich weiter, aber, Robert war sich sicher, das war von außen nicht zu sehen. Sein Kopf arbeitete fieberhaft. Würde Rudy Lisa töten? Schließlich hatte er das Versteck verraten, nicht sie. Hatte er es verraten, um sein Leben zu retten? Wollte er wirklich nur Zeit gewinnen, oder war da tatsächlich nichts anderes als die erbärmliche Angst vor dem Tod, die ihn dazu getrieben hatte, keine Liebe, keine Verantwortung gegenüber seiner Geliebten, die, wenn Rudy seine Worte ernst gemeint hatte, so gut wie tot war?

Dieser Gedanke lenkte ihn zu sehr ab, wieder mußte er die autosuggestive Kontrollmethode durchexerzieren, um weiterhin seine Bewußtlosigkeit vorzutäuschen. Wilder und wilder krampfte seine Magendecke, die Arme schmerzten, viel stärker als vor wenigen Minuten. Du mußt es schaffen, dachte Robert, du mußt! Er versuchte, seine Konzentration zu verstärken, kämpfte gegen die Gegenwehr seiner Erschöpfung an, schwitzte kalt.

»O Robert, was machst du da eigentlich die ganze Zeit?« schlug plötzlich Rudys Stimme in seinen Kopf ein wie eine Bombe. »Hast du Angst vor dem fünften Akt?«

Übergangslos entglitt Robert jegliche Kontrolle über sich selbst. Er schrie auf, begann wie ein Epileptiker zu zittern und wimmernd zu heulen. Seine Machtlosigkeit hätte nicht größer sein können.

Die nächsten Stunden vergingen, ohne daß jemand sprach. Erkennbare Versuche, erste Worte unterdrückte Rudy, indem er den Revolver hob und zielte. Das war eindeutig und verstärkte die Bedrohung, die von seinem reglos an die Tür gelehnten Körper ausstrahlte, den Kopf gegen das Holz gelehnt, die Augen durch die dunkle Sonnenbrille verdeckt und den Mund zu einem festgeklebten Grinsen verzogen.

Zuerst hasteten Roberts Blicke zwischen dem Killer und Lisa hin und her: Zu dem einen aus Angst, zu der anderen, um wenigstens ein Zeichen zu erhalten, eine Andeutung von Verstehen.

Letztlich blieb er an ihr hängen. Lisa starrte nur geradeaus, genau auf Rudys verdeckte Augen. Robert kannte diesen

Blick, die schweren, langsamen Bewegungen ihrer Lider, den harten Gesichtsausdruck, hinter dem er früher heiße Leidenschaft und abgefuckte Gleichgültigkeit in erotischer Verschmelzung vermutet hatte und der ihn bis zur Selbstentblößung aufgegeilt hatte. Er war sicher gewesen, die begehrenswerteste Frau der Welt für sich entdeckt zu haben, und hatte doch lernen müssen, daß nicht jeder Mann sie so atemberaubend fand wie er. Tatsächlich haben ihm Freunde damals ziemlich offen gesagt, sie hielten dieses Mädchen für eine Attrappe, für eine Schauspielerin, die nur vor miesem Publikum glänzen könne. Robert hatte das als »Sprüche« und »Neid« abgetan, schließlich hatte man *ihn* damit zum miesem Publikum gestempelt, und es als Grund genommen, verschiedene Freundschaften abrupt zu beenden.

Was Rudy betraf: Er konnte sich nicht vorstellen, wie solch ein Kitsch wie kühles Augenklimpern auf einen ausgefuchsten Typen wie diesen Schwarzgekleideten Wirkung zeigen sollte. Zumal Lisas Gesicht mit der geschwollenen blutigen Nase kein bißchen anziehend mehr wirkte.

Nach einer Weile hatte er sogar das Gefühl, daß Rudy hinter seiner Sonnenbrille die Augen geschlossen hielt, vielleicht sogar schlief. Vorsichtig schob er seinen Oberkörper etwas vor. Keine Sekunde später zuckte die Hand mit dem Revolver hoch.

Es gab keine Lücke, zumindest keine, die er nutzen konnte.

»Hoch!«

Das unvermittelte Kommando ließ Robert und Lisa zusammenzucken. Beide hatten sich nicht mehr gegen den Schlaf wehren können und waren in einen apathischen, wenn auch oberflächlichen Halbschlaf gefallen. Als sie wieder in die Wirklichkeit zurückgerissen wurden, hatten beide kein Zeitgefühl mehr, hätten nicht sagen können, ob es 19 Uhr oder 1 Uhr morgens war.

Rudy griff, wie mehrmals in den letzten Stunden, in seine

Jackentasche und holte einige Pillen daraus hervor, die er mit einer schnellen, ruckartigen Kopfbewegung einwarf und hinunterwürgte. Roberts schläfrige Sinne ahnten, daß das genau das Mittel war, das er in den letzten Tagen gebraucht hätte. Und er war froh zu sehen, daß Rudys vermeintlich übermenschliche Präsenz und Ausdauer simple chemische Gründe hatte. Gegen das erste fühlte er sich machtlos, gegen das zweite war schon die verstreichende Zeit ein Machtfaktor: Das, was einen wachhält, zehrt einen aus, früher oder später.

Lisa rappelte sich hoch.

»Bobby, du machst jetzt ein wenig Gymnastik.« Robert haßte diese Anrede. »Und wenn du fertig bist, müssen deine Hände vor deinem Bauch sein.«

Robert zog im Liegen seine Beine zur Hocke an und würgte sie zwischen seinen nach hinten gefesselten Armen hindurch. Seine in der unbequemen Lage eingefrorenen Schultergelenke knirschten und rebellierten.

»Hoch, hoch!« Rudy winkte ungeduldig mit seinem Revolver und schob sich an der Wand entlang zur Garderobe, von der er wahllos einen leichten und einen Wintermantel nahm.

»Über die Handschellen legen!« bellte er, warf jedem ein Teil zu und griff selbst nach einem Jackett.

Lisa und Robert standen in der Diele wie zwei Beutelratten, zwei Pakete vor den Bauch gepappt, in der Pose zweier zu einem vom Partnerschaftsinstitut vermittelten Termin Erschienenen, die nichts hatten, um sich daran festzuhalten, als ihren Mantel und ihr Jackett.

»Ihr habt ein Auto. Wo sind die Schlüssel?«

»Nebenan auf dem Tisch.« Lisa deutete mit dem Kopf zum Wohnzimmer hin.

Rudy hob drohend die Waffe gegen ihren Kopf, tastete sich seitwärts zu dem Tisch vor und kam mit den Schlüsseln zurück.

»Langsam an mir vorbeigehen. Benehmt euch anständig.«

Draußen war es so dunkel, wie es in einer Großstadt an einem lauen Juliabend sein kann. Die Dreckteilchen in der Luft reflektierten einen Teil des Lichts, das von Straßenlaternen, Wohnzimmerfenstern und Autoscheinwerfern ausgestrahlt wird, so daß der Himmel immer wie sanft beleuchtet erscheint, nie dunkelblau oder gar schwarz. Aus dem Volksgarten eine Straßenecke weiter tönte Sommerlärm, das Restaurant war geöffnet und quoll wahrscheinlich über vom Andrang der wenigen Studenten, der vielen Jobber, Künstler, Musiker und Designer und der zahllosen Mischlingshunde der Südstadt-Kreativ-Mischpoche. An einem solchen Tag war halb Köln und ganz Bergheim auf den Beinen. Ein halbwegs angenehmer Sommertag hatte etwas Apokalyptisches: Wer weiß, wann es es wieder regnet... lieber noch schnell ein wenig leben.

»Welcher ist es?« fragte Rudy auf der Straße. Den Revolver hatte er unter seinem Jackett verborgen, aus der Art, wie es herunterhing, war eindeutig zu schließen, wohin er zielte.

»Der weiße Golf«, antwortete Lisa. Rudy schloß zuerst die Beifahrertür, dann die Fahrertür auf. Die drei gaben ein reichlich lächerliches Bild ab, wie sie um das Auto herumstanden, die Mäntel und das Jackett vor die Bäuche drapiert.

»Du fährst«, Rudy deutete auf Lisa. »Du gehst nach hinten, Bob.«

Rudy befreite Lisa erst von den Handschellen, als sie alle drei saßen und er vom Beifahrersitz her die beiden mit seiner Waffe in Schach halten konnte.

48

Zuerst konzentrierte Lisa sich sehr aufs Lenken. Ich konnte sehen, welche Mühe sie hatte, ihre Augen offenzuhalten. Als Rudy ihr jedoch nach einer Minute, in der sie den Golf zweimal abgewürgt hatte, unmißverständlich den Revolver in die Seite rammte und ein giftiges »Konzentrier dich, Baby!« mitschickte, wurde ihr Blick klarer. Und dann bemerkte sie, daß ich sie im Rückspiegel beobachtete. Da war nur eine kurze Unsicherheit, ein schnelles Blinzeln, ein leichter Ruck mit dem Kopf, und dann legte sich wieder die erprobte Maske über ihr Gesicht. Ich starrte sie unentwegt an, suchte Kontakt, vergeblich. Jedesmal, wenn sie in den Rückspiegel sah, mußte sie mich sehen, und trotzdem verhielt sie sich so, als wäre ich nicht vorhanden. Mit unglaublich ruhigem Blick kontrollierte sie im Rückspiegel den Verkehr hinter uns und sah glatt durch mich hindurch. Ich rutschte etwas mehr in die Mitte des Rücksitzes. Aber Rudy, der endlich seine Sonnenbrille abgenommen hatte, schwenkte sofort seinen Revolver gegen mich.

Ich versuchte, mich zu entspannen, mich darauf zu konzentrieren, irgendwann zwischen jetzt und dem, was in der Radiumfabrik passieren würde, eine Gelegenheit finden zu müssen, um dem Killer zu entkommen. Gleichzeitig hatte ich das existentielle Bedürfnis, mich wenigstens für einen kurzen Moment Lisas Zuneigung zu versichern, wenigstens einen kurzen Blick wollte ich erhaschen, der mir sagte, daß wir beide eine Mannschaft waren und Rudy die andere.

Sie reagierte nicht. Sie wich mir nicht einmal aus. Ich war für sie einfach gar nicht vorhanden. Ähnliche Momente hatte es schon oft gegeben, vor allem am Anfang unserer Beziehung, Momente, in denen ich vor Spannung fast zerplatzt wäre: Einerseits bewunderte ich sie für ihre unglaubliche Disziplin, mich konnte jeder, der es wollte, aus der Fassung bringen; andererseits haßte ich sie für ihre Ignoranz und mehr noch dafür, daß ich mich dagegen nicht wehren konnte. Durch solche Konfrontationen blühte sie auf wie eine kräftige, bösartige, fleischfressende Pflanze, die zwar schicksalhaft für immer an einer Stelle fest verwurzelt war, aber genau wußte, daß sie ihre Opfer gar nicht zu jagen brauchte, weil diese, ob widerwillig oder nicht, letztlich von alleine zum Opfertisch andackeln.

Es hatte lange gedauert, bis ich einsah, daß nicht Lisa der

Teufel, sondern ich der Idiot war, der sich freiwillig rumschubsen ließ.

Selbst jetzt, nach allem, was sie mit mir in New York veranstaltet hatte, hing ich hündisch mit den Blicken am Rückspiegel, um irgendein Zeichen von Zustimmung und Zuneigung zu ergattern. Ich betrachtete ihre von harten Falten umrandeten Augen, die scharfen Linien seitlich an der Nase, in denen jetzt verkrustetes Blut klebte, und, ich mußte mich etwas recken, was ich wegen Rudy nur sehr vorsichtig tat, ihre Lippen, die mir heute viel dünner und gespannter erschienen als noch vor einigen Tagen. Für einen Moment hatte ich das Gefühl, hinter einer lenkenden Mumie zu sitzen, hinter einer Mogelpackung, denn immerhin sahen ihre lockigen braunen Haare von hinten sehr einladend aus und täuschten weiche Weiblichkeit vor, während die Vorderseite, durch den Rückspiegel enttarnt, jedes Gefühl ins Kalte drehte.

Zum erstenmal, seit ich ihr vor zwei Jahren begegnet war, spürte ich genug Ekel in mir, um mich endlich von ihr lösen zu können. Wie ein Gnom saß sie vor mir, atmete dieselbe Luft wie ich, und selbst das erschien mir als Täuschung, wahrscheinlich brauchte sie gar keine Luft und wollte nur nicht zu sehr auffallen dadurch, daß sie das Atmen unterließ. Sie hat dich nie geliebt, dachte etwas in mir, und ich lauschte verwundert. Sie hat dich nie geliebt. Was zur Hölle hatte sie dann von mir gewollt?

Ich wehrte mich gegen die Beantwortung dieser Frage. Es ging um Leben und Tod, um *mein* Leben, das vielleicht in einer halben Stunde durch einen beiläufig abgegebenen Schuß beendet sein würde, was sollte ich da Lisas Motiven hinterherforschen? Lisas Motiven... was waren denn *meine* Motive, daß ich diesem kranken Spiel nicht schon längst ein Ende gesetzt hatte?

Keine Antwort. Nicht jetzt.

»Wer hat dich beauftragt, Rudy?« fragte ich. Der Klang meiner Stimme überraschte mich selbst, denn es schwang weder Angst noch Verzweiflung mit.

Rudy antwortete nicht sofort, sondern wandte mir sein grinsendes Gesicht zu. Ich sah es mir zum erstenmal genauer an.

»Manche Fragen fallen einem erst in letzter Sekunde ein, Robert. Ist es nicht so?« sagte er schleppend.

Ich antwortete ihm nicht, weil mir keine Antwort einfiel, und nachdem einige Sekunden verstrichen waren, merkte ich, daß mir mein Schweigen Vorteile gebracht hatte, denn Rudys spöttischer Blick riß mehrmals auf und zeigte ein Zittern, wie ich es hinter seiner unterkühlten Fassade nicht vermutet hätte.

»Ist es nicht so, Robert!« sagte er streng und rührte nervös mit seiner Waffe in der Luft. Das war keine Frage mehr.

»Ich will nur klären, was hier eigentlich läuft«, sagte ich.

»Und wieso willst du das von mir wissen, Bob?«

Ich merkte, daß er meinen Namen immer hintenan setzte, weil es ihm ein Gefühl der Überlegenheit gab: Er konnte mit mir spielen, konnte mir Höflichkeit zuteil werden lassen oder sie verweigern, ganz wie er wollte.

»Ich habe von dem, was in den letzten Tagen passiert ist, nichts kapiert«, sagte ich. Diesmal schwieg Rudy und wartete. »Ich weiß, daß es um viel Geld geht und daß du das Geld gleich haben wirst...«

»Sonst nichts?« unterbrach er mich, wieder spöttisch und beherrscht.

»Sonst nichts.«

Er lachte kurz auf, schüttelte leicht den Kopf, zog seine linke Augenbraue hoch und lachte leise in sich hinein. Dann sah er mich schräg von unten an, unvermittelt sehr ernst.

»Frag deine Freundin, Bob.«

»Die weiß nicht mehr als ich«, entgegnete ich lahm und spürte genau, wie unsinnig das war.

Rudy lachte weiter leise in sich hinein, schüttelte weiter leicht den Kopf. Nach einigen Minuten sagte er, fast freundlich: »Deine Freundin hat mir gesagt, die ganze Geschichte wäre nach deinem Drehbuch abgelaufen«, er warf Lisa einen schnellen Blick zu, »aber ich weiß, daß sie lügt. Weißt du das auch?«

Ich wußte gar nichts mehr. Der Gedanke, daß sie mich nicht nur verarscht, sondern auch verraten hatte, war sicherlich nicht sehr sensationell, außerdem hätte es ja durchaus auch sein können, daß Rudy nur bluffte. Aber verschiedene Stimmen in meinem Kopf, die ich schon seit einiger Zeit leise sprechen hörte, waren jetzt lauter als alles andere um mich herum, es gab keine Ausflüchte mehr: Lisa würde mich, ohne mit der Wimper zu zucken, ausliefern, auch wenn das meinen Tod bedeuten sollte. Das war es, was ich kapieren mußte.

»Ich lüge nicht«, hörte ich Lisas Stimme, die sehr fest und ruhig klang.

»Lisa, was soll das?« fragte ich hilflos und packte mit beiden Händen die Rücklehne ihres Sitzes. »Lisa...« Ich sah, wie sie ihre Schultern herunterzog, sich einigelte. Ich kannte diese Reaktion. Das bedeutete nichts anderes, als daß sie sich von jetzt an stur stellen würde, Panzer, Kettenhemd und Lanze. Kein Durchkommen.

»Lisa!« flehte ich trotzdem noch einmal. Sie antwortete nicht, und ich spürte, wie ich durchzudrehen begann. Ich schlug auf die Lehne ein, wollte sie von hinten packen und registrierte den kurzen, harten Schlag, den Rudy mit dem Lauf seines Revolvers oberhalb meines rechten Ohrs plazierte, erst in der Sekunde, als ich zum zweitenmal an diesem Tag das Bewußtsein verlor.

Es war nur eine kurze Ohnmacht, zu sehr mahnte mein Unterbewußtsein, keine Zeit zu verlieren. Als ich wieder klar sehen konnte, fuhren wir auf den großen, verschwenderisch hell erleuchteten Parkplatz ein, der dem Gelände der ehemaligen Radiumfabrik vorgelagert ist. Ich kannte das Gelände nicht sehr genau, nur diesen Parkplatz, der zu einem Supermarkt gehörte, und den kurzen, verwinkelten Weg über das Fabrikgelände bis in den Übungskeller der Band von Lisas

Bruder. Nachts war es hier verdammt unheimlich. Und nie richtig still, weil ein kleiner, schmutziger Bach das Gelände durchschnitt, der einem durch sein monotones, genügend lautes Plätschern immer das bedrohliche Gefühl vermittelte, gerade die geheimnisvollen Schritte eines sich Anschleichenden nicht hören zu können.

Wir ließen das Auto auf dem Parkplatz zurück und überquerten den Bach. Rechts und links türmten sich die Mauern der Fabrikgebäude, und als wir, ich und Lisa voran, die schmale Einfahrt durchschritten, packte die Dunkelheit der verlassenen Fabrik zu. Rudy, der offenbar alle Ausrüstungsgegenstände mit sich trug, die man bei solchen Anlässen benötigte, hatte plötzlich eine schlanke, grellhelle Taschenlampe in der Hand. Er leuchtete im Kreis um sich herum, und zweifellos ließ er uns dabei nicht aus den Augen.

»Und jetzt? Wohin?« fragte er.

Lisa antwortete nicht, und ich wartete ab.

»Hey, jetzt keine Spielchen«, sagte er hart. »Robert!«

»Da an der Ecke rechts herum und nach ein paar Metern die Treppe runter«, antwortete ich und überlegte angestrengt, ob sich aus den Örtlichkeiten, so wie ich sie ungefähr erinnerte, eine Möglichkeit der Flucht ergab.

Ich konnte nicht in Ruhe nachdenken, immer wieder bohrte sich die Frage in meinen Kopf: Was macht er mit Lisa, wenn es mir gelingt abzuhauen? Und gleich darauf die Antwort: Scheißegal! Sie hätte dich auch verrecken lassen in New York!

Radium (Halle 6), war auf ein Schild gekritzelt, das für eine Sekunde im Lichtkegel auftauchte. Erinnerungen... Als Lisa und ich der Band ihres Bruders, *President B.* nannten sie sich, beim Proben zugehört hatten, ging ich zwischendurch frische Luft schnappen, weil die abgestandene, qualm- und feuchtigkeitsdurchsetzte Luft im Keller mir den Atem raubte. Ich fand eine geschmiedete Treppe, die in den ersten Stock führte. Oben ging sie in eine abenteuerliche Brücke über, die an der Tür zu einem großen Raum endete, der an drei Seiten von der Decke bis zum Boden nur aus Fenstern bestand.

Sechs Künstler, Maler, wie sich herausstellte, hockten darin frierend um einen Kohleofen und umklammerten mit gefalteten Händen Kaffeepötte, um sich zu wärmen. *Radium* nannten sie sich und arbeiteten damals an einem nur noch wilden Projekt, weil sie nicht mehr jung genug waren.

»Beweg dich, Bob. Und keine Angst, du hast dir doch gleich dein Überleben verdient«, drängte sich Rudys Stimme in meine Erinnerung.

Lisa ging voran, von dem systematisch hin und her wandernden Strahl der Taschenlampe in kurzen Abständen beleuchtet. Obwohl die Nacht nicht völlig dunkel war, reichte das Licht nicht einmal aus, den schmalen Gang vor uns so weit zu erhellen, daß man die Wände der Gebäude rechts und links erkennen konnte. Nur wenn der scharfgeränderte Lichtstrahl aus Rudys Lampe sie für einen Moment streifte, entstanden Konturen, warfen Rohre, sinnlos baumelnde Drähte und verbogene Eisenstreben skurrile Schatten auf die dunkelroten Ziegelsteine.

Vor der Treppe, die in den Keller führte, ertastete Lisa rechts an der Wand den Lichtschalter. Leuchtstoffröhren flackerten auf, und dann erleuchtete hartes, weißes Licht die Treppe und einen Teil des Vorplatzes.

»Weiter!« drängte Rudy. Wir tasteten uns über altes Papier und modrige Erde die Stufen hinab auf eine eiserne Türe zu, die offenstand und durch einen Ziegelstein fixiert war. Hinter dieser Tür war ein kleiner Flur, von dem ein Gang nach links abging, der zu ehemaligen Umkleideräumen führte, und eine weitere Tür geradeaus unmittelbar vor uns den Proberaum verschloß. Auch Lisa war jetzt nervös. Ich konnte spüren, wie sie sich über ihre zitternde Hand ärgerte, die den Schlüssel nur mit Mühe ins Schlüsselloch brachte. Als die schwere Eisentür aufschwang, schlug uns kühle, feuchte Grabesluft entgegen.

Die Tür schwang nach außen auf. In dem Moment, als Lisa daran zog, erinnerte ich mich, wie ich die Stahltür damals, was ihr Gewicht betraf, als zu schwer eingeschätzt, zu kräftig aufgerissen und auf dem unebenen Betonboden verkeilt hatte; dadurch wurde der Durchgang nach links versperrt.

Mich daran zu erinnern und Lisa die Tür aus der Hand zu reißen, war ein Vorgang. Ich mußte wegen der Handschellen mit beiden Händen zupacken. Die gesamte aufgestaute Wut, die brodelnde, ohnmächtige Machtlosigkeit der letzten Stunden legte ich in den Sprung. Um die Klinke sicher packen zu können, stieß ich Lisa mit der Schulter zur Seite, gleichzeitig benutzte ich ihre Massenträgheit, um mir genügend Schwung zu geben. Ich drehte nach links weg, riß die Tür mit mir mit und ließ sie in dem Moment los, als sie sich nicht mehr bewegte.

Später mußte ich widerwillig Rudys Reaktionsschnelligkeit bewundern. Nur weil ich durch den übergroßen Schwung, den ich hatte, nach hinten wegkippte und zu Boden fiel, entkam ich der Kugel aus seinem Revolver. Zielsicher schoß er in den schmalen Spalt zwischen Tür und Wand. Zwei-, dreimal. Ich hörte die Kugeln neben mir einschlagen und als Querschläger durch das Kellergewölbe jaulen, sah die Blitze des Mündungsfeuers. Mit einer schnellen Drehung drückte ich mich hoch und rannte einfach geradeaus. Wie der Gang weiterging, wußte ich nicht. Ein Lichtblitz aus Rudys Taschenlampe erhellte für einen Moment vor mir einen weiteren Durchgang. Ich hechtete nach vorne, rollte über die Schulter ab, ignorierte den Schmerz, der in meiner Schulter riß. Wieder jaulte ein Querschläger an mir vorbei. Vor mir völlige Dunkelheit bis auf die dunkelblauen Quadrate eines mehrfach unterteilten Fensters unter der Decke. Wild mit den Armen rudernd, stolperte ich über Geröll, Holzteile, Metallabfälle, knallte gegen einen eisernen Spind. Vor dem Fenster ertastete ich eine lange Holzbank, von der aus ich das Fenster erreichen konnte. Hinter mir zuckten einzelne Lichtblitze, hörte ich kratzende Geräusche. Ich wunderte mich, daß Rudy offensichtlich erst jetzt an der verkeilten Tür werkelte, aber er hatte wohl erst Lisa sichern müssen.

Peng! Der Gedanke knallte in meine Konzentration, die

sich in dem Moment nur auf meine Flucht richtete. Selbst wenn ich entkommen sollte, war sie in seiner Hand, ein Pfand gegen mich. Aber es hatte sich etwas geändert. Kein Selbst-Überreden war nötig, kein krampfhaftes Revuepassieren von Lisas Verhalten mir gegenüber, wie sie mich reingelegt und mißbraucht hat. Ich dachte zwar an ihre mißliche Lage, dann aber in erster Linie an meine, und zugleich war die Antwort klar: keine Verpflichtung, keine Verantwortung.

Das Fenster ließ sich leicht öffnen, und trotz meiner Handschellen hatte ich mich schnell hindurchgezwängt. Die Lichtblitze hinter mir waren nicht mehr weit weg, ich hörte Rudys metallische Schritte durch das Fenster aus dem Kellergewölbe herausschallen. Als die Taschenlampe das erste Mal um die Ecke herum leuchtete, rannte ich um mein Leben.

Der in einem Betonbett kanalisierte Bach floß im Abstand von zwei Metern parallel zur Wand des Fabrikgebäudes. Da er zu breit war, um ihn zu überspringen, gab es für mich eigentlich nur eine Möglichkeit: Nach rechts wäre ich zwar schnell aus dem dunklen, unübersichtlichen Gelände heraus gewesen, aber das war der einzige Weg, den Rudy auch kannte; links drohte schwarze Dunkelheit, aber ich hatte immerhin eine schwache Erinnerung, wo ich entlang mußte – und Rudy nicht.

Ich stolperte über zerrissenen, grasbewachsenen Boden. Nur einmal für einen kurzen Moment sah ich mich um. Kein Licht war mehr zu sehen, was mich schockte: Die Vorstellung von einem Killer wie Rudy, der sich wie eine nachtsichttaugliche Kampfmaschine für mich unsichtbar an meine Fersen heftete, war bedrohlicher als alles, was ich mir in der Sekunde ausmalen konnte. Eine Schweißwelle drückte sich aus meiner Haut und klebte meine Klamotten fest. Das Laufen, ohnehin durch meine vorne zusammengebundenen Hände behindert, fiel mir plötzlich noch schwerer.

Nach vielleicht fünfzig Metern öffnete sich links ein Torbogen. Ich wußte, daß ich, wenn ich geradeaus weiterlief, schnell unter Menschen sein würde. Aber die Vorstellung, in der Schußlinie von Rudys Revolver weiterzurennen, schreckte mich mehr als die Ungewißheit, ob ich den Killer auf dem fast lichtlosen Fabrikgelände würde abhängen können.

Meine Schritte hallten widerlich laut von den Wänden zurück. Nach zehn Metern zweigte ein erster Gang nach links ab. Ich wußte, daß er nach vielleicht fünfzig Metern an der Treppe zum Probenraum endete.

Vielleicht fünfzig, sechzig Meter weiter zweigte der nächste nach links ab, rechts war er, verdammt sinnlos bei diesem nach allen Seiten offenen Gelände, durch ein vergittertes, riesiges Fabriktor gesperrt.

Ich rannte nach links. Mittlerweile hatten sich meine Augen etwas besser an die Dunkelheit gewöhnt, und ich konnte deutlicher den Weg erkennen. Der Gang, in dem ich mich befand, verlief schnurgerade, mehrere Kreuzungen schienen ihn dort vor mir zu durchschneiden. Nach links durfte ich auf keinen Fall, links bedeutete zurück. Rechts reflektierte schwaches Licht irgendwo zwischen den Wänden heraus und erleuchtete den unteren Teil des Fabrikschornsteins.

Ich nahm den ersten Gang nach rechts, verharrte unmittelbar hinter der Mauerecke und peilte vorsichtig zurück. Dunkelheit. Schritte? Schritte! Da waren Schritte, klack-klack, schlugen die Metallspitzen von Rudys Stiefeln auf den Boden. Diese verdammte New Yorker Kellerratte! Woher weiß der, wo ich bin, dachte ich verzweifelt und stieß mich von der Mauer ab.

An der nächsten Abzweigung bog ich wieder nach links ein, allein schon der Gedanke, länger als nötig geradeaus zu laufen, versetzte mich in Panik. Vor mir wurde es heller.

An der nächsten Ecke gab es plötzlich keine Auswahl mehr. Die beiden Gänge nach links und geradeaus, die hier einmal vorhanden gewesen sein mußten, waren aus irgendeinem Grund zugemauert worden. Die einzige Möglichkeit, die noch blieb, war der Weg nach rechts – und von da kam die Helligkeit...

Ich rannte, was meine restliche Energie hergab, und prallte entsetzt zurück, als der Gang in einem kleinen Hof endete, der nach allen Seiten verschlossen war, außer in der Richtung, aus der ich hergekommen war!

Rechts eine fensterlose Hauswand, links der durch eine Neonröhre erleuchtete Sockel des Fabrikschornsteins, dessen Ende sich in der tiefblauen Dunkelheit des Himmels verlor, und vor mir ein weiterer zugemauerter Gang. Neben dem Schornstein führte eine Eisentreppe außen an der Hauswand empor. Oben sah ich eine Tür, die halb offen stand und in ein Gebäude führte, dessen Fensterscheiben entweder zerschlagen oder blind waren. Ich lief um den Sockel herum, an dessen Rückseite, ich sah es im Halbdunkeln, in erreichbarer Höhe Sprossen eingelassen waren. Blitzschnell versuchte ich, meine Chancen abzuwägen... und griff nach der untersten. Es war keine wirkliche Überlegung, die mich dazu veranlaßte, es war einfach so, und während ich mich hastig eine Sprosse nach der anderen hochzog, fühlte ich, daß ich das richtige tat, allerdings nur dann, wenn ich schnell genug aus dem Streulicht der Neonlampe und der Reichweite von Rudys Taschenlampe hinausgelangte.

Ich kletterte um mein mittlerweile nur noch erbärmliches Leben. Wenn Rudy mich hier entdeckte, konnte er in Ruhe zielen und schießen, und daß er treffen würde, darüber machte ich mir keine Illusionen. Meine Chance war nicht groß, aber das war sie so oder so nicht. Nur wenn es mir gelang, von ihm unbemerkt die Spitze zu erreichen, war ich sicher, denn er würde mich niemals an einem Ort vermuten, den jeder Mensch, der einigermaßen bei Verstand war, meiden würde, weil er eine Sackgasse bildete.

Ich kletterte. Der Schein des Lichts wurde schwächer. Wegen der Handschellen mußte ich die Füße jeweils eine Sprosse näher an die Hände bringen, als man das normalerweise täte, mich dann mit dem Rücken gegen das Eisengitter drücken, das sich grobmaschig wie ein Maulkorb den gesamten Schornstein als Sicherung für Kletterer hochzog, für einen

Moment loslassen und mit beiden Händen nach der nächsten Sprosse greifen. Ich versuchte, nicht daran zu denken, daß die Verankerungen, sowohl der Sprossen als auch des Schutzgitters, im Schornstein morsch geworden sein könnten...

Immer wieder warf ich einen schnellen Blick hinunter. Schwindel schnürte mir den Atem ab, aber die Energie aus meiner Todesangst war größer. Als ich schon ziemlich weit oben war, sah ich Rudy mit vorgehaltener Waffe um die letzte Ecke in die Sackgasse hineinschreiten. Schreiten... ja, er schritt, würdevoll und beherrscht wie ein König, selbst aus dieser Höhe spürte ich den Genuß, die Jagdfreude, die Erotik, die von ihm ausging. Ich versuchte, beim Klettern kein Geräusch zu machen.

Rudy umrundete in möglichst großem Abstand den Schornstein. Als er dahinter war, rannte er plötzlich, clever, denn wenn ich mit ihm ein Versteckspiel rund um den Sockel gespielt hätte, um in dem Moment, als er sich dahinter befand, den Gang wieder zurückzulaufen, um aus der Sackgasse zu entkommen, hätte er mich doch noch erwischen können.

Als er den Sockel umrundet hatte, hielt er kurz inne und suchte die Wände ringsum nach Fluchtmöglichkeiten ab. Ich drückte mich so platt, wie ich konnte, an die Ziegel des Schornsteins. Aber er kümmerte sich nicht um meinen Fluchtweg, sondern bewegte sich schnell auf die Eisentreppe zu und verschwand kurz darauf in dem Gebäude. Ich konnte mich kaum noch rühren vor Schwindel und trotzdem kämpfte ich mich weiter. Plötzlich jagte mir eisiger Schreck durch den Körper: Was, wenn der Schornstein so wie alle Schornsteine oben offen war, nur mit einem schmalen Rand? Ich hatte instinktiv darauf vertraut, daß man einen stillgelegten Schornstein oben gegen Regen verschloß. Aber war es nicht genauso wahrscheinlich, daß man einen stillgelegten Schornstein so beließ, wie er war?

Ich erreichte die Kante. Ausgerechnet unterhalb der letzten Sprosse endete das Schutzgitter, ich spürte genau die Kante im Rücken. Mit zitternden Knien tastete ich mich mit den Füßen wieder zur der Sprosse unterhalb derer, auf der ich schon hockte. Es gab nur eine Möglichkeit: Für einen Moment würde ich beide Hände von dem Eisen lösen müssen, für einen Moment fast haltlos nur auf den Füßen stehen können und langsam nach hinten kippen. Nur wenig Zeit, um mit beiden Händen nach oben zu langen und mich an der steinernen Kante des Schornsteins festzukrallen. Wenn da gar keine Kante war, wenn die Mauer zu dick war, um sicheren Halt zu finden, würde Rudy mit mir keine Arbeit mehr haben.

Ich überlegte nicht lange, das hätte mich schnell völlig verunsichert. Ich spreizte meine Knie, drückte mich so nah wie möglich an die Steine – und warf meine zusammengeschlossenen Hände nach oben.

Die Wand des Schornsteins war zu dick. Aber man hatte sie in zwei hintereinanderliegenden Schichten gemauert und eine davon, die äußere, überragte die innere. An diesem Vorsprung krallte ich mich fest und zog mich, mit den Füßen Sprosse für Sprosse nachsetzend, hoch. Als ich ein Bein über die Kante warf, spürte ich festen Boden: das Loch war tatsächlich mit einer Holzplatte abgedeckt.

Ich warf mich auf den Bauch und drehte mich so, daß ich über den Rand nach unten peilen konnte.

Ich war mir nicht sicher, glaubte aber, vereinzelte Lichtblitze zu erkennen, die aus den Fenstern nach draußen drangen. Ich hoffte, daß dieses Gebäude einen zweiten Ausgang hatte, der Rudy glauben ließ, ich wäre da hindurch entkommen.

Ich sah nicht, wo er das Gebäude verließ. Offensichtlich suchte er noch eine ganze Weile nach mir, erst in dem Gebäude, dann auf dem dunklen Fabrikgelände. Es dauerte lange, bis er in dem Licht vor der Kellertreppe zum Probenraum auftauchte. Und dann hatte er es plötzlich sehr eilig, verschwand schnell nach unten.

Lisa... war sie überhaupt noch da unten? Hatte sie vielleicht auch entkommen können? Ich malte mir aus, was Rudy mit ihr anstellen würde, wenn das Geld nicht in der alten Gesangsbox steckte, wie sie es mir gesagt hatte. Nach allem, was passiert war, konnte ich mir gut vorstellen, daß sie mich belogen hatte, um Zeit zu gewinnen und um mich loszuwerden, und daß ich demzufolge Rudy, ohne es zu wissen, in die Irre geführt hatte. Dieser Mann hatte auf mich nicht den Eindruck gemacht, als ließe er sich so etwas gefallen. Dann mußte Lisa allein schon seine Wut fürchten.

Und wenn er das Geld fand? Würde er sie dann am Leben lassen? Er hatte ja nichts von ihrem Tod... aber, verdammt, vieles war so undurchsichtig, so unlogisch, so überflüssig. Was hatte er denn von Elliotts Tod gehabt?

Irgendwann sah ich Rudy die Treppe heraufkommen, eine große Tasche oder einen Beutel in der Hand. Mein Herz jubelte, wenn darin das Geld steckte, dann würde er endlich verschwinden! Ich beobachtete ihn, wie er das Lichtfeld durchquerte und im Dunkeln in Richtung des Parkplatzes verschwand. Wenige Sekunden später startete ein Dieselmotor, Autoscheinwerfer leuchteten auf, und mit nagelndem Brummen fuhr der Killer los. Aus meiner Perspektive konnte ich den Wagen eine Zeitlang beobachten, wie er sich durch die von Einfamilienhäusern gesäumten Straßen schlängelte und dann irgendwann aus meinem Gesichtsfeld verschwand.

49

Ich weiß nicht, wie ich von dem Schornstein wieder heruntergekommen bin. Ununterbrochen hatte ich auf die erleuchtete Kellertreppe gestarrt und gehofft, dort Lisa ins Licht treten zu sehen. Vergeblich. Es hatte lange gedauert, bis ich mir den Impuls geben konnte, meine Beine über den dicken Mauerrand hinüberzuschwingen, und von dem

Moment an war der Abstieg wie ein Alptraum, der deswegen um so schlimmer war, weil ich wußte, daß ich ihn zu Ende träumen mußte. Als ich wieder Erde unter den Füßen hatte, zitterte alles an mir, ich mußte an das Erdmännchen in der Subway denken, an dessen Erbärmlichkeit, die mich in gewalttätige Wut versetzt hatte. Niemals wieder werde ich einen solchen Menschen schlagen, dachte ich voller Reue und zitterte weiter, wohl wissend, wie gänzlich unwichtig und lächerlich dieser Gedanke in diesem Moment war.

Mit jedem Meter, den ich mich der Kellertreppe näherte, nahm mein Zittern noch zu, mein Puls erhöhte sich, pochte derart stark, daß meine Arme mit jedem Schlag nach außen von meinem Körper wegzuckten. Besser wäre es gewesen, das Tageslicht abzuwarten, bevor ich mein sicheres Versteck verließ. Besser wäre es gewesen, nicht nur mich, sondern auch Lisa befreit zu haben. Besser wäre es gewesen, diesen Menschen zu töten als wegzulaufen. Besser wäre es gewesen, Lisa schon früher enttarnt zu haben, dann hätte sie diese bescheuerte Geschichte mit sich alleine abmachen müssen. Es war alles so unglaublich, so unwahrscheinlich, so weit weg wie ein Kinofilm, der irgendwann zu Ende ist. Toni war tot! Vor meinen Augen ist ein schwarzer Junge brutal getötet worden, vor meinen Augen, live und dreidimensional, nicht indirekt auf einer Leinwand oder Mattscheibe. Und ich hatte auf einen Menschen geschossen, eine Frau fast getötet, die ich Stunden zuvor geliebt hatte, wie viele Zentimeter hatten bis zum Mord gefehlt?

Auch das Gefühl, wirklich bedroht zu sein, als ich in den Lichtkreis der Neonlampen trat – immerhin hätte der Killer von mir unbemerkt zurückkommen können – fühlte ich nicht richtig und, wahrhaftig, kopfschüttelnd stand es neben mir, schaffte es zwar, meine vegetativen Reflexe zu steuern, mehr aber nicht. Ich glaubte das alles nicht mehr. Mein Bewußtsein hatte sich längst und immer entschlossener auf den Standpunkt zurückgezogen, daß ein, zwar mühevolles, Erwachen notwendig wurde: Schluß mit den Träumen, keine Nacht dauert ewig. Natürlich war ich einverstanden und nickte zustimmend. Aber das Nicken gesellte sich zu dem Zucken und Zittern meiner Glieder und dem Schaudern meiner Haut wie ein weiteres Symptom einer Krankheit. Erdmännchen, Erdmännchen, lachte eine fast haarlose Fratze, du bist das Erdmännchen! Nein! brüllte ich, als sich daraus Lisas Gesichtszüge schälten. Nein!

Mit wenigen Sätzen stolperte ich die Stufen hinunter, riß die letzte Tür auf, sie war nicht abgeschlossen, nur angelegt, und stürzte in den hell erleuchteten Probenraum.

Lisa lebte einfach nicht mehr, sie starrte die Decke an, ohne etwas zu sehen. Sie liegt auf dem Rücken in der flachgelegten Gesangsbox, wie in einem Sarg. Kein Blut, ich weiß nicht, wie er sie getötet hat. Einfach tot. Eine feine Dreckwolke aus Mordlust hängt in der feuchten Kellerluft, ich spüre sie genau, sie riecht schwarz, und sie stinkt silberbeschlagen. Warum fehlt die Wut, warum die Trauer? Warum gelingt es mir nicht, die Rollen zu vertauschen: Sie sitzt auf dem Rand, und ich liege in der Box? Warum packt der Reflex nicht: Verschwinde, bevor du entdeckt wirst, bevor du für diesen Mord verantwortlich gemacht wirst? Der männliche Reflex packt: das schlechte Gewissen, die Verantwortungssucht, die Angst vor der Schuld des Anführers, die ganze Liste...

...ich merke, wie ich langsam müde werde, gleich werde ich schlafen. Merkwürdig ist meine Ruhe, aber was soll's, ich fühle mich wohl, entspannt, mein Körpergewicht reduziert sich, rollt abwärts, gegen »0«, wie eine Angelschnur, an der ein zu dicker Brocken hängt. Kein spastisches Zucken wird mich diesmal zurückholen. Ich muß grinsen. Ich brauche meinen Körper nicht mehr.

Krimis im
Klein & Blechinger Verlag

Jürgen Raap
Bärs erster Fall
Hardcover • 224 Seiten • DM 18
ISBN 3-927658-21-9

Fast wäre Karl-Josef Bär in seinem ererbten Detektivbüro verschimmelt, hätte ihm nicht endlich eine erste Klientin, aus der ehemaligen DDR, den Auftrag erteilt, nach ihrem verschollenen Ehemann zu suchen. Arglos stellt Bär seine Nachforschungen an, die ihn in die Bankenmetropole Frankfurt am Main führen, wo er prompt in ein Wespennest sticht: Treuhand, Stasi, Bordellbesitzer und MAD klüngeln feste weg – und Karl-Josef Bär schwankt zwischen Berufsethos und Bestechlichkeit.

...Ein Krimi zum Schmunzeln, ironisch angereichert mit Alltagsbeobachtungen, kleinen Seitenhieben auf deutsche Politik nach der Wende...
...Diesen Bären läßt man sich gerne aufbinden. ... (Kölner Illustrierte)

Krimis im Klein & Blechinger Verlag

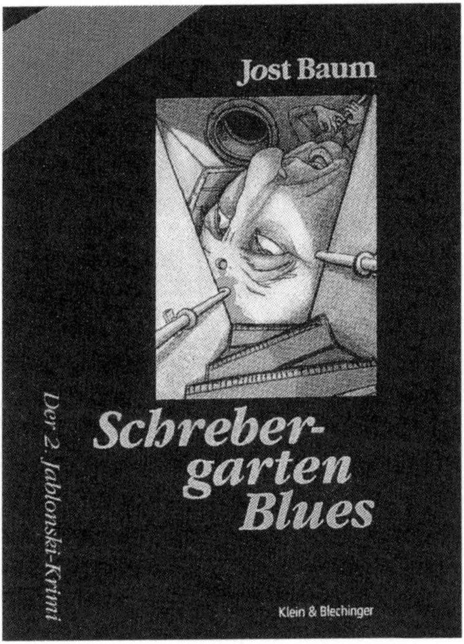

Jost Baum
Schrebergarten-Blues
Hardcover • 190 Seiten • DM 18
2. Auflage 1993 • ISBN 3-927658-15-4

Die Schrebergärten mit dem klangvollen Namen »Ruhrfrieden« werden plattgemacht. Sie sollen einem Golfplatz weichen. Der Rentner Rudi Vollmer »hat da wat gegen...« Er tritt in den Hungerstreik und stirbt an einem Flintenschuß. Lokalredakteur Eddie Jablonski recherchiert in einem Sumpf aus Habgier und Verrat...

Der 2. Jablonski-Krimi

...psychologisch fundiert und milieugetreu geschildert, wie in der »68er Spätlese«, gelingt es Jost Baum, Menschen zu beschreiben, die am Rande der Gesellschaft leben und sie in einen spannenden Handlungsstrang zu verweben. (Wuppertaler Rundschau)
...Baum gelingt es, Bilder hervorzurufen. (WZ)